U0479765

人间有味

拉棉花糖的兔子 著

中国致公出版社·北京　知音动漫

第四章 家族副业
什么酬劳？那是国宝！
107

第五章 题海战术
算下，你要怎么逃？
141

第六章 骑云瑶
舍下血肉喂鱼肚，折断骨头再撑船。
179

第七章 羽舞
为什么他会觉得如此自然而熟悉？
215

第八章 云梦泽
钉螺导航，竭诚为您服务。
255

番外 悟净
293

楔子

· · · · · ·

001

第一章 雄虺现世

是南楚闪闪发光的民俗文化名片啊!

001

第二章 转学生

他的代行者,竟没有认出他!

037

第三章 斜钩月牙

刷题锻我杀伐心,千家妖孽作劫灰。

073

楚人说觅灵之时有光，便如此时的晨光一般，那淡金色的清辉笼拥着他们在人世间的首次相逢。

楔子

　　星月的光辉如烟雾般笼罩残枝断岩，地面的积雪映着亮光，远看竟像平静无波的湖面。这烟雾般的光辉被无形中的力量丝丝缕缕牵引着，涌入某些草木之中。在沐浴这种光华后，它们便随风轻摆。

　　帝流浆出现的日子快要到了，枯竭的灵气将迎来短暂复苏，真是些幸运的小家伙。身穿黑色长袍的男子避开这些一看就已萌发初期灵识的小家伙，踩在山路上。他一手牵着孩子，一手抱着文件夹。他们要走出此山，可惜天还未明，男子想了想，还是将腰铃取下来，摇动几下。腰铃晃动竟无声，只是片刻后，一群月影虫飞了过来，它们聚集在一起反射星辰的光芒，将前方的路蒙蒙照亮。

　　看到这一幕，小孩淘气地用手戳了戳，看虫群分叉才嬉笑着收回手，从兜里掏出一块透明的薄薄的果干，一边美滋滋啃咬，一边嘴里念念有词："上古造化道证，始有三界分明。凤皇传火七国，教谕人避其难。七国合两卫，南晋接陈唐……东齐万山耸，南楚水如愁……"

　　念到一半，小孩挠头道："阿爸，南楚是咱们这儿，但南晋在哪里呀？也在南边？"

　　虽然背得烂熟，但小孩显然不解其意。

　　"南晋不是一个地方呀，是咱们星洲再往前很多年的朝代了。"男子微微一笑，解释道。

　　这是一首在灵师间流传了千百年的歌谣。古时识文断字者少，都靠口口相传的故事记述天文地理、历史人文，每当农闲时候，村落中的灵师唱念起这些歌，老老少少便围过来，听三界是如何开辟、历史是如何流转，成就今时三界十洲的格局。

　　"那南晋去哪里了，和元凤大神守护的古楚一样消失了吗？那古楚的人要去哪里呢？"小孩还不解时间的意义。

"他们还在原来生活的地方呀,只是改变了生活的方式。"男子索性为孩子讲起了古。

上古之时,三界本为一体,因灾劫频发,元凤为护佑众生重构三界。她将神界高悬星海之间,遥不可及,将妖界沉入地络,晦暗不明,而人界居于中间,故此三界相通渐难渐少,灵气也逐渐衰竭……

"你知道吗,很多年前古楚有位安王,他率领众多灵师,无论战争、农耕,都以巫傩之礼祈求元凤大神的祝福与帮助,因此他无往不胜,麾下能驭使九首之魑,让古楚的疆域变得前所未有的辽阔。那是灵师们最辉煌的时代……最后的最后啊,他为自己修建了巨大的陵墓,陪葬无数金银珠宝,还有生前喜爱的宝物。"

小孩捧着脸,想象那宏伟的场景:"哇!那古楚王陵墓在哪里?"

"这可就不知道咯。"男子笑盈盈地道,"楚王施展了所有能耐藏起自己的陵墓,历朝历代不知道多少人寻找也没能找到踪迹。你要是继续努力,也许能开坛找到踪迹?"

"阿爸,那你有没有见过元凤大神?"小孩的记忆中,似乎只听过元凤大神的名字,看到家人供奉,却没见过真的大神,而且……

"上次我在学校跟同学说元凤大神和古楚的故事,老师却告诉我,元凤大神只是传说,是帝王为了统治天下编造出来的传说,就像那些九首魑之类的妖怪精灵一样,是不存在的。"这让小小年纪的他越发不解,老师和阿爸说的为什么不一样。

男人脸上闪过一丝复杂,他轻声道:"楚王,或者说包括楚王在内的那些帝王,都曾是神明信徒,只是后来为了统治天下,使人界更加稳定,方才将一切关于上古三界的历史或隐藏或模糊或抹除。他们甚至专门设立监天司,以监察管理异事、外族……"

侃侃而谈的男人无意间看到孩子一脸懵懂,不由得失笑。也是,别说常人,就是监天司的人也不一定了解源流。他想了想,换了种说法:"元凤大神只会出现在最厉害的灵师傩坛上,普通人自然是看不到的呀。"

"难怪,现在的我不够厉害,所以才看不到,以后我一定会变得超厉害,就像谈家灵师,到时我带元凤大神去给老师看看!"孩子想起了同样在故事中听过的谈家灵师。

男人微怔,却只是无声喟叹。

灵师众多,唯独谈家法脉未有断绝,声名最为显赫。

可是……

人避其难,则为傩。

今之南楚,可还有难?谈家灵师,可还行傩?

第一章
雄魅现世

是南楚闪闪发光的民俗文化名片啊!

01

南楚一中。

傍晚的一场大雨让空气变得格外清新，用地理老师的话说，南楚为典型的亚热带季风气候，夏季高温多雨。南楚人热烈又散漫的性格似乎也是由此造就。

林荫道上，清朗秀气的少年头发略有些凌乱，几缕散落在额前，微微遮住深邃的眉眼。夕阳的光线从树荫间洒下，覆盖在他身上，似有光华流转，更显惊艳。

相邻的操场上，正上体育课的学生们接二连三地转头看他，看完又打闹着窃笑几声。

"谈潇！"

少年听到有人喊自己，回过头，看到一个中年男子朝自己快步走来。他不太确定这是自己的哪科老师，于是露出一个礼貌的笑："老师好，我要去副校长办公室。"现在是上课时间，他怕这老师误会，以为自己逃课在学校里瞎晃，提前解释一下。

中年男子愣了一下，尴尬地道："我知道，我就是……副校长。"这句话说出来他都觉得荒谬——谈潇之前去参加文艺汇演还是他带的队，为什么他要在这里和谈潇解释自己就是副校长啊？！

谈潇干笑道："白校长，你好像变白了，我都没认出来。"

"行了行了，你还是说实话吧，我长得太路人了是不是？"白校长被谈潇的冷笑话整无语了，但他性格随和，很多学生都喜欢和他开玩笑，所以此时反而笑道，"你最好是把我的脸给记住啊，不然以后我去查你们晚自习，你都认不出来。"

谈潇礼貌地笑，心说：我倒是想记住啊。

"来，正好遇上了，你跟我走吧。"白校长招手，把谈潇领回了自己的办公室。

办公室里已经坐了一名二十来岁穿着衬衫和半裙的女士，她扎了个很高的丸子头，见到白校长便站起来问好："白校长。"

"你好。"白校长和她握手，"上面已经给我打过电话了。穆翡同志是吧？这位就是我们学校的谈潇同学。"

穆翡并未过多寒暄，开门见山地问道："谈潇同学，我是404办的工作人员，最近在南楚出差，冒昧到学校来找你是想问一下有关你母亲的消息。你知道她现在在哪儿吗？"

谈潇的母亲白校长是知道的，南楚民俗传承人。但他和404办的领导不熟，电话里就听对方解释了两句，说是官方工作人员有事情想找谈潇的母亲，却没联系上，查到谈潇是她儿子，就辗转找来想问问。这会儿他看谈潇对404办也很茫然的样子，在旁边说了句："404办主要负责协调、处理民间文化等特殊事务，包括督察相关法规、政策落实。"其实他也是在网上搜索后看到这几句简短介绍才知道的，属于现学现卖。

听了白校长的介绍，谈潇就不奇怪对方为什么找上门来了。只是他确实不知道他妈在哪儿："我妈去西南山里采风了，根本联系不上，我也不知道她现在的具体位置。"

穆翡追问："那你家里还有其他什么人吗？"

谈潇不知道她具体是什么意思，有点儿茫然地道："我外祖父外祖母都已经去世了，我是单亲家庭。"

"不好意思。"穆翡有点儿焦虑，努力忍住想啃指甲的冲动。

谈潇看她挺急的样子，问道："没事啊，你们找她是急着要登记什么资料吗？也许我可以帮你们找，家里的东西我都比较了解。"

听到谈潇有家承在，穆翡忙追问："有多了解呢？"

从谈潇有记忆起，家里就是香火缭绕的，因此他挺自信地道："我三岁就开始给我妈帮忙了，您说呢？"

俊秀少年言谈从容，颇具说服力。

"不错，你也有十七岁了，旧时的灵师十六岁就能独立举行祭祀仪式……"穆翡低声自语了两句，顾忌白校长在旁边，并未说太多。

白校长倒是没什么看法的样子，只插了一句："穆翡同志，谈潇都高二了，学业正是紧张的时候，你们需要他帮忙的事不会很耽误时间吧？"

"哦，不会的，不会的。"穆翡从手机里调出一份文件，正儿八经地解释，"其实是这

第一章 雄雕现世

样的，如果关注了新闻，您应该知道最近南楚有座古墓正在进行保护性发掘吧？"

这件事可是南楚最近的大新闻，妇孺皆知——南楚多山丘，封土累累，组织过数次大型古代墓葬群发掘，民间也有"九十九堆"的说法，但上了年纪的人回忆起来，都说没有这次阵仗大。

白校长颔首道："就是修建地铁5号线时挖出来的那个大型古墓吧？我看短视频里说是要挖出来公主还是王爷了。"

这项发掘工作谢绝一切参观采访，各路媒体也不清楚真实情况，说什么的都有。还有人跑到那边去开直播，不过现场全都被围挡了起来，什么也看不到。

穆翡失笑："公主、王爷啊……不好说。但它将来肯定会在考古史上留下一笔，多的我也不便说。"

白校长怕是不知道，这次发掘各路专家云集，以后说不定还会就地建个博物馆，反正地铁5号线是别想如期完工了。

穆翡接着解释："发掘许可已经紧急批下来了，我们404办是本次发掘的文物顾问之一，现在在挖掘过程中发现一些关于南楚民俗的问题，急需找这方面的学者帮忙、参详。本来首选是谈女士，但我们时间上比较急，您也看到了一时半会儿也联系不上她，而发掘工作刻不容缓，因此希望谈潇同学能在课余时间配合一下我们。"

"那这个社会实践活动，我肯定支持谈潇去做，只要他能帮得上忙。不过你们真的不再等等他的母亲吗？"

按他们隐隐透露的说法，这次发掘工作规格很高，对学生来说，能参与到这样的事件里是很值得骄傲的。而自己学校的学生能够帮到考古队，白校长也是与有荣焉，只是谈潇毕竟还未成年，也不知道他到底能不能顶替其母。

最好是可以啊……白校长都想好了，等发掘工作有了进展，让他们和媒体提一嘴南楚一中的学生出了力，那可就太有面子了！

"我们试了多种方式也没能联系上谈女士，只能请谈潇同学试一试了。"穆翡也略有遗憾，可谁又知道他们的难处？

白校长"唔"了一声，道："那就祝你们工作顺利。谈潇，你就在不影响学业的情况下做点儿力所能及的事情，我会和你们班主任打招呼的。"

谈潇点头道："我尽力而为。"

穆翡那边似乎急得很，甚至等不到周末，当天放学就请谈潇坐她的车一起走。

既然已经答应帮忙，谈潇自然是没意见的。他坐在副驾驶位，听到电台主持人正播报着："欢迎收听南楚之声，我是主持人小雪。想必大家最近都看到了一则新闻，本月十八日将会出现'超级月亮',也就是天文学中的近地点满月。天气好的情况下,在任何地方都能看到,不过据专家推测,本次'超级月亮'的最佳观测点在南楚。恰逢南楚旅游节将至,各地游客可以在咱们南楚大饱眼福了,希望到时天气晴朗啊!"

"要说最佳观测点,也是西部或者东部啊。"谈潇的地理学得还是可以的,他内心腹诽,主持人说的啥专家?旅游专家吧?多半是牵强附会宣传南楚正在筹备的旅游节。

"那是,西边看大,东边看圆,但是你们南楚看最亮啊。"穆翡接茬道。

谈潇不禁笑了两声。

穆翡将车开得飞快,猛踩油门把谈潇带到了发掘现场附近临时搭建的板房——因为地处偏僻,工作人员不可能都住在酒店。

围挡之外有两个本地自媒体远远地进行直播,还不敢对着拍,因为这里的警卫人员全都持枪,规格确实很高。但其实他们也拍不到什么,现场围挡区域很大,毕竟还要探查墓葬周围有没有其他陪葬墓。

此时天空已成深蓝色,闷热潮湿的空气酝酿出一场阵雨,哗啦啦落下来。两个主播没带伞,见实在拍不到什么,便赶紧遮着头跑了。

谈潇拿书包遮在头顶,跟着穆翡往里走。

警卫人员逐一检查了证件。

穆翡是有通行证的,却不能随便带人进去。无奈,她只能打电话给考古队的负责人。

谈潇看看穆翡站在屋檐下避雨,同时打开了手机外放:"季老,我带了位灵师回来,在门口这儿卡住了,麻烦您给说一下。"

手机那头响起一位老者的声音:"我是季全清。穆师父是应我所求带人来协助发掘的,麻烦放行。"

警卫人员本是看谈潇年纪太小,有点儿不相信穆翡的话,这下大声道:"好嘞!大师,小朋友,请。"

谈潇听他称呼穆翡"大师",忍不住好奇地看了她一眼。

"怎么了?"穆翡慢吞吞地从怀里拿出一根簪子,插在了自己的丸子头上,只是这样一个小小的细节,她整个形象瞬间从日常活泼变成了道骨仙风。

谈潇:"……"

穆翡将谈潇带到一间活动板房,里面站了七八个人,他们正围在一起,手边堆着许多大部头的书籍,地上更有一大堆没整理好的杂物,包括发掘工具。

听到声响,众人抬眼望来,见她带回来一个少年,都很诧异的样子:"这么年轻?"

"才上高中呢。"穆翡轻声道,"他就是谈春影的儿子,带回来试一试。"

第二章 雄雌现世

说罢，穆翡又给谈潇简单介绍："这些是我的同事，还有考古队的专家。这是我们404办的徐先生，这是文物考古研究所的季老……"

一番介绍听下来，谈潇基本也就分得清男女。他乖巧地点了点头打招呼，毕竟按年纪这些人都是他的长辈。

几人打量着谈潇，勉强打了个招呼，似乎仍是觉得他太过年轻了。穆翡把个学生伢带来，会不会太病急乱投医了？

谈潇的目光却落在了桌面上。那里除了一些书籍，还散落着一沓照片，有发掘现场的照片，也有文物照片。

在考古发掘的时候，文物一定要先拍照和做好文字记录，然后才起取。如今那沓照片最上面几张拍摄的就是些漆器，比如木雕镇墓兽、人形木俑等。在古代，以俑陪葬是很常见的习俗，人俑就是代替活人侍奉墓主人的。而除了兵马俑，还会有厨子、婢女、歌舞伎等各种职业的人俑。

其中一张照片所拍摄的两个人形木俑立于椁室外，根据和对照物的比例来看，比其他人俑都要高大，性别分明，一男一女，各自拿着武器，而且五官刻画清晰，面上有红黑色的彩绘，身上还雕刻出了服饰和装饰物，甚至看得出它们分别穿的是方格长裙与凤纹交领长衫，再仔细一看，穿方格长裙的人俑甚至有耳洞。

文物考古研究所的季老是此次发掘的负责人之一，平时也有教职，见谈潇定定地看着照片，出于教学习惯，忍不住解释道："这个目前认为是巫觋俑，也就是负责为墓主人施展镇墓祛邪仪式的人俑。"

谈潇轻声道："大丧傩……"

"嗯？"其他人一时没反应过来。

谈潇一语惊人："看它们的姿势，是在做大丧傩仪。历来用大丧者，唯王、后、世子之丧。再加上它们的服饰……能用这种俑，你们挖的就算不是王墓，也得是封君之类的。我看，多半就是楚王墓吧？是什么朝代的楚王？"

傩礼是古代大型祭神驱鬼的仪式，而大丧傩是傩仪中专供王者的丧礼仪式。这也就解释了为什么之前穆翡说考古史留名这样的话，且发掘现场警卫级别高。

面对谈潇的大胆假设小心求证，板房内的众人面面相觑，忍不住露出惊讶的神色。

如谈潇所说，这墓葬规格就目前来看极高，必然是封君及以上级别，且可能是王墓。但是发掘工作刚开展，一切消息都在绝对保密中，而这个第一次来到现场的少年却从两个人俑的服饰和实施的礼仪大胆认定此次发掘的是楚王墓。要知道，目前楚地发掘的这个级别的墓别说一个巴掌，总共也就不到三个，而且都被盗过了，眼下这座墓却从未被发现过，也未曾被盗墓贼光临，具有极高的考古价值。这消息要是传出去，关注度起码还得翻个十倍，各路媒体都将蜂拥而至。

穆翡舒了口气，看着众人道："我说这人没找错吧？咱们在南楚，还是得找地头蛇！"

自古以来，楚地巫风浓厚。巫与傩最初是不同的，但在漫长的时光中分分合合，时而交融，故而有了今时今日的"巫傩文化"。而谈家这灵师的灵，其实就是古楚人对巫的别称——古之所谓巫，楚人谓之灵。

谈潇不懂考古，但他是灵师后人，这几句话也间接说明别看他年纪小，业务知识真的很纯熟。这让先前对这少年颇有微词的人一下闭嘴了。

"呵呵，知识还挺丰富啊，还能大胆推测。"季老欣赏地看着这个少年，温和地道，"谈潇同学，你的猜测可以说90%是准确的，这应该是七国时期某位楚王的陵墓。只是目前我们的发掘工作需要保密，所以希望你不要向外透露这里发生的事，稍后也会给你一份保密合同，可以吗？"

"真的是楚王墓啊？"谈潇推导时自信十足，但有专家予以肯定时，他还是感到惊喜，也就爽快答应了，"没问题！"

"那咱们就开始吧。"穆翡也放松了一点儿，说道。

谈潇："嗯嗯，还有什么？"

两人都觉得对方说话有那么一点点奇怪的地方：一个觉得"不是已经开始了吗"，另一个觉得"什么叫还有啊"。

但穆翡没心情纠结这些细节，她从地上的杂物中拖出一个口袋打开，露出里面的纸、烛等物，说道："这里该有的都有，还需要什么我可以叫人准备，或者你家拿。"她神色凝重起来，"谈潇同学，现在情况很棘手，考古队的一位老专家下墓后不知怎的瘫了，情况不容乐观，我们用过很多方法都不对症，请你放手一试吧。"

她沉声说完，却发现刚才还侃侃而谈的谈潇表情很奇怪，很难说清那到底代表了什么，像是惊讶，又像是为难，反正有点儿一言难尽的样子。穆翡直觉有点儿不妙："怎么了？"

其他人也奇怪，刚才谈潇已经用扎实的专业知识惊艳了大家，现在怎么反倒迟疑了？

"你们……真的是官方考古队吗？不是说找我来辨别南楚民俗元素吗？就像这个大丧傩俑……"谈潇费解地道，"人生病了就去医院啊！"他觉得很不可思议，要不是对方是通过官方渠道找过来的，又真的带他进了发掘现场，他都要觉得这是诈骗，准备转头就走了。

在场所有人闻言也傻了。怎么？大家好像并没有达成某种共识啊！

穆翡这才知道之前都在鸡同鸭讲，呆愣地道："你明明说自己继承了灵师传承，还说给你母亲做过帮手。"

谈潇："对啊！"

"那你还不想参与？你到底觉得灵师是什么啊？"穆翡抓了抓头发，丸子头都快散了，这可真是越急越出乱子。

其他人齐刷刷地盯着谈潇，场面有一丝滑稽。

谈潇听到关键词，几乎是条件反射般地吟道："是传承影响至深的古老巫傩文化，是灿烂瑰丽的民间艺术，是受到关心、保护的非物质文化遗产，是南楚闪闪发光的民俗文化名片啊！"

这可太黑色幽默了。穆翡一时无语凝噎。

这时，穆翡的同僚徐先生捧起手机，道："这回可真是找错人了，你看。"

穆翡将脑袋凑过去一看，屏幕上是同事和一位同行的对话，最新消息是两个小时前了，但徐先生一直忙着查找古籍，没看到。

——你们要找南楚那个谈春影？她出了名的没啥真功夫，所以老早就转去文旅赛道了啊（擦汗）。你们居然不知道？你们单位的资料到底多久没更新过了啊？

——啥，你看看新闻。

对方发来了两则新闻，都是南楚本地媒体发的稿子，有各地艺术家来南楚采风在谈家参观灵师仪式、傩舞，有文旅部门领导、各方游客在谈春影家参观，还有游客和傩戏面具合影、游客和谈春影全家合影、游客和面具和谈春影全家合影……里面甚至出现了谈潇的身影呢。

穆翡忽而瞳孔放大。她看到一篇新闻稿，赫然是谈春影聚集了几百名本地的阿姨，畅跳由灵师祭祀舞改编而成的广场舞！

看来全南楚都知道谈家是搞文旅的，就他们不知道，闹了个大乌龙。难怪谈潇在他们校长面前好像毫不避讳的样子，她还以为自己是在帮谈潇打掩护，没想到是彻底误会了。

穆翡暗暗唏嘘："唉，吃咱们这碗饭的本就鱼龙混杂，真本事传得越来越少咯。"

但是别说，许多像谈家这样的跳去另一条赛道，倒是赶上时代的浪潮了。而且像他们这样直接当上了南楚官方吉祥物，也算别样的殊途同归。

"那现在怎么说？继续摇人？"

"在找了，在找了！都怪咱们那套老掉渣的资料。"

"你也知道，还能有资料用就不错了。"

谈潇深感失望，这里和他想象的完全不一样啊，而且对方看起来也很失望的样子。他试探地道："我感觉我应该帮不上你们的忙了，要不我先回去？"

穆翡也有点儿尴尬。一般来说，他们是不会打扰"不感兴趣"的人的，现在就送谈潇走好了。但话还未出口，她就听文物考古研究所的季老道："先不急，小同学之前讲得不错，我再问两个问题可以吗？"

这倒也是，本来他们就是以这个理由把谈潇找来的，而谈潇已经证明过他还是知道不少理论知识的。

谈潇点了点头。

季老拿起桌上那沓照片，往下翻了翻："墓中还有几个巫觋俑，打扮和那对大丧傩俑有相似之处，只是摆放地点不一样，动作也不太一样。你看它们也是大丧傩俑吗？还是在做其他仪式？你认为它们的作用是保护墓主人还是与神灵沟通？"

大丧傩在以前是被这样形容的：大丧，先柩；及墓，入圹，以戈击四隅，驱方良。俑都是双数，季老展示的另外四个巫觋俑也穿着红黑格纹衣和凤纹衣，只是动作不太一样，有的手指勾连，摆出奇怪而复杂的手势，有的呈托举状或抓持状，和文献中的不太一样。那它们的具体功能是什么呢？像这种涉及实操的问题，学者们也要靠推测了。

季老认为谈潇能认出大丧傩，或许能提供一些有效信息，这对他们的考古工作来说是很重要的，毕竟发掘工作还要继续。

谈潇接过照片，仔细观察后道："你们看，这一对巫觋俑身处镇墓兽旁，一个作击鼓状，另一个作射箭状，这是在驱使镇墓兽和射杀诡物。另外一对巫觋俑，一个脚踏禹步，一个双手捏诀。"

禹步传说是参照大禹的步伐，有遣神召灵的效果，流传甚广。而手诀，哪门哪派没有自己的手诀？至于鼓和弓，更是古代楚巫举行仪式时的标配，往往"鼓而射之"。

谈潇点了点照片上的细节，正是那缠在一起的手指。千年时光下，它有些模糊不清了，但谈潇目力极好，还是辨认了出来："这个手诀古时候叫什么我不知道，但现在我们叫它'枷势'，顾名思义，是将对方枷住，禁锢起来。"

季老认真听着，闻及最后一句，不觉浑身一寒："这！"他忍不住站了起来，失声道，"枷！难道老莫出事是因为这尊巫觋俑？！"

老莫正是穆翡口中那位无故瘫了的考古专家。他当时在一线清理文物，没想到下去就中招了，除了眼珠子，几乎浑身不得动弹，全靠打营养针维系生命，几日下来明显消瘦虚弱。而谈潇刚来这里，绝对不可能在保密工作做得极好的情况下知道他口中的老莫发生了什么。

季老经历多年的考古生涯，曾遇到过常理暂时无法解释的事情，所以才找来恰好也在南楚的404办工作人员帮忙，可惜他们也束手无策，甚至未能定位问题的源头到底是什么。因为光巫觋俑就有好几对，镇墓兽、帛画、玉璧等各类陪葬品更是不少，而且这墓根本没发掘完，刚开了个头就打住了。

谈潇的话宛如拨云见日，此时他们再看照片中面容损坏、色泽如初的巫觋俑，只觉得它们唇角勾着的笑更诡异了……

屋内一片寂静，众人盯着那巫觋俑的照片，呼吸都不觉放轻了。

"这……这怎么办呢，徐先生？"季老看着404办的徐先生，很为自己的老友着急，"现在已经知道是因为巫觋俑，有没有办法解决？"

谈潇看着季老激动的样子，忐忑地道："我还是觉得，不如你们去热带病研究所再试试，那儿可以抽血检测寄生虫。"根据他的研究，所谓的失魂、蛊毒相当多是因为寄生虫，季老说他的同事像被魇住了，说不定是被墓中闷了上千年的有毒气体熏出来的。

穆翡勉强笑了笑，觉得有点儿无奈，也没力气反驳——谈潇自认只是吉祥物，可偏偏是他给他们带来了线索，还好之前没有轻易把谈潇放回去。

"莫急。"徐先生脸上带笑，很是温暾沉稳的样子，他看向谈潇道，"我们不如先等小谈说说剩下那一尊人俑。"

不错，这儿还有一个巫觋俑没说到呢。

"男觋俑同样脚踏禹步，且身上的长衫有凤纹。这是因为楚地是古之所谓的'蛮夷之地'，习俗与其他地方大不相同，楚人莫不尊凤，而轻龙贱虎。凤凰代表着希望墓主人升仙。"谈潇看着另外那个男觋俑道，"但是它的手上显然是托着某样法器的，如今不见了，不知道是什么，使用对象又是什么，只能通过它同伴的动作判断也是很有攻击性的。"

徐先生喃喃道："既然和这件东西有关系，其实有个最简单的处理方式，也是楚地的古俗——送祟埋祟，找出源头后给埋了。但现在看起来，源头好像还没出土。"

这下可好玩了，他们想埋了的东西还没挖出来。而且你想把价值连城的文物埋哪儿？

屋外的阵雨不知何时已停了，只剩下点滴雨珠落地之声。

一阵死寂后，季老皱眉道："这么说来，还是要下墓！之前我也一直在下面，记得那巫觋俑的方位，应该不会离得太远，我再下去找找吧。"

因为老莫出事，遗迹清理工作中止，所以同一批文物都还没取上来，只拍了照。

"季老，太危险了吧？"有人劝道。

"事情总是要解决的，我下去过一次，我去更合适。之前的工程本来就对墓葬造成了一些破坏，加上这个天气，有没有老莫的事我们都必须再下去，发掘工作必须推进。"季老坚定地道。

有人觉得季老说得有道理："404办的专家在这里，应该没问题的。"

穆翡则更关心季老的身体："这……您吃得消吗？"

季老："我硬拉两百五十斤。"

穆翡："……"

季老常年在一线工作，可没少干活，同时还会健身增强体质，别看年纪大了，衣服掀起来下面全是肌肉……这个问题显然不是障碍。

"好吧，我们之前也有想过下去探查，只是我们在南楚的人手和物资都不足，所以并未下决定。"穆翡看向徐先生，道，"您怎么看？"

徐先生和季老对视一眼，半晌，道："那就下！"

出于对墓中情况的担心，他们斟酌再三，决定不带过多的人下去，以免控制不住场面。几人商量了一下，最后决定由季老带两个经验丰富的工作人员和外头调过来的两个持枪警卫大哥，再加上徐先生一起下去。

至于穆翡，她说："您也知道，我是文职，就坐镇上方吧。"

谈潇虽然觉得很扯，但眼前这一幕还是挺感人的，毕竟现在真的有位专家因此得了怪病。他看已经晚上八点多了，便眼巴巴地问："请问，我要在这儿等着吗？"

"我们也不知道什么时候能找到，辨认器物性质可能还需要你帮忙。这样吧，今晚辛苦你再稍等一会儿，要是我们十一点还没上来，你就回家休息。"季老沉吟后说道。

谈潇忙道："可以可以，我只要十二点之前睡觉就行的。"这可是几千年前的国君墓，一般人哪有机会围观？

众人准备工具的工夫，谈潇索性拿了张物理试卷出来做，见徐先生拿出蜡烛弹指点燃有点儿恍惚。这个闻所未闻的 404 办古里古怪的，也不知道是不是大忽悠……

"哈哈，这个见过吗？"穆翡见谈潇在看，小声问道。

谈潇收回目光，同样小声道："我小学就表演过这个，松香粉和烛火接触发出火光，老招了。"他的世界观可没那么容易被摧毁。

穆翡："……"还真是请了个纯纯的"小神棍"啊。

一切准备完毕，就要下墓了。众人在身上系好安全绳，站在墓葬原本顶盖板的位置——地铁施工时把顶盖石挖出了裂缝，经过评估后工作人员进行了部分掘除，尽可能保存原物。

这座楚王墓是少见的横穴，使用了大量石料，墓顶保存完好，墓内空间充足，还是大型墓葬。就这个生产力，可以说是超时代了，起码领先同行几百年吧。这也是季老他们格外重视的原因之一，这个墓葬的价值太高了。

这会儿旁边有人拿着摄像机和相机拍摄，拍到谈潇的时候还拉近拍了个特写。

谈潇被镜头锁定，不好意思地移开目光："这是干什么？"

"这么重要的考古活动当然要全程记录，以后还可能出纪录片呢，恭喜你出镜了。"穆翡说着从包里翻出一台相机，也咔嚓咔嚓拍了起来，看谈潇盯着自己，她解释道，"存档，我回去还要做工作台账……"

谈潇："……"

那边，季老他们已经逐一被吊下裂缝。别说，季老不愧是常年在一线工作的，身姿很是矫健。

"我们下来了，在往耳室走，安全。"

对讲机里传来带着嗞啦啦杂音的人声，这是季老在报平安。大家约定好了按时用对讲机以及拉动安全绳的方式报平安。

穆翡领着几个知情的工作人员站在旁边守着。

可能是之前谈潇的侃侃而谈让她印象太深刻了，她没忍住问道："你真的没有一丝相信我们吗？"

"说实话，就这么一点儿，不能更多。"谈潇用手指比画了一下，老实地道，"再说了，就算你们是来真的，跟我关系也不大，就跟所谓的UFO听证会一样，那不比你们还正式、还光明正大吗？"

谈潇表现出了让穆翡吃惊的豁达，但这话还真是非常有道理，这事确实跟他没什么关系，尤其从谈潇母亲那辈开始他们家就只有理论上的储备了，在发挥特长跳去文旅行业后，更是连所谓灵师的身份都快摆脱了。她失笑道："行，你就把这当社会实践活动吧。"

"嗯嗯，我再围观会儿就去写作业。"谈潇往裂缝里看，里头黑黢黢的什么也看不见，倒是空气中的闷热感更加明显，让他感觉快要下雨了。

沙沙……

谈潇隐约听到了什么响动，像是某种虫类爬动的声音。这里荒郊野外的，又下了雨，有虫子乱窜很正常。只是徐先生点了很多香，先前他们还吐槽起了驱蚊效果，没想到没蚊子倒是有爬虫。但他看了眼旁边的人，大家全都很淡定的样子，毫不大惊小怪，显露出成年人的稳重。

穆翡还在回看相机里的照片，她吐槽道："好渣的画质，我们单位的相机都十年了，也不舍得换，别人早换微单了！"

沙沙……

那声音又响起来了。

谈潇奇怪地四下看，目光掠过裂缝时，似乎看到一个圆形的黄澄澄的东西一闪而过，自己身上也像是被附着了某种湿滑黏稠的东西。他不适地想，这感觉好像……被什么注视着。

难道是心理作用？谈潇心想，今晚确实聊了好多奇怪的东西。

现场只有发电机的振动声，以及高功率灯光散热的声音，其他人都默不作声，也没有心情做别的事。

谈潇被激得起了鸡皮疙瘩，他低声道："你们有没有感觉……"

大家都看了过来，气氛莫名有点儿诡异。

这种环境下，谈潇要说的话很可能会导致接下来的气氛更加怪异，这让他有点儿犹豫。最后，他看向地面，道："我觉得我听到了沙沙的声音，很像……蛇在爬。"

"那要小心一点儿哦。"

"南楚是很多蛇啦。我朋友在急诊室工作，到了夏天，好多去公园爬山被蛇咬了的人被送去打血清，还都是毒蛇呢，什么竹叶青、五步倒之类的。"

楚地草木繁茂，向来是蛇类生存的好地方。听谈潇这么一说，大家都警惕起来，用棍子在四周拍打了一圈，但并没有什么发现，也有可能是打草惊蛇，那位不速之客已经被赶走了。

刺啦啦，对讲机再次响了起来。

"呼，我们现在到前室了，空气不是很好，稍作休息。这里……居然有祭台！"季老的声音带喘，而且有点儿亢奋，"通常我们认为到了卫朝才在墓内外设祭祀设施，但这里的特征明显属于更早的时期，这太罕见了！"

因为进度停滞，他们还没能探全墓葬，墓道都还没全部清理完，这次探查到的细节让季老恨不得立刻展开研究。

"好，季老你们小心啊。"穆翡不太懂他的亢奋，只反复叮嘱。

"什么声音？你们听到了吗？"

"有虫子？"

对讲机那边隐约传来对话。

穆翡立刻追问："怎么了？"

"墓室里好像有什么……应该是蛇虫，没看清。我们带了驱虫药，现在喷一喷。"那边只慌乱了一阵，很快就镇定下来。

听到有蛇虫，谈潇的心蓦然一跳，原本想回活动板房等消息，现在竟有点儿走不动了——难道他们和他听到了一样的动静？

下方，季老他们只是稍事休息就继续行动了。从前室去到棺木所在没要多久，他们保持着通信，在巫觋俑附近小心地寻找。

大约过了二十分钟，一个考古人员的声音响起来："是它吗？"

半响，季老在对讲机那头道："小谈同学在吧？现在我们找到一个木制的东西，不确定是否属于法器，但肯定是明器，只有巴掌大小，是方形木条缠裹了丝带，已经腐朽，前段雕刻出了羽毛，呈扇状。"

谈潇愣了一下。

"小谈同学，你听到了吗？"对讲机另一端的声音断断续续。

"我听到了！"谈潇猛然看向地面，他发誓自己听到地下有某种拍打声，"你们没听到吗？下面有声音。"

其他人一脸茫然。

谈潇往后退了两步，有种本能在驱使他离开这里。

"你怎么了？"穆翡奇怪地往前走了两步，伸手去拉谈潇。

谈潇感觉头皮几乎炸开，拔腿就跑！可就在这时候，尚存的顶盖石急速拉开一道裂缝，瞬间蔓延至谈潇和穆翡脚下，原本被认为稳固的位置塌陷了，眨眼间吞没了两人……

02

"谈潇？谈潇？"

谈潇翻过身来，擦了下脸上的灰土，感觉脸颊火辣辣地疼，鼻子里都是潮湿的泥土气，还有一股陈旧的霉味儿，很不好闻。他活动了一下，感觉身上好像没别的伤，低声道："我没事。"

穆翡翻出手机和对讲机，可惜都摔坏了，没办法使用。倒是那只用来照明的小型手电筒是警卫大哥给的，不愧是军工品质，还没坏。

他们是随着顶盖石的塌陷掉进墓中的，如今上方已经被堵得严严实实，随着咔咔的声音响起，那些石块似乎有倒塌的倾向。穆翡的脸色很不好看，但她身边还有个未成年人，只能打起精神道："上面还有人，会立刻组织救援的。不过这个地方有二次塌陷的可能，我们要离远一点儿。你……你别怕，姐保护你。"

谈潇就是再不信邪，也只是个高中生，忽然遇到坍塌事故，还是在古墓里，他现在对这里的环境感觉到浑身不适，十分想逃离。而穆翡的安慰效果其实……也就一般，毕竟他还记得穆翡在上面时说过自己是文职，所以不下墓。

谈潇干巴巴地道："这国君墓葬里是不是有很多机关啊？我们乱走会不会出事？"

"当然有，这里面之前拆出来一些机弩。"穆翡强调了"已经拆除"。发掘工作不是第一天开始,这里已经挖了一段时间,该排除的都排除了,还没排除的这不是正在解决嘛。

"再说了,我们也不走远。"穆翡也不想吓唬他,但这顶盖石塌得蹊跷,她悄悄握住口袋里的平安符,不动声色地道,"就找个地方避一避,说不定还能和徐先生他们会合。"

谈潇紧跟着穆翡,他的手机放在书包里了,现在只能靠穆翡的那个手电筒照明。

墓道深深悠长,除了面前的一点光亮,什么都看不清楚,唯有微弱的气流淌过。可他们却要往更黑暗处走,像一步步走向未知的世界。

防盗的塞石已经被挖破了,机关也被拆走,因此他们可以畅通无阻地进入。只是从前方开始便是一段斜坡,可能因为这坡度,两人走着皆有种隐隐的费力感。拖沓的脚步声在狭窄的甬道内回响,手电筒射出的光在不知名的深处被吞噬。

"有点儿走不动了,不如就在这里吧?"穆翡观察着这里的结构,打算原地等待,不再深入墓室,避免遇到其他麻烦。

忽然,她听到了隐隐的说话声,眼睛不由得一亮。

"徐先生!"穆翡喊了一声,一下子没控制住音量,那声音在长长的甬道内回荡,让她有种不适感。

那边的说话声好像更大了,似乎近在咫尺。

穆翡忍不住向前加快脚步:"一定是他们,走。"

谈潇几乎能听到自己的心跳声,总觉得穆翡嘴上说着这里很危险,却不自觉地走得越来越深……他下意识想伸手拽住穆翡,可穆翡简直是在往前冲,谈潇只得硬着头皮追在后面:"穆姐,你走慢点儿。"

没多久,两人面前出现了一方石室,里头一片黑暗。

穆翡探头看了看,又走进去用手电筒照了照,确认这里确实没人。她不是季老那样的专家,只是循着声音来源走,可到了这里没有看到人,也不知道这儿属于什么地方。

"啧……还是不要继续再走了,不然都不知道走哪儿去了。"穆翡突然很后悔刚才跟着声音跑,甚至想不起来为什么第一反应是追上去,只觉得不远了,便一股脑往前冲,现在回想起来很是奇怪,她不由得心生警惕。

这间墓室起码有几百平方米,墙上涂绘着满满的笔画,手电筒照亮眼前一方区域,能看到方形的漆器,像是祭台,四下还陈列着精美的玉石器、青铜器。再往旁边照亮,首先是下方两只卧着的虎,它们托着一个圆圆大大的东西,竟是一面鼓。鼓架雕刻成了凤鸟的形状,依然是经典的红黑配色,绘有花纹。

因为这鼓造型奇特,穆翡不禁多看了两眼。但她也知道这里的每样东西价值都不可估量,因此不敢乱动,只在方寸间照着看看。

圆形的光亮掠过一处，又挪了回去。

"这个东西……"穆翡看着面前扇子形状的法器，道，"这看起来和季老描述的东西很像，只是更大，也是人使用的尺寸。"

之前季老形容的是木头雕刻的，而且是人俑使用的尺寸。那巫觋俑不过一米二，用的东西也就巴掌大，而这个就大多了，竹条上装饰着帛，呈扇形，帛上用颜料涂画着羽毛，上方是横斜的条纹，下方则一圈一圈形如眼睛一般，略有些抽象，但还是可以辨认的。

"但是这羽毛不太一样，我看着怎么像是孔雀翎毛？"穆翡奇怪地道。不是说尊凤吗，怎么还有孔雀？

"就是孔雀吧。"谈潇想了想，道，"传说元凤生二子，孔雀与大鹏，都是一脉的。"

"你说那巫觋俑用的会不会就是这种扇子？这到底是什么？"穆翡问道。刚刚季老问了这个问题后，还没等到谈潇的回答，顶盖石就塌了。

谈潇的表情有一丝恍惚，像是有点儿犹豫要不要回答："你知道我母亲致力于把祭祀舞蹈改编为舞剧和广场舞等艺术形式吗？"

"我还真知道。"穆翡之前才看过相关新闻。

"嗯，在很久以前，楚巫有一种祭祀舞蹈，是需要拿着这种扇形法器跳的，就是大名鼎鼎的操蛇舞。楚人崇凤还有一个原因，正是畏惧那遍布的毒蛇，而飞鸟克蛇。对他们来说，凤是生，蛇是死，他们祭祀凤凰以求升仙，也认为自己在祭祀凤凰后能够操控蛇，于是有了操蛇舞，上通神灵，下遣鬼怪。跳操蛇舞需手持羽纹扇，脚踏禹步，所以季老师找到的东西应该没错。三对巫觋俑大概是各司其职，一对守护墓主人，一对驱逐鬼怪，还有一对则代表对侵扰墓主人安息者的诅咒，操蛇以枷之。"谈潇的声音在空旷的地下石室隐隐回响。

穆翡干咽一下口水，只觉得后脊有点儿发凉，蓦然想到了季老他们之前在墓室中仿佛听到过蛇的声音。那只是楚地多蛇吗？还是……

穆翡屏息，手指紧紧握住了手电筒的手柄，蓦然有所感地抬眼看去，这才发现墓室顶上角落里不知何时有巨大的阴影若隐若现，只是在黑暗中难以分辨，而随着此物渐渐游离，似乎有两个圆形的物体反射着手电筒的光芒，莹亮而冰冷。它不知在那里待了多久、何时来的，又或者从未离开，就静静地听他们讨论着楚人操蛇的习俗。

穆翡只觉得一股恶寒从胸口涌上来，她不敢移开目光，一边继续与巨蛇对视着，一边用气声道："我数一二三，你就蹲下。"

谈潇一僵，微不可察地点头。

"一，二，三——"

最后一个字，穆翡是喊出来的。与此同时，她助跑两步，脚垫在石壁上，整个人一跃而起，直射巨蛇，体态之轻盈如同凌空飞起。

"万神朝礼，役使雷霆！"

谈潇蹲在地上，回头看去，瞬间瞳孔变大，只见一团盘结在一起、布满花纹的身躯快速游动，准确地昂首衔住黄符，然后嘶嘶吐芯子，虽然接触的地方立刻便开始腐烂，但这腐烂到了眼下已经停住，并未伤及它的要害。巨蛇退到门口，似有顾忌，却不离开，那对黄澄澄的眼睛冰冷地注视着他们，仿若随时要再次欺身而上。

穆翡在巨蛇身上踩了下，后空翻落地，见状也倒吸一口凉气。刚才几乎是她一动手，巨蛇也同时动了，就如同早有预料，只是纵有余力也不曾躲避，反而像是试探她能力一般。那瞬间,她与巨蛇几乎贴在一处，能察觉到巨蛇慢悠悠地睨了她一眼……更糟糕的是，不多的资源她都给了徐先生。

谈潇人都麻了，挪到穆翡旁边，轻声问："怎么会有这么大的蛇？"

穆翡脑海中不停在想怎么办，甚至在思考徐先生他们此时怎么样了，口中却答道："这个看来就是操蛇舞所操之蛇了。或许不该说怎么会有，人家可能是这里的原住民。"

"那它在墓里怎么繁衍生存啊？难道这墓葬不是封闭的，它还可以出去找食物？"谈潇下意识道。

穆翡反问："所以你觉得它看上去活了多少年？"

谈潇刚想说几十年，就发现那巨蛇的目光挪到了自己身上，如有人性一般检视着，甚至带着一丝轻蔑。他又看了一眼巨蛇发烂的下巴，起了一阵鸡皮疙瘩，忽然不太敢回答这个问题，直觉结果会很诡异。

"起来。"穆翡振作心神，不是很有底气地道，"我先带你逃出去。"

这下好了，做个社会实践，命都快没了。

怕动作大了引起对方的关注，谈潇缓缓站起身："姐，我相信你，但你不是说你是文职吗？"要不是看到了巨蛇，他头一个要震惊的应该是穆翡展现出来的身手。她说自己是文职，可人都快飞起来了，比起硬拉两百五十斤的季老也不差，甚至更夸张。

穆翡目不转睛地盯着巨蛇，道："我是文职啊，主要使用符文攻击。"

谈潇："……"什么鬼，这么个文职啊？！

穆翡冲巨蛇点了点下巴，极小声地道："小心，此孽通人言。"

她本想小声交代自己的计划，却听谈潇试探地道："Does it understand us?How about speaking English now?"

穆翡："……"

第一章 雄雌现世

017

穆翡："OK.When I do it, you run towards the door."

谈潇："OK."

穆翡向后退。果然，巨蛇以为她怕了，往前进了一步，但如此也就失去了守着门口的方位，露出一丝逃生的空隙。

穆翡担心文物的安全，也不敢退得太里面，判断了下时机，轻喝一声后快速和谈潇一起往门口跑，主打一个声东击西，可没想到还未走到门口，面前忽地飞起一条尾巴，正拍打在他们胸口上，两人一起飞了出去。

这老东西，防守面积够广的。穆翡揉了揉胸口，余光瞥见巨蛇追了过来，面色一变，试图挡在谈潇面前——现在没有其他人保护得了谈潇了，只有她还能挣扎一下。

这不知在楚王墓中活了多少年的巨蛇移动速度极快，只是一眨眼，那橙黄色的竖瞳就已近在咫尺，谈潇甚至能嗅到它吻部腐烂的气息。他无措地向后一扶，正扶在那面悬鼓上，闭着眼睛下意识喊了声："滚开！"

与此同时，手肘与鼓面接触，发出咚的一声。那声音沉沉的，不大，却在阴森森的墓室中回荡，淌入人的胸腔，令心脏跟着狠狠一跳。

据说鼓声乃先民模拟雷声所得，人们无数次敲响鼓，以求震动天地。这一瞬，似有火光跳跃，环绕着千年前的余响。

砰，巨蛇应声摔在了厚厚的石壁上。它迅速盘身作防御状，就如看到了天敌一般，恐惧地抬头看过来。

穆翡原本想往前冲的动作半路改为缓缓躲到谈潇身后。

谈潇："……"

穆翡拿手电筒照着，发现巨蛇在焦躁地游动，与之前等候猎物的闲适完全不同，硬要说的话，更像是想去门口，又怕横亘在面前的谈潇。

双方的境遇完全颠倒过来了！

"你怎么回事？"穆翡小声问道。

"对啊，我怎么回事？"谈潇比她还茫然。

"你学我震惊什么？"穆翡只觉得自己刚才根本没必要挡在前面，"不用咒语都有这效果，还说什么民俗表演，你这明明是大能啊！"

谈潇脑子都蒙了，嘴还是硬的："说不定我是蛇佬腔呢？"

要不是眼下不太合时宜，穆翡真想狠狠吐槽一通：你可真是死鸭子嘴硬啊！

穆翡的目光落在谈潇身旁那面鼓上，想起巫觋俑也有击鼓形态的，道："对了，这也是法器的一种吧？"

"是啊,楚巫鼓而射之,这悬鼓是楚国独有的乐器。"谈潇看着那凤鸟纹饰的鼓,它和现代灵师使用的鼓从外形看有诸多相似之处,"你说它怕的会不会是这个?"他觉得刚刚发生的事可能和自己没什么关系,巨蛇怕的是这鼓。

谈潇想了想,道:"毕竟楚王和你算半个同行。"他仍然说的"你",而不是"我们"。

远古时期,神权、王权合一很正常,传世文献中常见历任楚王行巫觋之事的记载。这些随葬品都是人使用的尺寸,显然是墓主人生前的用器。

穆翡看着那造型独特的凤鸟悬鼓,一时感觉到深深的震撼。这位楚王不知死于何时,尸骨早已腐朽,但敲响他生前使用的乐鼓,居然仍能震慑眼前的巨蛇!

"那我也试试?"穆翡想把巨蛇驱赶走,她掌心拍击鼓面,在沉沉的鼓声后厉声道,"速速退去!"

巨蛇在原地轻轻摇摆身体,没动弹,眼瞳里甚至闪过轻蔑。

穆翡收回手,若无其事地道:"算了,拍坏了我赔不起。"看来还是学过操蛇舞的专业对口,她敲了一点儿用也没有。

谈潇看穆翡敲着无效,心里更忐忑了:为什么?为什么啊?!

此刻,人蛇双方陷入僵持,都没有轻易动手——如非必要,谈潇和穆翡都不欲和巨蛇动手,因为这墓室里满是器物,巨蛇占地面积那么大,随便一压便会酿成惨剧,更别提谈潇本来就对自己还有怀疑。

砰!一声枪响打破了寂静,在地下显得格外刺耳。

穆翡倏然看去,心也被这声枪响揪紧了。季老他们一行是带了枪的,但大家有默契,不到非常时候肯定不会动枪,现在墓室内响起枪声,也不知他们遇到了什么。不过听声音,他们应该就在不远处……

枪声之后,又响起类似物体拖地的声音,快速而绵长。

谈潇听着这动静,不禁道:"难道还有一条蛇?"

"不会真在地底繁衍吧,一公一母?"穆翡喉咙一紧。这巨蛇在黑暗中盘踞,以目前的照明度,他们看不清它到底有多长、身躯蔓延到了何处,只能通过那模糊的体形判断是极大的。

此时外头响起凌乱的脚步声,徐先生的声音随之响起:"去祭台,那里有楚王使用过的法器,可能比较安全。"

几个人一头窜进来,手里那专业的高功率探照灯的光也照了过来,正落在僵持中的两人一蛇身上。

"你们怎么也下来了?!"徐先生惊声道。

第一章 雄雎现世

019

他一脸的血，要不是声音熟悉，穆翡都认不出来。其他人身上也多少带了伤，身上拴的安全绳早已不知哪儿去了。

一个端着枪的警卫大哥崩溃地道："又是幻象！"

也不知他们遭遇了什么，他竟将手里的枪瞄准了穆翡。

"不是不是！早上我点了K记给你们吃，幻象肯定不知道今天是疯狂星期四。"穆翡吓得举起手，这她可禁不住，"顶盖石塌了，我们掉下来的，你们没在对讲机里听到吗？"

听她这么一说，枪口才挪开了。

季老被另一个人扛在背上，头朝下，很是狼狈，但就这么倒着看了一眼，他问出了和谈潇一样的问题："还有一条蛇？！"

穆翡看清楚他的样子，吓了一跳，喊道："季老，你没事吧？"虽说季老之前表明过自己体力好，但毕竟是老年人啊。

"他没事，是之前搏斗摔的，没大碍。"扛着季老的大哥无奈地道。季老在墓里真的可以称得上一句凶悍，冲上去就干巨蛇……然后干输了。

穆翡："……"不愧是硬拉两百五十斤的季老。

此刻，他们身后出现了另一条蛇影，还未至眼前，影子已在墙上跳跃。

前是蛇，后也是蛇，徐先生觉得很棘手。他带着众人躲进室内，看了一眼祭台上的东西，问："小谈同学，你知不知道这里哪样最厉害？"他带的家伙都已经折了，这些法器或许反倒有些效用，抱着试试的心态，他决定先问下理论知识专家。

季老挣扎着再次抬起头："一定要用也可以，让我先记好东西是怎么放的！"

穆翡则表情诡异地叫住他："徐先生，等等……"

徐先生一脸疑问。

穆翡冲谈潇道："小谈，还是你来试一试吧！"

大家都惊奇地看着二人。这什么意思，叫谈潇试？从他母亲那辈开始，不就已经转行了吗？

谈潇慌了："我不行吧。"刚才那一下他自己都不理解。

穆翡鼓励他："你脸上可没血。"

他俩是摔了几下，但比起徐先生那满脸的血，谈潇看起来清爽多了。而且谈潇是楚巫后人，穆翡觉得他更有机会。他们刚才的经历不就证明了这一点吗？

徐先生："……"

谈潇有些迟疑，难道自己真的有什么奇怪的能力？想了想，他在祭台上看了一圈，执起桌上的羽纹扇，一手持扇，一手拍打在悬鼓上，同时脚踏禹步，绕着鼓身，以方寸之地为九重之天，按照九宫八卦而踏之。他的动作灵动轻柔，这是楚舞的特点，但比起楚舞，又更多了几分诡异，以腰为中心灵活曲折，衣衫翻飞，极有流动之感，神秘而浪漫。

鼓点越发细密。谈潇旋身，击鼓，捏手诀。

众人觉得眼熟，想了一会儿才发现这正是巫觋俑捏过的"枷势"，拿的也是巫觋俑所用的人器版，可真是以彼之道还施彼身了。

谈潇的动作如行云流水，脸上虽还有些忐忑，但口手配合却已经是肌肉记忆了，一举一动极为有范儿。

"五色神光和，镇宿阴殃祸。"

少年清澈的声音在黑暗的墓室内回响，竟和上远古的节拍。

在他眨眼的一瞬间，黑暗里似乎有一双上挑的凤眼蓦然看过来！

谈潇心一惊，但定睛看去，只是一对巨蛇竖瞳而已……

一切好像只是眨眼间的错觉，还未待他想明白，原本不安分摆动着的两条巨蛇倒伏在地，呈现出有些僵硬的状态，之后又一翻身体，爬向季老。

扛着季老的警卫大哥吓得想要开枪，被按住了。

只见巨蛇从他们身边缓缓爬过，巨大的身躯蜿蜒着出了墓室……

众人屏息凝视，一直到蛇尾都出去了才松了口气。

季老让人把自己放下来，自语一般道："它们去哪儿了？"

"不知道啊。"谈潇也很茫然，他只是按照流程进行所谓的仪式，"要不，去看看？"

他虽然不知道它们去了哪儿，但那一瞬间他好像感受不到它们的威胁了，甚至很好奇这些蛇就这么生活在墓穴中，要如何满足生理需求。

巨蛇此时的行动没有之前那么快，他们索性跟了上去。

谁料两条巨蛇竟爬进了主墓室。这里全然不同于寻常墓室，就如同人居住的地方一样宽阔，停放着鲜艳如初的棺椁。椁分九室，长、宽都有十几米，红漆的内棺上是浮雕的凤鸟纹，两侧又有许多似菱形的花纹，夹杂着一些圆形图案。

两条巨蛇熟稔地爬上内棺，一圈圈缠住了棺木。

室内仅存黏腻湿冷的感觉。

渐渐地，两条蛇开始不分彼此，仿佛是一条蛇生了两个脑袋，身上的纹路也渐渐变了颜色，几乎与棺木融为一体，竟变成了菱形花纹，而它们的眼睛则成了圆形的图案。这样的图案一共有九对，如同一条蛇长了九个脑袋……

徐先生一拍脑袋，后知后觉道："难道这就是传说中的雄虺？！"

谈潇低声背诵起古籍记载："雄虺九首，往来倏忽，吞人以益其心。"

原来九首之蛇是九条蛇缠在一起，不分彼此。

穆翡感觉脸上的肌肉跳了跳："根据404办的记载，世上起码已经千年不曾出现过雄虺的踪迹，我们还曾怀疑是不是真的有九首之蛇。没想到它竟在楚墓之中出现了，好似一个活的镇墓兽。而且它的形态似乎可以在阴阳之间转换，隐匿身形，太奇妙了，难怪世间难见！"404办是有详细的妖怪分类的，这雄虺到底属于什么类别，她觉得可能得再研究研究了。

季老忽然想起什么，惊道："不只是镇墓兽，还是棺束！"

大家疑惑地看向他。

季老解释道："古时没有钉子，以皮革、麻绳束起棺材。之前我还奇怪，为何堂堂楚王墓不见棺束，难道腐朽掉进土堆了？现在看来，不是没有，而是楚王墓以雄虺束棺。"

看雄虺那巨大的身形，季老甚至觉得这墓穴能够修建得如此超越时代生产力，与其脱不了干系，而且这位楚王身上的神权色彩比王权身份更让他感到震撼。

一个工作人员后怕地道："我忽然想起来了，刚下来时莫老师还没事，是打开棺椁后才出事的。"

巫觋俑只能算警示，真正的机关还在棺内，开棺者死。

徐先生则看向谈潇："它还能动吗？"

"理论上是不能伤人的，被枷住了。"谈潇的语气中充满了不确定，见大家都看着自己，他苦涩地道，"你们再看我，我也不能保证售后效果，我第一次做这种事……"

有人不太相信地道："可你看起来真的是游刃有余。"

先前他们被雄虺追得以为要团灭了，但在谈潇面前，这雄虺不说乖巧，也能算得上老实巴交了。

"因为我从小苦练。但我发誓，以前做科仪从来没有这种效果。"

大家都好奇且怀疑，尤其是徐先生，他亦是年少入门，得名师指导后苦练过的，不懂谈潇怎能对自己的能力毫无所知："你以前都对谁练习？"

谈潇："游客。"

众人有点儿哽住，哭笑不得。

"看来你和你母亲不一样，还是很有根骨的，只是没有用对地方。"徐先生长叹一声，道，"我见过太多人欲入此门而不得，却也有你这样身怀玉璧而茫然不知的。"

谈潇不太服气："话也不是这么说，怎么没用对呢？我们家在旅游旺季的时候表演加上卖周边月营收十万，你们做一单多少钱？"

听闻此话，别说徐先生，穆翡的脸也扭曲了，她打圆场道："好了，好了，不要说这些伤心事了！"

徐先生抹了一把脸上的血，自语道："我有编，胜在稳定。"

季老轻轻摇头："我看大家都挂彩了，如今东西拿到手了，雄虺也枷住了，不如先想办法出去休整。"

因为发掘工作刚开始，这次带来的灯都是电池款，开到最大功率的话撑不了太久，因此大家都赞成先上去，遂一齐往来时的方向走。到了甬道处，已经能听到施工的声音，上面的人果然发现了顶盖石坍塌，展开了抢救工作，这会儿已挖开一个洞，可以看到外界竟已是晨光熹微。

季老震惊地道："不科学，我们才进来了多久？"

"我就说灯为什么灭得那么快。"有人后怕地道。他们带了不少照明用具，且没有一直开到最大功率，电量却消耗得极快。

徐先生忙和上头的救援人员大声沟通，他们停了机器，把登山绳放了下来。两位壮硕大哥帮着拽大家上去，季老则是被他们拴完绳子又夹在怀里，带着爬了上去。

轮到谈潇的时候，壮硕大哥小心翼翼地说："你能不能飞上去？"他光看到谈潇神兵天降了，谈潇看他是猛男，他觉得谈潇像神仙。

谈潇："……"

最后还是大哥扶着谈潇爬了上去。

谈潇回头看着那黑黢黢的甬道，那里好似另一个世界，而抬首已是朝阳初升。他伸手微微挡住眼睛，指间漏着红色的日光，让人想到楚王墓中那无处不在的鲜红色调，一切好像都不一样了……

一旁的季老看着墓底，长长地叹了口气。

"季老，您是在担心莫教授吗？"穆翡安慰道，"谈潇既然有真本事，那待他休息好了，让他去给莫老看看。再不济，我们已经把巫觋俑缺失的部分拿上来了，总有办法的。"

"不是啊，我知道老莫肯定能好。"季老苦着脸道，"我就是在想，我要是在论文里写楚王棺椁是蛇皮，算不算学术造假？"

所有人一脸无语。

季老苦哈哈地展望了一下，想起什么，看向谈潇，招手让少年过来，亲切地搭着他的肩问："小同学，上几年级了？"

季老没说过自己有教职，但学生总是能敏锐地嗅到教师的气息，谈潇立刻站直了："高二了。"

"哈哈，怎么说，有没有想好以后考什么专业？"季老幽默地道，"难道想考旅游管理？"

从谈潇论大丧傩开始，季老就对他很有好感了，这娃是块搞考古的料子啊，可惜有家族事业。当然，这不影响季老关心几句。

"当然不是。"谈潇想起还不知道在哪座山里的谈春影，不禁远目，叹了口气，道，"我妈让我多钻研真功夫，掌握各种科仪，发扬我家的传承……"

季老："嗯？"

谈潇讷讷道："所以最好选物理、化学专业，把同行的手段也全破解了学过来。"

众人有点儿无语凝噎：你们家是有点儿想法的……

"你牛。"穆翡笑着摇头，招呼谈潇一起吃早餐，"得，先吃点儿东西吧，都累了。"

这边住了这么多人，也就头些天是叫饭店送饭，现在已经是自己开火做饭了。这个点儿，粥和包子都已经出炉。

因为早上天气凉爽，大家把桌椅摆了出来，准备在外头吃早餐。谈潇乖乖地坐在门口的条凳上等着。别说，之前不觉得一个晚上过去了，现在疲惫感上来才有实感。

谈潇还听到一起下墓的考古队员在旁边讨论昨晚的事。

"好家伙，我们一下去就感觉哪儿哪儿都不对，一开始就是我发现有蛇的动静。"

"对，对，我们还不觉得呢，后来在棺室待了很久也不觉得危险。难怪那时候产生幻觉，看到你拿铲子一下把季老的安全绳斩断了。"

"我还踩到好大一片蛇蜕，寻思这是金缕玉衣呢……"

"噗。"

谈潇听到他们那险象环生的经历，才深觉自己和穆翡算是走运了，只是刚掉下去的时候穆翡性情变得有点儿冲动直往里面冲，但后来自行清醒过来了，再后来又因为刚好遇到祭台，遇到雄虺的攻击也一一化解了。

"你想喝什么？"

谈潇转头看去，是一个端着一笼小笼包和一碗绿豆稀饭的长鬈发的年轻女士，看那学术风格的打扮，恐怕也是考古队成员。他礼貌地道："谢谢，已经有人帮我去拿了。"

长鬈发女士嚷嚷道："还有谁啊，你怎么一个活儿派俩人？"

谈潇闻言觉得不太妙，试探性喊道："穆姐？"

"是我！虽然认识才一天，但好歹一起出生入死过吧，你就连我的脸也记不住？"穆翡方才把丸子头拆了，微卷的头发披散下来，又把墓里打滚变得灰扑扑的衣服换了，谁知道谈潇转头就不认识她了。

"一下没认出来……"谈潇汗颜道。他这个脸盲的毛病说大不大，说小不小，就是在人际交往方面有点儿尴尬，认人比较依赖衣着打扮。在学校里，大家都穿着一样的校服，但好在座位是相对固定的，他把座次表都背顺了，借用各种辅助记忆，好歹在座位上的同学都能叫出名来——还好他只是脸盲，记忆力不差。

"你可真行。脸盲吧你？"穆翡让他选了吃的，"莫教授现在在中心医院，我待会儿把你送回去，等你休整好之后，我再把莫教授接出院。我们商量过了，在这儿试比较好，你怎么看？"

"我……没意见。"除此之外，谈潇还能怎么看？

"你还真是糊里糊涂的。"穆翡道，"我看一客不烦二主，你来给莫教授看看吧？"这是在楚墓中出现的问题，由楚巫后人来解决再合适不过了。

"可以是可以，但我不保证有用。"谈潇仍然是一副不包售后的样子。

穆翡好笑地道："你总这么谨慎干什么？马上就是庚申日了，有点儿自保能力是好事。"

"什么庚申日？"这个就涉及谈潇的知识盲区了，他只对本家的业务知识比较了解。

"六十年一次的庚申日，也就是本月十八日，此夜月华中将出现帝流浆，蕴含常日无数倍的天地灵气，人间草木受之有机会生出灵智。"穆翡悠悠地道，"待那一夜过去，我们又不知道要多出多少工作了。"

古书云，庚申夜月华，其中有帝流浆，其形如无数橄榄，万道金丝，纍纍贯串，垂下人间，草木受其精气，即能成妖。

谈潇听她说起的日期，想道：十八号，那不就是最近一次"超级月亮"观测日？他懵懵懂懂地点头："说起来，你们单位到底是怎么回事？"之前他就很好奇了，没听说过404办啊。

"就是像你们校长介绍的那样啊，主要负责协调、处理一些特殊事务，包括今天这种。"穆翡提醒道，"404办的全称其实是'全域协调联动办公室'……"她看谈潇还是有点儿迷惑的样子，想了想问道，"那你知道监天司吗？就是我们单位改名前的名字。"

谈潇瞬间恍然大悟："是监天司啊，那肯定知道。"

监天司放在古时候也是个赫赫有名的衙门，历朝历代都设有，据谈春影说，是因上古三界联系紧密，才特设此处司职监察天地异象。如今看来，他妈说的竟是真的？

"改完名低调多了是吧？"穆翡嘿嘿一笑，"当然了，说是办公室，部门还是比较多的，比如内设督查队、执法队、调度中心等。我们的人数其实没有那么多，但是和十洲挺多单位都是联动的。凡遇到特殊事件，我们会进行分析登记，然后分配到执法队或各个教派处理。别看姐姐也能打，严格来说在单位还是文职，负责拍照、做台账，回去还得写报告。你拳打雄虺只要五分钟，我憋材料要三天啊！"

谈潇："……"

早餐饭毕，穆翡开车把谈潇送回家。那是一栋位于老城区的自建带院二层仿古小楼，此刻檐角还挂着水珠，反射着朝阳的曙晖，迎面能看到墙上贴着红色的反诈反迷信标语，一楼大门两边还有很多牌子，从"文明家庭"到"民俗文化旅游示范点"，相当齐全。

穆翡想起谈潇说的接待游客营收之事，哈哈一笑："你家经常有游客来参观？"难怪谈潇之前在墓里毫无怯场之意，这都是历练出来的啊。

"嗯，最近暂不接待了，反正旺季过了。我妈要为新舞剧潜心准备，这不是还出去采风了嘛。"

谈潇正说着，旁边路过一个老婆婆，和他打了声招呼："潇潇，这是谁呀？"

"婆婆。"谈潇知道这多半是邻居米婆婆，打了个招呼，直接道，"是来请我妈妈去举行仪式的。"

"哦哦。"米婆婆神情很自然，"你妈妈还没回来吧？怎么这次出去那么久？你到时候和她说，咱们广场舞队的表演还等她来指导呢，就是那个什么蛇舞。咱南楚的旅游节开幕式，我们要去表演的。"米婆婆很是骄傲的样子——她们能到处参加表演，也算是广场舞领域的"精兵"了。

"是操蛇舞。"谈潇道，"婆婆，她还在外地，看能不能赶回来。"

穆翡听得人都麻了，心想：你可真是一点儿也不避讳，反正他们认定你妈妈那是纯艺术是吧？你们甚至到处教人操蛇舞，楚王听了都会流泪……

03

到了晚上，穆翡又打来电话，说她已经把莫教授接出院，准备来接谈潇了。

谈潇早已收拾好一大包东西，放在自己的书包里，看穆翡到了便直接上车，一路开到发掘现场。这一次谈潇虽然还是没有证件，但不需要季老专门打电话了，估计是早打好招呼了。

依然是先前待过的活动板房，只是这一次里面多了一位僵直着躺在行军床上的老者，他形容枯槁、双目呆滞，床边还有他带的两个学生守着。

莫教授出事的事，他的家人还不知道，只两个学生轮流在医院照顾着，因此这两人没有见过谈潇，也不清楚昨晚的事，只知道是请了位本地的灵师。不过他们俩都不是南楚人，又不关心这方面的事，基本没听说过。

那俩学生对视一眼，对徐先生道："这位……小弟弟看起来也太年轻了吧？之前不是说找天师看看吗？"其实他们质疑的不只是年纪。

谈潇听了甚至想点头。

穆翡则抓了抓自己的丸子头，烦躁地道："我就是天师。但这是南楚地界，有句话叫'灵师度生，天师度死'。"

南楚过去的习俗中的确有这句话，当然，实际上可能只是一种市场细分。

莫教授的学生嘟囔道："我是说有没有别的，之前你也没解决啊……"

穆翡身子一僵。之前他们404办折腾了半天，的确是一场无用功，而谈潇又是由他们引荐，也难怪莫教授的学生忍不住质疑。

"咳咳。"季老咳嗽一声，他手里捏了几张图片，并不直接借身份让大家别吵了，而是道，"昨晚小谈陪我们下去过，这是我们白天清理出来的几样文物，很有意思，在其他楚墓中也曾出土过。"

谈潇看了一眼："嗯，这个是楚国特有的乐器。"他在墓底还敲了呢，想想都刺激，这可是文物。

莫教授的学生一下闭嘴了。

季老的话透露出两点：第一，之前他们都不敢再下墓，但是昨晚谈潇陪他们一起下去后，今天就重新恢复了发掘；第二，季老随便举例的文物，谈潇说得出来历，单就这一点，不翻资料的情况下做不到的他俩得服！

穆翡推了推谈潇，让他别管了，弄自己的就是。

谈潇本来还站那儿想等他们继续质疑，毕竟他自己也不是很有把握，被推了下才打开书包，从里面拿出准备好的东西。他之前在墓底借楚王的陪葬品整了次活儿，但眼下还得正儿八经走个全套流程。

徐先生一闻那烛就赞道："好枫香！"他是焚香狂热爱好者，自然一下就认出来这是好香，由枫香树的树粉制成，十分耐烧，而且火焰是蓝色的，短而不亮。他极为欣赏地看了一眼谈潇，问道："如此精工，是你手搓的？"

谈潇："给配方，工厂代工。"

徐先生："……"

"还有一个。"谈潇自语着从书包底下掏出一个塑料袋，里面居然装了条鲤鱼，再继续掏，甚至有干笋、香菇之类，他抬头解释道，"这是祭品，我们习惯现做，热乎。"

这可真是稀奇，如今大家谁不是用成品冷食？

季老沉吟道："这本也是逐步进化的，从最早的生肉祭祀到后来进行烹饪，人们相信神灵也是喜欢热食的，或者说，人们要把自己最好的东西献给神灵。看来，你们家十分传统啊。"

古人有云，"神嗜饮食，使君寿考"。他们相信神灵也喜欢美食，吃到了满意的食物，便会赐福给祭祀者。

谈潇闻言小声道："呃，倒没想那么多，以前我们也用冷食，主要是表演完祭品还要给游客吃，游客就提了意见。"

众人："……"好家伙，楚巫土菜馆是吧？

谈潇直接把营地的灶给拖了来，利落地找到鲤鱼的腥线，割一下，也不用镊子，直接将修长的手指探进去捻住用巧劲一抽，白色的筋就被整根抽出来了，整套动作干净流畅。

这鱼剖成两半，脊骨剔了，用黄酒、细盐腌渍的同时处理配菜，将香菇、火腿和干笋切碎。几分钟后，鱼腌好了，抹上蛋糕后下锅，嗞的一声炸得鱼尾翘起，慢慢呈现出诱人的淡黄色。显然，高温下鱼肉表皮正在变得酥脆，连鱼骨也一道炸酥了，绵绵飘散出浓郁的香气，单看这色彩，就足以令人想象到它外焦里嫩的口感。

被烧得像是两条鱼的鱼片在盛入盘子后，左右两边还要分别浇上红、白两色的芡汁，一边是火腿、香菇、姜等烧成的，另一边是冬笋、葱段。

滚热的芡汁浇在焦脆的鱼身时发出了呲呲的声音，所有人齐齐吞了下口水。莫教授的学生更是忍不住喃喃道："刚才我俩多少有点儿不懂事了！"

谈潇准备的东西中包含了元酒，还有瓜果、糕点，但真正的菜品也就三道，毕竟只有谈潇一个人，也进行不了那种天黑忙到天亮的大祭。

除了鲤鱼，他还另做了鸡汤与豆腐：整鸡与火腿、鱼干等辅料一起炖，鸡汤浓稠奶白；豆腐火候正好，呈现诱人的金黄色泽，又极为细嫩。

宛如跑偏到美食节目的程序完毕，谈潇将它们装入竹制的容器中，然后以手捏诀，在竹制的盘子边沿敲打，竟发出瓷器相撞般的清脆声音，此为"击馋"。

幽静的室内，盘中热气蒸腾而起，飘散四方。而那枫香虽无烟，热气却升腾如雾，穿过雾气，可见谈潇徐徐将一方色彩艳丽的面具斜戴于头顶。

叮的一声，击馋声仍在回荡，气氛庄严……而好吃。

"我之前认识了个齐郡的，她用的可都是香樟木面具。"徐先生摸着下巴道。

在世人看来，傩仪最大的特点恐怕就是面具，古礼中就记载了"黄金四目"的傩面具。不过在大部人的印象中，傩面具多是木质的。而谈潇不知从哪儿摸出来的面具却是牛皮纸做的，涂了鲜艳的红、黑之色，形成羽翎般的花纹。

"说不定是为了节约成本。你看他们这都产业化了，没用电子版就算好了的了。"穆翡还寻思是跨行之后谈家搞了创新呢。

谈潇又不是听不到他们说话，一脸无语地转头解释："那是因为主祭用'暗相'，即把脸都遮住的木质面具，弟子则要用纸做的面具，也不可遮住全脸，而是露出来，即'明相'。"怎么可以怀疑他们家产品偷工减料？成本控制也不会控制到这里呀！

徐先生和穆翡尴尬一笑，把嘀咕给放小声了。

"但是……他不祭元凤啊。"

"想起来了，可能是因为墓底的法器上有孔雀翎。谈潇说孔雀是元凤之子，巫觋俑的法器大概率也是仿制的它，估计是一客不烦二主。"

他们猜得差不多正确，作为一个主业学生、放假给家里打工的灵师，谈潇大多数时候就是随机拿起一个摆在最前面，甚至看游客反应来选。在墓里短暂使用的法器上是孔雀纹，这次他便下意识地选择了元凤之子孔雀。

谈潇重新扶了扶面具，用着奇特的韵律吟唱道："阳雀未鸣春先知，香烟绕绕雾华堂，天门开兮结玄云……"

谈潇不自觉沉浸入唱词中，双目微微阖上。半明半暗闪烁之间，他似乎又见到一双眉眼，如闪电般心头一片雪亮，唯剩下这双眼在仿若停滞的时间中与其长久地对视。

古老的仪式代表着数千年的眷顾，缭绕的烟雾散发奇特的香气，这里的一切相遇都如同幻梦，又或是确信陷入幻梦中才能感受到灵应。

千千感吾心，千千化吾念。无数个若有若无的声音在念着。

恍然间，谈潇甚至不知自己到底是闭眼了还是睁眼了，是看见了还是忘记了，这双眼睛是出现在黑暗中还是在他心神间……

那微微上挑的双目似是漫不经心地出现，在看到谈潇时一顿，认出上次的少年，还有那极为美味、用心、不同一般的食物，不由得目光莹亮。

随风逝去的历史太久远，而哪怕千年之前，因元凤在上，也鲜少有人求助于祂。祂久久地与少年对视，险些忘记享用那些奉给祂的食物。

祂确信，见过祂的人都会留下深刻印象。祂似乎能看到对方眼中的震撼与倾倒。

那就他吧……

一切只在一瞬，谈潇手捏北斗诀，再变金钩诀："一点乾坤大，横担一月长，收尽魑魅气，一并九霄去！"

话落的同时，他的手也点到了莫教授的眼睛上——不，只是毫厘之间，差一点儿就要碰到莫教授的眼球。

莫教授像是受了巨大的冲击，竟是头一歪，在打了几天营养针的情况下张口哇哇大吐起来。一股又一股透明的黏液从他口中吐出来，其中似乎还有一些白色絮状物。

谈潇猛地后退。莫教授这都不能说是吐了，简直是喷射，根本来不及用容器盛接。

莫教授吐了得有半锅的量，一股潮湿的腥气瞬间布满房间，众人闻着直欲作呕。这东西不但看着瘆人，还让他们联想到蛇这一生物，像是蛇的涎液。

"去挖些土来盖住，然后一起扫出去埋了！"徐先生吩咐道。

再看莫教授，如此大吐一番后，竟是渐渐舒展开四肢。

他的两个学生扑上去扶着他，急问："老师，您没事吧？"

季老也冲上前两步，关切地看着他。

谈潇急了，也拼命往里面挤，好似个看热闹的人："让我也看看，让我也看看，什么效果啊？"

众人："……"

莫教授半晌才找回神志，嘴巴微张，虚弱地道："饿！"

谈潇赶紧盛了鸡汤端给他，还加上了豆腐和鱼肉。这些现在给莫教授吃，算是各方面都对症了。

莫教授枯瘦的手一下就抓住了碗，几乎是从这个不认识的少年手中抢过来的，然后拼命地把食物往嘴里塞。不知道是不是经历了一番煎熬，他觉得鸡汤的滋味格外鲜美，清甘润胃，再加些鱼搭配，就更加味美了，丰实的鱼肉在齿间爆发出浓烈的香气，比香更浓的是鲜，吞下去绕着五脏六腑散发。只可惜他大病一场，不能吃得太过油腻，只扒拉了几口鱼肉就被阻止了。莫教授急切地看着那鱼肉，又吞了几口豆腐，好在豆腐也是极为好吃的。

季老抢过鱼肉，只觉得所有人都盯着这盘菜，他无奈地道："你们到底是来看病人的还是来打牙祭的？"

众人讪讪的，他们也没想到谈潇还有这一手啊！他们甚至怀疑谈潇选菜色都是刻意选的病人好消化的。

这会儿莫教授的学生忽然惊道："等一下，你好像还没把仪式做完。"

谈潇一愣，有点儿尴尬。他从来没遇到过这种情况，当下就看病人去了，哪还记得没收尾啊。这时候再闭眼，好像也看不到对方了。是走了吗？谈潇不太确定。

"应该没事吧。"谈潇想了想，道，"反正莫教授已经好了……要不我现在送送？"

莫教授的学生一脸问号：不然呢？你是想放着不管吗？

谈潇于是忙捏了个仙鹤诀。

莫教授的学生现在对谈潇可以说是毕恭毕敬，但看到这情形多少有点儿不理解，有这么虎头蛇尾的吗？这和他认知里的不太一样啊！虽然他那点儿知识多数来自文艺作品。

徐先生大笑两声："这只能说明他这一脉很复古。"他指指谈潇，又指指穆翡，问，"你知不知道他们的区别在哪儿？"

莫教授的学生虚心求教："在哪儿呢？"

徐先生是这方面的高才生，他乐道："他们最显著的区别，在于一个是意在取悦、说服神灵，认为神灵也有'人格'，而另一个虽然声称能与神灵对话，但是本质上……"他看了谈潇一眼，"他们将神灵视为无生命物，他们的目的是用一切手段乃至胁迫来使神灵执行他们的指令。"

莫教授的学生听了恍然大悟："原来如此。这么一说，我的确听说过有人拜拜不灵验就立刻翻脸，甚至有人因此鞭打神像。"

谈潇眨了眨眼。别说，他也是第一次知道二者被这样区分，他自己还真没想那么多。

正是时，莫教授长长地舒了口气，放下碗筷。

众人的注意力皆被吸引了过去。

这会儿小老头才算找回理智，揉了揉肚子赧然道："失礼了！"

大家怎会不理解，忙道好了就行，等会儿赶紧再送回医院去做身体检查，只是免不了还要想办法糊弄一下医生。

"我刚刚听下来，救了我的是这位小同志？"莫教授看向谈潇。他是个聪明人，加上僵直期间也不是一无所知，还能听到声音，只是无法做出反应，所以他是知道自己身上发生了什么的。

谈潇现在仍半戴着面具，他摆手道："我也是试试。"

"太谢谢你了！"莫教授直接拉住谈潇的手，"你救了我的命啊！没想到你年纪轻轻，行事竟是如此美味！"

谈潇："？"

众人："？？？"

莫教授指指那饭菜："呵呵，说错了，毕竟我是第一次吃到这么香的鲤鱼，前面还饿了那么多天，太让我记忆深刻了。"打营养针那滋味太难受了！

鲤鱼其实在南楚不是很受欢迎，因为水质等原因，很难做得好吃，但谈潇一番烹饪去腥提鲜，倒是展现了它应有的风味。这可绝不只是莫教授过于饥饿之下的美化。

大家意识到莫教授在开玩笑，都大笑起来，只觉得连日来紧张的气氛终于一松，有种劫后余生的庆幸。他们相视一眼，一切尽在不言中。

莫教授幽默完，正经地对谈潇道："小同志，你是哪个单位的？我都不知道该如何感谢你。"他是身无所长了，但是锦旗总要送吧？徐先生和穆翡的身份他都说了，想来谈潇也是有来历的。

"不用谢，不用谢。"谈潇愣了一下，他哪有什么单位啊，"我单位……南楚一中吧。"

莫教授差点儿没反应过来，好一会儿才后知后觉地道："你还是学生？"

谈潇无辜地点了点头。

"你呀，到时候给他们学校打电话表示感谢吧，就说他见义勇为，扶你去医院什么的。"季老坐在床边出起了主意，"我说老莫啊，你可算是清醒了，我有好多事想和你说呢。你知道这下面居然有祭台吗？"

莫教授的注意力一下转移了，连眼睛都瞪大了："哦？"

"这次的随葬品实在太丰富了，很多成套的乐器、玉器，更有许多竹简……这都是极具研究价值的！"季老想了想，道，"当然，还有许多蛇。"他把之前的事娓娓道来，包括雄虺束棺。

莫教授一拍额头，原来如此。他就是在研究那巫觋俑的时候突然感觉被吐了一脸，然后就不能动了。

"所以说，现在这雄虺该如何是好呢？虽然它已经不能影响发掘，但是小谈同学，你看是不是还是及早把它转移到其他地方？"季老眼巴巴地看着谈潇。

之前谈潇降住了雄虺，但雄虺只是回到了内棺。虽然这后续程序该 404 办负责，但架不住季老现在比较相信谈潇。

谈潇面露思考之色："这个……其实……有没有可能不转移它？"

季老没懂，其他人也面露迷茫：怎么这在雄虺身上吃了大亏，还准备既往不咎吗？

穆翡更是皱眉道："小谈，你不会是想把它留着当手下吧？这可是传说中的生物，哪怕备案了也不能随便进城区的。"

"没有没有，我要它当什么手下。"谈潇连连摆手，生怕被误会，"我是想起雄虺通人言，那为什么不让它帮忙考证墓里的文物？它就算不知道文物的用途，也肯定知道它老板是哪一任楚王吧？这不是还没考据出来吗？我只是觉得可惜……就是不知道符不符合你们的程序。"

对哦，他们被吓得忽略了这还是个活文物。众人心脏狂跳起来：让文物自己断代？未曾设想的道路出现了！

就算是莫教授这个一号受害者，听到这个提议都有种立刻答应下来的冲动。这对他们本次的发掘工作得是多么大的帮助啊！甚至不只是这座墓，其他墓呢？但他也是有理智的，这种事还是要听专业人士的。虽然单就他现在想来，感觉是有操作空间的，毕竟确定有人能拿捏住雄虺。再者说，哪有那么多精怪既有研究价值又给楚王打过工，还一直封闭地活到现在又被抓了？

穆翡看着专家们渴望的眼光，谨慎评估道："有一说一，我们404办是全域联动办，工作中也是有过先例的，但那都是内部合作，借给你们这种事……我可以帮你们给上面打个报告，不一定成功。还有，咱们得先确认下这雄虺真的有价值吧？"

"对对，比如它的记忆力怎么样，几千年了还记得吗？"莫教授摸着还没平复的心脏，难掩激动地道。他身体还虚弱着，这样大惊大喜之下真怕伤身。

"赶早不如赶巧，这就问问呗。"徐先生一拍大腿，"我可以让它借我的身体，大家商量商量。"

说干就干，反正墓就在旁边，内棺也已经被发掘出来，还未运走。

到了临时仓库，徐先生把在墓中捡到的一小片蛇蜕捏在手中，举高了看着，然后猛然一下把蛇蜕含在口中！这一举动看得众人直哕，都没想到他会突然往嘴里塞，谈潇是表情最夸张的，闭眼一脸难受。

"拜请拜请师门人，强请仙人来说法！"徐先生闭目呵道，待再一睁眼，众人面前已是一双黄色的竖瞳。

谈潇上前一步，但恶心劲还没过去，上半身忍不住往后倒："雄虺？"

徐先生的声音变了，像是好几个声音叠加在一起，语调也带了点儿古拙的楚地口音，声调拖拖拉拉，有种说不出的黏腻之感："是你，灵子……"

穆翡在旁边一撇嘴道："怎么还是气泡音啊，啧。"

雄虺听不懂，谈潇却差点儿笑出来。这还是他第一次看到这种场景，他颇感新奇地看着雄虺："你认得出我呀？我们想找你商量一件事情。"

雄虺竖瞳一闪，垂下头："你有什么要吩咐我们的？"

我们？穆翡不禁拿出了笔记本，还推导起来："什么意思？雄虺的意识不是单一的？你的每个身体的意识都是独立的？"

雄虺看了过来，多重声音混合着："我们本就是独立的。我们来自九州的大山大泽，楚王找到我们，把我们变成虺。我们生来便强大，我们永远如此。"

穆翡写笔记的手顿住，震惊了。她一开始以为雄虺销声匿迹只是和很多物种一样灭绝了，后来看到雄虺形态转换，又以为它们消失是因为可以隐匿在阴阳之间……没想到它们根本就是炮制出来的人工产物！

它们的意识互相融合，身躯也可以交缠在一起，游离在实质与虚幻间，组合成"虺"。它们不需要进食，不需要修炼，从诞生起就具有力量，但这力量永远不会改变——它们生来就是为楚王服务的，楚王用它们做镇墓兽，又何须它们修炼？难道让它们修炼到长出爪子，化身蛟龙飞走吗？于是在几千年后，楚王已化为白骨，雄虺仍作为棺束，以一种不生不死的状态存在着。也因此，楚王的那些手段对它们仍然有着超乎其他的掌控力。

谈潇一时间不知道该说什么好，难怪别人会怀疑他想养雄虺。

雄虺才不管他们怎么震惊，还没等谈潇和它们谈条件，先自顾自说了起来："灵子，把我们带出去吧，我们想沐浴月华……我们愿意辅佐你做下一任楚王。"

属阴的种族对月华总是很向往的，尤其这六十年一度的庚申日快到了。

谈潇猛地咳嗽起来，在其他人调侃的目光中摆手道："我倒没有那么大的梦想。"

雄虺的声音混合在一起格外有诱惑力："有我们在便不是梦，你会成为楚地最大的王。我们曾经帮熊羽做到……"

熊羽？季老和莫教授两眼放光，忙记下来。他们本就一直在研究，稍一回忆，就确认了墓主人的身份：熊羽，谥号楚安王。

"先别画饼了，再往下说要被约谈了，我看你是真不认识始皇啊！"谈潇急了，听了一点儿心动的感觉都没有，只觉得和雄虺之间的代沟太大了。

雄虺听到"始皇"，果然露出茫然的神色。

原本很有诱惑力也很有震撼力的话，在这种情形下就很不是那味儿了。

"你们还是听我'画'吧。"谈潇和穆翡对视一眼，见她点头，说道，"现在确实有个机会，或许能让你们从棺木上解脱。"

本来也不能让它们待在棺上，这地方以后估计会原地建博物馆，实在不需要一个活的镇馆之宝。

"但是你们需要接受一份工作，就是做考古队的文物顾问，并有所贡献。"谈潇边说边看了眼穆翡，见她点头，明白这么说没问题。

"文物顾问是什么？我们做就是了……"雄虺的气泡音更重了，听起来并不介意自己要干什么活儿，只要让它们出去晒月亮就行，"我们能为你做什么？"

莫教授实在忍不住了，举起手道："那个，雄虺先生，我想问一下，在同时期的墓葬里，祭台都是在墓外的，但是楚安王也就是熊羽的祭台在墓内，这是他的意思，还是一度有不一样的风俗？"他一听雄虺可能给考古队打工就一口一个"先生"，礼貌得不行，不知道的绝对看不出他曾被雄虺害惨了。

雄虺的眼珠子动了动，似是回忆起了千年前的事："是，也不是。陪葬品都是他的，但原本祭台也在外面，只是大丧时世子见棺木动，认为熊羽已被元凤陛下接引，便增设了祭台。其实那只是我们在挣扎罢了。"就算是被炮制出来的生物，也知道待在外头更好。

季老和莫教授这才知道为何墓中反常地设有祭台。他们又问了几个问题，雄虺都一一回答了。

古代帝王给自己修墓,都是一登基就开始修,雄虺给楚安王打工多年,了解的还真不少。季老和莫教授如获至宝,甚至把其他同期墓葬的问题拿来问,雄虺就算不知道,也能大概提供个方向。但几个问题下来,雄虺隐隐察觉到了所谓"文物顾问"的性质,不肯再答了——到底是给君王打过工的,有点子心机在。那双竖瞳直勾勾地盯着谈潇:"灵子,待你们践诺,再说……"

徐先生忽然剧烈地颤抖,哇的一下吐出那片蛇蜕,再睁眼时,竖瞳已然不见了。他咂巴了下嘴,感觉有点儿腥,呸了一下问道:"怎么样?"

季老冲他用力地点了点头。

徐先生一笑,对穆翡道:"那咱们就打个报告呗。"

穆翡点头道:"要是成了,还得设法让雄虺方便沟通。"他们也不能时刻求助徐先生啊。

谈潇不太确定地举起手:"我可能有办法……"

04

一周后,经404办研究决定,同意雄虺担任顾问,枷法暂不得解除,但允许其在走完程序后借地生存。

"借地"其实和"结界"差不多性质,放在雄虺身上,则是指把它们限制在某个区域,并进行监管。

因为此事不同寻常,还具有高保密性质,谈潇也签了保密协议。与此同时,他还帮忙复原了一件灵衣。

当初那巫觋俑的其中一个人俑身上便穿着风格鲜明独特的衣袍,织着红黑格子纹路。这其实是上古时候楚巫进行仪式时才穿着的衣服,但如今它早已被丰富多彩的各式法衣取代了。谈潇也是被巫觋俑引发了灵感,觉得用灵衣也许能实现和雄虺的沟通。之所以说也许,当然是因为他只有理论知识,并不知道实践是否能成功。

灵衣做好之后,谈潇将它送去发掘现场,这次就穆翡在,没见到徐先生。

"谈潇来了啊,你等等我写完这段。"穆翡正用平板电脑工作。虽然雄虺的事差不多结束了,但流程还没走完,她也就未离开南楚,远程办着其他公务。

谈潇知道穆翡是文职,站在旁边看了一会儿,好像是他们单位评优评先用的稿子。

——一是创新发展,以信息平台为抓手,创新完善新时代特殊案件处理手段应用,创造更安全舒适的各族共处环境;二是协调联动,努力推动全域融合,督促各责任单位紧密合作,对异族管理问题快速处置,形成从单打独斗到齐抓共管转变的工作格局;三是全面发展，夯实业务基础，全天候开展城区督查工作，建立长效机制；四是定期组织培训学习，培养业务精兵……

谈潇忍不住提问："什么是新时代处理手段啊？你们发明自动打怪机了吗？"作为一个学生，他对这些单位文书、流程不是很懂。

穆翡："呃，就是通过微信群摇人打怪。"

谈潇："……"行吧。

穆翡收拾好平板电脑："开始开始，看下你这灵衣做得怎么样。"

其实 404 办有不少法器，找一找也可以找到能用的，但是之前的经历告诉穆翡，用古时楚巫的器物可能是最好的，毕竟这雄虺是楚王炮制出来的大杀器，用对口器物对付它们往往事半功倍。

谈潇抖开灵衣，先自己试穿了一下。

雄虺现在被安置在一幅挂在墙上的画中。它们能当棺木上的花纹，当然也能待在画里。

谈潇试着和雄虺说话："Hello？"

雄虺的声音果然响了起来："灵子……"

谈潇朝期盼地看着他的莫教授和季老点头，示意信号没问题，正要脱了衣服给季老试试，雄虺却叫住他："呵呵，我才知道，楚国已经灭亡了。"

谈潇看着它们，问："你们这是高兴还是不高兴？"

"我只是想告诉你，你随时可以再来找我们，即便楚国已成楚郡，也不妨碍什么。"雄虺的九重声线交叠在一起，"你可以做我们的新主人，我们助你掌控楚地……"

说来雄虺的心态也是有点儿奇怪，它们不想被困在棺上，对自由有一定向往，但作为楚王炮制的产物，又好像在骨子里有点儿想认个主的冲动。

"它们说了什么啊？"季老好奇地问。

"还没高考，又搁这儿给我画饼，叫我逐梦政坛当郡长。"谈潇抽空给大家解释了一句，这雄虺怎么回事，都什么年代了，他吐槽道，"这和说自己是始皇让我转他五十有区别吗？"

现场的几位都忍俊不禁。

谈潇无语地对雄虺道："行了，别老想着什么主人不主人了，你们有空也了解了解社会形态。"说完就把灵衣给脱了。

第 二 章
转学生

他的代行者,竟没有认出他!

01

庚申日。

南楚一中高二（3）班教室内，谈潇正闷头写试卷，感觉同桌用手肘捅了下自己，于是歪头看过去。

"潇哥，你看这是什么。"同桌林仰把手机拿出来给他看。

谈潇看了一眼后收回目光："你开小差的证据？你怎么没交手机，不是看小说就是上网。"

"别这样，这叫学习、娱乐两不误。"林仰把屏幕上展示的图片放大，"我打算剪个新发型，你觉得这个怎么样？"

"为什么要换新发型，这个不是很好吗？"谈潇极力反对。他认人很依赖座次和发型，尤其是在学校里，要是林仰把发型换了，明天来上学还得猜哪个是同桌。

"你是觉得我现在很帅吗？"林仰摸了摸自己的头发，罕见啊，谈潇居然肯和他讨论这种问题了，"不过太短了，我得去修修。这发型流行，最近大家都在剪。"

"唉……"谈潇叹了口气，就是因为大家都剪，他才更烦，满大街都是一样的人。

这会儿有同学喊起来："你们快看月亮啊，不愧是超级月亮！"

大家一齐向窗外看去。

"天啊，是我的错觉吗？肉眼看都够大的了。"

"今晚的月亮还真是格外清晰，敢情咱们南楚真的是最佳观测地。"

就连坐镇晚自习的老师也没有阻止大家在自习之余看一看这天文现象。当然，这可能和他是地理老师有关。

谈潇也抬头看了一眼。无垠的天空中没有云层遮挡，今日格外圆满的月亮散发着光芒，比平日更加美丽神秘，倒映在波光粼粼的人工湖中，似乎将一整片湖水都照得通透了。

据穆翡说，今夜的月华中充斥着远胜平时日月精华的帝流浆，灵气得以短暂复苏，只是人类看不见。而在南楚的某一处，新晋考古队成员雄魃应当正在监管下吸收着帝流浆。

看着看着，谈潇觉得银辉皎洁到甚至有点儿刺眼……他揉了揉眼睛，心想也许刺眼的不是月光，而是因为他写了太久试卷。

下晚自习回家的路上，谈潇看到许多举着手机拍照的人。他再次看了一眼月亮，真的很明亮。

谈潇摸出手机，朋友圈里也多是月亮的照片，大家都在感慨超级月亮的特别，其中穆翡也发了自己拍的月亮，但文字和其他人的完全不同："庚申日，苦命人不守庚申守帝流浆咯！我也想吸收吸收呢。"

谈潇笑了笑。这帝流浆虽是大补之物，对人类来说却和普通月光没什么区别。

这时，手机忽然振动起来，屏幕上显示：谈女士来电。

谈潇一惊，他那位在外逍遥的亲妈终于有消息了！

哪怕谈潇从小就很独立，习惯了谈春影经常外出参加文化交流、采风之类的活动，也觉得这一次她出门太久，还是在没信号的深山老林。接到电话后，他不由得松了口气——虽然谈春影人还没回来，只打了电话。

接通电话，他便听到那头喊："乖崽！"

谈潇："你终于出现了！你到底去哪个林子里了，信号都没有？我都准备报警了。"

"哎，我遇到个同行，跟他一起又转道去北边了，哈哈哈！"光是听声音就能知道此刻谈春影必定眉飞色舞，"我在北边找萨满呢，咱们这不是一南一北嘛，以前光看南边的同行了，这次看了他们的仪式，真是开眼界啦。你知道他们收费也不一样吗？回去我跟你聊聊，可有意思了。唉，要不是摔了一跤，搞得中度脑震荡，我还想再待一段时间，去看保家仙仪式，现在没办法去了，得在这边的医院里待着。不过你放心，我没有大碍，下个月就能回去了。"

"真没事？要不我去看看你吧？"谈潇得知她居然摔得脑震荡，吓了一跳。他妈这是在山里乱窜了吗，怎么还摔伤了？

"不用不用，我请了护工，你好好上课，下个月我就回去了。"谈春影的语气很是轻松的样子。

"那你定期报平安。对了,"谈潇迫不及待地问道,"妈,你不是说咱们家都是民俗表演吗,为什么还真有效果啊?咱们家是不是有什么不为人知的秘密?"这段时间,这个问题一直在他脑海里打转,谈春影再不打电话来,他就要自行脑补出至少十八集剧情了。

谈春影:"笑死,你中二病吧?"

谈潇:"……"

谈春影:"没事少看小说,你老娘都脑震荡了,可别逗我的乐子,咱家有没有真本事你心里没点儿数啊?"

这不是以前觉得有数,现在又觉得没数了吗?!谈潇换了个问法:"那你知道404办吗?它的全称是全域协调联动办公室。"

"好像有点儿印象,同行开会见过他们的人,神神道道的一个单位。"谈春影还真知道这么个单位,不过她倒也好意思说人家神神道道的。

"他们是官方组织,你难道就没有一点儿信任吗?"这个问题之前穆翡也问过,他那时候说"UFO听证会比你们还官方,但那也不关我的事"……

谈春影哈哈笑起来:"有多官方啊,有之前那什么气功热官方吗?你都不知道那时候气功抢了我们多少流量。"

谈潇:"……"

谈春影嚷嚷道:"行了,我还要给旅游局打电话,咱南楚的旅游节开幕式我本来还想回去参加表演的,这一摔都错过了,气死我了。挂啦,你自己小心别被骗钱啊!那多丢人,咱自己就是江湖骗子起家!"

谈潇看着屏幕上"结束通话"四个字,一脸无奈。怎么说呢?不愧是他妈,连回答都和他一样一样的。不过这可实在叫谈潇无言以对,他怀疑自己现在说见到了九头蛇,谈春影会打电话给精神病院……算了,还是等她养好伤回来再说吧。

次日。

南楚一中除了高中部、初中部,还有个附小,都在一块儿,热闹极了。

谈潇到学校附近的一家老字号牛肉粉店吃早餐,结账的时候旁边有两个男的看他,一副欲言又止的样子。谈潇目不斜视地交了钱就往校内走,今天他还有活儿,要作为物理课代表帮老师收作业,得早点儿去。

待他走后,后头那俩男的中的一个对另一个道:"刚才那个……不是你们课代表吗?我在办公室见过他。"

"对……对啊,他可能没看到我吧。"谈潇的物理老师尬笑两声,纳闷刚才明明有对上目光啊,可能是新组的班级大家还不熟吧。

这一切谈潇浑然不知,他走进教室看了一圈,目光锁定在自己座位旁晃悠的一个男生,观察了一下他的发型。

"林仰?"谈潇试探着喊。

"潇仔来啦。"林仰带着困意打了个哈欠。虽然谈潇没主动说过,但他俩从高一起就做同桌,他大概知道谈潇不太认人,只是一般人很难理解脸盲眼中的世界,他甚至很长一段时间认为谈潇是因为他长得普通而鄙视他。

谈潇放下心来,说道:"你这新发型挺成功的。"他能认出来,那就是成功了,很还原。

林仰心中狂喜,一下就不困了,脸盲什么的按下不提,反正"帅哥夸我新发型=我今天超帅的"。

"对啊!"他忍不住摸了摸头发,漫不经心地回头,"哇,班长,你带头搞迷信哦。"

只见前座两位同学正在玩塔罗牌,其中一个正是他们班长于贞贞。

于贞贞和林仰都是在高二重组班级之前就和谈潇同班的,区别在于她没有林仰和谈潇那么熟悉。

"去去去!"于贞贞嗔怪道,忽然想起什么,问,"对了,你们知道有个转学生今天会来吗?"

这都开学有一阵子了,突然来转学生?不只是林仰,其他同学也凑了过来。

"哪儿转来的?"

"是有什么八卦吗?难道是在其他学校待不下去的?"

于贞贞抬了抬下巴,道:"那倒不是,可能是山区来的,听说特朴素,连手机都没有。"她舅舅是学校职工,消息向来灵通。

大家噢噢几声,好奇地讨论了几句。

于贞贞一脸神秘地道:"而且,我的牌告诉我,这个转学生——"

"嗯?"

"是个男的!"

"……"

"这还要算啊?你舅舅一句话不就知道了?"林仰一脸无语,"就这?还不如我们潇哥,来,展示下家传手艺。"

其实挺多人知道谈潇他家是干吗的,他那家庭情况早就传开了。不过,会像林仰这样当面调侃的不多,尤其现在是新组的班级,好些人也是刚和谈潇同班,因他以前在外

第二章 转学生

的名声，实在怕和他搭话，毕竟他要是不接茬自己得尴尬死。

"看我手艺要买票。"谈潇随口说了句，他还有活儿呢。

放下东西，谈潇赶紧收完物理作业，抱去物理老师的办公室，直奔物理老师的座位，喊"老师好"。

物理老师内心有淡淡的疑惑：这不看起来挺尊敬的？

而此时的高二（3）班教室内，于贞贞爆料完才短短十几分钟，有山区朴素穷困学生转学过来的事已经传开了，大家都比平时更期待，或者说好奇。

当预备铃响起来，嘈杂的教室瞬时安静许多。

伴随着又一道铃声，班主任纪汇明走入教室，在他身后跟着的陌生少年无疑就是传言中的转学生了。

但是，他和于贞贞口中朴素的山区学生哪有半点儿关系啊！

校服是统一的，无奈少年的五官着实出挑，尤其是一双凤眼，淡淡一瞥，就令教室内的空气产生了变化，生生把本想起哄的众人给压住了。

这谁能不在心里大叫一声，只恨自己语文成绩不够好，难以形容这惊人的容貌！

而且这少年看着清贵傲气，眼神好像比不在场的谈潇还跩。

几个"你不靠谱"的眼神朝于贞贞飞去，但她刚被晃花了眼，摘了眼镜揉着呢，并没有接收到。

林仰则是窒息了一下，因为他发现自己新剪的发型和新同学的差不多。当然，这发型现在本来就流行，只是有赖于早上林仰到处炫耀，很多人更容易注意到俩人发型差不多，可效果……

林仰人都矮了半截，他怎么平白就成了对照组？！唯一让他觉得安慰的是之前同桌夸过他，让他还保有一丝自尊。

"咳，这个是新转到咱们班的孔宣同学。"纪汇明忍不住站到了讲台上，这样就和孔宣差不多高了。不知道为什么，他总觉得站在这个同学面前有那么一点点压力……难道是因为现在的孩子营养太好，比他还高？不过，站到讲台上后感觉果然好了一点儿。

"孔宣同学之前在外地读书，对咱们南楚和一中都不是很熟悉，大家在今后的学习生活中要多帮助他。"纪汇明更想要表现出班主任的威严气势了，他沉声道，"孔宣同学，你来说几……"

孔宣看了他一眼，平平看过来也如睥睨。

不知道为什么又虚掉了！但作为一名不认命的优秀青年教师，纪汇明不允许自己镇不住任何一个学生，他淡然一笑，沉声道："不想说那就不说了吧。"

孔宣一脸莫名其妙地看了他一眼，只是入山问禁，此为师尊，便没说什么。

高二（3）班的同学们一边给新同学鼓掌，一边也很疑惑纪老师今天说话怎么跟练了美声一样。

纪汇明看看教室内的座次，给孔宣安排起来："王友安挪一下，孔宣你就坐在那里，你旁边是我们班班长于贞贞。贞贞，多照顾一下新同学。"

于贞贞扶了下眼镜："哦哦！"

纪汇明很满意，这么一调，不但同桌是班长、后座是体育委员林仰，左后也就是后座的同桌还是物理课代表谈潇，新同学差不多被班干部包围了，一定能感受到新班级的温暖。

孔宣几步走至桌前，随手放下书包，看了眼空着的斜后方座位。

林仰和其他人一样，都不太敢主动和孔宣搭话。毕竟他们班有个谈潇，已经让很多人有了一个认知：别随便跟看起来很贱的同学主动搭讪，不然可能会很尴尬。

但孔宣的相貌又实在出众，以致他们这些坐在旁边的人个个正襟危坐——坐得近反而不好偷看了，甚至要坐得更板正，装模作样地捧着书早读。

这种略带诡异的氛围一直持续到谈潇回来。不得不说，大家都很期待这样的两个人遇到一起会是怎样，座位还挺近呢。

谈潇踏入教室后，一眼就发现座次有变动，但粗粗一眼也发现不了具体哪里不对。他边向自己的座位走去，边搜寻差别，最后目光锁定在了自己的斜前方座位，好奇地盯着那个男生。

正将一个淡金色文具盒放桌上的孔宣亦有察觉，抬起狭长凤眼看去，一眼就认出这是曾隔着袅袅香烟见过之人，只见他从门外走来，逆着晨光，像是披上了光华，微尘在光晕中缓缓游离，耳畔似有鸣音回响。

两人直直地注视着对方，一切外物都被他们屏蔽了。

楚人说凭灵之时有光，所谓"烂昭昭兮未央"，便如此时的晨光一般，那淡金色的清辉簇拥着他们在人世间的首次相逢。

谈潇行至座位前，再与孔宣对视一眼，目光落在他的头发上。

这一眼有千万年的意义。

孔宣淡淡回应："是我。"

半响，谈潇问："你是……"

两人没有刻意压低音量，周围一圈同学自然都听到了，简短无比的句子引起了旁人的无限好奇：这俩到底是认识还是不认识？尤其是于贞贞，想八卦又不好意思光明正大

第二章 转学生

地看，眼珠子快斜到太阳穴了。

然而就在谈潇说完那两个字后，整个气氛都跌到了谷底。

孔宣面色沉沉地看着谈潇，他从来没想过有人能用两个字表达出如此离谱的内容——他的代行者，竟没有认出他！

谈潇则有一瞬间怀疑自己是不是把同桌认错了。鉴于林仰和孔宣的发型差不多，所以他的疑惑是真真切切的，就那般目光清澈如水地坦然回视孔宣。

这会儿谈潇又瞄了一眼桌上的课本，确认了这位真不是自己的同桌，而是新来的同学，于是他把目光投向林仰。

林仰接收到讯号，小声提醒："这位是新来的同学，叫孔宣。"

但这名字依然没有勾起谈潇的什么记忆。孔宣？他虽然脸盲，记忆力却很好，确信自己不认识一个叫孔宣的人，他怀疑是孔宣认错了人，或者……

谈潇试探着问："我们见过？"

孔宣从未遇到过这等匪夷所思的事，而且谈潇真诚的样子让他虽恼却不便明着发火——哼，想来是他此前只露了双眼和谈潇相见，谈潇想不到他能出现在人间吧……必是如此，否则没有合理解释。

孔宣收回目光，怒气衬得他那张脸更好看了，他冷冷地道："没见过，认错了。"

谈潇默默坐回座位，觉得新来的转学生脾气有点儿大：你认错人冲我黑什么脸？

林仰也把眼睛收回竖起的课本后面，佩服地想：不愧是我同桌，够贱！

他和所有暗暗围观的同学一样，悄然兴奋着：这么帅怎么可能认错或认不出，这里头绝对有故事！

早自习之后是物理课，物理老师才走上讲台，目光就落在了孔宣身上——一个教室有五六十号人，孔宣愣是和开了闪光一样显眼，让老师都忍不住多看了两秒。

他调侃道："哟，名不虚传，我一早就听说你们班新来了个大帅哥。"

非但外貌出众，气质更是高冷贵气，那双凤眼淡淡看去显得傲气凌人。

到了第一节课下课后，走廊上更是呈现出从未有过的热闹景象，其他班级乃至其他年级的学生闻讯而至，他们呼朋唤友，也因此助长了彼此的胆量，一开始还假装路过，到后面甚至开始"堵车"。

于贞贞去上个厕所都差点儿挤虚脱了，不得不站在门口大声道："大家都往里走一走啊，不要堵在前门，走廊中间还有空位……"

门口的人群霎时间响起哄笑声。

谈潇不禁看了一眼孔宣，这些人貌似都是来看转学生的。

孔宣很是习惯被看，外头便是人头攒动他也泰然自若，但他从无数道目光中敏锐捕捉到谈潇在看自己，心想：这人大概是回味着觉得不对了吧？他就知道这人必要后悔的！

林仰在后边挠了挠头："那个……孔宣，你有手机吧？回头我加你进班级群吧。"他平时胆子贼大，这时候倒是做了好一会儿心理建设才开口，大抵是因为孔宣的相貌非但绝佳，更极富攻击性，让人只敢远观。

"没有。"孔宣哪有那种东西，也不觉得有何重要。

因为有很多住宿生，南楚一中是允许带手机的，只是上课时间都要由班干部收起来，不过等上完课，午休时间倒是能使用，因此有手机的还是居多，没想到孔宣竟没有。

林仰讪讪地道："好吧，那个……你有事就找我或者班长，和谈潇说也行，他是物理课代表。"

孔宣没吭声。谈潇不主动意识到错误，他才不会找谈潇。

眨眼上午课上完，到午休时间了。

林仰邀请孔宣去食堂，对方却看了看谈潇，缓缓摇了摇头。这下林仰更觉得两人有问题了，耸了耸肩道："那我自己去咯。"他看着孔宣像是想和谈潇一起吃饭，可作为同桌，他知道谈潇是个不爱去食堂的，零花钱多又挑食，老吃外卖。

谈潇确实没去食堂，而是准备去拿外卖，但他发现孔宣在看自己，眼神还不算太友好。这转学生真怪，他只能礼貌性地回了个微笑："再见，我吃饭去了。"

孔宣："……"

谈潇没觉得自己吃饭和孔宣有什么关系，人家都自己选择不吃了。他独自走到操场边上。一中管理比较严格，中午不开校门，不让学生出去吃，连在校门口拿外卖都不行。但是上有政策，下有对策。南楚多丘陵，很多建筑都是错落的，比如操场边上就有五六米高，再上头是一片居民楼。学生点了外卖，外卖店家到这儿，放条绳子，拴个篮子，里头就是外卖，离着校门口远，保安也看不到。

没多久，谈潇等到了属于自己的篮子，放钱，然后拿走外卖，相当熟练。他点的是一份生煎包，一只只饱满酥脆，沾着翠绿的葱花和点点芝麻。这家也是老字号了，小时候谈潇在放学路上就喜欢看人家大师傅在透明玻璃窗后做生煎包，勺子一推，倒上油，动作行云流水。

除此之外，他还用保温杯带了绿豆汤，里头冰块都还没化，这个天气喝最是舒爽。

回去的路上，他遇到了从食堂出来的林仰。

"潇仔，你和转学生到底什么情况？你是故意装作不认识他，还是真不记得了？不可能吧？这么帅也能忘？你仔细回忆下。"林仰凑上来问，他怎么看都觉得不对劲，毕竟自己这位同桌本来就不太认人。

谈潇听到这乱七八糟的称呼就知道对方应该是林仰,他摇头道:"真没有。"他是脸盲,但记忆力还是很好的。他顺便还在心里算了算时间,自己和林仰也就前后脚出的教室,这林仰吃饭是什么风卷残云的速度啊,有没有五分钟?

"孔宣和你明明在教室里针锋相对……其实我也不是不能理解你啦,一山难容二虎呗。"林仰一边啧啧感叹,一边心想谈潇嘴巴太紧了,好想知道他俩到底什么情况哦,怎么还一口咬死了就是不认识呢。

谈潇没往心里去:"话说,我觉得他跟你有些像。"

林仰:"你这么恨他啊?"

他想说别骂了呜呜,感觉自己被当作攻击孔宣的工具人了!他很有自知之明好吗!他长得大约有三分帅气,和孔宣也差得太……反正就是有差距,让人感觉谈潇这么说是不满孔宣的那种差距。

谈潇:"……"

两人回到教室,大部分同学还没回来,走廊上也没有围观人群,孔宣坐在自己的座位上看着外头。

林仰顺口关心了一句:"你没去吃饭吗?"

孔宣听了这句话,竟朝谈潇看了一眼,然后生气道:"不吃。"

谈潇开心地打开了自己的外卖,大塞一口,煎得焦黄的生煎包在口中爆发出鲜美,皮脆汁多,又不会过于油腻,让人忍不住一口接一口,再喝一口绿豆被煮得开花的绿豆汤,感受深绿色的汤与碎冰碰撞出的丝丝凉气,一切恰到好处。

孔宣:"……"

三班同学陆续回来了。

于贞贞揉着肚子和闺蜜挽着手走进来,两人还在畅聊塔罗牌,她打算再拿自己的牌出来,趁着午休时间练习牌阵。

林仰嘿嘿笑着凑了上去:"班长,你要不给我算算呗,能解梦吗?"

于贞贞瞥他一眼:"不好说。"

林仰给班长捶了捶肩:"大师。"

于贞:"你有什么想问的,细细道来。"

林仰一整神色,半真半假地道:"我这两天一直做梦,整晚整晚地做,精神都不太好了,你让你的牌给我说说,这是为什么。"

于贞贞嘲笑道:"你就是小说看多了,晚上是不是梦到里面的情节了?这不用牌,我也能解。"

"喂，那小说网站还是你推荐给我的，干吗嘲讽我？"林仰被戳破看言情小说的新爱好，不禁脸颊微红，"再说了，我根本不是梦到乱七八糟的，我是梦到我二叔公。"

二叔公啊，这一听确实和言情小说不沾边了。

谈潇心想难怪他早上直打哈欠，道："你二叔公好像刚过世？"

"妈呀，你怎么知道的？"林仰震惊了，他没和大家提这件事啊，因为不算直系亲属。

谈潇："人脉。"

林仰："……"

谈潇解释道："你二叔公以前是白事行的，我妈跟他认识。"

南楚就这么大，谈家虽然做吉祥物很多年了，但有那方面的人脉不奇怪。

"呃对，但是他病了后好像就没弄了。而且就因为他弄过这些，家里人寻思火葬之后还要再土葬操办一次。"林仰道。楚地毕竟有传统在，很多本地老人走了之后，家里人会找各式各样的班底做些祭奠仪式，他二叔公从前就干的这行。

谈潇他们家不接这种活儿，但架不住同行都在相同的工厂、铺子进货，谈春影不在家的时候这些又都是谈潇打理接触，因此他甚至知道林仰的二叔公的葬礼预算大概有十万。

经谈潇这么一打岔，于贞贞总觉得有点儿后背发凉，不像言情小说像志怪小说了。她摸了下牌，还没就先摸着下巴道："节哀啊，我觉得你应该是日有所思夜有所梦。"

林仰和他二叔公关系不算亲厚，自觉并没有一直"思"，他又向来是个没心没肺的性格，只是……

"什么啊，我本来不想吓你们的！我二叔公走了后，不止我，我们全家都做梦梦到他，大家都睡不好！"

现场寂静了一下。

"大白天的，你不要吓人！"

"真没有，唉。"林仰抹了抹脸，他这个情绪半真半假，既觉得有些诡异，又不太相信，"本来以为就我做梦，结果吧，从我爸妈到我姑、我哥……全都梦到了！我们怀疑是不是殡仪馆那边迟迟无法火化导致二叔公有意见，再不然就是他老人家不乐意火葬？"

这年头，殡仪馆也时有忙不过来的情况，只能把尸身放冷库排队等火化。那老人家不想火葬也说得通，哪怕是现在，在乡下火葬之后二次土葬甚至直接土葬的仍不少。因此听林仰这么一说，众人也觉得很巧，难道真的是林仰的二叔公有意见？

明明是夏日的晌午，周遭的同学们却忍不住抚了下身上的鸡皮疙瘩，诡异对视。直

第二章 转学生

047

到一道声音打破了奇怪的气氛——

"哔。"

是谈潇，他走到空调边把温度给调高了。

发现大家都看向自己，他一脸莫名其妙地道："干吗？你们不会真被他吓到了吧？"

于贞贞："那还不是因为你刚刚在帮他补充背景设定。"

就是谈潇说了，他们才知道林仰的二叔公生前是办白事的，这能不发毛吗？

谈潇看向林仰，淡淡道："这没什么奇怪的，二叔公本就是你们共同的亲人，群体的精神是会互相感染的，你们家的家庭氛围可能比较……嗯，就更容易受影响，梦到相似的内容。"

林仰嘴巴张开了一点儿，呆呆的。

谈潇："你要是实在不放心，花点儿钱来我家一趟吧，就当心理按摩。"啧，世上哪来那么多奇诡事件，他这么多年也才遇到个雄尪。

林仰："……"

谈潇的解释成功把大家带入科学而商业的氛围。

于贞贞举起塔罗牌："那还算不算了？"

林仰郁闷地戳着自己的黑眼圈："不算了，不算了，他就差直说我迷信了。"

众人一阵爆笑。

一直在旁沉默的孔宣则再次皱眉：谈潇是故意的吗？他实在看不下去自家代行者的这番行径，起身拂袖而去。

于贞贞迷茫地问："孔宣这是怎么了？"

谈潇也不解，不过他眼神好，看到了孔宣桌上的试卷，是上午老师发下来让大家做的，他一眼把孔宣的作答看了个大概，顿时抽了口凉气——好家伙，这能有二十八分吗？！

于是，谈潇道："没事没事，他应该是被自己气的。"

02

孔宣的成绩可以说是相当离谱，离谱到让大家怀疑他到底怎么进的南楚一中。

第二次上物理课的时候，老师也觉得他的成绩匪夷所思，叫孔宣起来回答问题，想知道孔宣在原来的学校到底是什么学习进度。啥学校啊，教学水平这么低？

物理老师叫储卫平，他还自觉十分幽默地改了下题目："假如你和你后座的林仰同学打架，他被你全力打飞出去，以40m/s的速度滚远，如果需要在500米的距离内停下来，需要多长时间？这里我们假设他的加速度为负——"

林仰："……"为什么又是他？！

同学们都笑起来。这家伙平时就喜欢开玩笑搭茬，所以很多老师喜欢拿他开玩笑。

孔宣看了一眼林仰，不等老师写完板书就不假思索地道："500米内不可能停下来。"

教室内沉默了一秒，随即响起巨大的哄笑声。

林仰："啊？我到底犯了多大的罪啊？！"

"可以可以，林仰抗揍。"

"多大仇哈哈哈！"

玩笑是热烈的，解题是糟糕的。孔宣依然展现出了与知识惊人的……不熟，感觉他就没有亲近过物理知识。

储卫平不解地"哎呀"两声，对上孔宣那泰然自若的样子，竟莫名不敢训他，只好道："你刚转学，我就不多说了，但要好好努力啊。接下来我为大家讲解如何解答这道题，当林仰被揍飞出去……"

"哈哈哈哈哈！"

一片笑声中，于贞贞的声音格外大，几乎笑出打鸣声。

多雨的南楚在放学前半个小时再次淅淅沥沥下起了阵雨，带起泥土的腥气，飘荡在空气中，引得人心躁动不安。

谈潇一抬头就可以看到孔宣挺拔的背影，他正看着窗外被雨水冲刷的世界。

今天下物理课后，储老师找到谈潇，说孔宣底子太薄了，要谈潇这个物理课代表积极帮助新同学。谈潇当时是点了头的，但他发现孔宣经常走神看着窗外，看来心思真不在学习上啊。而且孔宣的性格也不太平易近人，甚至有点儿针对他。谈潇心想，这该怎么帮助新同学？

下课铃响起来，还盯着孔宣背影沉思的谈潇发现孔宣转头看了过来。他一愣，是自己盯得太久了吗？

但孔宣只是和他对视了一眼，便起身单手拽起书包，利落地离开了，他甚至没带伞，就这么冲了出去。

这头，谈潇还在回忆，孔宣看他的眼神怎么好像有点儿幽幽的……

于贞贞一边收拾书包一边转头问："哎，谈潇，你家是在华曦路吗？"

谈潇点头。

"哦，我下午去帮老班干活的时候看到孔宣的资料了。"于贞贞小声道，"他的住址居然和你的一样,也在华曦路,你们以前是邻居吗?是不是什么儿时玩伴,他认出了你,但是你没有认出他?"

谈潇认真回忆了一下,仍然无法忆起任何儿时认识的叫孔宣的玩伴。想起孔宣那眼神,他摇头道:"不知道,也许吧。"

于贞贞听他毫无起伏的语调,心里唏嘘:看看人家这心境,难怪成绩好,这种长相他都不往脑子里记,光记公式了是吧?

谈潇打着伞往家走,路上并未见到疑似孔宣的身影。

可能孔宣那个眼神给他印象太深了,他怕自己记得不准,还给谈春影发了条短信,问她记不记得自己小时候认识附近一个叫孔宣的朋友。

谈春影回得很快:"名字我可不记得,附近邻居那么多,加上他们亲戚家的小孩,你小时候可多玩伴了,都爱跟你玩,但是你一个都不记得,哈哈哈。"

不会吧?谈潇是真想不起来了,难不成还真是儿时玩伴?

他到家后照常洗漱,又把墙上挂的面具都用湿纸巾擦了擦——在谈潇家,有一面墙专门挂着几十副傩仪面具。

灵师吸收融合了部分傩仪,各种面具在制作好后,需要将公鸡冠血滴在面具上,这个仪式叫作"点将"。点将之后,面具就等于有了神的意志,平时不能随意乱放,还得定期焚香礼拜。而在谈潇家,这么多面具其实用不上多少,主要是看着热闹,游客喜欢,所以绝大部分面具都没有点将,只是定期清洁刷油。毕竟面具原料、手工都很贵,表演时、游客参观时总不能看着都是裂痕脏污吧?

擦着擦着,便到了那副用牛皮纸制作的孔雀面具,这还是谈潇自己勾画的,他家从前没做过孔雀面具。这副面具就不好用湿纸巾擦了,谈潇换了干纸巾。

把卫生、保养都搞完了,谈潇才啪的一下关了灯去休息。脚步声远去,黑暗中只剩下一副副色彩斑斓的面具,沉默以对。

第二天,谈潇照例吃了牛肉粉再进学校。

今天来得早了点儿,还没到早自习时间,林仰依然趴在桌上看小说,不时捂嘴笑,但他眼下的黑眼圈倒是淡了很多,一看到谈潇,就冲他摇一摇一样东西。

谈潇看了下:"符?"

林仰得意地道:"怎么说,认识吗?"他不但给谈潇看,还晃了一大圈给周围的同学看,到孔宣面前的时候明显停顿了一下。

孔宣面无表情地看过来。

林仰一寒，飞速掠过："哎，你们知道这是什么吗？"

那符上是一串歪歪扭扭的字迹，就像蛇爬一样，而且像是篆字，反正很难辨认。

不知道是不是大家的错觉，孔宣瞥了一眼后，似乎冷笑了一声。

谈潇看了一眼，念出来："麒麟到此？"

林仰："我就随便问问，你怎么还真的知道啊？"

"这用的是蛇脚书。"谈潇淡定道，这是基本操作啦。

蛇脚书是楚地的古老文字书写形式，楚地一些出土文物上也会有这种字体。只是千百年时光之后，这种书写形式只有少数字符还流传在民间，像楚地的木匠、接生婆、灵师等职业的家伙事上还能看到蛇脚书的字符。至于书写"麒麟到此"，则是辟邪之意，也有很多写"凤凰到此"的。

"就……我们家不是集体做梦吗，昨晚回去之后，我妈说她去仙娘婆那里给我请了平安符。"林仰把展示完的符放回锦囊里，别说，可能是心理安慰，他昨晚都没怎么做梦，"就给我一个人了，说我今年流年犯天狗，比他们危险。"

这话一下把大家的好奇心勾起来了。

"老话说'天狗吊客，不伤就破'，要是流年犯天狗嘛，有血光之灾，而且男的克妻女的克夫。"谈潇说道。

大家"哦"了一声，同情地看着林仰。

林仰晴天霹雳一般："潇哥，我还没来得及早恋，都克妻了？"

大家都心照不宣地嘿嘿笑。

"不用同情他啊，大家都有份。"谈潇道，"同年入学的年纪都差不多，这是按属相算的，我们这届起码三分之二的人和林仰一样克妻克夫。"

众人："……"

这话题一下又变得有点儿没意思起来了。

林仰默默地把锦囊收了起来。搞半天是广撒网的套路，大家伙今年全都犯天狗。其实他一个新时代的学生本来也不信这些，也就和于贞贞玩塔罗牌的程度差不多，可能平时转发下锦鲤之类的。这次老做梦，刚有点儿那个劲儿，被谈潇两次随口一搅和，气氛一下又没了。但别说，他都有被安慰到，也没那么害怕了。不过这东西是假的也没关系，就当个好兆头呗。

"丁零零——"

上课铃响了起来。

今天早自习是物理，储卫平过来吩咐谈潇去讲几道题，然后小声对他说了几句话。

第二章 转学生

❖ 051 ❖

谈潇点了点头，把储卫平吩咐的几个重点题型讲完后，就回到座位戳了戳于贞贞，低声道："班长，我和你换一下位子。"他指了指习题集，又指了指孔宣。

于贞贞会意，方才老储就是让谈潇给孔宣讲题呗，孔宣的物理水平确实是有点儿随心所欲，几乎可以说和他的颜值水平成反比。她拿起自己的书起身到后头去。

谈潇坐到孔宣旁边，见他睨了自己一眼，说道："孔宣同学，你知道要提高物理成绩最好的方式是什么吗？"

孔宣似笑非笑："知道，把成绩比我好的打死。"

谈潇："你蛮幽默的……"他把那习题集推到孔宣面前，上头还有不少他做的笔记，字迹端正清秀，"是多做题啦，搞题海战术就行了。这道题和昨天储老师考你的是差不多的题型，你看，应该选什么？"

孔宣本来不想回答，但是谈潇如此费尽心机地换座位、为他讲题，显然是在讨好，而且他只是未学过人间科目又懒得费心机，区区物理题，昨天老师还讲解过，能有多难？

孔宣傲然道："B。"

"错了呢。"也不知道孔宣在傲然什么，但谈潇还是以鼓励为主，手指捏着笔无意识地绕了两下，点在题干上，"那给你讲解一下？"

孔宣看到他的动作，就想起他在蒙蒙的烟雾后若隐若现的样子，此时看去更清楚，甚至能看清指甲透出的肉粉色。

算他知错就改，孔宣徐徐点头："讲吧。"

谈潇讲了一早自习的课才回到自己的座位，他感觉到孔宣的态度好了不少，心想这人虽然脾气差点儿，但还是懂得感恩的。

快下第四节课的时候，孔宣忽然转头对谈潇道："吃饭吗？"

林仰张着嘴巴看过来。什么情况？讲个题就这么要好了？孔宣大帅哥和外表不一样，还挺好哄的嘛。他举手道："吃，一起去食堂？"

孔宣："没跟你说。"

林仰后仰，捧心，一脸受伤。

谈潇也愣了下，毕竟孔宣昨天还横眉怒目的，今天都想一起吃饭了，他感觉有点儿好笑，这孔宣性格还挺简单的。不过昨天孔宣拒绝了林仰一起去食堂的邀请，看来也不爱吃食堂菜，于是他迟疑了下才说："那你跟我一起吃外卖？"

孔宣点了点头。

"行，你等等我吧，我得先去把作业交了。"一到午休，谈潇就抱着一大沓作业去老师办公室了。

吃饭的同学陆陆续续出去了，林仰也怪叫着"饿饿饿饿饿"作猩猩状跑出去了，这个年纪的学生的饭量可是深不可测的。

孔宣慢条斯理地站起来，看了一下林仰的座位，也就是谈潇旁边那位子。

早自习时，谈潇和于贞贞换座位，换到了他旁边。孔宣想着，在林仰的座位试坐了一下，感觉视角还行，又伸手捏着谈潇的钢笔转了转……

谈潇交完作业回来，发现孔宣的座位上压根儿没人，倒是林仰，第四节课时就嚷着"饿死了饿死了"，这会儿却在座位上拿着他的钢笔不紧不慢地玩。

谈潇上前拍了拍他："孔宣呢？我不是让他等我吗？"

孔宣缓缓地不悦地抬起头，和谈潇对视，好让谈潇看清楚自己认错人了。

谈潇："？"

孔宣："？？"

孔宣再次在谈潇眼底看到了真诚的困惑。半晌，他才回过神来，几乎是从角落里扒拉出仅剩的一种可能性，难以置信地道："你……难道你不知道孔宣长什么样？"他原当谈潇没认出他是没预料到，可既已相见，怎么会这样？记不得自己的同桌还算合理，记不住他？不合理！

谈潇回忆了一下今天仍然络绎不绝来"参观"孔宣的各路人马，嘟囔道："也不能这么说，我知道他是很有几分姿色的。"他是脸盲，又不是不会分析。

孔宣："……"

于是，当吃饱饭又被午后暖洋洋的太阳晒得正犯困的林仰打着哈欠走到教室门口，就听到一声巨响，吓得身体一震。他定睛看去，居然是孔宣恶狠狠地看着谈潇，手撑课桌，那张极为好看的面孔此刻尤为锋利逼人，双眼莹亮似火光。而谈潇的个子比孔宣矮了七八厘米，看上去俨然落于下风。

"你说什么？！"孔宣一脸如蒙奇耻大辱的表情。

"不好意思。"谈潇倒没有别的动作，甚至还在道歉。他和新同学不是很熟悉，但说上几句话，加上对方的动作，无须再进一步观察，他也知道这并非林仰，而是孔宣了。

然而听到这句话后，孔宣更生气了。

教室里原本还有零散几个同学在休息，被孔宣一拍桌给吓到了，现在都目瞪口呆地瞧着他们。

林仰也一惊，心想不会要打起来吧？他冲上前劝道："别冲动，别冲动。"上午还好好的，怎么忽然就要打起来了？

他问谈潇："你说什么了？很脏吗？"看把孔宣气的，到底骂得有多脏？

谈潇张了张嘴，刚要说话，就听孔宣恶狠狠地道："你敢说！"那话若说出来更失颜面，传出去他还如何在三界立足！

"我说错了你可以纠正我啊。"谈潇也很无奈，他是认错人了，可孔宣有必要气成这样吗？

"对对，有话好好说。"林仰又看了一眼，发现孔宣拍的还是他的桌子。哼，不是自己的桌子不心疼是吧？

孔宣颜面尽失，还难说出口，一双凤目死死地盯着谈潇："我等你悔恨之日！"

干吗啊他就悔恨了？谈潇把孔宣的手扒拉开："你先等月考之日吧。"

该说不说，孔宣那句话实在太有故事感了，何况孔宣转学第一天就和谈潇疑似存在前尘往事。

"哎哎，班干部以身作则，不要挑衅啊。"林仰把谈潇给摁下了，又去劝孔宣，他也知道自己同桌的小毛病，小声打圆场，"他不认识你？你们真是发小也没用，他真记不住。"

林仰点了点脸，虽说他想象不到脸盲症患者的世界，但他倒是看得出来谈潇的无奈。

孔宣一顿，竟是如此？确实唯有这样才说得通。

不识人面，世上竟有如此恶疾！

但该生气还是要生气，孔宣尴尬了一会儿，拂袖而去。

"你……到底怎么他了？"林仰惊奇地道，"之前还好好的，说一起吃饭。"

"什么都没做，我才冤呢。"谈潇心说长得好看也不至于被认错就破防吧，至于吗？

林仰又回头看了一眼，孔宣不知道冲到哪儿去了。潇仔不愧是潇仔，每次都一语制敌。本来是约好一起吃饭的，如今孔宣跑了，谈潇便自己去吃了。

孔宣到下午上课的时候才回来，冷着俊脸，不过他平时就这样，也不稀奇。

此时，大部分人听到的传闻已经升级成"孔宣和谈潇中午打架了"，谈潇在一中本来就挺出名，现在又貌似和引人注目的转学生杠上了，谁能不好奇？

于贞贞和林仰最能感受到紧绷的气氛，趁着孔宣被语文老师叫上去默写，她回头对谈潇道："有了你们，我都不用上JJ看热闹了。"

林仰闻言立刻向她报告大新闻："上去也看不了，JJ网站崩了！你不知道吧？都上热搜了。"

于贞贞头也不回，淡定地道："崩上热搜而已，放心，每年总会有那么几次。"

"是吗？"林仰纳闷地想，那每次都和这次一样崩了三天还没好吗？他足足三天看不到让人挠心挠肺的连载啊！

人类的悲欢并不相通。

再看孔宣，已写完了板书，他默写的是：怨灵修之浩荡兮，终不察夫民心。

写得对不对先不说，那字遒劲有力，洒脱而不失章法，而且不是乱七八糟的江湖体，反而很有古意。

全班同学都惊叹起来："哇——"

语文老师欣赏地看着孔宣："单这手字，考试的时候都要占便宜。阅卷老师一看，印象分、卷面分好得不得了。你们班有些同学，写的那个字跟鸡刨的一样，我要看半天才知道是什么。"他趁势好一通教训，毕竟每个班总有那么一个写字像天书的，"高考的时候，阅卷老师会去破译你的字吗？字不好的同学尤其不能写快了，你写慢点儿写端正了，至少要让老师看得出来是什么字吧！"

孔宣负手巡视了一遍，目光落在谈潇身上时微微停顿，凤目幽幽地横他一眼——下次祭祀等着！

谈潇无语，低头翻书。

全班同学：什么恩怨情仇是我们不能知道的？！

这日的晚自习是班主任盯着。当然，这不代表他只有今天出现，他会随时出现，甚至是在各个方位出现。就像今天，纪汇明提前十分钟就来了。本来还在嬉笑的同学们立刻收敛起来，坐回座位。

南楚一中的广播还在播放着节目，今天的是《开心时分》。这档节目有时候是由广播员念笑话，有时候是直接放脱口秀之类的语言喜剧节目，这次放的是一段相声，喇叭里传出相声演员的对话，是相声里的经典铺垫段子，叫《追窑》。

纪汇明听得直乐，直到看到孔宣从外头回来，又被迫想起这位同学令人哀叹的成绩和令人发指的偏科程度……说实话，他都不明白孔宣干吗选物理。更别提根据可靠情报，孔宣和谈潇因为讲题的事情差点儿打了一架。

纪汇明走到孔宣桌前，问道："孔宣，你好像是住在华曦路？你知道咱班有谁和你是邻居吗？"

正低头刷题的谈潇顿了一下，他知道纪汇明说的是自己，之前于贞贞告诉过他。

没想到孔宣竟回头看了他一眼，淡淡地道："知道。"

谈潇心想，莫不是大家小时候真见过？

纪汇明一听这话，追问道："欸，你知道啊？你俩路上见过？"孔宣的资料并不详细，所以他也不知道孔宣具体住在华曦路哪一段，但那是老街了，范围不大。

孔宣面无表情地道："没见过，我出去得早，他回来得晚。"

第二章 转学生

055

"哎，既然能在一个班，还是邻居，那就是缘分，有什么事不能说开呢？"纪汇明还是没有直接点出来，给两人留了面子，"大家彼此学习，取长补短，才是道理。我希望看到你们共同进步。"

说罢，他又看向谈潇："是吗？"

谈潇不咸不淡地道："是吧。"

纪汇明又看向孔宣："孔宣，你说呢？"

孔宣漫不经心地道："再议吧。"

纪汇明脑门上的黑线几乎具象化了："……"

这会儿铃声响起来，他暂时作罢，只最后点了一句："班干部要带头团结同学哦。"

03

谈潇背着书包，沿着老街的石板路走着。南楚是丘陵地貌，这条路呈现微微的斜度，把他的影子拉得很长。

快走到家门口时，他接到穆翡打过来的电话。

"喂，我是穆翡，谈潇你放学没有？我在你家门口呢，找你有点儿事。"穆翡的声音从那头响起来。

"我马上就到了。"谈潇的脚步加快，待到了自家门口，果然看到一位扎丸子头的女士倚靠在车边点着手机。他认不得人，但认得车，于是格外有自信地上前喊："穆姐。"

穆翡转头看过来："哎，谈潇，找你帮忙来的。你之前做的灵衣能不能多做几件给我们？"比起上次见面，她明显憔悴了许多，也不知道是不是写材料熬的。

"怎么了，雄虺没出事吧？"谈潇有点儿紧张，虽然他一直说不保证售后效果，但该不会质保期还不到一个月吧？

"雄虺没事啊，顺利得很，整个发掘进度都变快了，考古队开心死了。就是雄虺经常问起你，老想托季老打听你有没有想它们。"穆翡搓了搓脸，好笑地道。

谈潇："……"

"它们还讨假期，说有空想来觐见你。"穆翡心想，雄虺还有假期，不像自己，都多久没休了。

"其实我过来找你，是因为我们最近案子多，办公室的人全都派出去了，还得和责任单位扯皮……唉，反正就是……找你定做点儿。还有，你这里是不是有好的香，也卖给我一些吧。"他们到处跑，好多东西带来带去不方便，尤其用量大的话，跟地头蛇买更合适。

"没问题，你进来坐吧。"谈潇把穆翡带进院子，翻出来一麻袋的香给她，"这段时间没接待游客，这些不用也是要潮掉的，你都拿走吧。灵衣就要等等了。"

"可以可以，谢谢啊。"

穆翡这还是第一次进屋，她看着那一整面墙的面具，或是红面怒目，或是兽首人态，透着浓浓的神秘氛围。忽然，她见到一副面具生两角而眉心嵌宝石、双目橙黄，凝神细认，只觉得眼熟却认不得，昏暗的光线下更显玄妙，不禁疑道："这是哪位尊神？"

谈潇看了看，赶紧将它摘了下来："邻居小孩来玩，挂上去的赛罗奥特曼。"

穆翡："……"幸好刚才没客气一下先拜拜。

"话说你这儿也不供点儿吃的啊？"穆翡看桌前冷冷清清，问道。

"我家不以傩仪为主，一般我妈在会一周换一次，她不在的话，我上学就不太有时间了。不过现在反正也没什么游客，我们家又不靠真本事吃饭。"谈潇无所谓地道。

穆翡差点儿被噎到。她又看了一眼，见之前谈潇用过的孔雀纸面具也挂在墙上，干笑两声："搞旅游就是爽哈。"

"嗯嗯，怎么没看到徐先生呢？"谈潇礼貌性地问了一下。

"他被外派到齐郡去了。这不到处都乱得很吗，我和单位另外一位老前辈搭档，他在车里。"穆翡他们单位出去做任务是有规定的，至少两个人，"对了，你要是有什么线索也通知我一下吧，我俩快急疯了，挖地三尺找器精。"

"我一般都在学校。"谈潇觉得自己可能提供不了什么有效信息，但听到"器精"有些好奇，"器精是什么？"

"人老为师，物老成精，物件久了或是遇到机缘有可能产生灵智，可称为'精'。前段时间庚申日帝流浆降世，催生了许多新精怪，不就促成了这么个器精，长了脚到处跑。"穆翡咬牙切齿，"要是普通器精还不至于让我一通好找，偏偏这家伙引人注目，不及时找出来有点儿麻烦，还会引起社会关注。"

什么东西丢了，不及时找回来还会引发社会关注？谈潇好奇地道："难不成是什么博物馆里的古董？"

"古董还能暂不展出呢，不至于那么麻烦。"穆翡肩膀耷拉下来，"这家伙是个服务器！"

"服务器？"谈潇震惊了，"我听过古画、古董成精，甚至是扫帚成精，但服务器……是我想的那种互联网服务器吗？"

"是啊，服务器不也是器吗？那古画是人画的，扫帚是人扎的，服务器同样是人制作出来的呀。偏就它机缘到了，吸收了帝流浆，这不长腿了，千里迢迢跑到这儿来了，够能逃窜的。"穆翡说起来也觉得离谱，"社会越进步，我们的工作越离谱，帝流浆六十年

第二章 转学生

一轮，每次总有点儿新物种，我们都得录入造表。我真怕再过六十年就是卫星了，那家伙离帝流浆近，吸收得多好啊。"

谈潇忽然有些联想，试着问："等一下，你说的服务器是什么服务器？你们单位的，还是谁家的？"

"呃，这个……他们单位要求不能说。"穆翡有点儿迟疑，她也就是让谈潇帮忙留意一下，这个招呼她给全部同行都打过了。

谈潇试着道："不会是 JJ 网站的吧？"

"你怎么知道？！"穆翡骇然道，"你可没说过你会卜算。"

"都上热搜了啊，说他们家服务器崩了。真的是他们的服务器？"谈潇其实也没亲眼看到热搜，只是听林仰在那儿说，然后随口一猜，没想到真猜中了，连他自己都觉得不可思议。那也难怪要急着找回去了，人家都没法运营了。

"哎，你别说出去啊。也不知道那器精逃跑前做了什么手脚，搞得人家的灾备（指利用科学的技术手段和方法提前建立系统化的数据应急方式，以应对灾难的发生，包括数据备份和系统备份等）都失灵了，麻烦得很。"穆翡垂头丧气地拖着装香的麻袋，"行了，我要继续去掘地三尺了。"

"不吃点儿东西吗？"没想到这大晚上的还得干活，谈潇叫住她，"我正准备下碗面当夜宵。"

穆翡想起谈潇的手艺，不禁舔了舔嘴唇。她咽下一口口水，坚定地道："不了，那么多人急着看文呢！"

在逃服务器，我来抓你了！

主题：JJ 到底什么时候回来？

主楼：害怕，这次为什么五天了还登不上去？不会 GG（Good Game，指在竞技游戏中向对手表示欣赏，意思是"打得好，我认输"，后衍生指失败、完蛋）了吧？

1L：你少乌鸦嘴啊啊啊！我追的文还没看到最新章节！

2L：真的崩得够久的，就发了个含含糊糊的公告说是技术原因。

3L：JJ 租的服务器不是在我们这儿嘛，我有点儿人脉，听说服务器提供商把机房给锁了，白天晚上都有壮汉守着，不知道出啥大问题了。

4L：锁着干吗？还用壮汉？咋的，服务器长手打人了？

……

"啊啊啊，我接受不了，怎么会抽这么久？！"

网站崩溃的第五天，之前还一脸淡定的于贞贞崩溃了。主要是因为今天周五了，她不像林仰，通常是周末一次性看完攒的更新，可是网站还登不上去，急得她到处搜索原因。

谈潇若有所思地看了于贞贞一眼：看来穆翡还没找到器精。

反倒是林仰适应了几天，已经没了一开始戒断期的焦躁，半闭着眼睛道："施主，多写几张卷子就能调理好了。"

于贞贞正要回头捶在他桌上，看到班主任纪汇明走了进来，赶紧回身坐好。

"下周月考，"纪汇明点了点桌子，"周末别光顾着玩，都是高二的人了，时间过得很快的，要有紧迫感知道吧？"

谈潇立刻决定周末多刷些化学题。他上次月考化学分数排在年级第18位，有下滑倾向了，必须赶上来。

纪汇明巡视一圈，目光落在孔宣身上时叹了口气，然后带着淡淡的忧郁走了。

他的动作并不隐蔽，好多人都发觉了，纷纷看向孔宣。谈潇也看了孔宣一眼，心想纪老师应该是在忧愁班级平均分，这确实很难。

孔宣敏锐地回头和谈潇对视，并在心中冷笑了一声。

林仰缓缓往后靠，偏离他们视线的交会范围。

04

谈潇狂刷了一通题后，坐公交车来到青龙路。这里是南楚有名的"死人一条街"，以街头的南楚殡仪馆为始，周遭满是祭祀、丧葬用品店。

前两天穆翡过来，把谈潇家的现货都拿走了，虽然现在不接待游客，但总会有其他表演活动，不能临了了没得用，得备点儿新货。他这会儿就是来拿定做的祭祀用品，同时当作放松运动。

谈潇熟门熟路走过一家家商铺，到了店里，老板却不在，也不知上哪儿串门去了，电话也打不通。

老板肯定没走远，毕竟门都开着，问题是谈潇不认识脸，他只能站在门口张望，想着老板看到自己就会过来了。

就这等待的工夫，谈潇看到旁边棺木店有个男生走了进去，问老板："老板，我们家订的寿材打好了吧？给你打过电话了，要提前取。"

"嗯嗯，准备好啦，我正说找人给你抬殡仪馆去。"老板指着一具新棺木说，"就是这个，急工，十阁杉木寿材，你把尾款结一下，四千八百八。"

"好。"男生低头就要扫码。

谈潇走过去道："不好意思，打扰一下，十阁杉木啊？"虽说业务细分不同，但都是一个圈子的，他对白事知识也是了解些的。

老板看到谈潇，脸僵了一下，听语气更是觉得不太妙。他不确定谈潇看出了多少，支支吾吾地道："呃，早就定做好的……"

"人家和你定的十阁杉木板儿是吗？"谈潇强调道，"我怎么看着像是十八阁的？"

老板心中狂骂：啥眼神，这是怎么看出来的？隔着那么远，连他用几根冒充的都看出来了？

男生这时也察觉到不对了："老板，你是不是坑人呢？我告诉你，我家亲戚就是打阴锣鼓的，咋的你觉得我看不出来是吧？小心我去喊人！"

阴锣鼓，顾名思义是操办白事、祭祀的一种锣鼓班子，也叫"唱丧歌"，有浓郁的楚地特色。林仰的二叔公先前就是阴锣鼓班的。

老板一听立刻知道自己的的确确栽了，见对方年轻力壮的样子，立刻认怂道："是搞错了，你的在后院呢！真的真的，不好意思不好意思，不知道大家同行。"

他们这一片都是之前村里的房子，很多小铺子都是前店后工，当然也有专门跟工厂合作的。

男生义愤填膺："不是同行你也不能坑我啊！"他催着老板去后院搬寿材，又搭着谈潇的肩膀，熟稔地道，"天啊，多亏你了，要不是恰好遇到你，我妈得骂死我。"

谈潇愣了，盯着对方看了几秒才道："林仰，你二叔公要下葬了吗？"没办法，在学校还好，说几句话还能分辨出来，在外头就是亲戚他都得想半天……

"对啊对啊。"这男生果然是林仰，"我是被叫过来帮忙的。你刚说的时候我都是蒙的，怎么老板拿什么十八阁给我充十阁？多的还不好吗？"

谈潇见猜对了，心中暗喜，解释道："十根木料打一副板儿叫十阁，十二根的叫十二圆，十八根是十八阁。这又不是韩信点兵多多益善，木材根数少才说明木材大、结实，而且接缝少。不过你二叔公怎么还来定做急工，他应该早就准备了千年屋吧？"

南楚的老人有生前早早为自己准备棺材的旧俗，他们管这叫"千年屋"。谈潇知道林仰的二叔公以前也是白事行的，怎么会不给自己准备？

"这个……"林仰直抓头，"我也是才知道，之前我二叔公给自己设计好了全套丧葬流程，每个程序要找谁都想好了。"当初他去二叔公家还听过二叔公念叨呢，什么不能找某某某，某某某身体不好说不定比我先走，谁谁谁手艺好讲规矩，"问题是计划赶不上变化，他又想得太细了……当初他想着是火化后再土葬，就琢磨寿材不用做那么大，但是现在我姑他们和殡仪馆吵架了，说要直接土葬，那寿材不就装不下了嘛，我二叔公可特大个儿。"

林仰无奈地看着就在不远处的南楚殡仪馆："我叔公家不是一直排队等火化嘛，火化前放在冷藏间你应该知道吧，一天两百块那种单间，后面因为一直没排到还转冷冻了。可一直排队还是没等到，加上前几天我们家人总做梦，我姑就跟二叔公的徒弟说了，之后也不知怎么商量的，说那就直接去拉人呗，结果来领遗体才发现……"他的表情古怪起来，声音也变小了，"人都有味儿了，烂了。"

谈潇惊讶地道："这冷藏又转冷冻的，怎么会呢？"

"是啊，这不就吵起来了？谁知道他们管理有什么问题。"林仰不懂这些，都是听来的，但他挺义愤填膺，而且联想到之前老做梦，更是感觉鸡皮疙瘩都要起来了。

"肯定是因为人太多，让什么托了关系的人插队了呗！"老板已经叫工人搬着棺木出来了，在旁撇嘴道，"你们不晓得，每次殡仪馆旺季都有这种事，尤其是冬天老人走得多。现在是夏天，啧，可不得味儿大。哎呀呀，这种钱也赚，真该死。"

谈潇和林仰一起看他。

老板羞愧低头："我也是，我该死。"

谈潇和林仰："……"

"味道那么大，难道殡仪馆的工作人员闻不到？"谈潇自语道。

世人讲究事死如生，尊重逝者，像老板说的那种情况其实他以前也听说过，但那都是很久以前了，那时候殡仪馆的管理还没那么严格，反正以谈潇家的人脉，近年在南楚没听说这样的事。不过无论是出了什么问题，家属失去亲人本来就已经悲痛欲绝，再知道亲人的遗体被这样对待，真的是莫大的打击。

"他们家要不是改变主意了，肯定不会知道，但现在既然发现了，完全是可以索赔的。"老板在这里开店，见得多了，"我跟你说，这就是他们的责任没跑，叫他们赔。"

"再说吧，现在还得快点儿把丧事办完，我叔公生前的整个班子都来了，还有个年纪大的气晕过去了。"林仰苦笑道，"要不怎么叫我来领寿材呢，全都忙死了，还要联系人去顶替那个晕过去的呢。"

谈潇闻言看了下时间："你们要是没找到人，我顶一下也行。"

林仰惊喜地道："真的吗？"

"真的啊，我妈说她年轻的时候也跟你叔公搭班过两次。"谈潇一方面是想给同学搭把手，另一方面心里总隐隐觉得哪里怪怪的。

第二章　转学生

殡仪馆。

林仰他姑姑一行人早前被请到办公室，这会儿刚谈完。谈潇和林仰到达的时候，恰好看到林姑姑阴着脸走出来，殡仪馆的负责人在后面不停鞠躬。他旁边还有个小年轻小声道："真的每天都有检查过，明明没问题，温度怎么会出问题……"

"别说了！"负责人看林姑姑眉毛挑起来，赶紧喝止年轻人，"这个肯定是我们的问题，再次向家属致以诚挚的道歉。"说着又不停鞠躬。这种时候怎么能和家属争，何况他们本来就没理。

那年轻人的眼泪在眼眶里打转，跟着低头鞠躬："对不起。"

林姑姑的眼睛也红了，她抹了下眼角，恨恨地看了他们一眼，然后扭头对她爸爸的徒弟道："宁哥，咱们走吧。"她深呼吸控制好情绪，"先生可找到了？"

林仰二叔公的徒弟其实也就比他小十来岁，年纪也挺大了，此时皱眉道："还没。"

"那个……姑姑，这是我同学。"林仰赶紧插了句话，"他叫谈潇，刚才我差点儿被棺材店老板骗了，是他帮我看出来的，又说过来帮忙。"

原本谁家遇到红白喜事，亲戚朋友们就都会来帮忙，这遇到了过来帮忙搭把手也不奇怪。宁哥，也就是林仰二叔公的徒弟，却在看到谈潇后"啊"了一声："你是谈春影的儿子吧？"

谈潇点头问好，跟着叫："宁哥。"

他们班子里的，不管年纪大小，都是以"哥"来称呼班头的。谈潇跟着这么叫，大家不会觉得没礼貌，只会明白他是识规矩的。

"哎呀，你们家现在可好咯。"宁哥挤出今天的第一个笑，"替我向你妈妈问好啊。你们不知道，以前我家里有困难，谈春影跟景区签了表演的合约，就说要把我和兄弟几个加上，叫我们给她伴奏。你现在上高中了吧？"

谈潇点点头："高二，我和林仰是同班同学。"

"好，好，跟你妈妈好好学，这个手艺学到了，以后饭碗端得比我们稳。"宁哥也知道谈家现在可是南楚的民俗文化名片，有很多邀约。

"宁爷爷，"林仰不是这行的，平时都是喊爷爷，就是今天喊出来总觉得比谈潇矮了几辈，怪别扭的，"谈潇说要是人不够，他可以帮忙。"

谈潇"嗯"了一声。

林姑姑擦了擦眼泪："真的吗？"

他们原本打算操办三天，可是现在尸身发臭了，急着入土为安，这才会难找人。林姑姑虽然不认得谈潇，但听宁哥方才对谈潇的母亲赞赏有加，就知道靠点儿谱了。

"是的，我母亲现在不在南楚，按理说这件事她知道了肯定也是愿意来帮忙的。"谈潇解释道，"这些流程我从小看到大，如果宁哥觉得可以，我就给你们搭把手。"

"可以，这怎么不可以。"宁哥当即就点头了，"那就辛苦你了，待会儿你跟我们一起押车。"

谈潇点了点头，和林仰走一道。

阴锣鼓班的人聚在一起，有人提出异议："宁哥，谈春影那都老吉祥物了，真叫她家小吉祥物来搭班？"

宁哥承过谈春影的情，但也有人觉得谈春影这人不太行。

"要不你现在找个知道流程规矩的来？拖久了谁负责？"宁哥脸一板，"前头那个已经把地方定好了，他跟着我们做能有什么错处？"

"虽然是这个理，但他这小年轻……"那人知道这是最好的选择，还是忍不住杠了两句，"上手不上手啊？"

宁哥怒道："谈潇跟林仰一个学校的，那可是重点高中，以后指定上名牌大学，你个初中辍学的还说起人家来了。上手？你一天干一场，人家一天给游客演十七八场，你能比吗？！"

"……"

谈潇随着阴锣鼓班上了运送棺木的灵车，林姑姑抱着遗像在前头。而林仰和其他家属则坐上了家里人开的小车。

林仰的妈妈小声道："你等下记得站远一点儿，下山的时候千万不要回头，知道吗？"老爷子本是喜丧，但是出了殡仪馆这件事，他们心里都有点儿犯嘀咕。

林仰点了点头，想起谈潇说他们这届一半以上的人今年都犯天狗，有点儿不知道说啥好。

车一路开到郊外山脚下，这里不是墓园，而是租的地。有些村子会把地租给想要土葬的人，接些挖穴、抬棺的活计，有的村民甚至还承接代上坟扫墓的活儿。

"这地我爸十年前就定好了，头两天挖坑的时候说挖到了大石头，我刚想跟他讨价还价，"林姑姑说，一般挖墓穴时挖到石头，会喊价两千到六千不等，"结果啊，他说我爸早在买地的时候就按当时的价格给了他一千，说是趁着还没通货膨胀先给了，现在果然涨价不少，所以那边只要求再添五百，我又砍到了三百。"

林姑姑说起来还有点儿得意。她怀里的遗像上，老人家面上也是淡淡的笑意，似乎能看到生前爱说笑的性格。

车一停稳，八个村里雇的工人一起把棺材抬了下去。随着宁哥一敲鼓，阴锣鼓班子吹打起来，响彻旷野。歌师含着眼泪唱起丧歌："高福高寿一世休，辞别亲人归阴府。鸣金响鼓送亡灵，黄泉路上身平安——"

这时，只要是会唱丧歌的人，都默契地唱起自己知晓的丧歌段子。这些多是老者，南楚旧俗讲究丧鼓赶情，比起送礼，送上一首丧歌更有情分。这是传承演变了数千年的风俗，人们在丧礼上歌乐鼓舞，以祭亡者。

但像林仰这样的年轻人就完全不会唱了，连他的父母会的曲段也不多。

谈潇站在最前面，也开口唱了起来。不过他和其他人唱的不太一样："人生百岁兮，终不免无常，满门哀恸兮，唯愿早生方……"

少年声调悠扬，传出去后，远处竟隐隐有和声。那是个中气十足的老者，声音几乎能穿透云霄："脚踏生地观生人，我是远处一个人。人怕孤老将，虎怕拆了林。拜谢各位歌先生，一起唱到大天明！"

听上去，这是有位过路人在和歌。出于对亡者的尊重，南楚人路遇丧礼，哪怕不认识也会和上一段丧歌，这样的老规矩现在只有少数老辈人会做了，但也不鲜见，尤其这是在村里，还是有不少懂旧俗的人。

可林姑姑却一个趔趄，眼泪一下奔涌出来，她看着茂林深处失声道："爸爸？"

那声音浑厚有力，像极了她熟悉的父亲的歌声，只是自从老爷子病了退班，她已有多年未听过。

一干亲属也全都炸了：太像了，这声音太像老爷子了！

宁哥手上的鼓点险些乱了。比起亲属们，他们这些阴锣鼓班的更熟悉老爷子的歌声，甚至很多就是老爷子手把手教出来的。宁哥不禁看向谈潇，全场似乎只有他因为未听过林老爷子的声音而显得有点儿不明所以。

"这小子……"之前质疑过谈潇的人"嘶"了一声，没继续说下去。

现场的气氛因为密林深处的歌声而显得有些诡异，林仰也是一身鸡皮疙瘩，他想看看谈潇，可谈潇在前面埋头赶路头都不回。

咚咚！

宁哥重击两下鼓，见那些议论纷纷的亲属们都住口了，他便大声道："遇着好歌师了，弟兄们卖点儿力气！"

整个班子应声，然后歌师把调门直接往上又抬了两番唱起来。他每唱一句，众人就和一句。现场的气氛一下轻松了很多，大家纷纷跟着和歌。

棺木很快被抬到墓穴处，谈潇立好幡，放上祭品，再用丧箍把棺木封好："生也空，死也空，生死不离三途中。奠上三杯封棺酒，醉得亡魂一梦中！"

虽是临时上场，但谈潇一套流程完成得很流畅，让大家挑不出半点儿毛病，甚至想感慨这怕不就是台上一分钟台下十年功。

接着便是掩埋盖土了，这期间主家忙着给亲属和帮忙的人散烟，散到谈潇时顿了下。

"小兄弟拿回家去？"主家大概是林仰的叔叔辈，想让谈潇拿两包烟回家。

谈潇笑了笑，摆手道："不用了。"他不抽，也不太爱闻烟味儿。

一位身材高大的老先生此刻慢慢走到谈潇面前，也不知道是林家哪位亲戚，他手里拿了根烟，身上还带着些酒气，目光和谈潇对上了。几秒后，老先生开口道："你胆子还挺大。"

谈潇猜他可能是没见过有少年敢干这个的，于是道："家学。"

"哈哈哈，知道。"老先生挤眉弄眼地道，"怎么的，平时没偷偷抽过烟？"

"没有，我不太喜欢。"谈潇摇头。

"哈哈，这玩意儿有劲！"老先生眯着眼吸了一大口，他脸上也不知是被南楚特有的歹毒蚊虫咬的还是磕碰了，有几处斑斑点点，"多谢你来帮忙啊。"

"不客气。"谈潇道。就算不是同学的亲戚，而是萍水相逢的人有急求，他肯定也会帮忙的。

老先生看了他两眼："那殡仪馆的人说他们天天去查看空调温度和尸身都没问题，偏偏拿出来就发现人臭了，撒这么明显的谎岂不是很蠢？"

谈潇不知道他怎么突然和自己说起这事，有点儿不知道如何回答。

老先生笑了笑，脸上挤出笑纹："那是因为他们没说谎，是有个铁家伙在搞鬼！"

什么？谈潇愣住了。

后肩忽然被人拍了拍，林仰搭上谈潇的肩膀："潇哥，你站在这儿干吗？我妈说等下吃完饭，她开车送你回去，今天多亏你了。"

"好，谢谢。"谈潇下意识回答，还有点儿茫然之意，等再转回去，刚才那位老先生已不见踪影了。他一时有些恍惚，目光落在林姑姑捧着的遗像上，故去的林老爷子在他看来难以辨认，但笑意依旧。

啊……

谈潇猛然明白了，一把拉住林仰："你说，存放服务器的机房，温度是不是也要低点儿？"

"那肯定啊，温度、湿度都有要求的，不然怎么散热？不同的服务器，温度要求也不一样。"林仰不知道他为什么突然说这个，但还是回答道，"你没看有的机房建在山洞里面，还有在极地建机房的，就是为了省点儿空调电费。说起空调，南楚真的有毒，入秋了还这么热——"

"帮我和你家里人说一下，我有急事，先走一步了。"谈潇说着就往山下走，"不好意思啊！"

"啊？"林仰都傻了，"你不吃饭啦？什么急事？"

谈潇越走越快，几乎是跑起来了，只头也不回地喊了一嗓子："不吃了！我卷子还没写完！"

林姑姑听得不真切："你同学上哪儿去了，他说卷什么？"

林仰悲伤地大哭道："对啊，你说他都这么厉害了还卷什么！"

05

徒步上山花了半个小时，下去就快多了，到了山下，一有信号，谈潇就打电话给穆翡，但那边好半天没接，终于等到接通了，他赶紧道："穆姐，你在哪儿？"

"又来电力局了，让他们帮忙找哪儿用电异常。"穆翡骂骂咧咧地道，"我眼睛都要瞎了。那器精本事不够大，热不得，肯定躲哪儿偷电用呢。"

"在殡仪馆！"谈潇大声道。

"嗯？"穆翡尖叫一声，"有可能啊！我都快把南楚的山洞钻个遍了，但这死器精肯定更习惯空调！不过你是怎么知道的？"

"我同学家的老人去世就在殡仪馆，它在那边搞鬼，要么弄坏了设备，要么就是把人挤出单间了，反正搞得人尸身都腐坏了！而且它躲在那样的地方，就算露出什么马脚，别人第一时间也只会想到灵异事件。"谈潇简单地道，"我刚从山上下来，你快点儿去殡仪馆吧，别让它跑了。"

"可以可以，我马上让我同事也去！"穆翡又叫住他，"你能不能来搭把手啊？老弟，求你了，我熬了个大夜都快累晕了，不能让这家伙跑了。"

"呃……可以。"谈潇思考了一下答应了，反正也不是第一次帮忙了，一回生二回熟。

穆翡那头赶紧道谢，往殡仪馆赶去。

谈潇去殡仪馆是会经过自己家的，他让司机先等等，快速拿了家伙事，到殡仪馆门口时，穆翡也正好飙车抵达。

此时已是新月初上。

"我同事还没到，我们进去等等他。"穆翡急死了，抓着谈潇就往里面跑，直奔负责人的办公室。路上她已经打电话联系好了，到了现场好叫他们配合。

白天谈潇见过的那位负责人接待了穆翡："您好，穆主任。"

"叫我穆翡就行了。"穆翡拿出一份文件，"这边需要您配合一下……"

很快，他们就行动了起来，无关工作、值班人员就地下班，殡仪馆的平面地图也给穆翡拿来了，包括各种钥匙。

穆翡掂了下钥匙："走吧，去厅里等他。"

莲花厅是南楚殡仪馆的礼厅之一，用来办追悼会的。因为清场得匆忙，此时还摆放着两排花圈，黑白挽联中间是不知谁家的牌位与遗像，音响还播放着哀乐，回荡在空旷的室内。

从这边走，有条路直通停尸间。

谈潇站在门口，只觉得一阵风吹过后背，寒气刺骨。他颇感诡异地回过头，警惕地看着帷幕。

"呲呲。"

就在此时，莲花厅的灯光明灭了几下，缓缓流淌的哀乐竟像变调一般扭曲起来，帷幕也被不知哪里来的风高高吹起……

谈潇脸色剧变，手不自觉地捏起枷势："是它吗？"

"别冲动！"穆翡吓了一跳，这招她见识过，雄虺都吃不住，"哎哎，你别动，不是它！"

说话间，那帷幕后缓缓走出一抹灰白的身影，是个清瘦的中年男子，两眼凹陷呈青黑色，眼黑多过眼白。

的确不是那器精，但这也没好多少啊！

谈潇的手刚要动起来，再次被穆翡拦住："你别激动，这是我同事！"

"同事？"谈潇顿住了，穆翡是说这次和一位老前辈搭档出任务，前两天她找自己时那同事还在车里等她，难道就是这位？

穆翡介绍道："这是我们单位的返聘人员。"

"还可以……返聘的吗？"谈潇一下子有了不一样的世界观，生前何必久睡，死后也无法长眠呢。

"无常可以兼职，他自然也可以被返聘。"穆翡淡定地道，其实她心里怕死了，就怕自己之后也会被返聘写材料。

那清瘦男子已经来到跟前："你就是谈潇同学吧，我知道你呀。鄙人刘清泉，404办资深干事。"

谈潇忍不住多看了他几眼。

"呵呵，这服务器不过是刚修成的器精，就算有些手段也不用担忧。"刘清泉不愧是资深干事，一副见多识广的样子，"我们兵分三路，来个瓮中捉鳖。"

一般精怪修行，有了人形才算成气候。帝流浆降落，这服务器只是刚有了意识的器精，才长出两条腿，连个人形都还没有呢，只是天生有些手段，用些小手段说不定就唬住了。

"穆翡同志从前门围追，谈潇同学从后门堵，我呢，就从中间阻截。"刘清泉安排道。

谈潇疑惑了一下："中间？"

刘清泉指指地下："嗯嗯，我从下面走。"

谈潇哑然，干巴巴地道："下面……有路？"

"岂止是有路。"穆翡感慨地道，"我们有时候也要借道，这下头的路是跟着上头搭的，所以我当初进404办的第一件事就是背下面主干道有哪些，这必须熟记心头啊。"

三人约定好碰头动作后，分头向冷藏间走去。南楚殡仪馆存放遗体的地方分冷藏间和冷冻间，这里面各自又有单间，不过总归是挨在一块儿的。

穆翡捏着钥匙，插进冷藏间的门，咔的一声拧开。这声音其实不大，但在空荡荡的冷藏间显得格外刺耳。她将门推开，沉重的铁门发出钝感的吱嘎声，同时一股冷气扑面而来。穆翡慢慢踏入，觉得全身泛起了鸡皮疙瘩。她四下扫视了一遍，面前是一排排架子，其间每一个格子中都沉睡着一位亡者。

不过是有点儿手段的器精，难道还能有雄虺那样的千年老怪厉害？穆翡压了压扑通扑通的心跳，举步向前，只见地面泛起蓝光，一道道盘旋着向上。她定睛看去，那蓝色的光芒之间竟然是无数的"1"与"0"。

蓝色的数据流包裹住穆翡，再一眨眼，她眼前竟成了一个纯黑的空间。接着，一道机械般的冰冷男声响起："亲爱的玩家，恭喜你被选中来到'无限生存游戏'，请期待属于你的惊悚之旅！副本'斩鬼取卦'即将开始。三，二，一！"

穆翡瞠目结舌，瞳孔猛然放大，心中难以抑制地升起恐慌之感……

另一边，谈潇来到了后门，开锁，进门，果然很冷。冷藏间内此时只有暗暗的灯光，他可以看到架子上一排排的遗体在白布下的轮廓，心里不免犯怵——上次是毫无准备，这次则是临场帮忙，这种场面他实在不习惯。

谈潇安慰自己：没事，我就负责在后面堵截，可能刘清泉和穆翡已经把器精逮住了呢。

他在后门处站了一会儿，却不见有动静，甚至连声音也没有，心中觉得不对劲，回手把门关上，向里走去。

"穆姐？刘老师？"

谈潇喊了两声，仍没听到动静，步伐不由得加大。前面是个拐角，他冲过去急转，眼前还是空空一片，灯居然还刺啦啦明灭了几下，变成暗红色，映照得整个房间如同被血糊满了一般。

谈潇停住脚步，那股不对劲的感觉更强烈了。他将目光转了回去，从那些之前有意无意忽视的遗体上滑过，最后落在一双穿着皮鞋的脚上。谈潇屏息向那边走，虽已经尽量轻手轻脚，但还是发出了哒哒的声音，在寂静的冷藏间内格外明显。

刺啦——

哒哒——

谈潇走到那双脚面前，深吸一口气。

倏然间，那具遗体整个滑了出来，用力撞在谈潇身上。谈潇被顶得后退好几步，撞在另一具遗体上才停下。

"不好意思，不好意思。"谈潇说着抬眼看去，面前哪是什么遗体，分明是个黑色的机柜，内里不见机械，而是无数纠缠在一起的蓝色数据流，机柜下面赫然长着一双腿，还穿了西裤和皮鞋。

这机柜没有眼睛，但谈潇明显感觉到对方在和自己"对视"，甚至能感觉到对方是有点儿发愣的——它也确实在发愣，不明白自己的幻术为什么只让谈潇迷惑了几秒钟。

谈潇想：就是它了吧？我该怎么做？之前遇到雄魍，有巫觋俑打样，他想都没想就用了巫觋俑那一套，那现在呢？

谈潇脚踏九州，手上准备捏诀。灵师们掌握的手诀无数，都是脱胎于楚舞，是一种手势语言，各有作用，也可以配合使用，比如"金桥"便有引路之用。可是，捉服务器应该算什么？

那服务器双腿一迈，眼看就要跑了。

谈潇急了，不管那么多，直接捏了个小金刀诀，手背向上，直指器精，带着三分不确定道："将军备起马，闭目反遥宫？"

服务器心中大骂：你是在这儿问我吗？但是下一刻，它就整个飞了出去，背上出现了深深的刀砍印记，机柜表面几乎被砍得凹陷下去，刺啦啦直冒电流。

咦，有用啊。谈潇打算再捏个大金刀诀。大金刀诀嘛，顾名思义，比小金刀还要凶猛。

服务器的脚在地板上蹬了两下，没爬起来，一想到对面这人还一副自己都不确定的样子就更破防了，惊恐而愤怒地大喊："金木水火土，我属金，又是电器，你哪怕拿水淹我呢？你光拿刀砍我，大哥你是不是心理变态啊？！"

谈潇："……"

他真的没想到解题思路是这样，还有点儿不好意思呢。但谈潇决定再砍一刀试试，以前光有理论知识，这还是第一次实操呢。

服务器直往墙角退，脚也缩起来："你别砍，砍坏了数据就丢失了！"

听它这么一说，谈潇倒是不好动了，拿出手机打电话给穆翡。

半晌，穆翡才接听："喂？"

谈潇能听出她的声音就在不远处："穆姐，你在哪儿呢？我抓到它了。"

"嗯？！"穆翡一副刚清醒的样子，让谈潇怀疑她是不是在哪儿睡了一觉。

不多时，穆翡跑了过来。

刘清泉也姗姗来迟，从地底钻出。他那青灰的脸色更难看了，背着手道："小看了这厮，竟然会极强的幻术，这一批新精怪不得了啊。"他和穆翡都不是新手，居然也会被幻术迷住，这真不像是刚化形的器精能有的能力。

穆翡上去一脚踩在器精的西装裤上："你挺有本事啊。"她刚才吓得真以为被无限流游戏拽进去了，谈潇打电话来的时候，她还在幻境里认真打副本！

所以说，更有本事的还是……穆翡看了谈潇一眼，见谈潇竟然没受什么影响的样子，一下就想起上次在楚王墓里，其他人都说遇到过幻境，但她和谈潇却没遇到什么危险的幻境，当时只觉得是运气好，看来还是老弟天赋异禀，免疫幻觉……呃，酸到她了。

机柜内蓝色的数据流涌动，服务器虽然通晓变化，本身的战斗力却不高，此时哪里敢动弹，只叽叽咕咕地道："还好啦。"

刘清泉看着那数据流，若有所思地道："它是小说网站的服务器吗？"

"嗯。"

"往常精怪修行，都要效仿人类，但是这服务器生来体内就储存了无数的故事，甚至可以说它就是这些故事的数据化形，而这些故事包罗万象，是无数作者们描绘出来的世事百态、七情六欲，因此它生来就有世俗的灵性。"

也难怪它有些不同寻常的本事，还能在404办的追捕下，在这个头一次见的新世界逃那么久。

这番解释，别说谈潇和穆翡，连服务器自己都觉得有点儿道理：它也不知道自己怎么生来就会这么多呢！

"别提了，这货黑客技术也不错，还把人家的灾备给搞没了。"穆翡知道从服务器商、技术人员到作者、读者估计都急死了，对它道，"一般我们会免费指导下生存规则，可惜你们老喜欢捣点儿乱，这下好了，你要当牛作马把损失补回来，生者逝者都是哦。"

没办法，新生的事物总是想试一试自己能够做些什么，在这个世上处于什么位置。

"先拍个照……"穆翡掏出相机给现场和"犯罪分子"拍照，"有没有姓名？"一般上点儿档次的精怪都会给自己起名。

070

服务器下意识冷冷地道："叫晋少就行。"

穆翡脚一用力，大力踩了下去："晋少是吧？喜欢装主神是吧？"

服务器卑微大喊："阿晋，叫阿晋就可以了！"

"行了，你先把人家的备份弄回去，不然把你押上京，直接把你的数据导出来。"穆翡威胁道，"我这边急着结案，你快点儿啊。"

这数据现在就是服务器的本体之一了，阿晋瑟缩一下，小声道："我不知道怎么恢复，我当时就是下意识么做的，我也不知道怎么解除，真的。"

这就有点儿麻烦了，穆翡和刘清泉对视一眼。

"你可真是……"穆翡按了按自己的头，她和刘清泉都不擅长这个，于是看向一旁的谈潇，试探着问，"你们应该会破术吧？"

"理论上是可以啦，但我不知道服务器该怎么对应啊，先试试吧。"谈潇从书包里翻出了一副木质面具，上面是用金红之色勾画的花纹，还坠着许多彩色流苏。

"这回是个全脸的啊，不用孔雀的了？"穆翡问道，她一眼就看出来这是之前挂在谈潇家墙上正中间的面具。

谈潇："嗯嗯，我想着孔雀都那么厉害了，元凤岂不是更厉害？"

这乃是元凤的面具。

刘清泉看了谈潇一眼，有一点儿怀疑："真能有应？"元凤可是相当于第一梯队的，据说只会出现在最厉害的灵师傩坛上，再加上如今灵气稀薄……

穆翡倒是毫不怀疑，但刘清泉毕竟是第一次见谈潇。

"不知道啊，试试。"谈潇无所谓地道，反正不成功又不丢人，他主业是旅游表演。

因为这次条件不足，也来不及准备吃食祭品，谈潇选择了烧柴香，就是用一个陶罐，里面塞入檀香木柴焖烧，没有一点儿明火，只有柴的香味和一点点青烟。这个可以说是灵师的糊弄学，毕竟他们也有自己都吃不饱的时候嘛。

谈潇戴着元凤面具，捏了几个诀，最后以"击馋"敲打罐子边缘七下，闭目诵念："阳雀未鸣春先知，香烟绕绕雾华堂，天门开兮结玄云……"

电光石火间，谈潇又见到了一双眼睛。这次，这双眼睛竟渐渐清晰起来，继而扩散，露出了一整张面庞。

谈潇正在发怔之际，忽然觉得自己的领口被揪住了，他睁开眼睛，发现那张脸竟真的出现在了面前！那若隐若现的身影抓住他，其身穿绿松石色绣金线长袍，一头半长头发束起，翎羽金坠为饰，华贵非凡，带着睥睨众生的气势，让人一下就知道他的不凡。

"元凤"降临，华丽而清冷，目光有种俯视人间的高高在上，声音空灵自带混响，还蕴含令人畏惧的怒意:"汝竟敢用柴香?!"

一旁的阿晋浑身战栗,不能动弹。

刘清泉倒是比阿晋好那么一点儿,但也不敢直视,惊惧地道:"元凤真身?!"他原以为就算成功,也不过是冥冥中的感应。

不想大神听了这话怒意更甚:"吾乃元凤之子!"

咦,孔雀?怎么叫元凤,却来了孔雀?

谈潇和其他人一样惊讶,不过比起其他人纯粹的惊讶,谈潇还多了几分高兴。他之前请孔雀帮过两次忙,对方都很给面子,所以即便来错了人,谈潇在惊讶茫然之后还是立刻亲切地道:"是孔雀大神吗?怎么是你?"

谈潇语气中的惊喜一点儿也不难分辨,这让孔宣的怒意稍被抚平。不过,还是太不像话了……

孔宣俯身逼视谈潇。

有一瞬间,谈潇心口涌起一丝异样的感觉,仿若脉搏与之共振。

孔宣凤目微眯:"你之一脉与元凤有盟誓,我将代母职……你已经被继承给我了。"

第 三 章

斜钩月牙

刷题锻我杀伐心,千家妖孽作劫灰。

01

孔宣一直在等待一个让谈潇知道自己得罪了谁的机会，设想种种，万没想到谈潇遇事还找元凤……

明明他都屈居谈潇那纸面具中了，岂有此理！

幸好，便是如此来的也是他，吓死谈潇，哼！

一旁听闻这关系的穆翡大为吃惊，喃喃道："我说你年纪轻轻这么厉害，原来是祖上和大神签了约啊！你的积分系数跟我们不一样是吧？"

谈潇的震惊不比其他人少："还有继承这种事？什么合同一续就是千年啊？"

这话似乎没什么特别，孔宣却很敏感："你什么意思，不愿意？"

穆翡幽幽地道："谈潇弟弟家老早就转去旅游业了，这次是受我所托来帮忙。而且他现在还在上学，可能没什么时间。"

谈潇不好意思地笑了笑，他对孔雀大神是有感激之情的，但穆翡说的也有部分确实在他的考虑范围内。

孔宣黑着脸，谁还不要上学了？他原想一走了之，可他要是走了，谈潇肯定无所谓，毕竟谈潇家有一墙的面具。而且不说旅游业还好，一说他就生气，灵师的名声如今在谈家都成什么样了！

好啊，我还偏要勉强！孔宣脾气上来了，怒道："我心意已决，你就是指定的代行者，少啰唆！"

怎么还带强买强卖的？谈潇感觉不太妙，求助地看向穆翡。

穆翡和刘清泉正羡慕地看着谈潇：居然有人被大神追着喂饭。

谈潇："……"

孔宣看向那长了腿的铁柜，冷声道："你原待如何，是不是要宰了它？"

阿晋猛然被杀机锁定，连救命都喊不出来，惊恐地看着他们，数据的游离越来越慢。

谈潇看孔雀大神想要强行卖力气，赶紧阻止："不是不是，大神手下留情。"

"现在的首要问题是它的数据备份没了，它自己也不知道该怎么恢复，我们在想该用什么办法破解呢。"穆翡也帮着解释，404办有一整套处理流程，不会全部都现场销毁的。

孔宣打量铁柜，反问："这岂非你最擅长之事？你说的备份和替身不是同义吗？"

"您是说……荆？"谈潇猛然会意，惊道。

孔宣满意地点了点头。

荆的上古文字版，看上去像是一个人形加两个×。而作为一种灌木，古代将其用来做刑杖，也就是"负荆请罪"的荆。还有，荆者，楚也。

在楚国的传说中，楚人的先祖之一鬻熊与女厉结婚，厉因为难产剖开肋骨，产子而死后，鬻熊族的祭司用荆条代替女厉的断骨，将其安葬。为纪念这位始祖母，从此鬻熊的族人便也叫楚人。

用荆条代替人身，就是楚地最早的替身术，孔宣现在在学校所用的身体也是荆条所化，他还特意弄了个短头发，不然就违反校规了。

有道理啊！谈潇一瞬间竟然有种解题的快乐，他欢快地对穆翡道："穆姐，那找荆条给服务器做备份吧。"

"这……这样备份吗？"穆翡觉得这替身术相当复古，听起来甚至有些离谱，但理论上又好像、也许、大概说得通，"那……我们现在就去找荆条。"

谈潇刚要动身，就听孔宣冷冷地道："你是不是忘了什么？"

谈潇："啊？"

孔宣指了指那焖烧的柴香，一字一句道："你就用这糊弄我？"

谈潇："……"

孔宣的怨气都快化为实体了。他自下界来，一餐也未享用过，谈潇甚至还当着他的面大吃大喝。

孔宣死死地盯着谈潇，要是谈潇再敢推辞，他就把这服务器直接扬了。

"好，先去菜市场。"

负责人的满脸疑惑不提，谈潇借用了殡仪馆的员工厨房，将牛肉切成小块，个个筋头巴脑的，焯水后先爆香八角、桂皮、肉蔻等小料，再把牛肉和料酒、老抽一起下锅小火炖烂。

穆翡在一旁帮忙，用姜片给鱼头去腥，腌制入味。

这是个极大的雄鱼头，足足有四五斤，加上红、黄剁椒和豆豉一起蒸，出锅的时候淋两勺热油，刺啦啦，热腾腾的鱼头在雾气中露出嫩白，佐上剁椒的鲜艳之色，看着就有滋味。

再清炒一盘水蕹菜，不用过多料理，自然脆爽清鲜。

谈潇给牛肉大火收汁，最后撒了点儿彩椒点缀，主打一个肥糯软嫩、油而不腻。

孔宣在旁等着验收。他是非常知道谈潇的手艺的，但尝过新菜色后还是忍不住轻轻颔首，心想果真不能放跑谈潇。

一顿饭把孔宣心中的火气去了七七八八，加之他方才看到谈潇和穆翡分头买菜办事，再见面时谈潇差点儿也没认出穆翡，心知这是恶疾又犯了……既如此，也算不得谈潇的大罪了。

不过，他倒要看看谈潇能拖到几时才发现他就是孔宣。反正他是不可能主动说出来的，那样岂不是更失颜面？哼，纵有脸盲恶疾，面对他也不可能久久辨别不出！

谈潇察觉孔宣一边吃一边眼神诡异地打量自己，心里有些发毛：要不，还是想个办法婉拒了孔雀大神吧？

吃罢饭，谈潇把刚刚穆翡找来的荆条捆扎起来，本来想做个人形的，看了看阿晋连人形都没有只长出两条腿的样子，犹豫了一下，就只扎了两条腿出来。他把荆条替身放在阿晋身上后有些犹豫，毕竟缺乏实操经验，对流程还有点儿不确定。

孔宣绕至他身后，一手握住了他的手，低声道："凝神。"

谈潇感觉手上凉凉的，不自觉地闭上眼睛，捏诀，开口诵念："替身代身，荆条化形，灵气一注作你身……开你左脚踩数据，右脚踩程序！"

穆翡："……"

谈潇再次睁眼，只见孔雀大神已松开了手。

他把荆条拿下来："把这个拿去放在机房里试试……吧？"希望程序员看了不会两眼一黑。

"行，行。"穆翡再次忍住想说"离谱"的冲动，抓起阿晋，并偷眼看了看孔雀大神，不说颜值了，这样的场面可难得见到，她甚至有点儿舍不得走，但还是拱手道，"多谢大神，多谢老弟，我把这家伙带回去登记了。"

六十年一次，404办又要更新《非人类管理工作责任清单》了，甚至有些内容可能要扯皮，有得忙呢。

"等等。"孔宣淡淡地道，"此物谈潇还有用，不得带走。备份你可以拿走。"

谈潇茫然抬头，他没要阿晋啊，他要来做什么？

穆翡脚步凝滞了："啊？"

除了游历三界试炼，这便是孔宣来此界最为重要之事了。他那自带混响的声音隐隐回荡在空旷的室内："几千年前楚巫得神授，乃著《山海异志》，沧海桑田，现在也到了续作之时。此事还得落在此一脉身上。谈潇，你要将这些年来的变更一一记述，以传三界。"

谈潇："《山海异志》？！"

这本书的作者是谁一直没有定论，谈潇之前倒是看到过一种说法，认为此书是古楚贵族后裔历经数代人编著而成。现在大神这一番话倒是与之相符。当然，现在考证什么的都在其次，更炸裂的还是……难怪孔雀大神非要继承他，原来是要约稿……啊不，指定人干活，给他写《山海异志》续集！

现场的人全都呆住了。

半晌，谈潇茫然地道："我毕业证都没拿到，让我写书，还是名著，不合适吧？"他忽然想到什么，有点儿心动地问道，"咦，等一下，干这活儿考试能加分吗？"

孔宣环臂道："生死簿加分，优先过奈何桥。"

谈潇："……"

不管怎么说，这个消息来得还是有点儿突然。一个多月以前，谈潇甚至不觉得自己这灵师能有真本事，他的人生规划里更不可能包括给《山海异志》写续作这种事情。

谈潇看了一眼穆翡，迟疑地道："挺荣幸的，但这种事情，是不是请官方协调比较好……"毕竟今时不同往日了。

穆翡和刘清泉对视一眼，都陷入沉思。

还真别说，要是打开思路，这《山海异志》续作和他们要更新的《非人类管理工作责任清单》本质上其实是差不多的东西，大家要做的事情之一，比如把新生妖怪抓起来登记造册更是完全重叠。

孔宣嗤笑一声，道："你们本来就该是官方，谁叫你连个楚王、公侯也没当上。"

谈潇："……"

楚王，又见楚王，没当上大 Boss 是他的不对咯？

"那个，这件事等我回去请领导批示一下吧。服务器真身可以先由老弟看守，但我是觉得咱们可以求同存异。"穆翡小心翼翼地道。这件事她做不了主，但若不来个求同存异，

第三章 斜钩月牙

想从孔雀手上抢妖怪回去登记恐怕是妄想。

传说元凤之子生来所具五色神光，无物不刷。倒是404办分派案件本就难，对隐匿较深、修为强大的非人类很难摸底。若他们能合作，岂不是彼此取长补短？

穆翡越想越心动，感觉这事很有合作的空间，她看向谈潇："优不优先过奈何桥不知道，但按咱们的规矩，要是有重大贡献，加分这事也不是没有可能。"

要这么说的话……

谈潇立刻掏出了笔，虚心问道："大神，您说咱们这续作起个什么书名好？"

且不说那什么合作，孔宣看自己的代行者如此乖巧，心中已是极为舒爽，他一扫郁气，曼声道："你既修炼了高中语文，自是你来想。"

哈哈，大神还知道高中语文呢！而且谈潇细细想来，这孔雀大神几次帮自己都很爽快，刚才虽发了点儿脾气，但是吃点儿东西立刻就被哄好了，比起小时候谈春影给他说的故事里那些千奇百怪难搞定的家伙好多了。

谈潇认真琢磨了一下："叫《纪妖传》？《山海异志续》？"他只有写作文和祭祀表文的经验，实在没有著书写文的经验，真的很有压力啊！

忽然，他瞟到可怜巴巴一直不敢抬头的阿晋，咦了一声，道："等等，你不是文学网站的服务器吗？专业对口了，你有没有想法？"

阿晋战战兢兢地抬起头，颤声道："《兼职续写＜山海异志＞后我爆红了》？"

众人："……"

阿晋的起名水平让大家都沉默了，连谈潇也从那种要加分的兴奋中清醒过来。

穆翡一巴掌拍在阿晋身上："你……算了！"有点儿无语到懒得跟它讲的样子。

谈潇仿佛什么也没发生过："啊，穆姐，尽早把备份拿回去吧。"

"好的好的，再联系。"穆翡也若无其事地接话道。回去后要跟上级汇报这件事，想想她都有点儿胃痛，写材料、开会肯定是少不了的。

阿晋含幽带怨地低下头："……"

因为孔雀大神的要求，阿晋现在必须先跟在他指定的人间代行者，也就是谈潇身边，直到谈潇把关于阿晋的段落写完。至于能不能和404办达成合作、什么程度的合作，那就是穆翡要去商议的事情了，她会直接和谈潇对接。对孔宣来说，谈潇能完本就行，他只管谈潇。

那现在……

"大神，"谈潇看着孔雀，试图寻求他本人的意见，"现在需要送您回去吗？"

不提这个还好，一提，孔宣难免又想起自己现在住在哪儿。他扯了扯领口，盯着毫无所知的谈潇，嘴唇张合往外蹦字："你，把明相换了，奉上，四时花果，香。"

要升级装备是吧？谈潇还未意识到孔雀大神这些日子一直落脚在他制作的简陋牛皮纸面具中，还拿手机记下来，免得自己忘记操办了："好的，我尽快。"

再抬头时，只看到点儿模糊的身形如青烟般散开，消失不见了。

孔宣这一走，大家的压力都小了不少，尤其是刘清泉和阿晋。

"那我还得把它搬回去？"谈潇心说总不能就这么光明正大走回去吧？他上下打量一番只长出腿的服务器机柜，找来殡仪馆运货的小推车，让它站上去。

阿晋蹲在推车上，腿收起来，外面盖一层布，就这么被推出了冷藏间。

一出来，谈潇就一个激灵——里外温差好大。

整个殡仪馆早清空了，负责人在门卫室等着，见穆翡和谈潇把一个柜子状的东西给搬上了车，磕磕巴巴道："这个，是……"

"不方便告知。"穆翡轻描淡写地道，"今天麻烦您配合了。"

负责人伸手和她一握，心里头还有一点点怀疑。毕竟他们这儿可是殡仪馆，总是能听到一些传言，尤其这次来了个行事神秘的穆翡，怎么能不让他有所联想。但是这时候谈潇搬动时碰了下推车上的东西，发出了很明显的金属声，负责人又觉得里头像是什么电器。电器能出什么问题？

下一秒，"嘤"的一声响起。

这什么动静？负责人惊恐地看着那东西。

"嘤咳咳咳。"谈潇一边咳嗽一边摸了摸喉咙。

负责人狐疑地看着他，还没开口问，穆翡已经找到代驾，上车了——她实在是累得没法开车，就先让代驾把谈潇送回去。

到了谈潇家，穆翡打着哈欠道："走了，保持联络。"

谈潇很是期盼穆翡真能给他争取到加分，于是殷勤地挥手道："穆姐拜拜。"

穆翡从南楚直飞服务器所在地，当着所有工作人员包括程序员的面，独自进入被封锁的机房，把荆条藏在了某处。

"回来了！备份真的回来了！"程序员惊喜地大喊。

所有人松了口气，鼓起掌来。他们并不是都知道穆翡是什么单位的，还以为这是老板请来的哪位技术大牛。但她这速度也太快了吧？！

没多久，谈潇的朋友圈出现了于贞贞的呐喊——

"我的快乐，回来了！！！"

第三章 斜钩月牙

不过那是几个小时后的事情了，眼下的南楚这边，谈潇把阿晋搬进院子，刚关上门，阿晋就两腿一伸站了起来，嚷嚷道："热死了，热死了！"

"小声点儿。"谈潇进屋把空调打开，思考把它放在哪儿。

根据穆翡的说法，以及阿晋自己交代的，它只是个新生的器精，虽有些新本事，可在某些地方又异常落后，包括不会隐身、不能每时每刻保持幻术，还需要空调散热……所以目前的安置……

"你就待在这里。"谈潇指着自己书房的电脑，"要是有外人，你就把腿收起来。"

"会不会被人怀疑？"阿晋的数据流纠缠在一起，乱麻一般。

"谁怀疑？我家现在没有游客，顶多被我妈看到。"谈潇心说我妈要看那就看，我还想让她说说呢，总说我们是吉祥物，这俩腿是怎么长出来的？！

阿晋不敢反驳，它先前被谈潇砍得都快漏电了，它觉得这个灵师年纪轻轻却多少带点儿歹毒。

"叮。"

微信新消息提示音响了一下。

谈潇点开一看，原来是班主任纪汇明发来了一则新闻：南楚考古疑有重大发现！

谈潇随意浏览了一下。因为有雄虺的协助，楚王墓的发掘进度可以说前所未有的快，虽然离彻底完工还要一些时间，但已经有消息在传，可能很快会召开一次发布会，宣布一些重大发现和后续决定。

纪汇明还发来了一条语音信息，挺激动的："谈潇，我听白校长说你有去帮忙？是什么级别的墓啊？"

这件事当时404办是直接找的白校长，白校长不知道能不能成，也就没往外说，现在是有点儿憋不住，透露给了少数人。在这之前，纪汇明完全不知道自己的学生居然在课余时间参与了这么厉害的项目。

谈潇回复："是的，但我现在不能说，签了保密协议。"

纪汇明更震撼了，保密协议一听就很厉害，忙发了三个大拇指表情夸赞他："好好好，很棒！月考也要加油！"

谈潇回复完，看到阿晋在盯着自己——这很诡异，明明对方没有眼睛，他却能感受到隐隐的注视感。

谈潇随口道："你再努努力，眼睛就长出来了。"

阿晋期期艾艾地道："是穆翡小姐发来的信息吗？她有没有说我什么时候可以离开这里？"

"她说不定还没下飞机。"谈潇不理解阿晋急什么，难道待在他家有什么危险吗，他还没担心家里住个器精不安全呢，"不是穆姐，是我们班主任。"说完顿了下，问，"你应该知道班主任是什么吧？"

虽说阿晋刚化形，但这不是新时代的精怪嘛，还会玩无限流副本呢。果然，它的数据流旋转起来，如同点头："知道，清冷师尊。"

谈潇一脸恶寒："你没事少说话。"说完转身把书房门给关上了。

02

先前做牛皮纸孔雀明相，是因为谈潇家供过元凤。如今孔雀要求升级，要当正经主祭，那面具必然要换成木质的。谈潇懂得但没动过手，他家一般都是找老师傅定做的，需要比较长的时间，光选木料、晾木料就要近一个月，一时半会儿是完不成的。

孔雀的其他要求倒是简单。

谈潇把香取了回来，又买了一些新鲜水果、花束，将其摆在孔雀明相前。黑夜寥寥，淡淡的白烟轻袅向上缭绕，红亮的香头时明时暗。他捏诀一拜，再抬首，便见香雾之间坐着一个男的，单脚踩着桌沿，广袖低垂，凤目闪动，带着几分轻傲。

"孔雀大神。"谈潇喊了一声。

孔雀的衣服还是很好认的，而且这时候出现的，除了他还能有谁？

其实无论是元凤还是孔雀，世人都鲜少知道他们的真名，因为姓名具有不一样的力量。谈潇自觉和孔雀大神还不到知道他真名的交情，反正孔雀不说，他也不大好问，显得挺冒昧的。

孔宣看着眼前满满登登的东西，又听到谈潇认出自己，心中不能更得意了，甚至起了炫耀之心。他故意跳下案头，身形飘浮起来，高出谈潇几寸，一俯身，金坠玉带微微晃荡，眉眼在香雾中淡化了锐利的感觉。

"可有所祈？"孔宣轻声问。

谈潇略不好意思地垂目，他双颊雪白，连眼睛亦能看出其柔软。不过他此番是应孔雀要求，倒真别无所求，想了半响，方仰首道："大神保佑我月考化学考好点儿吧……"

孔雀的身形明显凝滞了一下。

谈潇迟疑地道："不行也没关系，哈哈。"他也就随口一说，或许问孔雀辟邪以外的事是有点儿为难他了。

孔宣打断他："准了！"

还真行？谈潇听他一口答应，又有些后悔。他听过一些传说，有些你本来没有的东西，许愿强行迅速达成是会付出代价的，比如有的人要求快速瘦几十斤，结果就是截肢了。

"等等，算了吧，您不会强行给我改成绩吧？别回头有人说我作弊。"谈潇意图撤回愿望。

孔宣的身形渐渐淡去，哼了一声，也不知是什么意思。

谈潇想了想，觉得这孔雀大神不但颇具人性，甚至仿佛有点儿像他认识的谁……不过不可能啦，种族都不同，没见孔雀大神都是半透明飘着走还自带混响嘛。

第二天是周一，谈潇如往常一般沿着熟悉的路线去上学，吃早餐，进教室，和同桌打招呼。

斜对面坐的人应该是孔宣，之所以说不确定，是因为他惊讶地发现，孔宣手里竟然拿着一本化学书，正学得一脸烦躁。

孔宣的水平是"惊艳"过全班人的，同时他还表现出了对进步的不屑一顾。不过现在看来，经过一个周末的沉淀，孔宣同学估计是想通了，要把成绩抓上去，不然过两天月考，分数出来挺丢人。看看，这还没到上课时间，他就已经在自习了，虽然看表情是有点儿吃力的。

林仰小声告诉谈潇："早上老班找他出去聊了，劝学来着，回来就一直埋头看书。"

谈潇想，难怪这人一副心情不好的样子。

孔宣此时脑袋发胀，看到谈潇来了，一言不发地把林仰的桌子往后挤。

林仰还以为是自己得罪人被听到了："别，别冲动。"他感觉孔宣气势汹汹的，有点儿吓人。

孔宣继续往后狂挤，乃至半个身体都要和谈潇的桌子平行了，乍一看根本搞不清他和林仰到底谁才是谈潇的同桌。

这一举动，让原本还有些热闹的教室渐渐安静下来——孔宣之前就差点儿和谈潇打起来，现在未必是也要和林仰动手？

"砰。"

孔宣却是忽视了被挤到只有一点儿生存空间的林仰，把一本习题集往谈潇桌上一放。

谈潇猝不及防，疑问地看着他："嗯？"

林仰的目光在两人之间来回看：这又是什么意思？孔宣是在求和吗，想要潇仔教他做题？

其实谈潇心里也是这么想的，他觉得要是孔宣低头，自己就跟这坏脾气的新同学讲和算了。

"师……班主任让的。"只见孔宣翻开一页,点了点题目,道,"我教你做题。"

谈潇一时没反应过来:"?"

众人也是一脸茫然:"???"

孔宣在说什么,主语是不是反了?

孔宣毫不理会,已自行讲了起来。此事他也很无奈,入乡随俗,入山问禁,就和他必须有代行者才能入人世一样,在学校也要遵守校规,不得作弊,所以要完成谈潇的心愿,唯有他自己努力了。他苦学一夜,又恰得班主任嘱托让他们互相帮助,说明天意所归,如今便是验证的时候。

"不是,你……我……不用了。"谈潇想推开孔宣的习题集。纪老师确实让他们互相帮助,但怎么想也不太可能包括让孔宣给他讲题吧?

孔宣还不高兴了:"凭什么你可以给我讲题,我不能给你讲?"

谈潇:"……"

众人:"……"

"可是你讲错了啊!"

听着就不对劲,每两道题就有一道不对,谈潇站起来想远离孔宣:不就是没认出你吗,上次发那么大脾气都算了,居然过了一周还记恨?

孔宣在全班同学惊恐的目光中伸手捞过谈潇这个"非法同桌",勒着他,不耐烦地道:"认真听着。"

谈潇:"……"

救命啊!!!

于贞贞今天起得有点儿晚,下了车边吃面包边跑,经过人工湖的时候,把最后一口丢进去喂了鱼。紧赶慢赶,还差两分钟的时候,她终于气喘吁吁到了教室门口,见教室里头安安静静的,还以为老师已经到了,可探头一看,她立刻震惊了——起猛了,居然看到孔宣和谈潇搂搂抱抱!

孔宣都要把林仰挤成谈潇的后座了,自己则几乎和谈潇平行,此刻隔着课桌死死勒住谈潇在说些什么。

谈潇挣脱不开,一开始只是痛苦地捂着耳朵,到后来实在受不了:"不是不是不是,你公式套错了!"他把正确的解法说了一遍。

"也行。"孔宣闻言顿了一下,然后若无其事地开始讲下一道题。

第三章 斜钩月牙

于贞贞回头看了看，考虑要不要重新进门，为什么她会看到孔宣强行给谈潇讲题啊？！

林仰喊她："班长，快劝劝你同桌！"

惨绝人寰啊，大家都要看不下去了。是迫害吧？孔宣这是迫害吧？

于贞贞硬着头皮阻止："孔宣同学，你这是干什么？"

孔宣心不在焉地回答："上周他也给我讲过题，报答他。"

什么报答，你这叫报复！

于贞贞："那你不能动手啊，你这看着像掐架。"

孔宣看了一眼谈潇，居然真的把他松开了，然后继续大摇大摆地对着谈潇讲题。

要是放在平时，这么张完美的面孔凑得近近的，盯着人专注地讲些什么，大家都要羡慕谈潇了，可此时此刻，三班的同学们只有一个共识：孔宣同学好看归好看，报复心实在太强。

孔宣讲题，谈潇挑错，重新讲一遍，渐渐地，旁观的人都要分不出来到底谁给谁讲题了。

谈潇本来想告老师说孔宣报复自己，但他发现孔宣听自己讲解的时候也是一脸痛苦，颇有杀敌一千自损八百的感觉，毕竟是位知识不过脑的主，于是他也不急了：那你要说就继续说呗，我当复习了。他甚至有点儿怀疑老师是不是本来就让孔宣和自己学习，但孔宣嘴硬没说实话。

现场的气氛渐渐和谐起来。

周围的同学瞠目结舌：弄啥呢你俩？

到了八点，广播响起来。

"这是什么音乐？"孔宣被音乐声打断，他仔细听去，曲调还挺激昂的。

谈潇怪异地看他一眼，反过来锁住他的胳膊："你是不是听不下去了想转移话题？这道题很重要的，你听完再走！"

孔宣："……"

"走了。"终于把题讲完了，谈潇把书一放，暗暗松了口气，"升旗去。"

伴着乐声，全校师生行动起来，三三两两往操场走。

谈潇在全班同学混入人群后，就开始逐渐失去定位他们的能力。不过只要他记得自己班站哪儿就行，反正到了那儿，大家又会按照固定顺序排好队。

南楚一中的操场就在人工湖旁边，里头养了几只鸭子，还有不少鱼虾，甚至有人捞上来过螃蟹、贝壳，平时也算是同学们课余的消遣之地，大家都喜欢来喂喂鸭子和鱼。这些鸭子也不怕人，谈潇走过来时还围着他的脚打转，认出他来，想要吃的——谈潇偶尔有吃剩的早餐会喂它们两口。

"没包子啦。"谈潇轻声道。

孔宣不远不近地走在他身边。

全校师生这会儿都在这块儿了，以孔宣的风姿仪表，即便穿着校服也是人群里最耀眼的，因此周遭很多人在看他，还有人注意到了孔宣和谈潇之间微妙的气氛，消息灵通的外班同学可都知道孔宣和谈潇结仇了。

谈潇转头对走在自己身边的孔宣伸手："有没有吃的？"

孔宣愣了下。他还真有，就是谈潇昨天买回来的那些。不过这人怎么这么不要脸啊，送的水果也好意思要回去，在教室里还对他摆脸色。

孔宣从口袋里拿出一个苹果，但没有立刻给谈潇，而是斜着眼看他："想要就求。"

谈潇一下就通过他的眼神发觉了，这个老在自己身边转悠的人不是林仰，而是孔宣。他还想起来之前觉得孔雀大神像谁了，不正是孔宣吗？不过人家孔雀大神可比孔宣乐于助人多了。于是谈潇倒打一耙，报复地喊道："老师，他升旗吃东西！"

明明是你要的！孔宣迅速把苹果塞回了口袋。

谈潇得意地走开了。

周围路过并目睹全程的同学们："……"

这很难评。帅哥敌对的方式怎么和小学生差不多？他们还以为多激烈呢。

谈潇被孔宣"恶意讲题"一周，终于迎来了月考。

放分时，化学老师拿着考卷走进教室，道："这次月考有两位同学我要特别表扬一下啊，就是谈潇和孔宣。"

谈潇缓缓抬头，什么情况？

化学老师赞赏地道："这几天路过你们班，总能看到谈潇和同桌在一起学习，这些努力果然就反映在卷面上了嘛。谈潇比起上次月考进步了一大截，排进了年级前五。"

谈潇看了一眼旁边。什么同桌？分明是孔宣一直往后面挤，都快把林仰挤成纸片人了——好家伙，别人都唱《同桌的你》，就谈潇是《同桌的你们》。

不过就因为孔宣一直"非法同桌"、恶意讲题，谈潇为了不被影响，全程凝神分辨他说得对错与否，然后反向讲题并巩固印象，生怕被影响了。这么一来，他算是精神高度集中地冲刺复习了一波习题，连他自己都没料到居然还真有助于提高成绩，将杀敌一千自损八百扭转成了互帮互助……

谈潇忽而悚然一惊，这不会是孔雀大神冥冥之中的保佑吧？用这种方式让他自己努力提高？怎么说呢，难怪有不要乱许愿这种说法。

"孔宣同学刚转学过来，学习进度和咱们不一样，基础薄弱，但这次也及格了，要继续努力哦。"化学老师说到了孔宣，可能是卷面太漂亮，在评卷老师同情心发作抛了一分的情况下惊喜及格了。这成绩要放在平时，他可能早就骂人了，但他是看过孔宣的原始水平的，见经过和谈潇的共同努力能够及格，说明这孩子还是有心向学，所以他反而要鼓励一下。

果然，化学老师看见孔宣转头与谈潇默契对视，不禁欣慰地点了点头。这就叫有效的学习搭子，好同桌啊！

看到孔宣回头嘚瑟的眼神的谈潇："……"

03

放学后，谈潇买了些菜，打算回去给孔雀大神做点儿新菜式——虽然过程有点儿折磨，但他的成绩排名真的提高了。

买完菜回来，远远地看到一条比格犬在他家院墙外刨土，谈潇赶紧大喊："去去去！回家去！"谁家的狗啊，也不拴绳？

比格犬被谈潇一赶，哼唧一声，甩着大耳朵跑了。

谈潇回家先把香给换了新的，点燃，再把水果也换成新的，就这一会儿的工夫，便看到孔雀大神已靠在桌边，双目莹亮闪烁，像是很为自己的杰作自得。

"成绩怎么样？"

"大神保佑得很好，下次别保佑了。"谈潇干巴巴地道。

孔宣挑眉："什么意思？"

谈潇刚要回答，就听到楼上传来一道熟悉的女声："谈潇吗？你回来了？"

谈潇猝不及防，惊讶地道："我妈回来了？"

孔宣也有点儿意外，他都没注意到，但还是淡淡地道："这是你妈，你问我？"

谈潇疑惑地道："我去上学了啊，大神不是待在我家吗？"

孔宣被噎得想翻白眼。

说话间，谈春影已经哒哒哒从楼上下来了，走急了还有点儿晕。她看起来很年轻，一头鬈发，脖子左侧露出一枚蛇形文身。据谈春影说，这和操蛇舞差不多意思，灵师在身上文蛇以示对蛇类的威慑，只是到谈潇这辈就不能随便乱文了，不然以后有些需要体检的考试都考不了。

"儿子啊，来扶一下。"

看来她脑震荡还没完全恢复，谈潇忙上前扶着谈春影："你回来怎么不提前说一声？"

"这有什么好说的，怕我回来打扰你学习？"谈春影好笑地道，走到桌前摸了个新摆上去的苹果吃。一般情况下，这些是要过几日才会拿来自己吃的，但她并不在乎。

孔宣难以置信地瞪着谈春影："！！！"

谈春影继续咔嚓咔嚓咔嚓咬着苹果。

谈潇诡异地看了看他们，发现亲妈对旁边的孔雀大神真是一点儿反应也没有："妈，你……看不到吗？"明明上次穆翡他们都能看到，偏偏谈春影毫无所察的样子，这是什么问题？

"我看到了啊！"谈春影比了个大拇指。

谈潇看着那个大拇指，预感她和自己可能不在同一个频道上。

"月考成绩是吧？你们学校给我发短信了。你这次考得很好，妈头晕下不了厨，明天带你出门吃汉堡好吧？"谈春影乐呵呵地道，全然没有想到谈潇指的是旁边还有个大神，一个劲夸奖。她常年在外忙碌，独立能力强的谈潇简直不要太让她省心。

孔宣若有所思地打量谈春影这个不争气的灵师："她有一魄不在身上，所以看不到我。"

谈潇："什么？！"

谈春影见他一惊一乍的，还反省了下居然不知道儿子爱好变了："怎么，不爱吃汉堡了？那你想吃什么，自己点。"呜呜，儿子长大了啊，都不爱吃快餐了。

谈潇刚要说话，就听孔宣在旁淡淡地道："勿要惊吓。"

于是他把话咽了回去："没，不太想出门吃，就在家吃吧。"

谈潇知道谈春影跑去采风了，也不知在那边出了什么事，脑震荡不会也和这事有关吧？但孔雀大神说不宜再惊吓，他也只能假装若无其事，不敢再问谈春影看不看得到孔雀大神了。

谈春影一无所知，指了指上头道："你买了个什么东西啊？就书房里那个大家伙，我搞卫生时想打开柜子擦擦都打不开，里面还冒蓝光，3D的吗？"她其实不太管谈潇买什么，毕竟儿子从小跟着她干活，她都会给一点儿分成，所以谈潇的零花钱挺多，而且他自己很有规划。

好家伙！谈潇几乎快忘了二楼还有个阿晋："对，不用擦里面，那个是我的实验课作业。"他旁敲侧击探听起来，"妈，你不是要说你在北方的见闻吗？那边的仪式是什么样的？"

"挺有意思的，我录了视频呢，发给你看看。"谈春影笑眯眯地道，"跳神嘛，还有

第三章 斜钩月牙

些什么上刀山、下火海。崽啊,这个咱家不会,你看了就分析一下是用什么原理做到的,然后咱们也学习一下。我的天,热闹得很,游客肯定爱看。"

孔宣看着谈潇,眼神一言难尽:你们就是这样骗人的?甚至还要继续开发骗术?

谈潇察觉到了他的眼神,仍毫无心理障碍地点了点头:"这个我早就研究过了,只是没试验,马上学起来。"哎,他和孔雀大神签约续写《山海异志》,但这跟他家要继续开发民俗表演项目有什么冲突?

孔宣:"……"

"你发我呗,我去放下书包。"谈潇让谈春影把录的视频发给自己,然后往二楼走。他想要好好问一下孔雀大神刚那话是什么意思,毕竟谈春影表现得还挺正常。

孔宣慢悠悠地跟在他身后,进了书房。

谈潇刚要说话,就忍不住和孔宣一齐盯向站在书房一角的阿晋,俱是沉默了。只见那方方正正的黑色磨砂金属质地外壳被擦得锃亮,顶上赫然罩上了一块花布,边角还扎了橡筋,使其紧紧裹在机柜顶。

阿晋:"嘤,你妈说防落灰。"

谈潇:"……"

阿晋说的时候还站起来了,露出那双穿着西裤、皮鞋的腿,这下显得和花布更加割裂了。但因为花布是谈潇的妈妈盖的,阿晋怕她也会什么大金刀小金刀,所以不敢甩开。

好怪啊,再看一眼。

阿晋顶着那块花布,委屈地道:"你妈妈还把空调关了。"

它在的地方是一直开着空调的,可谈春影不知道,还以为是谈潇忘了关,顺手就关上了,还嘀咕说这孩子不知道节约用电呢。这下差点儿没把阿晋热死,不得不疯狂散热。

"你先顶着吧。"谈潇这会儿哪有心情管它,把空调打开就转而问孔雀大神,"您说我妈丢了一魄?我不太看得出来她有异常的地方,危险吗?"

孔宣一副闲适的样子,因为这的确没有直接的生命危险:"凡是失魂落魄者,往往容易受惊受怕、性情大变,或者整日困倦,症状因人而异,日日如此,自然容易出事。"

是了,"失魂落魄"这个成语描述的就是这样的症状。谈潇想起他妈还摔了个脑震荡,那要是开车出车祸怎么办?

"那我是不是要给她做个仪式?要不要算时辰?"要是其他时候,谈潇一定大胆去尝试,可这是至亲家人,他倒关心则乱了,"是不是大神可以直接召回……不对,不对,还是让我来吧,我得自己练习一下。"

谈潇忽然庆幸起来,幸好他不是真的吉祥物,幸好他没有拒绝孔雀大神,不然他压根儿不会知道谈春影身体出问题了，也因此，他有了熟悉自家传承的冲动，比其他事物带来的渴求更强的冲动。

"现在就去，应该还能买到。"谈潇坐不住，立刻就要出去买道具，他大声对谈春影道，"妈，我出门买只鸡。"

"你妈吃了我一个苹果。"孔宣跟在他身边，碎碎低语。

谈潇："妈，我出门买鸡和苹果。"

大神好哄是好哄，有时候还幼稚了点儿……但挺可爱的。

谈潇跑了两处店都关门了，但幸好他们这里是老城区，有人偷偷在自家院子里养鸡，他就敲开邻居家的门，买了只公鸡。

鸡又叫"阳鸟"，古时楚地举行仪式必刑鸡。更重要的是，这样的特性很容易让人想到另一种传说中的鸟……没错！在楚人心里，鸡就是凤凰的平替！

谈潇回来的时候，谈春影已经在做凉拌菜了，南楚夜宵文化很昌盛，所以她一点儿也不怀疑谈潇大晚上为什么要去买菜。

"哟，还买的活鸡，吃烧鸡公是吗？"谈春影也是爱吃之人，烧鸡公鲜香、麻辣，当夜宵吃最受欢迎。

"啊……对。"谈潇进了厨房，看了谈春影一眼，把鸡冠子刺出血，蘸血虚空画了两下，"妈，你看。"

谈春影回身，就见儿子对着自己念："荡荡游魂，何处留存……"

谈潇手指向前一刺，点在谈春影印堂上。

这招式还是谈春影教的呢，她惊喜地摸了摸额头："怎么会发热，你新开发的吗？加了什么？让我猜猜，石灰？"

谈潇："对……"

虽然儿子才是家里的技术担当，但母子合作这么多年，谈春影感觉自己的化学知识也是大有长进的。

"架势也很到位，就是可以再加强一点儿重音，这样显得咱们很厉害的样子，突出氛围感。"谈春影传授自己的表演心得，突出一个好看有派头，然后看向那只莫名晕倒的公鸡，"咦，这鸡怎么回事，瘟了吗？"

"不知道啊，那先不吃了。"谈潇仔细观察谈春影的神色，她看起来没有半点儿反应。

"那就单吃凉拌菜好了，明天你去把鸡退了。怎么能卖瘟鸡呢？"谈春影把菜拌好了，"没有烧鸡公，那就凉拌菜加拌个猪油粉条好了。"

整个做菜的过程中，谈春影依然一点儿异样都没有。

谈潇只得求助地看向孔雀大神。

"阳鸟找不到她的魄。"孔宣也有点儿诧异,他走到公鸡旁,伸手点在公鸡身上,片刻后皱眉道,"怎么还召不回?"

"什么意思,失踪了?"谈潇索性躲出了厨房,惊诧又焦急地问道。

"神不知鬼不觉。"孔宣念了六字俗语,只是在他口中,这俗语似乎多了一层含义,"莫非……此为人间的新阵法或者新精怪?我非破了不可!"后几个字他是低声念叨出来的,含着点儿要找回场子的愤然。

谈潇忽然想起穆翡之前说的话,试探着问道:"现在有各种主干道、辅路、高速路,会不会是迷路了?"

也有可能,孔宣心道找找便是。

"待我搜寻。"

孔宣以真魂下界,借代行者之身传法,却不代表自己不得施为,一闭眼,顷刻间晃了一圈,可再次睁眼时还是毫无所得,不过眉头已舒展开。

"找不到,但也没有被拘役的痕迹,所以并非出了意外……"孔宣停顿一下,复道,"还有一种可能,就是你母亲天生如此。你想想,她是否有丢三落四的习惯,或者容易走神?"

这天生失魂的人也是有的,其中相当一部分人还成了白痴。不过谈春影还好,看起来比较正常,就是要说丢三落四,好像也有一点儿吧。

难道是虚惊一场?谈潇盘算了一下,疑惑地道:"所以她一直看不到您?那要是这样的话,她会不会还是容易受到惊吓?"

"自然会。不过你家有各色法器,很多还是老物件,一般精怪也不会随便来触霉头,所以无碍,只是庚申日之后,最好还是加持护身,不是说她摔了头吗?莫要再让她受惊吓了。"

孔雀大神虽然有时候有点儿幼稚,又看不上江湖骗子,但在这些方面还真是靠谱,让因为母亲有点儿急的谈潇一下安心下来:"多谢大神。"他真心感谢,心说一定要好好帮大神干活,又琢磨道,"那我先画个平安符吧。"

谈潇找了黄纸,蘸鸡冠血混合朱砂,用歪歪曲曲的蛇脚书写。按照习惯,他本来提笔就要写"凤凰到此"的,但还没落笔就瞥到孔雀大神在旁虎视眈眈,心说"好险,差点儿写错",然后缓缓落笔:孔雀到此。

孔宣这才露出满意的神情——若谈潇作为他的代行者写什么凤凰到此,像什么话!

谈潇把它晾干、叠好,用定制的透明磨砂卡套给装起来,塞进谈春影从不离身的卡包里:"妈,我给你包里放了个平安符,你不要送给别人哦。"

按照孔雀大神所说，这失魂落魄的后遗症一般是性情大变、记忆减退、反应迟钝等等，因人而异，谈春影以前都能平安度过，现在有了孔雀大神，便不用太担心。

"哦，好的。"谈春影在厨房里简单应了一声。

"她都不问为什么？"孔宣嘲讽地道，显然对谈潇家招摇撞骗仍心有芥蒂。

"试用、展示新产品有什么好问为什么的？我从小身上就挂着这些。"谈潇拿出一卷印着"凤凰到此"的纸胶带，乐呵呵展示那"孔雀到此"，"也算我们家文创产品的新印花。"

孔宣："……"

谈潇看到孔雀大神不太好看的脸色，赶紧缩头。糟了，得意忘形，又在大神面前炫耀他家的产品了。

搞完这些，谈潇又给穆翡发消息："穆姐，续写的事怎么说？"

因为谈春影的事情，还有孔宣说的地貌、精怪改变，谈潇突然有了更深的代入感，觉得自己确实应该积极帮忙完善这部新作。

"在开会研讨啦。哈哈，你很关心这事嘛。放心，编写时做出巨大贡献，肯定有相应的加分。"穆翡和谈潇几次相处，也算有些私交了，"我还提议了，说你还要忙学业，咱们尽量两全其美，你到时候可别为了加分太拼。"这资料编修肯定不是一两年能搞完的事情，她作为过来人也不建议顾此失彼。

"知道啦，这个没关系。"谈潇如今心态都不一样了。

穆翡问道："所以，你的阿晋篇写得怎么样了？"

"之前都在上课，正准备写。"万事开头难，谈潇也是要时间准备、学习的，毕竟要完成这样的著作，他怕自己水平不行。

"别担心，到时候我们这边有材料狗帮你把关。"穆翡说的"狗"很明显就是她自己。

这会儿谈春影把菜端了出来，她做了皮蛋擂辣椒、凉拌腐竹，另有两碗猪油拌粉。煮过的粉条每一根都浸润了酱汁，在灯光下更为润泽，呈现浅褐色，不用任何码子，只撒了些葱花，散发出浓烈诱人的猪油香气。

谈潇夹了一筷塞进嘴里，那种浓烈的香气立刻充盈口腔，滑溜溜的软弹粉条裹满了香喷喷的汁水，在唇齿间爆炸，再吃几片酸辣开胃的腐竹，简直不要太满足。

孔宣在旁边敲了敲桌面。

谈潇的动作停了停，再啊呜大吃一口，含含糊糊地道："妈，还有没有？"

谈春影一边刷短视频一边吃东西，头也不抬地道："还有一锅，留着明天吃，你要吃自己去盛。"

"哦。"谈潇跑进厨房，给孔雀大神送粉条，却没想到他竟把整锅粉条都吃掉了。

怎么说呢？谈潇严重怀疑，孔雀大神这是记恨谈春影之前吃了那个苹果……

谈春影吃完进厨房，就看到一锅粉条都没了。她诧异地道："你变饭桶了？"这才多久啊，直接往嘴里倒都不嚼的吗？

谈潇无奈扯谎："我在长身体！"

谈春影不禁摇头，都说青春期男生的胃连着星辰大海，原来她还想着儿子胃口还好，现在看只是时候未到。

吃饱喝足，谈潇去了书房，从书柜上找了本《山海异志》出来。他拉了个表格，回忆穆翡提过的清单分类，也写了个"器精"，再参考《山海异志》拟内容。

"中州有服务器精，一柜五机，内含文学网站数据，饮帝流浆化形。初，半身为机，半身西装革履，喜居阴凉处，生来通幻术，善数据……目前先这样吧，不知道它还有没有别的功能。"谈潇写完后看来看去，改了几个字，然后念了出来，"嗯，不错吧？书名晚点儿再起。"

孔宣缓缓颔首，有些傲然，能被他选中，谈潇的业务水平自然是很可以的。

阿晋在旁边听有关自己的词条，还挺满意，唯独指出一点："不止文名，还有文案呢？一句话简介呢？"对此，它有自己的想法，眼巴巴道，"还有，你能不能给我那段加红加粗，再靠前给个大推荐？"

谈潇手下一动，默默在那段文字后面加了一句："满嘴'小说家言'……"

04

次日谈潇一醒来，就收到了季老发来的语音信息："谈潇同学，我们的发掘工作非常顺利，预计下周会召开首次发布会，真是多亏你和404办的同志。我们给404办写了感谢信，还准备了锦旗，准备也给你们单位……呃，你们学校发一封感谢信，还有公开感谢。"

楚王墓发掘之事后，谈潇不止和穆翡保持联络，也加了季老和莫教授的微信。虽然两位专家都忙于发掘工作，不可能经常和谈潇这个高中生热聊，但总归是有个联系方式。

说起来，穆翡也在404办那边按外包价格给谈潇申请了一笔报酬，为他之前两次出手相助，毕竟一码归一码嘛，数额不算很高，但总归是份心意，就是走流程要点儿时间。

季老说的感谢呢，就是考古队这边的了。要不是不方便说，岂止感谢信这么简单，正在拍摄的考古纪录片怕是都得专门拍一个章节。

这是谈潇和季老加了微信后第一次交流，季老起得早，谈潇看到消息时已经七点了，赶紧回复："谢谢季老师。"然后又问，"您想好怎么编啦？"

季老："……"

关于这个问题，季老和团队也是琢磨了很久。他们现在很多东西是先有了考古结论，再去推导，那么有些东西要不要公布、要不要编、该怎么编，都得斟酌。这些事情比现场发掘工作麻烦多了，材料能把人头写秃，甚至包括给谈潇写的感谢信，也不能说实话讲细节。

季老："这不是还要和你对一下口供嘛，以后的对外说辞，请你宣称你家里有口头传说。"

谈潇当然没意见："OK，OK。"

他边说着边起床下楼，谈春影这会儿还没起床，不过也不稀奇，她的工作时间向来比较自由，所谓的吉时都是自己定的，更何况现在不接待游客，也没有表演邀请。

谈潇从小就独立，自己出门买了灌汤包，回来的时候，谈春影也起床了，正坐在院子里一边扎斗笠一边跟人打电话："对，对，回是回来了，脑震荡还没好全呢，这怕是顶不上。"

那边又说了什么，谈春影"哦"了两声，张嘴咬了一口谈潇递到面前的包子，道："我也不想错过这个好机会，要不让我儿子单独上，你看行不行？"

谈潇心想：又要把我卖去哪里打工啊？

谈春影挂掉电话，对谈潇道："还记得最近搞的那个旅游节吧？"

谈潇："嗯。"

旅游节天天宣传，南楚人人都知道，而且除了谈春影的事，谈潇印象很深的就是旅游节开幕式和超级月亮出现差不多时间。

"原先开幕式不是叫我去表演吗，你也知道我脑震荡了，没搞成。"谈春影有点儿遗憾地跺了下脚，一想到少了个露脸的宣传机会简直要气死，"不过后面还有各种各样的项目……现在又叫我去演出，说原来安排的一个节目临时缺人。"

南楚这几年着重开发旅游业和夜间经济，这次旅游节也是下了本的，正值旅游旺季，开幕式政府搞了晚会，后头还安排了各种街头快闪表演、街头民俗表演之类的节目。这次，就是要在号称"南楚十景"之一的月山公园办露天表演加灯光秀，把民俗文化和流行文化结合起来，以期吸引更多不同年龄层的游客。

"可不能又错过了，开幕式我就没去，他们请人去跳的端公舞。"谈春影提起同行还有点儿耿耿于怀，虽然不是他们故意抢的生意，但结果没差，这年头文旅行业竞争也大啊，"这个表演我问了，在周六晚上，你那天没有晚自习。他们好像还请了个乐队，米婆婆那个广场舞队来伴舞，一起合作，到时候提前彩排几次就行。"

谈春影想起来谈潇都高二了，又有点儿犹豫："你现在作业多不多啊？你要是写不完，我就自己去，半小时应该撑得住。"

"别别，下周六是吧？我去。"谈潇觉得还是让谈春影多休息休息吧，他亲妈这人莽得很。作业倒不是问题，他也不是第一次协助他妈做类似的演出了，只是要他自个儿挑担子还是第一次，不过伴奏敲鼓而已，问题不大。

这边一答应，那头海报上就立刻加上了谈潇的名字。

谈潇看了一下，他们的节目夹在一个少儿昆曲节目和一个歌曲联唱节目中间，他的名字后头还打了括号，里面写着"南楚非遗文化传承人"。

他原也没当回事，结果到了学校，有两个不认识的同班同学来找他，期期艾艾不太敢搭话。大眼瞪小眼站了半天，谈潇也耐着性子等他们说话，毕竟不说话他怎么知道对方是谁。

半响，那俩同学才喊他："谈潇。"

"嗯？"因为不在座位上，谈潇也叫不出他们的名字。

"那个，我们看到一张海报，你是不是要和祝融乐队合作？我特喜欢他们，你能不能帮忙要个签名？打扰了打扰了，你没空也没关系……"两人忐忑地看着谈潇，就怕被拒绝了，没看谈潇对孔宣多冷酷吗？

祝融乐队正是主办方邀请来，即将和谈潇联合表演的乐队。

"可以，他们有空的话我就要个签名，写一下你们的名字。"谈潇倒是很好说话，都是同班同学嘛，帮忙要个签名，顺手的事。

那俩同学一边在本子上写自己的名字，一边想抹泪：高一就和谈潇同班，他眼里终究是没有我们！

谈潇平时也不太关注乐队，和同学聊了几句后才知道，这个祝融乐队是南楚本地的乐队，但不管是在本地还是整个十洲的爱好者圈子里都算小有名气了，加上他们的创作内容多取材于本土文化，这次才被请了过来。

祝融乐队这次会表演三首歌，由谈潇和广场舞队助演的是其中一首叫《离火》的歌曲。谈潇只需要在前奏、间奏还有最后击鼓，增加一点儿民俗氛围，所以彩排其实没什么难度。

到了星期六，谈潇把家里的鼓收拾出来，擦了一遍。

孔雀大神现在仿佛常驻了一般，看他收拾鼓，又从案上走了下来，施施然道："你要去哪里做法？"

"不是做法，是去表演。"谈潇扶着鼓道。

孔雀大神一听，心里有点儿不是滋味，他绕着那鼓走一圈，负手道："凡巫音，娱神也。"

"嗯嗯，现在是人间艺术结晶。"谈潇拖着鼓往外走，"大神保佑我演出顺利啊。"

孔雀大神在身后重重哼了一声。

谈潇忍不住笑了一下。

谈春影也一起出发了，她虽然不表演，但得去现场镇着，和主办方沟通。

两人提前半天去演出现场彩排，举办地也就是月山公园面积极大，有山有水，免费开放，是南楚人郊游、散步、纳凉的好去处。这会儿舞台已经搭好，后面还有活动板房作为临时休息室和化妆间。

直到这时候，他们才见到祝融乐队的四个成员：主唱兼键盘手、贝斯手、吉他手、鼓手。

女主唱先和谈春影握手，接着便饶有兴味地看向谈潇："还真是个小弟弟哇！你好，我是阿毛，也可以叫我毛毛姐。"她想捏谈潇的脸，笑嘻嘻地道，"咱们也算半个老乡呢，我奶奶家就在南楚，家里好些亲戚还在这里生活，你是哪个学校的？"

"南楚一中。"谈潇悄悄记着这几位的外貌特征，还好他们一个个穿了表演服，极为明显好记。

阿毛笑嘻嘻道："我有个表弟也在南楚一中上高一，说不定你们还见过。"

可惜谈潇在学校认识的人实在有限，好多同班同学都不熟，更何况不同年级：一方面是因为脸盲，更多的可能还是他业余时间尽在家干活学习了，一个人的精力只有那么多嘛。

"对了，弟弟，你知不知道为什么是咱们合作？"阿毛把夹克脱了，露出身上的花臂。

不是因为前一个合作的没时间，找我家来替补的吗？谈潇很想这样说，但他想了想还是道："楚人的先祖重黎担任火正，被命名为'祝融'，而祝是巫祝的意思，和灵师属同一种文化，这首歌也写到了很多古代火神话，鼓乐能够增强氛围感。"

乐队四人："……"

"你这么一解释，我都要觉得咱们是天作之合了。"阿毛震惊地道，"哈哈哈，不过我其实想说，来之前我看过谈女士表演的视频，觉得很配。"

谈春影在旁边微笑点头，确实很有民俗艺术家的派头。

嗐，她表演这么多年，满互联网都是她的踪迹，甚至还有自己的账号。

"咱们合一合呗。"阿毛抓紧时间领谈潇和歌，同时试一试音响。

谈潇带来的鼓也是竖立的，鼓边雕刻着凤擒蛇的花纹，和之前那面凤鸟悬鼓可以说是一脉相承，很有楚地气息。这也是为什么谈潇之前能一眼认出来凤鸟悬鼓。

"你这是古董吗？看起来很有年代感。"阿毛忍不住去摸鼓身。

"是仿品，正品确实有很多年历史，我妈捐给博物馆了。"谈潇解释道，他们家以前有不少老古董传下来，尤其是灵师必备的鼓、弓等，"只是制作方式还是手工的，这个也用了十几年了。"

"难怪，那也是用了挺久的。"阿毛很喜欢那凤鸟花纹，还用手机拍了一下。

现场的演员这会儿已经很多了，大家都是提前来化妆彩排的。谈潇还看到一群小学低年级的孩子跑来跑去，估计就是他们前面那个少儿节目的演员了。

楚郡本身就有数十种之多的地方剧种，因昆腔受人喜爱，在南楚也有剧团，他们吸纳了一些本地剧种的特色，平日演出、开班，在本地戏迷中也是有些名气的。这次娃娃们要演的是《包公赔情》选段——据传古时名臣包仁正乃星君转世，额生新月，开创诸多刑侦手法，凡称"仁正公"，民间无人不知，自然也留下无数传奇，演化出各类戏曲小说。

谈潇伸手扶住一个跑跳时撞在自己腿上的小孩，拎起来递给家长。

"不好意思啊。"家长行云流水地接过去，"走走走，该勾脸了。"

那小孩长得圆滚滚的，还挺可爱，回头冲谈潇调皮地挤眼睛。

谈潇看得好笑，一路看着他被抓去按在凳子上，化妆师用油彩快速给他勾了个阴阳脸，眉心又画了个斜斜的月牙。之后那化妆师就赶场去其他地方了，只是他人刚走，这次的舞台负责人就来检查了。

"我说这个脸是不是画歪了？"负责人对戏曲脸谱不是很了解，只知道这个看着歪歪的很不舒服，搞得他强迫症都要犯了。

孩子家长讷讷道："那化妆师都走了，好像……是有点儿歪。"

其实小孩全妆表演也没几次，平时都是素身唱，家长真没观察过脸谱细节。但不说还好，一说，他还真觉得那月牙歪歪的有点儿别扭。

"看得我难受。唉，人怎么说走了？您受累给他改改吧。"负责人匆匆吩咐，就奔向下一组人了。

家长挠头，这也没油彩了啊。幸好他老婆有白色眼线笔，再借了眼线膏，就这么涂涂画画起来。

扮上包公的小演员嘟着嘴道："我们老师每次都是这样画的。"

"那是你们老师。"孩子爸努力控制住手抖，把那月牙给修正了。

到了晚上七点半，节目正式开始，先是月山公园的山水灯光秀，绚丽效果立刻吸引了大量人群。

谈潇也不待在活动板房内候场了，和谈春影一起到外面看灯光秀和节目。

大概半个小时，谈潇就看到一群扮好戏装的小毛头往台上跑，这都化了妆，他难得地辨认起来不困难。哎，要是每个人都画着不同的脸谱就好了。那小包公路过的时候，他摸了下小家伙的脑袋。

小包公回头，认出谈潇，冲他吐了吐舌头。

"嘿，这小孩儿。"谈春影不经意瞥见，叫了一声，"月牙怎么画歪了？"

"嗯？"谈潇是看着他化妆的，知道这事的缘由，只是他有点儿不解，"没有吧，原来才是画歪了，后来负责人让他爸妈给修正了。"

"不是啊，咱南楚旧俗，不管什么班子，包公脸的月牙就是斜着画的。"谈春影好笑地道，"传说是以前戏班子有画正的，结果有邪魅以为这是真仁正公，纷纷来告状。"

"还有这个讲究？"谈潇这才知道谈春影为什么指着明明是正的月牙说歪了，原来这月牙本就该斜画。

"嗯嗯，不过他们是小孩儿，也没事啦。"谈春影无所谓地向前两步，"你说这小孩唱戏，真是蛮可爱的哦。"

伴随着密集的锣鼓点，小演员上台了，还是全开麦，他像模像样地迈步，瞪着眼睛念戏词："正气凛凛天地动，铜铡闪闪神鬼惊！"

台下观众很捧场地喊起来："好！"

这小演员还真不怯场，台下叫好，他表现得更稳了，唱念做打，一丝不苟。

小包公迈着圆场步，一转身再次面对舞台，眼睛瞥到台下有俩人几乎贴着台口，一男一女，身形较为矮小，身上穿的都是古装。

这年头把古装当常服穿的不少，尤其是南楚很多景点旁都开着古装写真馆，游客们穿着古装晃来晃去，满大街的公子、娘娘毫不稀奇。就是小包公他们班上，也有很多小女生会穿改良款小裙子，因此这俩观众的穿着没让他感觉不对，只是他们扒着台子直勾勾盯着自己有点儿怪怪的。按理说，观众是不能靠这么近的，下头还有保安，可愣是没管这两人。小包公一边表演，一边心道奇怪。

就是这会儿，他一拍惊堂木，命人开铡，了结此案。

台下两人听了两眼放光，竟是往台上爬来："轮到我们啦，轮到我们啦！"

谈潇也注意到舞台前有俩人了，但是保安没说啥，他还以为也是演员呢，等看到他们往台上爬，他才觉得不对劲——非但没人阻拦，这两人一爬，全身都露了出来，包括贴着牡丹剪纸的鞋底，再一细看，他们所穿的衣服所有飘带都未打结，秋老虎正烈的天气，却穿了五套上衣，下身看不清，但明显也不止一件，表蓝里红。

这谈潇要是还认不出来就怪了……

与此同时，在南楚的一处自建院落，孔宣缓缓来到案前，伸手扇动那袅袅香雾，面容在雾气后肃然微沉。

此时家中安静无人，正是修行的最佳时刻。他抬手拿出一卷书册放于案上，凝眉，冷然，只见此册面有数个飘逸之字：《高中必刷题（物理）》。

　　孔宣揉了揉眉心，握笔开写。他就不信了，这物理题到底还能如何他了！

　　大概五分钟后，他看着那奇葩的题型头疼起来，一掌拍在案上：居然……居然还敢在题中设陷阱……他恨不能立刻抓几只出题……不，妖鬼宰杀。

　　孔宣咬牙切齿道："刷题锻吾杀伐心，千家妖孽作、劫、灰！"

　　冷静。

　　不行。

　　题还没做完，马上要交了。

　　孔宣深吸一口气，决定去晒晒月亮冷静一下。

　　月山公园。

　　表演现场似乎唯有谈潇和小包公注意到这两位异常热情的特殊观众，其他人都被可爱的小演员萌到了，拿起相机或手机拍照、录像，官方摄影师也来了几个特写。

　　小包公的登台经验毕竟不足，还能唱出来就已经不错了，只是心中忐忑而奇怪：为什么保安叔叔不把这两个要爬上台的叔叔阿姨拉走？他们看起来也不像是想送花的样子啊，比较像老师说过的那种捣乱的人。好奇怪，台下看着的表演老师也没说什么……那一定是有他们的道理吧？

　　小包公的指导老师明显察觉出小孩状态不太对。先前勾脸时他并不在后台，而是在配合调试音响，上台前他也发现了小演员的月牙没有勾对，但那时已来不及了。只不过谁会把这老规矩和孩子此时的状态联想到一起呢，只以为是人太多紧张了，毕竟小孩儿在台上因为什么原因哭闹都不奇怪，有的时候可能只是看到一只虫子就闹起来，何况他还没哭，只是状态差一点点。

　　台下的人也听出来小包公的声音慢慢有点儿发颤，步履也虚浮了起来，甚至越走越往舞台内侧偏，但大家同样觉得是他年纪太小，心情紧张，之前他那个开场可是精彩得很，把大家都镇住了，一看功底就很强，只是舞台经验不足，于是现场响起了热烈的掌声，从稀疏到整齐，都在给扮演包公的小演员喝彩鼓劲。

　　"加油！"

　　"小朋友唱得真棒！"

　　指导老师也在台下冲着小演员做出鼓励的手势，同时嘴型夸张地无声示范着后面的唱词。他的父母更是一边拍摄一边为他担忧，嘴里直念叨着"放松放松"，仿佛真能传到他耳边。

整场节目只是节选了全本戏的精彩段落，时间并不长，剩下的唱词也不多了。小包公在大家的鼓励下，鼓起勇气往前走了两步，摆起架势，冲着台下唱出最后一段词。

就在此时，那两个奇怪瘦小的观众终于爬上了台，竟然扑通一下跪在他面前，手里各自举着一个方块形状的东西。

"咦，上台一看，大人好像没有传说中那样高大……比咱们还矮。"

"难道……难道这是大人家的小公子？"

"怎么月牙也会遗传的吗？"

"不管了，先问问。"

因为激动，他们的面目扭曲起来，竟缓缓浮现许多干枯裂痕，让人想起家里晒的腊肉。舞台上灯光本就强烈，罩在两人脸上，每一秒都更多一分狰狞，眼角仿佛都要崩裂开。

一男一女跪着膝行几步，伸出长着乌黑指甲的双手，想要去抱小包公的膝盖，嘴里还呜咽着："大人，是您吗？"

小包公此时恰好唱完最后一句，尾音飘忽着结束，不算好，但总算是完成了，博得满堂彩。他也就放松下来，看着伸向自己的手，再也忍不住心中的恐惧，一屁股坐在台上，哇的一声大哭起来。

让他错愕的是，台下的观众，包括他的父母、老师，看见他在唱完后哭起来，惊讶之后的第一反应竟然是大笑，只觉得孩子太可爱了，要哭了还非憋着唱完摆完架势才仰头大哭，小小年纪就很有职业道德。

一听笑声，小演员不禁哭得更大声了。为什么他们还笑得出来，明明那么吓人！

台下笑声此起彼伏，更热闹了。

小演员在台上吓得一动不敢动，而他的父母刚刚还在用手机录像，这时才准备上台去把他抱走。但在他们上去之前，已经有一名俊秀清朗的少年动作极快地扛着一面大鼓和鼓架走到小演员身边，把鼓重重一放，然后把小孩单手拎着，直接从舞台侧面递给了他的父母。

台下的观众看到那可爱的小包公被俊俏的少年拎得两条短腿在地上划拉，都发出了笑声。

小演员的父母认出了谈潇，这少年之前也用差不多的姿势递过孩子，对他不好意思地笑了笑："又麻烦你了。"

小包公抹着泪，看到那个哥哥似乎有意无意地在拦着台上那两个怪人，不让他们往台下扑，好像……还用鼓架碾他们的脚？疑惑的情绪加上见到哥哥成功拦住了对方，他

第三章　斜钩月牙

的眼泪慢慢止住了，但他那张阴阳脸上已经有了痕迹，让旁边的人看着觉得好笑又可爱。

此时主持人在侧边报幕："接下来表演的是知名乐队祝融乐队，他们将和夕阳红广场舞团、南楚非遗文化传承人谈潇一起，为大家带来精彩歌曲，请欣赏——"

台下立刻响起欢呼声，看来现场知道祝融乐队的不在少数。

虽然他们实在有点儿犯嘀咕，这摇滚乐队和广场舞、非遗文化能怎么融合在一起，南楚官方够有创意的，会不会有点儿不伦不类？

"青天小老爷，您去哪儿啊？"

"这人是不是故意拦着我们？"

"傻不傻，当然是了，一看他就能看见我们！"

"干吗又骂我傻？"

"愣着干什么，还不去追青天小老爷？"

那一男一女竟然还吵起来了，然后女的按着男的捶了一顿，男的弱弱道"我不跟女子动手"，女的嗤笑说"你一病鬼倒是想动手，你打得过吗"。

谈潇："……"

算起来这也不过是谈潇第三次遇见这种事，不对，谈潇怀疑自己也看到过其他的，只是不一定认出来。但是……总之，这一次看到恰好遇上表演，真让他有点儿头疼，方才他已经要冲上来了，被工作人员拦住，说还没到他上场，幸好节目很快结束了。

谈潇在心头默念：没事，没事，就当练习技术了，为公共安全做贡献，向404办学习。

而阿毛走上舞台，已是立刻进入状态了，拿着麦克风热情洋溢地和大家打招呼："南楚的朋友，大家好，很高兴来到这里。"她熟稔地和观众互动几句，看其他人的设备都准备好了才道，"接下来这首《离火》，希望大家喜欢哦！"

她的手刚刚一直高高举着和观众挥手，这会儿说完向下用力一放，身后的谈潇随之默契地砸下一个鼓点。

咚！

孔宣站在屋顶，仰头看一望无垠的天幕中点缀着的几颗星。三界曾是一体，后才分开，他从上界而来，却是从未见过这个角度的景象。

忽而远处传来一声鼓点，他心脏猛跳，脉搏稍乱，侧头望去——

公园中，急促雄浑的鼓点敲下，每一下都以鼓皮的震动荡起血液的翻涌，形成千百人灵魂的共振，他们似乎曾听过这神圣、浑厚的音乐，某种沉睡的记忆一瞬间奔涌而来。

广场舞队的阿姨们甩袖扭腰，和着鼓点跳起富有古楚风韵的看起来十分古典的舞蹈。

这原本叫人怀疑会不会不伦不类的场景反而成了开场以来最震撼人心的节目。观众几乎不敢说话，或者说想说却不知道该怎么形容自己的反应，只心潮澎湃地看着这一幕。

孔宣闭上眼，他似乎看到了一双修长的手，握紧鼓槌，在鲜红的鼓上演奏着。

这已非为他独奏的曲子了，可谁叫那是他的代行者，谁叫那鼓天生通神，他甚至看到了谈潇专注的眼神，一切很远，但又近在咫尺——哪怕是天与地的距离也能沟通，何况只是街道之隔。

孔宣看到沉浸在鼓乐中的谈潇闭上了眼，少年的发丝贴着柔软的面颊，他也静静闭上眼，隐隐感应到少年之思之愿，他的气息便随着风，裹住少年的手，为他的鼓声加持……

阿毛举起手，今天她没有弹键盘，手里拿着一个六面拨浪鼓，随着前奏的继续，和着大鼓摇起来，相对清越许多的声音混在一处，莫名的和谐。

阿毛回头冲着谈潇笑了下。其实这是谈潇的主意，她只临时彩排了两次。

"猗与那与，置我鼗鼓，奏鼓简简，衎我烈祖。"

这六面拨浪鼓看起来很像儿童玩具，只是造型更为复杂古朴。其实这样的"拨浪鼓"在上古被称为"鼗"，同样是祭祀时的重要乐器，只是和无数曾用来娱神的事物一样已走入千家万户，成了娱人之物，为所有人敲响。

不过此时，被音响放大后更显激昂的鼓声悄然显露出了自己最原始的作用，令那两个正在拌嘴的家伙无心吵架了，只觉得深深地恐惧，想要逃离。

祝融乐队的架子鼓、贝斯、吉他声在鼓点最急促之处一齐加入，混着电流奏出激昂的旋律，掀起了现场第一个高潮。

观众不管之前喜不喜欢他们，都不由自主地发出了尖叫，把方才听着鼓声闷在心口的无名冲动全吼了出来！

台下，饰演仁正公的小演员还站着，见那一男一女想往台下爬，刚刚才止住的哭脸又皱开了。

他的父母还以为他被音乐吓哭的，笑道："哈哈，这有什么好哭的？多好听啊。"

谈潇在莫名舒适、被风环绕般的触感中结束了自己的前奏任务，他手腕一翻，把鼓槌插在鼓架上，毫不犹豫地捏了个小金刀诀——

"哇啊！"

谈潇不太会控制力道，那一男一女被砍得往前一趴，互相抱住号啕大哭起来：小金刀诀，这个人……这个人是南楚灵师哇！

现场有上千名观众，还有官方摄影师，谈潇的动作所有人都看到了，于是有人探头问道："那小帅哥举着手是什么意思啊？"

第三章　斜钩月牙

现场祝融乐队的粉丝一看，大声给路人科普：“这都不晓得？这是摇滚的手势！金属礼！”说着也跟着比画那手势，高举起来，跟着乐声一边蹦跳一边挥舞，只觉得这简直是自己见过最嗨的现场了。

不少人被带动了，原来不知道的也凑热闹跟着比画，就连台上台下分散的广场舞队成员们也跟着比画了一下：大爷大妈今天也金属一下呗。

阿毛忍不住笑起来，感觉南楚的观众超级可爱，于是比了个"我爱你"的手势。

谈潇："……"呃，忘了这手势和他们那个有点儿像。

这时摄影师过来给谈潇拍特写，冲他抬了抬下巴，谈潇赶紧仓促一笑。

那一男一女一看，彻底晕了：要不要这么狠毒啊你们南楚人？！往哪儿走？下面全是小金刀诀！看，那灵师还在笑，天啊！

就算不是人人做出来都有谈潇那效果，但这么多人做出一样的手诀，把他们团团包围，也足以将他们吓得原地不敢动弹了，毕竟他们连人都能认错……原本吵吵嚷嚷的他们再次抱在一起，大声哭泣起来。

"基于庚申日后各地频发非自然案件，404办全面履职尽责，积极采取措施，营造和谐的社会氛围，全力打造人族宜居城市环境，保障市民安全、正常生活。一、加大力度，全面部署。404办成立专项督办队，对城区重点区域进行重点监督，发现非自然案件及时上报处理……"

穆翡含泪加班写完材料，摊在办公室的沙发上，拧开一瓶可乐。

刘清泉那边也没闲着，正在苦口婆心地给一个新妖怪解说："不行，你不能公然卖自己的脚皮，你是人参也不行……至少你不能当着别人的面撕啊！"

对方一脸天真："可我不想剪头发啊，这也是大补的，疗效很好。"

"不是疗效的问题。"刘清泉捂住自己的脸，感觉心好累。

穆翡同情地看他一眼，随手打开了一个南楚主播的直播间。她也听过祝融乐队的歌，看到宣传海报，知道谈潇弟弟今天去和他们一起表演还很惊喜，有种打破次元壁的感觉，而且四舍五入她也算和乐队认识了，这会儿工作完，索性就点开直播看看。

直播恰好就是谈潇上台的时候，看到那和悬鼓有点儿像的乐器，穆翡不禁有种"忆往昔峥嵘岁月稠"的感觉，想当初在楚王墓底多惊险，回去写报告都写了六页……不过都是值得的，因为她回来后还写了一篇学术向的材料，关于雄魃形态的探索与重新分类，刊登在了内部参考期刊上，相当有含金量。

搭档刘清泉讲解完毕飘过来，看到屏幕同样认出来："嚯，这不是谈小灵师吗？现场怎么这么热闹？不愧是孔雀大神指定的灵师啊！"

小人参本来该走了，听到动静也忍不住凑过来看："什么声音？听着有点儿恐怖。"就算不在现场，它都有些战栗之感。

他们看到的刚好是谈潇的上半身特写镜头。

"人家这是在表演呢。"穆翡鄙视道，"Live 现场好吧！"

刚说完，两人就看到谈潇利落地一收鼓槌，双手冲着台上某处捏了个小金刀诀。

穆翡："……"

刘清泉歪头道："你说他这是在表演？"

穆翡一口可乐差点儿喷出来，她揉揉眼睛，崩溃道："我写材料写多了吧，怎么看到谈潇大庭广众之下光明正大堂而皇之地搞事情！"

甚至没有人会怀疑他！

05

祝融乐队一共演唱了三首歌，谈潇合作完第一首就下台了。

开场时谈潇急着上台，借着搬鼓的机会解救那小演员，下场时倒是有工作人员把他的鼓搬下去了。

阿毛顺手把拨浪鼓还给谈潇，在他肩上拍了一下："谢谢阿姨们，谢谢谈潇同学。"

谈潇看了一眼仍抱在一块儿瑟瑟发抖的一男一女，他俩长相比刘清泉还要吓人些，看着让人心里发毛。刚才上去阻挡他们，谈潇也是做了好一会儿心理建设的。结果那俩被谈潇一看倍感畏惧，彼此抱得更紧了，甚至哇哇大哭起来。

谈潇："……"感觉他们的性格和长相不是特别匹配，冏冏的。

谈潇视若无物地往台下走，走到台侧时，又顺手把拨浪鼓给了饰演仁正公的小演员。

小演员惊喜地接过。别说，他家里有电动玩具车、机器人、积木，还真没有这种玩具，更何况这还是刚才阿毛表演时用过的。他特别喜欢这个拨浪鼓，摇动了几下，中气十足地道："谢谢哥哥。"

过了一会儿，小演员抬头看台上，发现那两个奇怪的叔叔阿姨已经不见了，可能是表演完毕下台了吧。

后台，谈春影对谈潇提起方才他的动作："刚才你在台上捏的那个……"

谈潇闻言，心里有一丝紧张。要是之前，他巴不得谈春影发现不对劲，然后大喊"你骗人，什么吉祥物"，可现在，谈潇哪敢打破这个微妙的平衡。

幸好谈春影只是傻乐了一会儿，也比了个小金刀诀，举起来说："真的跟他们玩摇滚的手势一样欸。"她对谈潇突然比这两个手诀的异常毫无察觉，甚至觉得很正常，不就跟舞蹈动作助兴一样吗？

"对呀，其实这个金属礼手势和咱们的小金刀诀倒是异曲同工。"谈潇说着，心里算是彻底想通了，在谈春影面前做和在那些不知情观众面前做的效果是一样的，根本不用担心她觉得哪里不对，因为她真心实意地认为自己家就是江湖骗子转职吉祥物。对他们来说，谈潇做出任何动作，就算不和金属礼撞手势，也是纯纯的表演性质。

"叮"，微信提示音响了，谈潇低头一看，是穆翡发过来的消息。

正在观看实时直播的穆翡通过微信对谈潇尖叫："我在看直播，你刚干吗呢？那是小金刀诀吧？"

谈潇忙解释："是小金刀诀，刚才台上有两个家伙吓到我们的小演员了。我也要表演，没办法，就这么做了。你放心，大家都不知道我在干吗。"

"是，我也看出来了。"穆翡哭笑不得，连发好几个猫猫裂开的表情，"每年总有那么些类似的糊涂家伙或村未通网事件啦。不过我每天在外面借这个单位的名头、借那个单位的名头，生怕吓着别人，还是你牛啊！"

谁叫人家早就转文旅赛道去了呢，这次还是被旅游局邀请的，而且诚如她所见，没有丝毫破绽。

谈潇回了个微笑的表情。

穆翡："你那边都处理好了吗，要不要我找同事帮你收拾？应该有同事在南楚。"

帝流浆降落那日，南楚地理和天气状况都极佳，所以出现案件的频率相较其他地方也高了许多，这在数据上是有所体现的。为此，404办已经在南楚设立了单独的办事处，方便增加巡察督导，以前只是远程和南楚本地的责任单位沟通而已。

谈潇看了看那俩正慢慢缓过劲来试图逃离现场的家伙，回复道："我觉得应该算处理好了，只是一场误会而已。"

穆翡："行行。对了，帮我向毛毛转达我的喜爱啊，演出太精彩了。你也棒棒的。"

除了最后那小金刀诀让她觉得有些惊悚之外，前面还真是惊艳，看观众反应就知道了——祝融乐队的这首《离火》本来就带了一些远古神秘的氛围，讲述上古人类与火的神话故事，只是用摇滚乐的形式来表现，搭配上谈潇的楚乐和广场舞队阿姨们的表演，不但没有想象中的怪异或任何的不协调，甚至让歌曲的氛围更浓郁独特，充满了楚地民俗色彩。

谈潇应下，刚好他要帮同学要签名，索性顺便帮穆翡也要一个好了。

阿毛这会儿已唱完三首歌，下台后正拉着谈春影大聊音乐。这俩人，一个文了花臂，一个脖子文了蛇，倒是都很好认，不用谈潇思考。

"前面您可以来一段吟唱，效果肯定特别好。您觉得有什么唱段合适吗？"阿毛兴高采烈地问。她之前就看过谈春影的视频，这次和谈潇的合作更是让她大受启发，刚才现场的氛围她自己都很沉浸，比彩排效果还要好，所以阿毛想拉谈春影母子参与进来，录一个新的版本，在歌曲里添加民俗文化元素。

"太有了！"谈春影对推广灵师文化那是相当有兴趣，现场就想来一段了，她对旁边另一个乐队成员说，"吉他老师能不能来一个伴奏？我试试。"

"我是贝斯手……"乐队成员对此毫不意外。

一旁的真吉他手狂笑两声，抬手弹了刚才那首《离火》。

谈春影随性发挥了几句，不过她身体还没完全恢复，飙不了高音。

可即便如此，阿毛也听得直点头：果然和她想的一样，这要是进棚里录，效果就更好了！作为一个音乐人，她光是想想都觉得激情四射。

谈潇就是这时候走过来的，请乐队成员们签名："同学和朋友说特别喜欢你们，托我带签名回去。"

阿毛非常愉快地签了名，又和谈春影交换了联系方式，约定好之后有时间合作，当然估计要等谈春影身体彻底恢复了。

谈春影从兜里摸出一个平安符送给她。

阿毛看了下，不认得，只觉得花纹挺好看，但还是笑着问道："这个有用吗？"

"有有有，肯定啊，我们家多少年的灵师了，以前专门给皇帝求雨的。"谈春影说着又拿了两卷纸胶带送她，神秘地道，"那个花纹是招桃花的，这个是招财的。"

阿毛："哇！好漂亮！哈哈哈，谢谢！"

谈潇对此毫不意外。

母子俩回去的时候已经比较晚了，但还是有热情的邻居跟他们打招呼，说看了他们的演出直播。邻居王大爷甚至露着肚皮摇着蒲扇，在他们院门口直感慨，说今日不该嫌人挤没去现场，那气氛视频里看都好极了。

"那下次去呗。"谈春影热情招呼，"今后再有这样的活动我告诉您。"

觉醒了摇滚之魂的王大爷连连点头，哼着《离火》走了。

谈潇上了楼，把家伙事都归位，忽然想：孔雀大神平时经常没事在家晃荡，今天倒是没看到他，是终于忙起来了吗？

殊不知，孔宣做完了物理作业正在躺尸。

"你们那位王大爷真是勇敢，这个年纪了还怀孕。"阿晋这时忽然转身，深沉地说道。

什么鬼！王大爷不就是内脏脂肪多、啤酒肚大了些？谈潇预感到它又要说些什么疯话，冷冷地道："他是胖的，男人不能怀孕。"

阿晋的身体卡住，数据流转，呈现出一种奇特的生动感。它跪在地上，崩溃地道："什么，男人不能怀孕？！"

谈潇："你……"

算了，别管了。谈潇帮它拉了拉癫狂之下歪掉的花布，关门出去了。

第 四 章
家族副业

什么酬劳？那是国宝！

01

"看到昨晚谈潇表演的视频了吗？我的天，也太帅了吧！"

"那是敲鼓吗？那是敲在我心里头啊！"

"我已经无法忘掉《离火》的旋律了！"

"我希望谈潇原地加入祝融乐队！"

高二（3）班的同学们显然都关注了谈潇昨晚的表演，讨论得不要太热烈。实际上也不止他们，一中昨晚就已经传遍了，有些老师还在朋友圈转发，表示这是他们一中的学生。而且据他们所知，这场表演在乐队粉丝那边也相当受欢迎，Live视频备受好评，许多人直呼"本以为祝融乐队含泪恰饭，没想到整了个这么好的活儿，堪称祝融今年最佳"，而那个南楚灵师就是最佳外援。

谈潇一踏进教室，就被大家注视着。也不奇怪，刚进校门时他还被门卫认出来了，估计也看了昨晚朋友圈的视频。

林仰带头鼓掌尖叫，这才让其他有些犹豫的人也跟着一同起哄，毕竟谈潇平时有点儿冷漠。

"牛哇，潇哥，台上可太有范儿了。"林仰挤眉弄眼地道，"今年不是六十周年校庆吗，到时候你怎么也得整个节目吧？"

其他同学附和："就是，就是。"

虽然不是特别懂音乐，但看得出来谈潇在台上完全没有被舞台经验丰富的歌手压制住，其至发挥得很出色，完全可以说是点睛之笔。想想也是，谈潇的表演场次说不定比祝融乐队还多……

"我们家出场费可不低。"谈潇开了个玩笑。

他把帮同学要的签名给了他们，再次引来一阵尖叫。不只是因为要到了乐队成员签名，更因为谈潇真的帮同学去要签名了，很多之前不同班的同学都感觉谈潇好像也没传闻中那么冷漠、那么跩。

"孔宣，你看了谈潇的表演没有？"有人大着胆子问了一句。

孔宣一直脸朝着窗外不言不语，此时缓缓看来，让人有些不敢直视——当然，孔宣同学的好看向来是很富攻击性的。他目光凛凛一扫，竟说道："看了，合作极佳。"

嚯，居然看了，还夸了！林仰心想，看来这两人一起讲题后关系有所好转呢。

他们不知道，孔宣夸这一句是以孔雀的身份对鼓乐转为娱人之用的肯定，更是对他的代行者的认可。

谈潇看着这位有些阴晴不定的同学，十分怀疑他真的是自己遗忘的某位儿时玩伴，否则要如何解释他这种别扭的表现？可惜啊……谈潇都能想到自己要是敢问孔宣是华曦路的哪位，孔宣肯定又要生气了。

晚自习时，物理老师说要上课，讲着讲着想要操作讲解，发现东西忘带了，毫不犹豫地点了几个人去帮自己拿："林仰、孔宣和谈潇，你们仨一起去隔壁十七楼，都是同桌嘛，顺便把试卷也给我带来。"

谈潇："……"

林仰："……"

众所周知，谈潇有两个同桌……

都是孔宣成天往后挤，习惯了宽敞位子，不讲题了还往后坐，连老师都开始玩梗了。

器材室在隔壁老教学楼，外墙爬满了爬山虎，除了好几次又长满，室内更是经常出现壁虎、蜘蛛之类的小可爱，被戏称为五毒俱全，乃是南楚一中有名的"蛊楼"。

估计是设计原因，室内也确实阴冷许多。

上课时间的一中校园非常安静，十七楼基本是各种器材室、老实验室，一个人也没有，只有长长的走廊，灯随着三个学生走近的步伐一下一下亮起。

滴答，滴答，似乎是卫生间或者哪个实验室的水龙头没有拧紧，发出的水滴声被扩大了，莫名瘆人。

"你们知不知道，这里虽然叫十七楼，但要是加上负一楼，其实是十八楼。"林仰压低嗓门，用飘忽的语调说道。

"你想说有的鬼会看错，以为这里是负十八楼吗？"谈潇说。

"别破我梗了，我不说了还不行吗？"林仰觉得不愧是谈潇，上次他二叔公的事，潇哥也丝毫不觉得哪里奇怪。他妈妈后来还说，这种工作就是要胆气足的人来干，所谓见怪不怪其怪自坏。也是，但凡有那么点儿敬畏之心，怎么问心无愧地骗钱？当然，他不是说潇哥有骗钱的意思。

此时，只听得孔宣哼笑了一声。

林仰叹了口气：哎，估计也是在嘲笑我。

唯有谈潇心中莫名其妙，他刚才那一句只是有感而发，毕竟他才经历了公园演出意外事件，谁知道这个都市传说会不会也是真的呢？

谈潇找到器材室，插钥匙准备开门，不过这门锁有点儿旧了，他拧了一下没开。

"噔。噔。"

两声响动，远处走廊上的感应灯亮了起来。

林仰往那边看了一下，却人影也没一个，他有点儿奇怪地收回目光。

"梆！"

又响了一声，这次是什么坚硬的东西摔在地上的声音，还挺重。

但是刚才一路走过来，所有教室的门都是锁好的，从窗户往里看也没人，电梯更是没有动静……感应灯还可以说是坏了，这又是什么？

林仰诡异地往那看："谁啊？"他的手忍不住又往谈潇那边贴近了些。

谈潇一脸莫名其妙地看他一眼："你别挤我。"跟孔宣学的吗，一个两个什么毛病，都喜欢挤人。

"好……好像有人。"林仰不好意思说自从疑似被二叔公托梦就有一点点怕。

"有人不是很正常？"谈潇一下把有点儿不好转动的锁拧开了，觉得他讲话很搞笑，"我们学校几千人。"他走进去把器材从架子上取下来让孔宣拿着，然后又拿了一些给林仰，"接着。"

林仰站在门口，倚着门框，刚要上前两步接东西，忽然见走廊灯光一瞬间从另一头亮了过来，就跟恐怖片似的，阴森寂寥。伴随着灯光亮起，走廊没有因为光明变得让人安心，反而因那灯光照在荫翳的室内更显诡异，甚至……林仰发誓他感觉到有一股若有若无的寒气直接逼了过来！他一个激灵，脚步跟跄地闪进了器材室，只觉得浑身汗毛都竖了起来。

谈潇重重地把东西放到他手里，提醒他回神："你昨晚是不是又熬夜看小说了？"

"我没有！"林仰下意识还嘴，目光往外面瞟。

孔宣也往外看了一眼，又收回来，看向谈潇。

如果说刚才的一切，林仰还能当作是巧合、心理暗示，可下一秒，他是真有点儿慌了。因为灯光渐亮之后，是某种东西在地板上缓缓拖动的声音，一下一下很有节奏，就像是……就像是……林仰僵硬着身体，大脑飞速转动，思考着这个似乎无关紧要的小细节，然后他终于想到了，那像是什么生物四肢着地在地上爬动前行而产生的摩擦声！

声音越来越近，也越发清晰，多出了一些细节，是了，不止一个，还有若有若无的喘气声……

"呼。呼。"

"就是在这里吧？呜呜，现在的屋子好复杂。"
"小心点儿，你手肘撞到我了。"
"我能怎么办？灵师那一下砍得我站不起来啊！"
"那又怎样，说得好像谁站得起来似的！"
"唉，爬累了，暂且休息下，等学堂休息时再找他吧。你说，他是个秀才吗？"
谈潇："……"

好家伙，怎么是他们？搞不懂他们怎么还敢来找他……回忆他们的表现，都不是村里不通网了，感觉只比雄虺好那么一点点，根本不知道人世变迁。再对比刘清泉，他们简直走了两个极端，一边是不参加工作和时代脱节，一边是下世也要返聘打工。

那声音越来越近了……

林仰在心中默念：不可能，不可能，我身上有护身符，见怪不怪，见怪不怪。

他莽起来抱着器材往前冲了两步，走出器材室，又猛然停下——走廊里的确是什么也没有，空空荡荡。他上下左右地打量，却只看到又渐渐暗下去的灯管，角落里一只壁虎飞速爬过，不愧是蛊楼啊。

难道是自己心理暗示太重了，导致杯弓蛇影？林仰回过头，看到谈潇和孔宣走出器材室，面无表情地望着一惊一乍的自己，瞬间从方才诡异的气氛中抽离。他讪讪地道："你们没听到什么奇怪的声音吗？"他看不到，但他感觉自己真的听到了什么声音。

看来林仰今年确实不太行啊，谈潇心想。其实，要是就林仰一个人，他可能会考虑告诉他真相，这不是旁边还有个一无所知的孔宣吗，别吓着了。

"没听到。"谈潇笃定地道。

林仰又看向孔宣。

孔宣莫名其妙地看了谈潇一眼："啧，没听到。"

别人都没听到，那肯定是幻觉，林仰安慰自己，但还是忍不住紧紧跟在谈潇身后，希望潇哥能够借给自己一些胆气。一回到教室，看到那么多同学，他也就没那么害怕了，身上的鸡皮疙瘩都被抚平了，不禁深深吸了一口气，发出一声满足的叹息。

旁边的同学缓缓转头看他，满脸问号："你干吗？"

林仰感慨："好重的阳气。"

同学们："神经病啦！"

那两个家伙还在伺机寻找谈潇，可他们也没想到，谈潇一会儿去拿器材一会儿去帮老师批改作业，在各个教室之间奔波来回，不跟上的话到时候人走了他们都不知道。问题是他们受了伤，只能哼哼唧唧地阴暗爬行，刚爬到，谈潇又去了另一边，好一通乱遛，不由得哀号这是什么苦日子！

"我受不了了，爬不动了。"他们彻底不行了，歪七扭八地瘫在教室门口。

"我也动不了啦，就这样吧，等他什么时候从我们身上踩过去。"

这些话，谈潇都听在耳里，下晚自习后便刻意多留了一会儿，磨磨蹭蹭地收拾书包。

"快点儿快点儿，现在应该可以说了，待会儿他又走了。"

谈潇清晰地听到门外传来叮叮喔喔摔打东西的声音，应该是他们抱着的物件，那天在公园表演时他俩就抱着了。而现在在教室里……他环视一圈，已经走得只剩下自己和孔宣了。

谈潇不禁去看孔宣，不知道他听到了没有。大概是孔雀大神保佑期过了，孔宣现在不给谈潇恶意讲题了，但好像已经习惯了宽阔的位子，经常往后挤，可林仰人高马大的也不能老做纸片人，遂顺延之，导致遇到卫生检查还要紧急复位。就这样，都没人劝孔宣收手。

孔宣发觉谈潇在看自己，心中有些得意：一定是终于觉得他面熟了，在苦思冥想吧？

谈潇是在担心孔宣被吓到。虽然这人脾气怪大的，但好歹是同学，谈潇也不希望他被惊吓出好歹，于是犹豫一下说道："孔宣，你还不走？"

孔宣故意道："你不也没走？"

看看，问下他罢了，居然还呛一句。谈潇想起孔宣是自己的街坊，便道："咱俩不是顺路吗？你也住华曦路，一起走吧，同桌。"

孔宣："……"

也不知道有没有反省自己的欺压行径，反正孔宣还真拎起书包和谈潇一起往外走了。

谈潇和孔宣一起下楼，不过走了一段就故意道："还是算了，道不同不相为谋，你自己走吧，不用等我。"

此言一出，孔宣心情立时变得不错起来，清贵俊美的面庞上唇角微勾，凤眼含笑，散发出华彩："行。"他知道谈潇是担心自己害怕。这么看，虽然谈潇还是没认出他来，但还是挺尊敬他的。

谈潇有点儿惊讶。他没认出孔宣，孔宣就生气，现在阴阳怪气放孔宣的鸽子，孔宣不但不甩脸色，甚至笑得十分开心……这人真的蛮难理解的。

抱着不解，谈潇独自返回，别说高二（3）班，整个教学楼的人都已走得七七八八，不剩几间亮着灯的教室了。

那俩大聪明还顺着楼梯往下爬着呢，互相商量着："不如咱们滚下去吧？比较快。"

"可以，你先滚。"

谈潇一脚踩在旁边的台阶上，扶着额头道："别爬了，你们怎么找到我的？"

俩大聪明对视一眼，小心翼翼地道："您的名字就在纸上印着，打听一下就找到了。"

和谁打听不言而喻，干这行的人就那么多，要打听到谈潇还真不难。

谈潇一脸无语："……"对哦，差点儿忘了自己的名字就印在现场活动海报上。

"那你们找我什么事？今天都吓到我同学了，我又不好当面说什么。"谈潇看看他们，无奈地道，"该不会是索赔吧？我伤你们也是因为你们找错人了。"

"妾身也不是故意吓人的，更不是来索赔。妾身二人也发现那日认错人了，是我们的不是。"那女的趴在地上，尽量优雅地道。

他们看起来明显还很怕谈潇，肢体语言有点儿闪躲意味，可见那天现场的情况对他们造成的阴影实在是太大了。可他们又来找谈潇，这让谈潇更不明白了，为什么顶着这样的恐惧还要来找自己？

"我们此番前来，是希望灵师帮我们断案。"两人从爬姿变为跪姿，吸一口气起了范儿，捏着腔调喊，"灵师老爷——"他们两个想着这灵师虽凶，最后却也没伤他们，那换个思路，找他做主也是可以的吧，便大着胆子找上门来。

谈潇听到他们貌似唱戏但又不伦不类的调子，头皮都要炸开了："停，停！二位，现在不流行这套了，站起来说话可以吗？"

"行行。"这俩说着就想站起来，几十年不过一瞬，他们还真不知人间变化如此之大，毕竟从前便是一两百年不出门，变化也不会如此巨大，半晌他们却力气一卸，哭丧着脸道，"起不来，我们还是趴着吧。您砍得太狠了。"

谈潇："……"

"灵师老爷容禀啊！"这俩仍是趴着，仰头道，"话要从六百六十六年前说起了……那一日我们忽然产生知觉，感受到了天地间一种玄妙，便从一具棺木中醒来。按理说，这便是我的老家了吧，还有文书为证呢。"

感天地之气，难道又是因为帝流浆？404 办登记过吗？谈潇忽而想到他俩说的是"我们"，便问："你们是在同一具棺木中醒来的吗？"

"不是啊，只是同一块风水宝地。"说着，他们各自拿出一直抱在怀里的玉石板，往谈潇面前推。

谈潇探头一看，玉石板上各自写着文书，表明了身份，男名程雪英，女名韦菩萨奴，其他内容大同小异，意思大概是：经过卜算，决定用金银财帛九万九千九百九十贯九文交与中间人，把土地交予此人，立字为据。只是从落款看，两份文书的时间不同。

菩萨奴这会儿又换了种称呼道："大人明鉴，我们如今无法寻后人冢讼，还望大人发发慈悲，帮我们这个忙。"

谈潇"哦"了一声："别叫我大人。这是你们的房产证？一房两卖了是吗，所以你俩要打官司？"

这东西大名叫买地券，自古有之。人们认为得仿照真实的地契书写文书，向地底神明买地，获得使用权。只不过这买地券没写明使用期限，相隔多年一块地再次被看中的概率可不小。

谈潇犹疑地道："你们要打这种官司，不应该找我吧？"

"老父母，我们不是要打那种官司。"菩萨奴眨巴了下眼睛，换了个称呼，"南楚封土累累，这种事多了去了，只当是楼上楼下的邻里呗，我看比如今这可怕的楼层数少多了，而且住在一起也是有缘。"

当楼房住是吧？还蛮会自我调节。谈潇艰难地道："也不要叫我老父母。"他知道这是以前对官员的称呼。

"那怎么称呼您？"

"叫同学……所以你们不打官司，到底要干什么？"

"灵师同学，我们当邻居几百年了，她先到，我晚来，菩萨奴姐姐家世代习武，我亦是暴脾气，平日也没少吵架挨打，但总归是水到渠成……"程雪英说着羞羞地低头，那张干枯的脸都仿佛多了几分神采。

好家伙，差几百年的姐弟恋是吧？谈潇扶住头，猜到了他们的来意："你别说了，我猜一下，你俩是不是想……那个叫什么，合籍？叫那么惨，我还以为是多大的官司。"

程雪英一听更不好意思了，低着头，手绞着衣角。

菩萨奴巴巴地看着，见他迟迟不言语，忍不住捅了他一下："说话啊！"

程雪英被捅歪了，也没心情害羞了，赶紧趴正了道："正是您猜的那样，叫得惨那不是怕排不上号嘛。还望灵师同学发发善心，为我们过个明路。"

那日看到仁正公，想去求个情，听说青天老爷公道，一定能体谅他们。当然，事实证明加事后打听是认错人了。而现在，若是有灵师为他们操办，倒是更简单了，机会更多。

菩萨奴点头道："只需将我们并在一处，发放新文书就行，很简单的。"

听起来流程并不多，快的话一两天就能完成，但是……

"简单？"谈潇深吸一口气，一脸无语。

"同学，求求你了，要不是时隔久远，我们如何会来麻烦你啊嘤嘤嘤。"菩萨奴泣泪道。

谈潇也很想哭，放学半小时了，他还在学校和他们掰扯："不是，谁让你们近水楼台都能谈这么久恋爱才确定关系啊！"

程雪英不好意思地道："我那个……慢热嘛。"

"前头几百年都在打架。"菩萨奴也接了句，她以前也不是没和灵师打过交道，"同学，其实我们可以给你报酬的，我有尊等身高的鎏金佛像……"

程雪英也道："我有玉璧，雕了凤凰，都当作给您的酬劳。"

"什么酬劳，那是国宝！"谈潇大声打断道，"我再强调一遍，我真的不想坐牢。"开什么玩笑，就他们说的这些，他们敢给，他谈潇敢要吗？！

菩萨奴和程雪英见谈潇的反对之意坚定明显，忍不住又抱在一起啜泣起来。

谈潇看着他俩可怜兮兮的样子有些不忍心："这样，我再去咨询一下有关部门，看有没有办法，你们告诉我地址。"他说的显然就是404办了，只是他也不知道404办会不会愿意接办。

"多谢同学，多谢同学，我给您磕头了！"程雪英以谈潇拦不住的速度砰砰磕了两个头，"劳烦您去问问……这个，有关部门的消息。"

"嗯嗯。"谈潇记下他们说的地址，再一对照买地券，心中狂乱。难怪他们出现在那天公园表演现场，这俩就在南楚最大的园林月山公园里头的山林下面……幸好他没有随便答应，不然不被公园管理处抓起来才怪。

把程雪英和菩萨奴打发走，谈潇哀叹：好累，原来当真灵师这么不简单！

回到家时，谈春影正躺在院子里吃水果，都是谈潇买给孔雀大神的："不错啊，你买的葡萄很甜，最近你很爱吃水果嘛。"

谈潇："……"

离谱啊！该说不说，谈春影心是真的大，她甚至不觉得谈潇是上供很积极，而是认

第四章　家族副业

为他买了水果顺手放在了案上。

"对，多补充点儿维生素。"

谈潇进了屋子，就看到孔雀大神正在数桌上剩的葡萄。见谈潇回来，他黑着脸道："你妈偷了二十八颗。"

谈潇："……"

这位就更是离谱了。这确信是元凤之子吗？这楚地的老牌大神什么身家啊，跟他计较葡萄按颗算？！

"明天补上。"谈潇拖沓着脚步上楼。

孔雀大神跟在后头，拿腔拿调地问他："遇到什么事了？"

"您知道？幽冥界消息传得挺快啊。"谈潇根本没想那么多，"遇到两个……哎，等等，我先咨询一下专家。"

他之前给那买地券拍了照，此时发给季老，问道："季老师，您看看这个？"

季老回得还挺快，大晚上的还在线，肯定是在加班："这个哪儿来的？这是五到十年有期徒刑啊。"那照片里还有谈潇的校服一角，一看就是拿在手里拍的，所以他估计有内情，不然谈潇也不会公然跑来问他，于是调皮地开了个玩笑。

谈潇："……"

"小谈啊，你家底下不会也挖到墓了吧？"像季老这样的专家，就算隔着屏幕看一眼，什么朝代、时期、地域都能清清楚楚说出来，这两样一看就是南楚这边的风格，所以他才问是不是谈潇自家挖到的。

谈潇直接建了个群，把穆翡也拉了进来，把要咨询的事从头到尾说了一遍，尤其是那两人的诉求，然后道："我和他俩说了，光办仪式我没什么问题，问题是我总不能去公园里面挖吧？求助二位！可怜.jpg"

孔宣从头到尾听下来，在旁满意地颔首："不错，已经开始领事了。"他对谈潇家现在接的活儿都是些什么表演、卖周边始终是不满意的，现在终于有那么一点点走上正轨的样子了，他懒洋洋道，"巫觋者，下宣神旨，上达民情。"

谈潇听罢若有所思。如果不是遇到他，程雪英和菩萨奴会如何？他们会找到另一个愿意帮助他们的人吗？

孔宣进一步敲打谈潇："你还不敢收古董？若在从前，这样的东西唾手可得。"

谈潇的表情渐渐变了："高收益往往伴随高风险，地位也是动态的。大神，您知道对当年还是小学生的我来说，《西门豹治邺》那一课带来的童年阴影有多大吗？"

那是他唯一一次哭着大喊不要做灵师了，还特别想学游泳。为此谈春影给他解释了半天自家求雨只跳舞不祭人，然而后来谈潇看资料，发现求不到雨也可能被烧死！灵师的地位、职能是不断变化的，高的时候能为王，低的时候只是下九流，亦不乏招摇撞骗之辈。

孔宣："……"

"一个没弄好，别说保本，保命都难。"谈潇还挺庆幸，毕竟以他老妈的水平，要放在以前，怕不是早就完了。

孔宣想了半天没想到反驳的话，嘴硬地道："我的代行者肯定不会不灵。"

"行行行。"谈潇合掌拜了一下，"拜托您保佑了。"

叮，微信提示音响了。谈潇低头一看，是季老发来的语音信息。

"哟，两座墓压一块儿，还有品相好的佛像？"季老听上去挺感兴趣的，都是好东西啊，"不是必要我们一般不会发掘，都原地原样进行保护，做完考古活动后也会回填或者整体搬迁。这个墓有价值的话，我们倒是可以掘开后搬到新地址，在这个过程中，你可以给他们进行一个仪式，操作一番。"

穆翡也道："嗯嗯，可以的。你写一个简单的情况说明，我立项走流程，解决一些手续问题。"

"可以这样的吗？"谈潇没想到还挺简单，不过转念一想，估计也是他刚好认识穆翡，程雪英和菩萨奴都不知道现在有这样的组织。

"为什么不可以？我们404办就是干这事的，保障各族稳定，创造一个良好的居住环境。"穆翡哈哈笑道。

谈潇："笑哭.jpg"

"对了，弟弟，你之前的行动我申请了补贴，财务那边已经走完账了，你别嫌少啊。"

穆翡不说，谈潇都没想起有这事儿，他只当是义务劳动呢："谢谢穆姐。"他学季老发了个抱拳的表情，"麻烦你和季老师了。"

02

月山公园是风景胜地，作为景点已经有几百年的历史了，历朝历代都是当地贵族的私人园林，只是历经时光变迁，曾经的遗迹都不剩什么了，只是因为风景优美，成了供人们休憩的公共园林，免费开放，一年四季游人如织。

报备完成后，月山公园一角便被围起来开始了发掘工作。南楚现在本就聚集了许多考古人才，经过404办协调，几个专家到现场带领发掘，但规模远没有楚王墓那么大就是了。

　　这么大的动静自然引得南楚人民一阵讨论，毕竟南楚上一次有大的发掘工作还是几十年前，而今年一挖就是两处。

　　"不知道这又是什么墓呢，修地铁挖到的那个不是也要开发布会了，不知道到底是个娘娘墓还是王爷坟？"

　　"那个要是王爷墓，这个估计是什么将军大臣吧，规模小多了。"

　　"嘿，不管什么都是我们南楚的文化遗迹。"

　　在404办的帮助下，发掘工作在最短时间走完了流程，鉴定后，决定现场发掘再整体搬迁到别处进行保护。谈潇正好利用这段日子的课余时间准备仪式，一切都是参照现世准备的，从婚书纳聘开始，再到灵祭，最后合棺。其中几样随葬品会放到博物馆展览，这也是菩萨奴和程雪英答应好的。

　　趁着谈春影出去打麻将，谈潇把菩萨奴和程雪英召来，告诉他们404办对这件事的处理流程和态度。

　　"呜呜呜，实在是太好了。"程雪英不禁拭泪。这几日他和菩萨奴有感于世事变迁，便也没那么宅了，在外很是了解了一番新世界。

　　正万分感动之际，一转头便看到孔宣走了下来，他盯着祭坛，仔细分辨谈潇有没有外借属于自己的食物——这人行事风格还是难改不敬神的恶习，他不得不防！

　　虽然没做什么其他的事，菩萨奴和程雪英却还是吓得扑倒在地。灵师家中有神明说来似乎符合逻辑，问题是他们在一见中见过孔宣，只是彼时孔宣穿着校服，神光内敛，荆条替身令他们分辨不出，此刻却是锦衣华服，称得上熠熠生辉，明晃晃地彰显着非同一般的身份，再细细一看，分明是元凤之子孔雀大神！

　　菩萨奴心中震惊，没想到灵师同学如此厉害，竟然把孔雀大神带到学堂去保佑自己。想起那日与孔雀大神擦肩而过，他们俩无比后怕，幸好他们没有存什么害人之心，也很礼貌。

　　（未婚）夫妻一齐拜道："有……有眼不识真神，多有冒犯了。"

　　"没冒犯，没冒犯，用的又不是大神的东西。"谈潇最怕看他们拜来拜去，并不知道这俩和自己说的根本不是同一件事，他觉得孔雀大神也是的，居然那么不信任自己。

　　菩萨奴听谈潇说起孔雀大神的语气间多有亲近随性之意，更是不禁抽气。

　　谈潇顺便也就把婚书推给孔雀大神，这是他为菩萨奴和程雪英书写的，除去传统的婚聘词句，另有一句：生死异路，不得相逢。这是强调他俩在满足了心愿之后不得妨碍生人。

　　谈潇没正经办过几次事，听的却多了，知道这种事不得不防，最好还要留下证据，推给孔雀大神就是希望他做一下证明人。其实一般这种事自然是写本地土地爷之类的，但孔雀大神就在场，谈潇自然不好写其他的。

孔宣见他奉给自己，面上隐有满意之色，也不顾自己管不管得着这档子事，反正考试的事他都管了。

吃了一粒葡萄后，孔宣持笔在婚书上一挥而就，落下花押。

谈潇拿过来一看，花里胡哨的，勉强只认得出个孔雀的"孔"字，后面那个字怎么看也不像"雀"，但也认不出是何字——要么就是孔雀大神写得太草，要么就是孔雀大神的真名吧？这花押本就相当于古代的艺术签，有些甚至是代替签名的特殊符号，谈潇也就不纠结非要辨认清楚，收了起来。至于别人都想的知道真名……现在孔雀大神本尊就在他家，没必要在意这种事。

"你俩快起来吧，拜一下就行了。我已经在微信上和老板下了订单，你们看看，还要些什么吗？到时一起给你们捎下去。"

听谈潇提起这个，菩萨奴拧了程雪英的胳膊一下，似是自己不大好意思说。

程雪英立刻抱拳道："同学，是这样的，你能不能捎几套内衣内裤给我们呀？"

谈潇"呃"了一声，难怪菩萨奴不好意思。

"嗯，这个可以的。"谈潇记了下来，想着古代款式、现代款式都给他们买一点儿。

说到这个，谈潇忍不住问道："大神，我也给您定做了一些衣服。"他看了看孔雀大神的衣服，说得十分含蓄——大神几次好像都没换过衣服，这不是显得他不周到吗？

孔宣略有愣怔，旋即反应过来，勃然大怒。他不换衣裳款式还不是怕谈潇认不出自己！以为他穿不起衣裳吗？！

孔宣气恼地道："好，你捎来，我要一日换一件！"到时候谈潇若是认不出来，就要他好看。

"好，可以啊。"谈潇低头记录，不太明白他怎么忽然激动起来了，不过孔雀喜好华丽，可能是开心吧？

"还……还有……"菩萨奴看了半天，怕谈潇要结束了，忽然支支吾吾。

谈潇心说内衣裤都下定了，还有什么不好意思的："还有什么直说吧，没关系。是要什么大件吗？只要价格不是太高都行的。或是什么私密物品你不好意思说，写在纸上也行。"

"并非如此，只是妾身这几日观察此世，对一件事有些感兴趣，爱好于此，叫公家出钱合适吗？"

"怎么不合适？你们捐了好几件文物，我用零花钱帮你买都行，404办刚给我打了补

第四章 家族副业

贴呢。"谈潇家虽然不是大富，但也没缺过钱，他私人送点儿东西就当贺礼了。

"多谢同学！"菩萨奴这才说了出来，"妾身想咕卡玩，希望您能弄一些贴纸给我，用明纸彩印出花样也行，再加胶水，总之看您方便。"

听到前头，谈潇差点儿以为自己听错了，心说"咕卡"是个什么东西，过了三秒才醒悟过来：好好好，玩儿贴纸是吧？！

呃，想想买地券上所写的，菩萨奴还不到二十岁，也是个小姑娘啊。不错，跟上时代的脚步是真的快。

谈潇尽量不凌乱地道："呃，这……嗯，我家倒是有一些贴纸周边，我再给你打印一些……不是，可你贴哪儿啊？我是不是得给你准备全套，那叫什么？卡砖？"他在心里算了下零花钱够不够，不然还是让404办报销吧。

才几天，菩萨奴哪可能了解太多，听他说完忙道："不用，不用那么奢华，我就咕一咕买地券什么的，或是咕一咕棺材。"

谈潇："不会不会，不奢华，您就是要流麻灵位都不算奢华。"菩萨奴小姐姐要咕的东西那不奢华多了？

仪式还好说，上次谈潇也帮林仰的二叔公出过力，但这次要加上"婚礼"，谈潇还是欠缺点儿知识，好在他还有个理论知识充沛的老妈可以问。

谈春影正一边偷吃供品一边用手机玩斗地主，听了儿子的问题，心不在焉地道："看主家的要求，不要大办的话，加道程序就行了，但是这个时间必须两头不靠光。"

谈潇记了下来。

"你问这个干什么？"谈春影随口问了一句，他们家的仪式仅仅是表演性的，而谈潇问的属于实操问题了。

现场补课的谈潇想了半天，看到书房方向时忽然想到阿晋，灵光一闪："我想写灵异小说。"

"哈哈哈！写好了给我看看，不愧是我儿子，我初中也写过。"谈春影笑起来，倒不反对谈潇多个爱好，"当年你老妈投稿被拒了，编辑说我写得太流水账。没办法啊，我那都是纪实文学。"

"那我注意点儿不要写太细了。"谈潇也笑了两声。

到了举行仪式那日，谈潇大晚上跑到现场去。工人早就下班了，但现场灯火通明，等待他的是在楚王墓打过照面的莫教授那两个学生。他俩被打发到这里来搬砖，因为知道内情，也负责给谈潇搭把手，但还真是见面后才知道是要给谈潇帮忙。

"又是你，谈潇同学，你和我们考古专业是难解难分了哇！"学生甲感慨道。

"七国时期的墓你懂，卫墓、晋墓你也懂吗？"学生乙还是有点儿震撼于现在高中生的知识储备量，他试探着问道，"这儿有个器物，你看是什么用途？"他给谈潇看了一张照片，照片里是个上粗下细的容器。

谈潇能认出悬鼓，那是因为这玩意儿是楚地代表性用具，现在给他看个瓶子，他哪知道这是什么。

但谈潇不知道，架不住这东西的所有者菩萨奴就在旁边啊。

之前谈潇已经分批给她送了不少东西了，并亲眼看过她用镊子夹着一张古色古香画风的贴纸往买地券上贴，再熟练地刮了刮……已经尽量不去看她了。

那俩学生的话菩萨奴听得分明，一边贴纸一边随口道："盛酒之器物，吾好饮。"

没想到菩萨奴还是个酒鬼。

谈潇便也跟着道："装酒的。"

俩学生用手指做了个下跪的姿势："我都不知道该说现在的高中生不得了，还是该说灵师的知识面真广。"

谈潇忍不住笑了下："谢谢学长，咱们干活吧。"

这两人可不知道谈潇是现场听了提示，毕恭毕敬地道："谈同学，您看怎么干？"

两人这会儿礼貌多了，虽然心里还是有点儿好奇为什么要把骨头合在一起。不过谈潇没解释，他脑海里已经在模拟等会儿的操作了。

看着时辰差不多了，谈潇道："请准备吧。"

这两人不愧是干考古的，那是小心又不费力，搬动的时候肌肉鼓出来，一看就没少下地。只是棺材刚从旁边的临时储物间搬出来，两人就傻了，只见那出土时还完好的红色金丝楠木棺材上赫然多了一组古风贴纸……

"这怎么回事？！"两人惊恐地道。

谈潇也有点儿头皮发麻。那贴纸是他定制的，他最清楚了，好多都是从《芥子园画谱》里抠出来的花花草草。而且他还特意去找季老商量了，什么样的贴纸可能比较受菩萨奴喜爱。问题是，这东西竟在半夜现形了！可能是菩萨奴希望吉日里能好看点儿？

"不要说话。"谈潇还能怎么办，只能一脸严肃地转圜道，"这都是……必要的东西。"

学生甲蒙了，但谈潇的样子真的很唬人，而且他们已经当谈潇是这方面的权威了，心道：难道说这是一种有特殊作用的纹样？不懂的领域还是闭嘴，免得又和上次一样丢人。

"好，好的。"学生甲赶紧闭嘴了，老老实实继续卖苦力。

家里有弟弟妹妹的学生乙则忍不住多看了几眼，没敢说自己觉得很眼熟。

第四章 家族副业

谈潇赶紧一脸心虚地跳下去，先弹好墨线，将红绳拉直，再用两段串着五枚铜钱的红绳对准墨线，接着红线穿针，悬于其上，挪动方位使天地人三线重合，然后将一应文书包括婚书都烧了。

新晋证婚大神孔雀应声现身，在听到谈潇敲击的节奏和手机里放的旋律时却不大满意："这太陈旧了，既是婚礼，你换个喜庆的。"

谈潇："嗯？"

孔宣指指点点："今天你妈手机里放的那曲子就很喜庆。"

谈潇想了想，差点儿没绷住："您说她打游戏时的那个背景音？"

孔宣"唔"了一声："不会吗？"

"会倒是会……"谈潇看看孔雀大神，欲言又止。

他刚要委婉拒绝，菩萨奴和程雪英已经虔诚地道："能得孔雀殿下证婚已是莫大的荣幸，同学，麻烦您了。"孔雀大神的一点儿小小要求，他们怎能反对！

谈潇："……"

旁边干活的俩人只见谈潇嘟哝了些什么，手下敲击的鼓点便一变，一旁的手机还放起了对应的旋律，绝对耳熟能详。

就是说，贴纸便也算了，这个配乐……

"斗地主啊？！"

两位苦力同学都快裂开了，扶着铲子震惊地看着谈潇，这真的不是放错 BGM 了吗？

谈潇还得无视他们，假装淡然，伴着喜庆的音乐唱念："红笔上账，黑笔勾销……永无牵挂，请受交纳。"

这是在对婚书，谈潇唱罢把文书烧了，所有文书一式两份。

莫教授的两个学生顿时鸡皮疙瘩直起，但还是有点儿不明白，尤其是配着"斗地主"的音乐，让他们忍不住发出疑问："难道下面是两个赌……好赌的？"他们本来想说"赌鬼"，想了想没敢说出来，怪吓人的。

谈潇闻言一笑，却没回答，而是又为菩萨奴和程雪英唱了一段："关关雎鸠，在河之洲，窈窕淑女，君子好逑。"

曲调悠扬，颇带古意，孔雀大神侧首看去，忍不住和着乐声轻轻拊掌，还在歌声落下后道了句："生无白首之盟，殂续同椁之骨，鸳鸯谱成，共效于飞。"

此时再回想礼单，莫教授的两个学生还有什么不明白的？这竟是郎有情妾有意，想要成亲！二人不禁目瞪口呆。而且除了婚事神奇，由谈潇出面主持也够神奇的，这位灵师同学的业务范围真够广的。

此夜无星无月，林间山上唯有明亮的照明灯光明大作，一阵夜风吹过，灯泡刺啦闪了一下。只见在那两人看不见的地方，菩萨奴和程雪英相视一笑，领着新婚书，对谈潇与孔宣感激地鞠了一躬："千年万年，愿君无咎。"

03

一众期待的目光中，文物局召开最新新闻发布会，介绍了近期重要考古项目的进展与发现，其中便包括最近引起一些讨论但未有实质消息传出来的南楚墓葬遗址。

此墓葬是在南楚地铁修建过程中发现的，经过抢救性发掘，初步工作大获成功，已研讨确认墓主人是七国时期楚国国君楚安王。

都说当你发现了一座楚墓，周围会有更多楚墓，这是楚墓的特点。而在楚安王的墓葬周围几里，也的确有其他楚墓的痕迹。这以楚安王墓葬为主的墓葬群具有极高的考古价值，目前已抢救出土大量文物，接下来考古队会继续对其及周围区域进行勘察，组织大规模科学考古调查，同时拟在原址修建博物馆。

发布会最后，发言人道："我代表考古队感谢以下单位、专家在发掘工作中的合作协助。"他念了一串单位后，"……404办、雄咫先生，以及南楚一中的谈潇同学，感谢以上单位、人员对此次发掘的大力帮助。"

主题：南楚挖出王陵咯！牛哇牛哇！

主楼：本南楚人之前就听说这可能是比较高级别的墓，我们这儿都在传是什么公主王爷墓，没想到是七国时期的楚王墓，而且没被盗过！真的牛了，搜了下这是绝无仅有的，之前仅有两座被发现的楚王墓都让盗墓贼光临过了。PS.顺便诅咒下该死的盗墓贼。

1L：带队的可是考古大牛，真牛了，才几个月啊就已经确认墓主人身份，我印象里这真的……太快了！

2L：因为已经被地铁完成了一部分？开玩笑开玩笑！

3L：你们注意发言人最后的感谢没，居然有南楚一中的学生，震惊！

4L：我上高中的时候每天做梦，而别人已经去挖楚王墓了？

5L：哈哈哈，没你们说的那么夸张，我也看了，后面有记者提问，说这学生是南楚灵师传承人，因为这次墓葬里出现了很多楚巫元素，就找他帮忙看看，还真和墓中文字、图画记载对应上了，因此加快确认了墓主人的身份。

6L：那也很厉害了……我查了下，古楚在我印象里是很神秘吓人的。

7L：这也蛮神奇的，流传了很多年，到现在还能对应上。好想知道他们考古研讨的细节哦，听说会出纪录片。

……

51L：等等！谈潇？这不是前段时间和祝融乐队合作《离火》的那个学生吗？视频链接在此，今天刚出了官方版本，我真的超喜欢这个现场！

52L：惊了，真是啊，这视频我之前转发过，好有氛围，我还感慨过合作的男孩子蛮好看的。

53L：嗯？那难怪我也眼熟，我也见过欸！之前去南楚旅游有到他家参观，我还拍了他的表演，买了几面具钥匙扣和纸胶带，蛮好看的。[图片][图片]还有他家的菜，我愿称之为南楚之宝，绝了绝了绝了，太好吃了！[图片][图片]

54L：看完视频了，这鼓敲得简直了！！！我感觉自己热血沸腾是怎么回事啊？居然还有周边，想买想买！还有，我可以说人也长得挺好看吗？

55L：我也是南楚人！他妈妈谈春影也蛮厉害的，是本土小有名气的艺术家，把古代巫舞改编成了舞剧和广场舞，我们这儿有些活动她会去表演，也见过她儿子助演，没想到一转眼这么大了。流口水.jpg 他家东西是真的好吃，只可惜闭店（不是），现在吃不上了……

56L：[图片]南楚一中迅速出公告认领了，哈哈哈，原来考古队还发了感谢信。

57L：正常，要是我们学校参与了也会第一时间广而告之，贼有面子。

58L：笑死，谈潇没接受媒体采访，他们校长倒是接受了本地媒体的采访，每一句都在强调：我们谈潇都是写完作业才去挖墓的。

59L：我也看到了！据说谈潇同学成绩很好，都是用课余时间协助考古工作。我心想，那不然呢，上课去挖吗？

60L：别人的课余生活……

楚安王墓的发掘算是南楚乃至整个考古界近年来的重大发现之一，此次新闻发布会本就受到各方关注，极有话题度，相关内容一经发布，从学术界到社会上更是议论纷纷，南楚文化因此进入更多人的视野。

谈潇的名字夹在那一串官方单位中着实是有些与众不同，也难怪连带受到一些关注。倒是没人注意到还有个"雄尵先生"夹杂其中，只以为是自己不认识的哪位专家。

而前段时间祝融乐队和谈潇合作表演的视频被翻出来后，更是被热转了一番：之前因是地方上的小规模表演，多是南楚本地人和乐队关注者看到，传播度有限，这次则是出圈了，连带着还有网友扒出许多谈春影过去的表演视频，一番观赏、探讨，许多人因此对楚巫乃至巫傩文化感兴趣起来。

这些对谈潇他们家最大的好处就是，他家库存的那一点儿纸胶带、马克杯之类的旅游纪念品顷刻就售罄了。谈春影直呼这次可算蹭到了，赶紧让工厂再生产一批，看能不能趁着热乎劲儿再卖一点儿，还说要不是因为谈潇学业要紧，家里暂停开放参观，估计还能引来不少游客。

与此同时，高二（3）班门口，川流不息前来围观孔宣的人群中又多了不少来看当代灵师的。虽说谈潇在学校本就有名，但这不是趁着热度再看点儿新鲜的嘛。他们班的同学就更不必说了，平时跟谈潇走得近的不多，毕竟他课余时间都干家族副业去了，但谁能想到他居然不声不响地去考古了，全都直呼深藏不露。

"我可是你亲同桌啊！我都不知道！"林仰嘶吼道，"我看了新闻才知道的！"要不是"单位名"明明白白标着南楚一中，他都要以为是重名了。

扪心自问，林仰觉得自己要是参与了这种厉害的项目，真做不到在学校若无其事。可这段时间谈潇丝毫未表现出来相关迹象，哪怕是和祝融乐队一起表演，他提到的都还更多一些，毕竟是公开演出，还帮人要了签名……这个嘴，怎么就这么紧？！

"因为签了保密协议。"谈潇干巴巴地指了指旁边的孔宣，亲的同桌不知道，但是，"干同桌也不知道啊。"

孔宣："……"他看了一眼身下的座位，坚决不动摇。

林仰凌乱地道："好吧，但是你这也……这也太……牛了。"他也不知道该怎么形容了。

班上其他同学都特兴奋，参与进来，向谈潇搭话。

"谈潇，那个……你有没有下墓？看到楚王本人没？"

"那随葬品是不是特别豪华？有没有兵马俑？"

"墓里得有机关吧？"

"不是说古代君王都会用活人殉葬……啊，还有让大熊猫殉葬的，你看到什么特殊的没？"

谈潇哭笑不得："没有起尸啦，也没有大熊猫，只有蛇精镇墓，被我降伏了。"

大家一起大笑起来：蛇精，谈潇好幽默哦。

只有孔宣无语地看了他们一眼："……"

谈潇浑没注意，毕竟孔宣坐在前排（算是），他心里想：还真只能胡说八道，要让他现场编个科学严谨点儿的故事，他不一定编得出来！

班主任纪汇明这时来了教室，把谈潇从热烈吵闹的人群中叫了出去。他早知道谈潇去协助发掘的事，现在这事被播报出来，上了新闻，他也喜气洋洋，与有荣焉。

"来来，谈潇，跟我聊两句。"纪汇明把谈潇带到办公室，"过段时间就是咱们学校的六十周年校庆了，到时候要举办一台晚会，你这怎么也得报个节目吧？"

之前班上同学还和谈潇开玩笑说过这话，现在经过考古发布会的发酵，纪汇明是认认真真在同他商量这件事。这样具有南楚特色的节目不上，那上什么？

谈潇从小没少被要求表演，甚至谈春影也受邀到他就读的学校表演过，因此倒不觉得稀奇："可以呀，有没有什么要求？"他家节目单可不少，是想看求雨还是祭天、击鼓还是巫舞，又或者上刀山下火海的杂技表演……尽管点单就是了。

"那肯定是要你们最有特色的了，我可看了不少帖子，最经典的是鼓乐舞蹈对吧？"纪汇明想起什么，眼睛一亮，道，"哎，你找几个同学跟你合作也行……算了，你才是行家里手，这方面表演经验丰富，我这个外行就不插手内行的活儿了。而且我真觉得你妈妈创作的那个舞蹈有底蕴又具有观赏性。"

现在网上热传的、大家好评度高的，无非就是鼓乐伴奏以及谈春影的舞蹈。单是鼓乐，又没有上次的祝融乐队负责唱歌，显然是单调了一点儿，若是配上舞蹈就丰富多了。而且古楚舞也是经过谈春影多年推广的，尤其是操蛇舞，广场上都在跳。

谈潇会意道："我懂啦。"

"那我就给你报上名了啊。"纪汇明似模似样地登记下来，其实本子上也就谈潇一个人的名字，可见这是提前批的招揽，"咱们班可就靠你了，文艺骨干！对了，你看你同桌，你知道他有没有什么才艺呀？他看起来像是有的。"

提起表演，除了谈潇，纪汇明头一个就想到了孔宣。他虽然不了解孔宣有没有才艺，但很显然光是那张脸就足够有看头了，上台不管干点儿什么，绝对能收获不少叫好声，这是一个朴素的逻辑。因此只要不是五音不全，纪汇明觉得孔宣完全可以唱个歌什么的。

什么叫看起来像是有的？还有，为什么连纪老师都把他俩叫成同桌了？！

谈潇实话实说："不知道，我和孔宣也不是很熟。"

话是这么说，但谈潇总觉得，以他和孔宣打交道的经验，孔宣不大像是那种会愿意表演的人，让他上台表演发脾气吗？

纪汇明喝了口茶，啧啧道："我看孔宣现在和你也不掐架了，之前还互相帮助，而且你们住那么近，休息时间难道没在一起玩儿过？"

"我在华曦路见都没见过他。"谈潇说完有点儿心虚。应该是的吧？反正没人跟他打招呼。当然也可能是孔宣看到他不肯打招呼，毕竟之前因为这不太愉快。

"算了，我直接问孔宣。"纪汇明假装淡定地道，心中却有点儿悲哀，他都不敢说其实面对孔宣他有那么点儿怕怕的……

"老师再见。"谈潇怕他出什么奇怪的主意，赶紧溜了。

出了办公室往教室走，过拐角时，只觉得背后似有阴风一阵，谈潇心头狂跳，直觉告诉他有什么不对劲的东西出现了——他现在已经不是之前那个看到什么动静都往理性方面想的高中生了——瞬间警惕起来，心想要是穆姐在会怎么做。

绕过墙角的瞬间，谈潇猛然转身，脚踏九州，手捏法诀。金刀诀印出去的一瞬间，面前凭空响起一声怪叫，接着是破空之声，嗖嗖的，他甚至感觉到有一无形之物随之倒飞了出去。

"哎呀，是我！"地上传来两声哀叫。

老有人和谈潇说这句话，谈潇也仍然是那个反应。

"你是……"谈潇看了下，是个男的，算一算他一共也就认识仨诡物，再根据对方的措辞推测像是认识他，便迟疑着道，"刘老师？"他在猜人这方面有较为丰富的经验，排除各种不可能来找他的，就只剩一个了。

"对，是我。"对方幽怨地应了一声，仍未现形。

猜对了！谈潇在心中肯定自己，果然是穆棐的前辈，之前见过一次的404办返聘的专家刘清泉，也不知他出现在学校是为何事。

谈潇还未及关心呢，就看到旁边的办公室门打开了，两位老师正呆呆地看着自己："谈潇，你这是……"

谈潇无奈了，快速思考该如何解释。刚才他们的动作是大了点儿，甚至发出了些诡异的声响，一般人听了估计都会怀疑甚至害怕，就像上次林仰在器材室那样。

但还没等他编好瞎话，其中一位老师就撞了撞自己的同事，说道："这还用想，肯定是练习家传绝活呢。"

"还带音效的？"那老师疑问道，"你说得好像很懂的样子。"

"废话，要不怎么叫绝活？我物理组的，我当然一看就懂，但这种事不能给别人破解出来。"

谈潇无语凝噎：谢谢老师亲身示范什么叫"学好数理化，什么怪物也不怕"……

不过既然人家已经帮他找了理由，他只好坚定地说："谢谢老师！"

"那你继续，你继续。"

说罢，两位老师相携离去。

谈潇正要松口气，就听到他们渐渐远去的讨论声——

"你说这还虚空索敌呢？到底是高中生，这跟空气投篮有什么区别？"

"没区别,就是他帅一些。多来点儿,我爱看。"

谈潇:你……我……算了算了。

04

"那个……刘老师,你没事吧?"谈潇看着刘清泉渐渐现身,露出了不太好看的面相,说实话,很难辨认刘清泉到底是被他打得脸色难看还是就长这样。

"还好,咳咳咳!"刘清泉按着被打到的地方,一脸心有余悸的样子,"你真是吓我一跳,也太猛了。"不愧是能和孔雀签约的灵师,好凶残。

"我这不是来跟你说个好消息吗?你在上课也没法接电话。"刘清泉心说现在的灵师就是麻烦,十七八岁了还在上学,早些年这岁数都出来自己干活了,得亏他也算是前辈专家,有点儿本事,否则正午都不能出来,"我从下面过来通知你快一些。"

他拿出一份文件:"是这样的,经过我们这段时间的反复研讨,向上级请示后,已经得到批准,现在正式向你发出邀请,共同编撰《非人类管理工作责任清单》与《山海异志》续作,书名待定。如果你答应,我们可以提供详细的过往资料,包括共享帝流浆专项普查结果。同时,你有义务在我方有需求时配合协助调查,推进普查工作中的重大项目。"

重大项目当然指的是像雄虺那样,404办解决起来比较困难或没有头绪的案子。谈潇现在是孔雀的代行者,是个大好助力,尤其是在404办人手不足的情况下。

"这个,你看是不是和孔雀大神商量一下?如果愿意的话,咱们正式签订一份合同,每三年一续。而且我们也讨论过,在你完成学业期间肯定不会压榨你。"

刘清泉当然知道谈潇是有这个意向的,不然他们也不会去推动,但这不是一两年能完成的大工程,谈潇还是个在上高中的少年,他们也不确定谈潇将来心意会不会变,所以这份合同三年一续,之后不合作了好聚好散就是。404办作为全域协调联动性质的办公室,跟各族各派合作的经验是很丰富的。

谈潇年纪不大,答应下来多少有些少年意气,但404办里都是官方组织的成年选手,考虑得就周全许多。谈潇看了一下,刘清泉提供的文件里甚至连协助完成案件后达到什么标准可予以什么条件的奖励都写得一清二楚。

见他们如此慎重仔细,谈潇也认真思考:"好的,我会和孔雀大神商谈,尽快确定。"

几次合作下来,谈潇自有察觉,只要人们有需求,他们404办就立案奔波,致力于创造和谐的生活环境,所以他能帮上忙真是太好了。

"对了,雄虺不是也在发布会被点名表扬了吗,终于申请到了假期,我怀疑它们会来找你，你别又被吓到灭了它们。"刘清泉想起自己的遭遇，可怜巴巴地道，"它们现在对考古工作很重要的。"

"好的。"谈潇尴尬地道，并再次道歉，"刚才不好意思。"

"没事，那现在我去你家可以吧？穆翡在那边等，我们想把阿晋搬到办事处去。听说你已经编写完有关它的那段了？"这些刘清泉也是听穆翡说的，404办这边基本是穆翡负责和谈潇沟通。

"是，可以搬走的。"谈潇不禁问道，"那你们会怎么处理阿晋？"之前好像听穆翡说过，阿晋还得卖劳力赔偿林叔公。

"哈哈，反正不会杀了它。"刘清泉大笑道，"只是阿晋造成了不少破坏，包括网站的经济损失等，都已经定损了，所以现在它要打工还债。"

"它能做些什么？"

"不瞒你说，我们404办多年资料堆积，其实一直很头疼整理的事，毕竟太多了，而且涉及各个责任单位，难搞，现在趁编写清单的机会，要对资料进行梳理，它好歹也是个服务器，抬手就能把备份灭了，我们就想着趁机征调它来做数据处理专员。再则就是对它进行培训，培训完成后可以协助你进行续作编写。"

谈潇闻言不禁点头，这倒是物尽其用了："那等等我吧。"

午休时间比较充裕，谈潇决定跟刘清泉回去一趟，先把阿晋给他们带回去传数据。

到了家，果然在院门口看到了穆翡的车，他上前和穆翡寒暄，而抄近路先到的刘清泉则说："谈潇同学，你给我个许可，让我进你家呗，我去喊阿晋走了。"灵师家里各种禁忌不要太多，甚至不知道孔雀大神会不会冒出来，他是不敢随便进入的。

谈潇试着捏了个金桥诀，给刘清泉搭了个桥："你看看能进去了吗？"

刘清泉顺利飘了进去。

"真的可以！"谈潇看起来比刘清泉还惊喜，他会的多，但没实践过的占大部分。

穆翡："……"到现在还没完全适应自己不是吉祥物这件事是吧？

"刘先生都跟你说了吧？"穆翡问道。

"说了，我觉得可以，等我和孔雀大神商量一下，征得他的同意就行。"

谈潇提起孔雀的语气比穆翡想象的要寻常，她不由得心说不愧是和大神签了约的。

里边，刘清泉已经叫上阿晋，它两腿一伸就自己跑下楼了，西装长腿噔噔噔下楼梯直冲院子，刚到院子里，一楼的主卧便响起了一道声音："谈潇？还是贼？"

孔雀大神没冒出来，谈春影倒是冒出来了。

阿晋："……"

连谈潇都没想到这会儿谈春影在家，一般她没工作的时候都是上午出去搓麻将的。

阿晋已经听到谈春影开窗的动静了，吓得原地一蹲。而旁边的刘清泉听说过谈潇的母亲受不得惊吓，以防万一闪身钻进了阿晋的机柜，刺激得阿晋差点儿露出双腿。

谈春影打开窗户，就看到儿子的实验课作业，那个不知道什么作用自己就会3D发光的柜子，孤零零地立在院子里。什么啊，难道真的是贼？她直接从窗户跳了出去，一边四下打量，一边抄起了栽花的锄头，然后盯着阿晋看："嗯？"

阿晋战战兢兢，还是没控制住颤抖了起来，发出电流声，毕竟刘清泉那么大个钻到它体内了！

"漏电？！"谈春影吓了一跳。

也是这时候，谈潇及时跑了进来，看到跑到一半的阿晋就在院子里，"呃"了一声："妈，我要交作业，所以打算把它搬走。"

"刚才是你下楼？你变强壮了啊，搬这么快？"谈春影狐疑地道，"你这玩意儿漏电你知不知道？你看它都在震动了。"

谈潇看了一眼阿晋："……"

阿晋："……"控制不住，真的控制不住，再不快点儿它都要站起来跑了。

下一秒，谈潇指指外面停的穆翡的车："是啊，我还叫了车来搬它。"

"哦，那你真要小心处理，我感觉它要爆炸了，你要不把它的电池拆了？"谈春影也不是很懂物理，她上学时光乱写小说去了，后悔啊。

"好的，我去拿工具。"谈潇往屋里走，他怕再晚一点儿阿晋要支撑不住了。

谈春影看着阿晋，手摸下巴，还是觉得不对劲。她儿子什么时候早上不带作业，中午回来拿了？而且要是突然需要，完全可以叫她帮忙送，何必自己回来拿一趟？虽然不知道这小子在捣鼓些什么，但是……

谈春影盯着那大柜子，下了定论："这里头肯定有鬼！"

阿晋："……"

刘清泉："……"

好不容易把阿晋平安送走，谈潇找了个时间，准备和孔雀大神谈一谈。而和孔雀大神谈谈，就代表着……

"这是公鸭子吗？要只肥嫩的哦。"谈潇在菜市场选食材，手里已经拎了一堆菜。

"可以可以，肯定是只好鸭。"

家门口的菜市场里都是住在附近多年的邻居，谈潇不一定认得出对方，对方却认得谈潇，他们家一到旅游旺季买可多菜了。而且老板们都知道谈春影、谈潇母子是会买菜的，鸭子选公的肥，像鸡就要用雏鸡来蒸、骟鸡来煨。

除了一只肥肥的鸭子，谈潇还买了一条鳜鱼、炖汤用的海鲜，另加若干小菜、配菜。

回到家的时候，谈春影不在，谈潇把鳜鱼给片了，用冰水浸泡过再下料上浆，一片片的还卷成了花形，上锅蒸，另炒些料，等到蒸鱼出锅时正好淋上去。热油淋在一朵朵被卷成花瓣的雪白嫩滑的鱼肉上，白雾腾腾，鲜香之味也一齐绽放了。

鸭子则被谈潇做成了南楚人很爱的血鸭，这是要先把鸭血处理好的，待鸭血凝固再加酒、盐、味精等调料。鸭肉先略炸一下，因为鸭皮脂肪率高，炸干一点儿后面更好入味，焦脆的口感也更好，炸完就可以炒了，加上各种大料，最后便是加入鸭血继续翻炒。鸭肉裹满鸭血，在翻炒下呈现出诱人的褐色，香气浓烈，连鸭骨也入味了。这就是血鸭的精髓——血包浆。这道菜一出锅，整个院子都是香的。

再做上一道小菜，配上酒水、糕点、水果。

这次谈潇还很认真地用红色纸片写了"大吉""太平"等字样插了上去，桌上也安好了新神幔，上书"敬神如在"四字。

布置好一切后，谈潇点香吟唱："阳雀未鸣春先知……"

可能是因为孔雀常驻他家，谈潇没唱两句对方就出现了，搞得他一口气差点儿没上来，忙咽下了后半句，手捏击馋诀，庄严地说出那句流传已久的"咒语"："吃菜，吃菜。"

孔宣今日着一身长袍，颜色如火般燃烧，看似是单色其实绣着暗纹，腰系玉带，一头墨发侧边装饰着翎羽，甚至特意戴了一顶流光溢彩的金冠，衬得俊美的面容更为耀眼了——这是谈潇送他的新装扮之一，好看吧？

"今日如此有心？"孔宣甚是满意，面上却还是淡淡的，矜持地垂眼看人。

"大神，跟您说……商量件事。"谈潇把404办拟的合同拿了出来，递给他看，"看，这合同可以吗？"

对孔宣来说，其实只要谈潇能完成任务就行。《山海异志》本传当年成文也是花费了楚人许多精力，他们收集资料，踏遍天下进行调查，甚至耗费了不止一代人的心血。现在时代进步了，谈潇虽然只有一个人，也不是什么贵族，但能用的资源反而更多了。两边合作后，谈潇甚至还能从404办那边得到一些合理的奖励，相比起来，古楚人可就真是为爱发电了。

"如此一来，你无须做那么多事，甚至还有加分的机会？"孔宣吊着眼看谈潇。

这白纸黑字写得清清楚楚，孔宣又不是不识字，问这一句鬼都知道的话，不过是要谈潇的捧哏了。

谈潇也很知情识趣："对呀，能够被大神选中，我真是太幸运了。"

孔宣越发舒坦了，"嗯"了一声，拿起筷子，淡淡道："那便随你吧。"

"多谢大神，大神来吃酒。"谈潇端杯子递过去。

"不吃。"孔宣拦住了，淡淡道，"我不得饮酒。"

谈潇还没听说过这种事，好笑地道："为什么啊？又不是未成年。"

孔宣黑着脸："你以为我多大年纪？"

呃……谈潇倒不至于分不清老人和年轻人的长相，可是孔雀真的活了很久啊，他还以为只是穿了个年轻人的皮肤呢！

谈潇直流汗，赶紧转移话题，满脸疑惑地捧读："怎么你们那儿也有未成年不能喝酒的规矩吗？"

"你说呢？！"孔宣反问。

大家种族不同，成年时间当然也不一样，孔宣就是因为年纪不大才会被派下来干活，这相当于是他的试炼。

当然了，这些谈潇是不懂的。

为什么不懂呢？还不是因为他认不出孔宣。

这么一想，孔宣更生气了，凤目燃火，亮晶晶地瞪着谈潇。

谈潇总觉得这眼神有点儿熟悉，自己似乎被差不多的眼神瞪过……怎么又这样想了？不可能，一个有实体一个没有，一个走一个飘，发型衣着也截然不同，应该只是脾性相似。

"吃菜，吃菜。"谈潇看他还要继续发作，催促道，"快点儿，这个点了，等下我妈回来给你都吃光！"

谈春影可是一点儿也不把供品当供品的，想吃顺手就捞起来吃了。

孔宣指着旁边的神幔，气道："你妈到底知不知道这四个字的意思？"就是他不在，也不能随意乱动他的东西，何况他就在旁边！

谈潇只是为了转移话题，没想到这个话题也很难缠，弱弱地道："她这不是天生失魂嘛，大神照顾点儿。"

"这已经是照顾过了，否则……"孔宣心想，这要是我的代行者不敬，一定让他好看。想着他又横了谈潇一眼，但动作也真的加快了，将满桌食物一扫而空。

谈潇能得灵应，确实是有点儿本事的：鱼肉白如雪，薄如纸，清腴滑嫩，一口便含到了香润；鸭肉毫无鸭腥气，"血包浆"之下，香气被渲染得越发浓烈，鸭肉越嚼越香；海鲜汤简直鲜掉舌头……

孔宣：嗯嗯，不枉我严加管教。

谈潇看着孔宣吃东西,自己却没什么胃口,便叉手站在窗口。这片老城区没有经过什么大的改造,极大地保留了旧时风貌,在这里,生活节奏似乎都更慢一些。这里是他从小生长的地方,虽然他无法把邻居们记住……

沙沙。微风带来了奇怪的声响,送入谈潇耳中。他动作一顿,觉得这个动静有点儿熟悉,虽很久没听到了,但只要听过一次就很难忘记。

谈潇想起刘清泉的话,这……不会吧?大白天的,雄虺能跑他家来找他?

"灵子……灵子……"

混杂在一处的多重声线气泡音遥遥传来,还真是雄虺。

谈潇听着声音越来越近,头皮有点儿发麻,倒不是害怕雄虺,就是听到这种声音,心底便有点儿不舒服——南楚蛇多,谁还没点儿被蛇吓到的经历了?

谈潇无语地往外看,寻找雄虺的身影,同时心里还有点儿紧张,不知道邻居们能不能看到雄虺——理论上,雄虺和404办学过规矩了,但他总觉得雄虺傻傻的。

雄虺爬啊爬,它们今日好不容易得到假期,想着活了千年在世上也没有什么熟人,也就是看好了那个灵子,想和他组建健康的契约关系,哪怕这段时间学习了一些现代知识,心里仍然有这个想法。

雄虺其实很不解谈潇为什么不搭理它们,它们能力强,游离于阴阳之间,也就是说很便携,还可以伪装成蛇类宠物,又不需要吃东西……如此完美,怎么会有人不想养雄虺?!这个灵子据说还是个学生,尚无任何职位……哦,不对,据说是担任了个叫"物理课代表"的职务,但从未听过,应当只是小吏,因此可能还不太懂事,不知道养一个能力高强的爱宠是多么好的事情,它们得慢慢劝说,教教他。

这样想着,雄虺往上爬院墙的动作更迅速了。虽然不敢随便进灵子的房间,但它们爬得够高,身体又够长,竖直了抬头看去,就见谈潇的脸出现在窗口。

雄虺一喜:嘿嘿,就是他,是我们未来的主人……

不对!雄虺的动作停滞了,它们看到窗后还有个身影,散发着神光正在进食——虽然不认识孔宣,但蛇对元凤一系简直是与生俱来的恐惧!

极致的恐慌在孔宣的目光落在它们身上的瞬间,阴影般笼罩了雄虺。

谈潇还在想怎么劝说雄虺,就见雄虺一顿之后忽然调头直扑楼下,硕大的身体顷刻便消失在街巷,几乎算得上是落荒而逃。这让做好准备驱蛇的谈潇有点儿蒙,什么情况?雄虺自己想通了?跑得也太快了吧?

他不知道的是,雄虺正边跑边在心中嚎叫:"你早说你不想养我们是因为养了更厉害的啊!!!"

05

接下来的一段时间，谈潇和404办正式签订了协议，对方很是照顾他，没必要不会叫他一个学生出马，多是让他和阿晋连线做点儿文书工作。

其次就是他正式成了孔雀的代行者。虽然定做的面具还没到，但谈潇也比较自觉地上供。这就导致谈春影经常在回家后顺着香气发现谈潇吃得只剩下一桌的残羹，连电饭煲里都空空如也，家里的米消耗得快多了，可谈潇的体重还是那样儿，完全看不出来饭菜被他吃到哪里去了。谈春影每每咽下"饭桶"二字，心说不愧是青春期的男孩子，要不是自己能赚钱还真养不起了。

而学校这边，就着三天两头月考、小考、随堂考的节奏，期中考试也很快到来了，这次谈潇没敢再让孔雀大神保佑自己。

他自己是考得还不错，但交卷的时候瞄了一眼，孔宣那个分数可能还是不太理想……唉，明明这次还是老师亲自给孔宣讲题……可能是孔宣的基础实在太差了，之前月考及格都是纯蒙的吧。

考完后的周末，谈春影带谈潇去大吃了一顿，又去工厂提了货——因为前段时间的网络热度，谈春影找人设计了一些新产品，终于打样完成了。她把几次打样的样品都带了回去，桌垫、马克杯、纸胶带、钥匙扣……尽带古楚元素。

"这些样品，你看要不要拿点儿送给同学？"

这些因为是多次打样的，在细节比如颜色上有些微差别，但并非次品。以前拿到这样的产品，谈春影母子也会到处送，不然放家里用不完也搁不下。

"噢，好的。"谈潇本来无意，但想了想还真往书包里装了一堆。

谈春影大为欣慰：看看咱谈潇在学校的人缘多好啊，有这么多朋友！

到了周一，谈潇背了一书包的灵师周边去了学校。

这时间班上已经来了不少人，就是孔宣也已经坐在位子上了。但谈潇并未立刻走到座位上，而是路过讲台时就把书包放下，从里面拿出一个马克杯。

纪律委员田湉这天照例把最后一口早餐喂了人工湖的鱼虾鸭子，走进教室，路经讲台时，怀里忽然被塞了个马克杯。

谈潇头也不抬地道："这个给你吧。"

田湉愣住，脸上出现了明显的惊慌之色，还泛起微红。

教室里也瞬间安静下来，所有人呆呆地看着谈潇：这啥意思？谈潇难道要追纪律委员？而且谈潇怎么连追人都这么践，送礼物还要上讲台公然送吗？

林仰都想拍案而起了，又不敢，急切地盯着谈潇，想用眼神表达自己的情绪：你在干吗？那可是纪律委员，不怕人家直接打你小报告啊？

不过他还没动，就听到孔宣在前面一挪身体，身下的椅子跟着发出极大极刺耳的声音，刺啦……

"要别的也行。"谈潇没那么迟钝，立刻察觉到不对，继而反应过来大家可能是误会了什么，赶紧把书包整个拉开，露出里面那一堆周边，"都有份。"

吓死了！林仰这才松了口气。

谈潇倒出一堆文创周边，咳嗽一声，道："这都是我们家的样品，拿来送给同学，大家想要别的花色自己挑也行。"

田湉从惊讶、羞窘中脱离，好奇地上前两步扒拉着那堆周边："这是你家出的新款吗？比旧款还好看欸，旧款总断货，我都没买到。"

古楚文化、灵师的相关话题在网上小火了一把，多少引发了些关注，而谈潇他们家的周边还挺成熟的，参考了很多商业景区的周边，又认真监工，算是质量很不错的文创产品，因此补了好几次货。那时还有朋友让她问谈潇要，可谈潇跟同学们都不熟络，她还真不好意思，没想到他现在竟主动带了一堆样品来送人，再结合谈潇送大家祝融乐队签名的事，越发让人改变对他的印象了。

林仰极为惊喜地冲上来，一眼看中印着金色面具的马克杯："谢谢潇哥，我喜欢这个。"

其他同学也都渐渐围过来，挑选自己想要的周边，心说：这可真是一波三折，没想到谈潇还给我们送礼物。

只是，有人发现孔宣还在原处，并且扭头看向窗外，并不理会这边的热闹。想想也是，他和谈潇的关系一直有点儿剑拔弩张，虽然好像因为补课的事好转了一点儿，但孔宣的脾气实在说不上好，经常有人看到他偷偷瞪谈潇。

众人此时不由得有点儿尴尬：显得好像我们一起孤立帅哥似的！

林仰倒是一无所觉，到处看大家选择的花色，对比有没有比自己的更好看。

"希望大家都自己使用，今天就用上。"谈潇看着同学们，真诚地道。

面对少年诚挚干净的眼神，所有人都情不自禁点头答应。

林仰捂着心口道："潇仔你怎么这样看人？！我肯定今天就用，我天天都用，马上装备上！"

大家不禁笑了两声。别说，这还是新班级第一次用集体性的东西呢，好像更有班级凝聚力了。

谈潇把周边都倒在讲台上，让大家自行选择，之后便拎着空书包回到了座位上。

孔宣朝着窗外的头转回来，淡淡地看了他一眼。

谈潇路过孔宣的座位，把手放在他桌上，再挪开时，桌上出现了一个凤凰形状的钥匙扣："这个送你。"

呵，来了啊。孔宣抬了抬下巴，轻飘飘地道："不用。"此物人手一个，材质平平，又不是什么好东西，他要来做什么？还不如做顿好吃的给他。

孔宣的态度总是一时好一时坏，没有规律，谈潇也习惯了。他叩了叩桌面："拿着吧。"语气和神情都莫名坚决，一副非要把东西送给孔宣的样子。

孔宣又看他一眼，还真拿起那个华丽精致的钥匙扣在掌心把玩了一下，沉甸甸的有些分量，可见是精工打造。孔宣俊美无瑕的脸上慢慢显出一丝餍足：也算是有心了，颜色与他很相配，该不会谈潇已经发现了他就是孔雀，在偷偷取悦他吧？

孔宣斜睨了谈潇一眼，忽然听到满教室乱飞的林仰喊了一句："哇，统计了一下，潇哥你们家真的做了很多款，大家拿的全不一样，就算有同款也不同色，你挑得也算上心了。"

确实是上心了，还给我挑了凤凰的。孔宣在心底表示赞同。

等等……孔宣脸上那点儿笑意忽然有点儿僵，隐隐感觉到一丝不对劲。他看了看钥匙扣，又看了看其他人的周边，的确是连重复的都没有，不像是随便装起来就送人的。

一瞬间，孔宣明白了，他猛然转头看着谈潇，目光凛然如刀：谈潇，你可真行啊！

谈潇："？"

孔宣咬牙切齿："别以为我不知道，你想用这个做记号，好分辨我和其他人。"

呃，被发现了……谈潇看孔宣好像生气了，问了一句："那钥匙扣你还要不要？"

孔宣不可思议地看着他，更不开心了："送出去的东西你还想要回去？"

谈潇：什么，难道不是你自己在生气？所以，钥匙扣也要，生气也要？

"你为什么不说话？"孔宣看谈潇不说话，也有意见。

谈潇只能勉强解释了一句："你好像有'亿'点点敏感，我刚才没有要收回的意思。"

"但你也承认了，你就是想拿这个做记号。"孔宣黑着脸道。

怎么又绕回去了？谈潇心说我就送个周边，虽说别有一丁点儿用心，也不是什么滔天大罪吧？他伸出手："那你也给我个东西，标记我。"

"标记？什么标记？"林仰社交一圈走了回来，正好听到这句话，吸了口凉气。

谈潇："？"

"嘿嘿嘿，不懂就算了。"林仰发现孔宣一副白眼都懒得赏给自己的样子，讪讪道，"我也算你同桌的同桌，干吗总这么凶！"

孔宣："……"

谈潇："……"

这个梗是没完没了要玩出花来了是吧？

不过，看样子孔宣是不会给他东西了……

考试成绩下来，果然不出谈潇所料，孔宣仍然拿下了倒数第一。一条腿跑步，文科成绩也救不了他，于是立刻被老师叫出去劝学了。

"你们知道吗？高一有个学生疑似作弊。"老师一出去，于贞贞就转过头来播报，"之前成绩都是中下游的，还经常和校外闲散人员混在一起，这次居然考了他们班第一、年级第十。听说考试开始前他和人打赌，要是他考到年级前十，那个人就要叫他爸爸。"

"你说的是吴天玉吧？"林仰居然知道她说的是谁，于贞贞都没打听清楚人名，"原来在他们初中就挺出名，爱出去混，我队友跟他同一所初中，跟我说过，现在居然突然变牛了，考试成绩突飞猛进。"

于贞贞嘶了一声："反正我听说现在学校在查，可能会让他重新考。因为成绩实在有点儿诡异，怕不是偷题了。"

谈潇听罢，却缓缓道："如果是作弊，那他拿捏得也真准，刚好卡在第十名。"他还记得于贞贞说的细节，这个高一学生是和人打了赌的。

于贞贞愣了一下，道："难不成是考完溜进办公室改的名次和分数？不对啊，学校查了卷面和监控的。他要是提前拿到试卷，也不知道别人能考多少分吧……"她想得CPU都要烧了，"哎呀，反正看结果就知道了。"

谈潇不置可否，他对这些本来也不是很关心，连后续都没有去打听。

过了几天，祝融乐队的阿毛又来了南楚，这次她带来了自己全新的编曲，在这边找了个录音棚，请谈潇和谈春影一个录鼓一个录吟唱。他们是利用中午时间录制的。谈春影之前进过录音棚，她没有固定的班子，很多时候要自己制作伴奏带，有的时候本地一些视频、歌曲录制也需要进棚，所以算得上是轻车熟路，三遍之内就能过，只是阿毛现场得了些灵感，录了好几个版本。

"明天再来一次吧，我还有个想法。"阿毛挺兴奋的，"现在先送谈潇弟弟回学校。"

出了录音棚，谈潇上车，看到后座放了些零食和游戏卡带，便拨到一边去。

"那个是给我表弟的，他也在你们一中，等下刚好叫他出来给他。"阿毛对同在车上的谈春影道，"谈姐，你说青春期的小孩怎么那么能吃，我昨天去他家，带的东西全被他吃完了，还说没吃饱，也不长肉，嫉妒死我了。这不，我又买了些。"

第四章　家族副业

137

"我们家这个还不是一样。"谈春影指了指谈潇,"好像长了两个胃,也是干吃不长肉。"

"哈哈哈,是吧,看来这是正常长身体。不过成绩好就行,他把成绩单给我看了,这游戏卡带就是我上午特意买了奖励他的。哎,他以前可调皮,上高中后好多了,就这样我姑姑居然还不开心。"

谈春影也觉得好笑:"那你姑姑够怪的。"

说话间,到了一中门口,阿毛停好车:"谈姐你坐一下,我把东西给我弟就送你回去。"

谈春影应了一声,看着她和谈潇往学校门口走。

"喂?天玉,你出来一下,我在你们学校门口。"阿毛站在门口打电话。

谈潇微微一愣。毛毛姐第一次见面就说过自己有个表弟在一中,但是没想到她弟弟就是于贞贞和林仰口中那个进步迅猛的高一生吴天玉。

这个时候基本没人出校,迎面只看到一个瘦瘦高高的男生,校服松垮垮地披在身上,两人对视一眼,谈潇平静地移开了目光。这大概就是吴天玉?没什么特别之处呢。

回到教室,谈潇顺口问林仰:"之前吴天玉那个成绩是不是确认属实了?"不然毛毛姐不会那么说。

"是啊,你也知道了?现在都传他以前是和老师、家里作对,故意不考好出去混的。"林仰唏嘘道,"跟他打赌的那个就惨咯,不知道兑现了没。"

不过吴天玉跟他们不是一个年级的,林仰知道的八卦消息也有限,他在兜里掏了下,拿出之前多梦时母亲为他求来的平安符:"潇仔,我问一下你啊,这个符中午喝水的时候不小心打湿了,有影响吗?"

谈潇看了一眼,朱砂颜色都糊了,他不可思议地道:"你这是喝水打湿的?你是戴着洗澡了吧?"下巴得漏成什么样,才能打湿到这个程度?而且这外头可是包着防水套的。

林仰不大好意思地道:"不小心嘛。我妈要是知道弄湿了,又得说我了。而且我觉得这个好像有点儿用处……"不说之前多梦的事,就是上次在器材室,最后也是虚惊一场,不过主要还是怕因为粗心被他妈念叨,他盘算了一下自己的零花钱,问道,"潇仔啊,你能看出来这是谁画的吗?或者你知道南楚还有谁画得好呢?我再去买一张好了,希望能有一样的包装。都不知道我妈是在哪儿买的,只知道是个仙娘。"

谈潇自然地道:"我呀,我家有卖的,你要的话给你打对折。"

"哈哈哈,别闹!"林仰抬头大笑起来,"你可真会开玩笑!"他寻思谈潇家的符不就是文创周边的一种吗?谈潇成天身上挂一串符,他都当配饰看的。

林仰笑得真的蛮大声的,好在谈潇常年做吉祥物,听了这话并没有什么不适:"算了,你不买我家的话,我给你推荐几个吧。"他列出了几个名字,都是南楚的老字号,"包装的话,现在基本是统一的，同一个代工厂出的货。你到时候可以不要包装，我给你拿一个。"

这下轮到林仰抹汗了。

谈潇若有所思地道："不过，你之前那个写的是'麒麟到此'，我看可以换换，就写'孔雀到此'，反正你妈也认不出蛇脚书。"

这要是以前，谈潇可能会提议写"凤凰到此"，但他现在已经是孔雀的代行者了，即使孔雀是元凤之子，他当然也是要优先吹孔雀的业务能力啦。

林仰疑惑地道："孔雀？孔雀还有这作用吗？这是什么讲究？"显然，他想的是动物园里的绿孔雀、蓝孔雀，所以相当不理解。

"当然，我们说的不是一般孔雀，是元凤之子孔雀，很厉害的，五根尾翎就是五色神光，代表五行……"谈潇给林仰科普孔雀大神。

"行吧，我试试。"林仰觉得谈潇不可能骗自己，虽然以前也没听谈潇科普时说起过这一位。

一旁原本事不关己高高挂起的孔宣忽然露出笑意，这对平时冷着脸或是不正眼看人的他来说实在是少见，霎时间如同春风拂面，周遭瞥见的同学都感觉被猛撞了一下。

谈潇扫了一眼，只见孔宣半侧身倚着桌子，唇边含笑，手里有一搭没一搭地扒拉着课本，颇感莫名其妙，怎么孔宣看个物理书都能看出心中欢喜无限的样子？不理解，这么开心他真知道自己考了多少分吗？

后头几天，谈潇又出去配合阿毛录了两次音。

阿毛本来说录完音和朋友们聚一聚就要回家了，但最后一天出去打了好几个电话，又气呼呼地回来了。

"毛毛姐，怎么了？"谈潇关心地问了一句。谈春影已经录完了，今天没来，只有他在。

阿毛叹了口气，道："刚跟我姑姑打电话呢。你还记得我表弟吧？他最近不是成绩好转嘛，我姑姑却一直不高兴，还非说他性情大变，变得爱学习爱打架。"

谈潇欲言又止。爱学习也就算了，根据林仰说的，她表弟应该从初中起就爱打架了。

"以前确实也打架，但基本是输，又菜又爱玩。"阿毛无语道。

谈潇放心了，他还以为毛毛姐不知道呢。

"所以现在也谈不上性情大变啊，我看就是身手进步了。他爸妈离婚了嘛，听说上周去他爸那边聚会，有人嘲讽我姑姑，他当时就把对方几个人都给揍了，还放话说什么莫欺少年穷，要让他们都好看，见一次打一次。你说这是什么跑偏了的文武双全啊！我寻思虽然打的是奇葩亲戚，打架确实不好，可以教育引导，但是我姑姑也太夸张了，非说我弟这是中邪了……离了大谱。"

第四章 家族副业

谈潇回想上次看到吴天玉的短短一面，说实话，他还真没察觉吴天玉有什么异常的地方。

阿毛摸着下巴道："我和其他家人讨论了下，一致认为表弟确实比以前躁，还有一个就是吃得多但不长肉，也就这些变化。但我姑姑不觉得，她这些年做生意是越来越迷信了，以前还有我表弟劝着，说她她也会听，架不住现在她老觉得我表弟中邪了。我表弟也不肯去医院，说我姑姑才有病。我姑姑呢，跟我们说还不够，还想花大价钱请个骗子来做法。反正是乱成一锅粥啊……"

"那还是想办法劝劝吧，南楚骗子下手挺狠的。"谈潇对此有所了解。

虽然谈春影有时候也自称江湖骗子，但和真正行骗的还是有很大不同：他们靠表演，也算是卖力气吃饭，但有些人可就是光骗钱了，而且要价还挺高，花样百出，谈潇就知道甚至有收费帮人选社媒头像的，几百块一次呢。

"嗯嗯，其实我现在想了个办法，就是找个人装装样子，先把我姑姑稳住，然后把我表弟弄去医院检查一下，看看是不是激素问题，或者什么青春期导致情绪起伏大吃得多，调理一下，完事儿给我姑姑一揭晓，这不就得了？"阿毛说着说着和谈潇对上了视线，嗯……

谈潇笑了起来："你是不是想到我们家了？"

"确实，说着说着我就想到了……"阿毛讪讪道。毕竟谈潇他家就是灵师传承人，而且她清楚谈春影母子都是表演性质——当然，她对姑姑会换种说法。

"可以啊，我妈肯定同意，最近活儿不多。"谈潇淡定地道。这种活儿算什么？老实说，他家以前还被请去配合精神病院做过诊疗，其他什么鸡毛蒜皮的心理按摩也有，不就是串通设局吗，不在话下。

"太好了，我跟谈姐说一下，给你们按出场表演费用结算。"说干就干，阿毛立刻就打电话给谈春影，谈春影果然同意了，她挂断电话又道，"谈姐提醒我说你俩一个学校的，要你在学校里关注一下我表弟的情况，也方便商量策划怎么骗我姑姑。"

谈潇点了点头，设局肯定是要踩点的，他在学校刚好可以潜伏观察、打听吴天玉的情况："知道，我会跟我妈商量的。"他甚至连该用什么话术忽悠毛毛姐的姑姑都想好了，就是看不惯没道德的假同行。

回到学校，谈潇还在思考这件事：嗯，观察吴天玉，首先要认出来哪个是吴天玉……

第五章
题海战术

算下,你要怎么逃?

01

丁零，下午放学铃响起。

"你吃什么？"孔宣决心给谈潇一个机会，毕竟他今日夸了自己。

"吃食堂。"谈潇不明白孔宣为什么问自己。他从来没看到过孔宣在学校吃饭，偷偷拿外卖时也没看到过他，不过一中禁止点外卖，大家是八仙过海各显神通，手段很多的，可能孔宣有自己的手段。

食堂，孔宣嫌弃极了，不过谈潇若是邀请的话，他还是可以勉强吃一吃的。

谈潇："走了，拜拜。"

孔宣："……"

谈潇拿起不怎么用的饭卡就往外走，今天本来打算吃的外卖店休业一天，索性去食堂换换心情。刚才他可看到孔宣的表情了，没想到还有比自己更讨厌食堂的人。其实南楚一中的食堂算是很不错了，有好几层，饭菜口味也丰富，要不是谈潇比较挑食，也会随大流。

谈潇出现在食堂还是很少见的，所以正和几个朋友埋头苦吃的林仰立刻被隔壁桌的人推了推："你看那不是你们班的……"

林仰抬头，见不少在食堂吃饭的人都在瞄谈潇，他赶紧把嘴里的饭吞了下去，伸手招呼："潇哥，一起？"

谈潇的目光落在叫自己的人身上，也伸手打了个招呼，点点头，去打了饭，然后坐在这人边上。这人盘子里的饭菜比其他人少，几乎已经吃完了，于是谈潇断定这应该是林仰。

"你吃得好快。"谈潇说。

"他这不算吃得快了，你看那个人。"旁边的同学冲一个方向撇撇嘴，"风卷残云。"

谁啊？

"新晋一中老大呗。"林仰冲谈潇挤眉弄眼，"就是那个吴天玉啊。你知道他不止成绩突飞猛进，还打遍学校和周围无敌手吗？都说这简直是开天辟地头一遭，高一生逆袭当老大了。"

没想到吴天玉不但打了亲戚，还在学校也打出了一片天。谈潇顺着他比画的方向看去，靠近门口处坐了个少年，个子很高，但瘦瘦的，比谈潇上次看到他时还要瘦，只是这样子看上去和传闻中的"一中老大"便不太符合了。

吴天玉的校服松松垮垮的，裤子也挽了起来，露出的小腿上有几块小小的瘀青，可能是打架留下的吧。他面前摆的餐盘上堆满了饭，像是打了两份米饭，旁边还有一碗汤和两个包子。少年看起来斯斯文文的，但一口就吞下一大口米饭，咀嚼的表情很是享受，且享受中还带了几分急切，像是饿急了。不过大部分学生上了半天课饿得不行。

估计是米饭哽在喉间，他又大口喝起汤，之后继续往嘴里送菜，动作不粗鲁，但速度特别快，吃得也特别多。旁边好几张桌子的学生都忍不住多看他几眼，但吴天玉是出了名的混混，连学习进步都是因为跟人打赌，他察觉到有人在看自己，半抬头平平地看了几眼，那些人就都不敢再偷看他了。

"他这么瘦，怎么吃得了那么多？"谈潇看看吴天玉，除了吃得多还瘦，看起来确实没别的了。

"我感觉他以前没那么瘦的。"林仰也迟疑了，摸着后脑勺道，"难道他甲状腺出什么问题了？"这么狂吃还消瘦，感觉像是得了甲亢之类的疾病。

谈潇也觉得，比起中邪，吴天玉看上去更像是生病了。

"反正吃得是真多，我妈老说我青春期饭桶，但也没他吃得多。"林仰自语道，他摇摇晃晃站起来，"不行，我要去厕所了，直肠子，直肠子。"

谈潇："……"

谈春影其实也调侃过谈潇，但是谈春影不知道，他那是和孔雀大神一起的两人份。而吴天玉吃的，好像连两人份都不止。

谈潇又看了看吴天玉：还有一种可能，就是暴食症，吃得多，然后催吐。

没多久，吴天玉也摇摇晃晃站了起来，他的肚子都吃得鼓起来了，配上那麻秆身材有点儿滑稽。

看吴天玉向外走，谈潇跟了上去，他想走近点儿看看吴天玉，观察好了才好更有针对性地糊弄吴天玉的母亲。

吴天玉出去后就往食堂后面走，那里人不多，是通往球场的小道。

谈潇假装从他身边经过，想看他的手指关节和嘴角。通常催吐的人，嘴角会溃烂，手指因为抠喉咙会有牙齿磕出来的伤痕。

但是吴天玉身体都没转，却好像有意识一样，谈潇一走过来他就把手插进了裤兜，恰好遮住了手指。

谈潇再往前两步，想去看他的嘴角。

吴天玉又偏头看向了一旁。

他怎么好像知道我要干什么？谈潇心中一惊。

正是此时，吴天玉忽然转头，伸手准确地抓住了谈潇的衣领，把脸凑过来，直勾勾地盯着谈潇，似笑非笑道："看清楚了吗？我有没有催吐的痕迹？"

谈潇第一反应是去看他近在咫尺的嘴角，再垂眼看吴天玉的手，都是完好无损的……随后便是心脏猛地惊跳，他的想法是临时起意，甚至都没说出口，吴天玉怎么会知道他的来意？！谈潇脑子空白，这不对劲！

吴天玉扯了扯嘴角，不屑地一笑："不要掺和进你无法企及的层次，小灵师。"他在谈潇身上用力拍了两下。

谈潇反感地抬手挡住，对视之间僵持住了。他探究又警惕地看着吴天玉，这个嚣张的口气也很值得怀疑，他可是比吴天玉高一届。

吴天玉示威般捏紧谈潇的手腕——虽然瘦，但他的力气极大。

这时，第三只手斜刺里伸出来，轻而易举地把吴天玉推开。

吴天玉踉跄两步后站稳，看到来人的脸，不由得一愣。虽然并不认识，这人也没说自己的名字，但他一看就知道这肯定是最近学校疯传的高二转学生孔宣。

谈潇转过头，看到个男同学冲吴天玉嫌弃地道："你摸他手干什么？"

吴玉天："……"神经病吧！

别说吴天玉，谈潇也很震惊：这位同学，虽然你拔刀相助了，但什么摸啊，明明快打起来了！

吴天玉有些诧异地打量孔宣，他完全没料到对方会出现，还能一把推开自己，这让他有点儿拿不准了，尤其是他仔细感应，却又感受不到孔宣有任何异样。不过吴天玉已看不起这些普通人，只是不屑地道："也不关你的事，是他自找麻烦。"

谈潇在吴天玉说破自己的来意和身份时就感觉到不对劲了，明明是来摸底的，却反被人摸底了。他两手背在后面，仗着别人不认识，公然掐了个枷势。

吴天玉丝毫没有反应，依然迎风昂首而立。

即便如此，谈潇也笃定这人肯定不是得病了，而且很不简单。

孔宣则冷冷地道："那也不能随便碰我……"他想说"我的代行者"，想了想又咽了下去，"我们班的人。"

原来是我们班的同学吗？谈潇收敛神色道："谢谢，算了吧，一场误会。"

现在明显不是解决这件事的时候，敌在暗我在明，按下再说。谈潇心中暗叹：毛毛姐，你这单有点儿难度啊。

听到如此要求，孔宣不爽地"嗯"了一声，倒也不作计较，谁叫谈潇是他几乎初见就选定的。

"不好意思了，同学。"谈潇看着吴天玉，一字一顿道，"再见。"

"以你的修为，也只能再见了。"吴天玉再次贴近他小声道，而后转身离开。

谈潇皱眉看了一会儿吴天玉离开的身影，又望向帮他的那位同学，仔细想了想这人的发型、身高和言行，忽然沉默了。

半晌，谈潇干巴巴地喊道："孔宣？"

孔宣不是很意外地嗤笑一声："认出来了？"

谈潇："……"

猜对了，真的是他。不过这阴阳怪气的家伙其实还蛮好心护短的嘛，虽然和他有点儿矛盾，也不许外班人欺负同学。而且他已经不奇怪自己认不出人了，这句带点儿脾气的话倒显得有点儿可爱了。更没想到的是，孔宣的武力值还挺高，能把吴天玉摁回去。

谈潇一笑，没有怼回去，而是再次道："谢谢你啊。"这一次，他是明确对着孔宣这个人说的，和方才的谢谢有细微的差别。

孔宣傲然昂首。

谈潇："……"

唉，你……

谈潇忽然注意到孔宣身上没有任何装饰，问道："你怎么不用我送你的东西？"

因为谈潇特意要求了，他们班的同学都在用谈潇送的周边，如果孔宣带了钥匙扣，那谈潇肯定一眼就能认出来他是谁。

可在谈潇认得出自己之前，孔宣怎么可能给他这样的机会，钥匙扣早就保存起来了！

孔宣吊着眼睛看了谈潇一眼，没说话，还在记恨谈潇去食堂吃饭不叫他。哼，不过谈潇应该也是看出来他不喜欢吃食堂了。

谈潇忍不住笑了出来，这个笑和之前感谢的笑明显不同。

孔宣不知道他笑什么，只是下意识地炸毛："你笑什么？"

"没有，我只是觉得你和我认识的一个人有点儿像。"谈潇想起了自己家里那位孔雀大神。

"哦，谁？"孔宣紧盯着他。

"是……是我朋友。"谈潇委婉地道。

唉，在学校不好搞太大的动作，否则招来孔雀大神，还能容吴天玉嚣张？

谈潇不禁叹道："就是很厉害的一个朋友，武力值比你还高。"

孔宣凤目一瞪，谁啊？武力值能比他高？！

哦，等等……孔宣怒了两秒后反应过来，这说的应该就是他啊！

孔宣该得意的，但这次谈潇如此区别对待，你啊他的如此措辞，回过神后竟叫他莫名仍觉不爽！

谈潇看孔宣表情变幻莫测，想起他的脾气，又补充着捧了一句："但你长得比较帅！"毕竟班上有人围观孔宣，但没人围观孔雀大神。

孔宣："……"

谈潇觉得可能孔宣早就看破自己是脸盲，所以他这么夸孔宣，孔宣看上去也没有很开心的样子。

哎，果然不真诚的话人家是能感受得到的。

谈潇换了句真诚的话："回教室我给你讲讲期中试卷吧……"也没别的什么可以回馈孔宣的好心了。

孔宣迷惑地道："老师不是讲过了吗？"

谈潇："你觉得你听进去了吗？"

孔宣："没有……"

那不就得了。

给孔宣讲题，比学科仪法术难多了，谈潇拖着疲倦的身体结束课程，才想起来这件事得和穆翡说一下。他摸出手机给穆翡发消息："穆姐，报案！"

穆翡那边似乎是有关键字触发，立刻回复："哪个网格？事件还是部件？"

404办对重要区域进行了网格划分，分配给不同的单位、人员，以达到全面监督，当然因为人手不足，必然是会有疏漏的。而事件、部件则是他们对案件的分类，比如楚王墓，如果没有雄虺，单单是墓里有遗留的术法，那就是部件类，再比如以前的法阵松动，也算作部件类，处理方式是派相关单位去加固封印。而因为有雄虺出现，楚王墓那事从部件类变成了事件类，毕竟它诱发了一连串后果，需要人力物力来遮掩。

谈潇把吴天玉的情况告诉穆翡，还和她确认了一下毛毛姐的姑姑想找的那个神棍并未登记在册，确实是个骗子，然后疑问道："您说吴天玉到底有什么神通？他居然知道我想做什么。"

"听你说来，很准，但不一定是神通。"穆翡知道谈潇灵应很强，但是理论有余，经验不足。不过以谈潇的敏锐，在吴天玉开口前都没察觉他身上有异常，必然是对方刻意将古怪藏了起来，这样躲躲藏藏更不像是正经玩意儿了，背后必有作祟的。

"各种各样的神通在我们这儿其实划分为修通、报通、依通、诡通和妖通，正儿八经修行得来的，像姐姐这样的，叫'修通'，与生俱来的本事便是'报通'。"其实穆翡怀疑谈潇有些报通，所以在楚王墓里都没受什么幻觉影响，"'依通'则指的是依照外物，比如你自身无力，依靠卜算得知一事。剩下两种顾名思义就很好懂啦。此人的本事都用在作弊、打架上，消瘦脱形，本事虽高，但不像正道。"

谈潇点头。也是，就拿孔雀大神打比方，他求成绩提高，大神最后也是用了挺折磨人的方式帮他把成绩提高的……

谈潇："哈哈，所以我这种也算神通。"

穆翡："你那算外挂吧？"

谈潇："嗯，我有个鸟外挂。笑哭.jpg"

穆翡："哈哈哈哈哈哈哈！"

谈潇盘算了一下："那这件事，他姐姐刚好托付我家了，你们要是走流程能不能带上我？"

"怎么，一直没托你办案，你闲得想练习啊？"穆翡笑着道，"当然可以。我现在就立案派下去，找个人跟你一起出案子。"他们单位都是两两一起处理案子的，穆翡自己没时间，可以另寻人配合谈潇。

谈潇倒不是闲的，一来答应过毛毛姐，他出面比较好沟通，二来吴天玉那一出有点儿气人，搞得谈潇的好奇心和不服输的心都起来了，他经验是少，但他好学！

穆翡顺手把谈潇拉进一个微信群，名为"楚地404案件齐抓共管群"，里头几百号人，群名片前面都带了单位，不是某某宫、某某观就是某某山，头像也多是什么莲花盛开、木鱼，也有一些老头自拍。

一个管理员道："新来的同志麻烦改一下群名片，前面加上单位名。"

难道写南楚一中吗？谈潇也不知道怎么办，就只写了"南楚-谈潇"。

这一会儿的工夫，穆翡在内部系统立了案，操作完毕后立刻经内部系统派发到责任单位，只是她一看，时限都排到五日后了。穆翡立刻在调度群中发了案情描述的截图："清辉宫有没有多余的人手啊？帮忙提前处理一下这个案子呗。"

很快有人回她，正是清辉宫的代表。

清辉宫-端阳："穆主任，实在抽不出空了，而且看这个描述还挺难对付的，我看派给老梅祠比较合适，请他们宝瓶长老出马。"

老梅祠的代表骤起反击。

老梅祠-丹云："怎么就合适我们了？我咋觉得是狐狸精？你要老推给我，我就要认真跟你翻一下'三定方案'了，这本来就该你们处理。"

清辉宫-端阳："可怜.jpg 不是我卖惨，最近脚都要磨破了，人手实在不够啊！再者说，我们可远不如你们老梅祠。不如这样，贵单位人手多，先派人去查看，若不是你们管辖的范围，再叫我们的人去处理。"

老梅祠-丹云："那不是浪费时间吗？要去咱俩一起去，这种案子你们家比较有经验，咱没这经验和权限。"

穆翡看得都烦，直接点名："端阳会医会卜，你去，别废话了。还有，带上阿晋。"那个吴天玉暴瘦，叫个会医术的去是最好的。

端阳半晌才怏怏回复："收到。"然后又问了一句，"只带阿晋吗？"

以404办的人手紧缺程度，阿晋这种已经接受过培训、正在考取执法证的当然是可以跟着出勤的，不过它一般是在旁协助，做些记录工作。

穆翡："不是，你跟着@南楚-谈潇一起去，一带二。"端阳一个人去她不放心，要是跟着谈潇就好多了。

群里几百号人虽然没说话，但各家代表其实都实时关注着群消息，看到这话私下里都讨论开了——谈潇、孔雀与404办签约的事只有少数人知道，大部分人看到谈潇这个陌生的名字都摸不着头脑，不过因为帝流浆，这段时间404办扩增了不少合作单位，一些实力一般的单位也被纳入了，有新面孔倒不奇怪。

有记忆力比较好的，从这个"谈"字想起了什么：不会是南楚谈家吧？谈家那个谈春影可是出了名的不入流。

端阳也想到了这号人，心想：谈家的，再加一个阿晋，真让我带俩新手啊？他哀号一声，但手下还是只能狠狠打字："收到！"

谈潇一个学生，从来没有过这种经历，很新奇地跟着回复了一句："收到。"

一转头，他又有些好奇地私聊穆翡："怎么让阿晋也跟着呢？它随便出去，被人看到不是引人怀疑？还是说它的伪装术法已经修炼到家了？"

穆翡道："放心，给它装备了。"

谈潇这下放心了，404办肯定是有些好装备的。

不过既然吴天玉并不是得了什么疾病，谈潇当然不可能让谈春影去了，于是在404办立案后，他直接对谈春影说："妈，这种属于小事，就让我去练练手吧。"

谈春影怀疑地道："你能唬得住人家吗？"以往都是她带着谈潇一起干活的，她有点儿怕谈潇一个人搞不定。

"我都这么大人了，上次表演不也是我自己去的？反正不行再找你呗。"谈潇死活要把谈春影给摁住了。

谈春影："行吧，你就说本大师有事，遣子先去，搞不定微信摇我。"

孔雀大神不知何时出现了，抱着双臂盯着谈潇，对自己的代行者想出去历练这事显然持积极态度。

谈潇索性同时对着谈春影和孔雀大神说："嗯嗯，我随时摇你。"

谈春影快乐地打游戏去了。

孔宣也满意地颔首。他今日穿的是淡金色长袍，整个人都要发光了，一头长发还稍换发型，半束起来，编入了羽毛。但谈潇认出他来了，毕竟衣服还是谈潇给的。

"大神，穆姐告诉我，他们把外挂……啊不，神通分为五种，我说我有个鸟外挂，哈哈哈。"谈潇给大神分享自己编的笑话。

孔宣听了他的话微微笑着，不经意地摆动袖子和头发，然后换个角度再来一遍。

谈潇直直地看着他。

孔宣得意地飘得更高了。说什么孔雀没有孔宣帅，这不是盯着看了？

谈潇好奇地道："大神，你早上起来都是自己编头发吗？咱家有梳子，要给你弄一把吗？我看你发路不是特别直。"

"不要！"孔宣想了想，骂骂咧咧道，"你刚才说的笑话一点儿也不好笑。"

02

周末，谈潇收到端阳发来的信息，约他在吴天玉家门口的商场见面。谈潇答应了，又和阿毛说了一声——她作为中间人，也是要到场的。

到了商场外，谈潇见端阳已经到了，正在等咖啡。他一头半长发，扎了个半丸子头，看上去三十岁左右，背着手靠在门边。

谈潇就喜欢这种发型有特色的人，他上前自我介绍："师兄你好，我是谈潇。"

"嗯，给你也点了一杯咖啡。"端阳淡淡地看他一眼，语气不冷不热的。

作为前辈，面对这位在业内出了名没本事逃去转行的谈家后人，他这种态度其实可以算和蔼了。要知道，谈潇进群后，认出他来历的人私下讨论起来可不乏刻薄的。不过话说回来，他总觉得谈潇有点儿眼熟，像是在哪里见过。

端阳递给谈潇一张符："根据案情说明，吴天玉有探知之力，这藏身符佩戴好，可以掩盖我们的气息，避免被他察觉。"他们必须反过来，在吴天玉察觉不到的时候侦查。

"啊……好的。"其实来之前谈潇也做了很多准备，包括念藏身咒，但他还是把符收下了，反正他身上有那么多文创产品，不嫌多。

"那个，阿晋呢？"谈潇四下看了看，这时候的商场人流量不大，不过他们所处的位置有好几家饮料店，这会儿有几个吉祥物正在门口待命，而阿晋不知道得了什么好装备隐身了，谈潇能感觉到熟悉的被注视的感觉，却完全看不出来它在哪儿，看来404办还是很有底蕴的啊。

端阳顿了顿，指着旁边一个穿着青蛙玩偶装的人道："在这儿……"

那青蛙随即举起手，对谈潇挥了挥："灵师。"

竟是阿晋的声音！

谈潇："这就是你们的装备吗？"他猜来猜去也没猜到404办发给阿晋的所谓可以光天化日在外行走的高级装备居然如此朴素。

"你以为404办的预算很多吗？"端阳尬笑，"你就说是不是可以随便在外面走吧？"

谈潇无法反驳……

交谈间，阿毛来了，她戴着口罩，一眼认出谈潇后朝他挥了挥手。

谈潇向她介绍端阳，给出的理由是谈春影有事，所以找了个靠谱的朋友来帮忙。

阿毛看端阳这道骨仙风又喝咖啡的范儿，加上是谈潇介绍的，也很信任，她摘下口罩道："那待会儿就拜托二位了！"

端阳看到了阿毛，才一下想起来为什么觉得谈潇眼熟——他看过俩人的表演呢，不过没把表演看完。这下，他就更觉得谈潇不愧是谈家后人了，主业还是吉祥物，今天自己怕是要辛苦咯。

"行了，走吧。"端阳把咖啡喝光了，潇洒地道。

谈潇想叫上阿晋一起，转头却看到它和蜜雪×城的吉祥物打成一团，不知为何好像还落于下风。

谈潇："……"有点儿出息吧你！

端阳上前，和谈潇一起把阿晋给劝开："你说你跟他打什么架！"

阿晋委屈地道："是他先动手的。"碍于404办的规定，它还不敢用幻觉攻击对方。

谈潇推测对方可能以为阿晋是咖啡店请来招揽生意的，这可真是无妄之灾。

阿毛惊奇地道："他……也是一起的吗？"

"对，他社恐，等下在门口待命。"

"行吧，最近是有很多人喜欢穿这个出去玩儿。"阿毛还寻思这是不是摆摊卖东西的呢，她上前和阿晋握了握手，感觉里头那手硬硬的。

阿晋赶紧抽回了手。当然硬了，它最近正在慢慢长出手，里面都是铁的。

"你这是拿的什么？"端阳注意到谈潇还提了个袋子。

谈潇打开给他看，居然是一些冷冻的包子，放在保温袋里还没完全化开，除此之外还有些香，但是数量不多。

阿毛一脸疑惑地问："香也就罢了，你怎么还带包子？"

谈潇反问道："毛毛姐，你表弟都瘦成那样了，不得吃点儿东西吗？"

可是你们灵师又不是厨师！一时间，阿毛想反对又不知道该说些什么……算了算了，谈潇唬人的经验应该很足。

吴天玉家住在顶楼跃层，到了门口，阿晋等在外面，因为它不擅长直接进攻，而是通晓幻术，加上装扮较为突出，在外面藏着以防万一，谈潇和端阳则和阿毛一同进了屋。

谈潇打量了下，吴天玉家的装修风格比较简洁，屋子里明亮干净。

根据事先打听，吴天玉这会儿去上特长班了——之前他成绩不太好，所以一直在学特长——他们特意选的这个时间段。

阿毛一进门就像模像样地给姑姑介绍："姑姑，这就是我跟你说的天师，还有楚巫后人。别看两位年轻，连南楚官方都要找他们帮忙呢。"

"哦哦，是吗？"吴母一时有些怀疑。她倒不是因为谈潇和端阳年纪不大有所怀疑，俗话说老医少卜嘛，这行当有些本事是与年纪无关的，甚至有人专门找刚出道的年轻人。她怀疑的只是……真的有那么厉害吗？她原本想找的那个也不过是开了家公司，自称常被商界大佬请去看风水。

端阳立刻拿出自己的证件，肃然道："我们是专业的。"

"姑姑，人家可不轻易出手的，这次也是看小孩可怜，加上我的面子。今天怎么也得让他试试。"阿毛在旁煽风点火。

谈潇则是不答，在她家中绕了一周，漫不经心般插话道："您的孩子近来成绩提高很

第五章 题海战术

多啊。"

吴母"呃"了一声："嗯，是啊。"她看谈潇走到书架边，那上面都是吴天玉的东西，比如一些他喜欢看的课外书，还有几个相框，是她带吴天玉出去旅游时拍的照片。

"您对孩子很好，虽然他以前成绩一般，也还是会带他到处玩儿呢。"谈潇看着照片道。从合影的内容看，他们去过很多地方，有一张是吴天玉在雪山上捧着雪球，那时候他还没现在这么瘦。

"读万卷书不如行万里路。"因少年语气平和，吴母不知不觉和谈潇聊了起来。

冷不丁地，谈潇突然轻声道："即使能文能武了，您还是宁愿要真正的他？"

语调虽轻，却正中吴母的心，吴母顿时有点儿破防：从老师到亲戚都觉得吴天玉在变好，他们说她走火入魔了，可她就是觉得自己的孩子不对劲。对，她宁愿要一个不完美的孩子！

这时候，谈潇的手从相框上放了下来，随后吴母竟看到照片中的吴天玉脸上流下了血水，她尖叫一声，差点儿晕过去。

"他被邪祟缠身，神魂受困，但他还可以感受到您的爱。"谈潇用手轻轻一抹，血迹竟又消失不见了。

吴母捂着嘴，眼泪直流："呜……我……"

"阿姨，您要有信心，和我们一起解决这件事。"谈潇郑重道，他拿出手机放了一段新闻视频，正是考古发布会时官方感谢他的段落，"这都是明面上的解释，实际上这楚王墓中挖出了不得了的东西，正是我帮忙降伏的。"

言外之意，这都能降伏，吴天玉身上的古怪自然不是问题。

吴母擦着眼泪道："拜托，拜托您了，需要我怎么配合都可以！"

这种事确实很需要家人的配合，谈潇颔首道："那就请您先打听下吴天玉还有多久回来，我们要做些准备。"

吴母立刻去打电话了。

吴母一走开，阿毛就控制不住表情了，龇牙咧嘴地对谈潇道："弟弟，你真可以，我服了！没想到你还会结合时事啊！"刚才那一套一套的，唬得她姑姑都冒眼泪了。

"很不错。"端阳也夸了一句，想着能被404办派来果然还是有些手段，他指着谈潇刚才拿的照片，问道，"这招也是家承？"

谈潇："没有，王建云教的。"

端阳想了半天也没想起南楚有叫王建云的同行："是哪处的老修行？"

谈潇一脸莫名地看着他："我们化学老师。"

端阳："……"

"哈哈哈！"阿毛小声狂笑，眼角泛泪，"好好好，你真牛！"她看两人交流唬人经验、开玩笑，实在很有意思。

端阳摸了摸额头："不愧是谈家灵师，干得好。"谈家转行之后能干得那般好，嘴皮子和架势肯定是足足的，别说，比真本事好用，他远远不如啊。像楚王墓那个案子，他也知道，还看过穆翡写的材料，虽然因为只是404办关联的责任单位的一员，没有权限查看细节，但想也知道那肯定是穆翡和徐先生解决的。

谈潇笑了笑："嗯嗯。"

方才他和吴母交流用的是江湖术士的拿手好戏，无非"敲、打、审、千、隆、卖"六字，加上一点儿碱和白矾的化学妙招，比端阳平铺直叙的话术好用多了。他这招不只是对着吴母去的，更是对毛毛姐用的，否则毛毛姐应该头一个大喊"骗子"吧？这就是假作真时真亦假！毛毛姐想忽悠完姑姑后再告诉她真相，他也得忽悠完再告诉毛毛姐真相：对不起，我不是骗子。

吴母打完电话回来，不知哪个角落似有一声响动，谈潇和端阳都警惕地四下看，端阳还从包里拿出了一个罗盘，但吴天玉不在家，自然也没测出什么来。

"自从……天玉不对劲后，"吴母惶恐地道，"家里总有奇怪的响动。你们说，是不是真正的天玉发出来的，他在喊我？"她还惦记着谈潇说的吴天玉被困住的话。

阿毛很想说也可能是钢筋响动，或者蛇虫鼠蚁，但眼下她还是顺着吴母的话说道："嗯嗯，说不定就是，得赶紧救他。二位，现在需要我们做些什么？"

端阳摸出了块桃木板，上面画有"煞住下"的字样："等他回来后，你们找个借口出门，把这断路符放在门口，防止邪祟逃跑。"下头埋伏了一个阿晋不够，他还是很重视吴天玉的，又拿出朱砂在吴母和阿毛手心各画了两道，"左手这个防止你们的举动被预料到，右手这个以防万一，如果他想攻击你们，它可以护身。"

"好好。"阿毛心想，这架势可太足了。

不止这些，端阳还带来了四面古镜，镜身刻有咒文。他将镜子在四个角落布置好，保证东南西北都能照到，又用书本、花盆等稍做掩饰，叫人乍看发现不了。最后，端阳拿出三根青麻绳和三根白麻绳缠成的麻线，这是用来捆魂的，在南楚叫"绚魂"。

吴母见道具如此之多，万分安心，然后不禁看向了谈潇，这位她非常信任的少年。

谈潇也打开了自己的包，礼貌地道："借下您家的厨房。"

吴母没反应过来，第一反应还以为他说的是卫生间，愣了下才问："厨房？"

谈潇把包子拿出来："我蒸笼包子。"

吴母："？"

端阳正想打圆场，就听谈潇从容地道："神嗜饮食，鬼犹求食，什么都难抵挡食物的诱惑。而且吴天玉同学这阵子不是暴瘦吗？这最对症了。"

吴母本来就被谈潇说服了，这时候不管谈潇说什么，只要听起来好像有一点点逻辑，她都会信服，立刻就热情带路："厨房在这里。"

谈潇推门进去，看到墙上贴了一幅灶王像。吴母本就是比较传统的人，家里供了神龛，有灶王像倒不奇怪，但在端阳来看，这灶王像有点儿意思。

灶王像的样式有很多种，吴母贴的灶王像上写的是"东厨司命"，乃灶王的尊称之一，整体做工精致，有上中下三层，正中间是灶王，上下还有财神、增幅和八仙等等，一共三十多个人物，是不折不扣的精品《大灶王》。

"好一幅《大灶王》，您这是精品啊！这位东厨司命居然也没护住您家的厨房？"端阳感慨道。

吴母先是一喜，随即黯然道："可能是因为他多在学校吃……"

谈潇则在一边收拾了起来。他带来的是包子，看似容易，其实挺吃功夫的，不过他在家时已经调好馅包上了，这会儿只需要上锅蒸就行。每个包子大小整齐，褶子都很统一的在二十个左右，谈潇一边利索地蒸包子，一边调了些红色的可食用颜料。

蒸锅冒气，发出声响，可这声响中似乎还夹杂了细微的异响。

谈潇奇怪地看向蒸锅：是锅发出来的吗？难道坏了？

"蒸好了吗？"端阳探头问，打断了谈潇的思绪，"吴天玉快回来了。"

"快了。"谈潇应了一声。

端阳已经闻到香气了，心中狂喊：你们谈家灵师是怎么回事，这些年光琢磨做饭了是吧？！

不一会儿，谈潇把包子端了出来，一个个不粘不瘪，形状饱满，弧度完美，褶子道道分明，比超市卖的半成品还漂亮，更别提那香味已经霸道强硬地直往人鼻子里蹿了。

所有人一起咽了下口水：这是给吴天玉准备的，但不妨碍大家对它起了歹意……

"我等下直接端给他吗？该在哪里吃？要不要在客厅吃？那里空间比较大，你们好施展。"吴母看着包子道，她有点儿紧张，很简单的事情都失了分寸。

"等一下。"谈潇摸出一支毛笔，蘸了刚才调好的红色色素，在每个包子上都点了点。

阿毛不解地问："这是什么意思？"

端阳解释道："红运当头啊，以往点上红点都是为表吉祥喜气，若是发现有邪物窃饭气也可以点上一点。"看来谈家虽然转文旅赛道了，老规矩还是知道的。

就连吴母也对这事有印象，不过他们那时候还没有可食用的色素，都是用红纸蘸水，再用筷子沾上红纸，点到快要熟的包点上头。

阿毛到这时候还觉得等会儿他们假做一些仪式之后就会带表弟去医院，在旁边很配合地捧哏，说出那句今天重复了无数遍的话："两位大师厉害！"

"时间差不多了。"吴母看看手机，焦虑地道。

"走，我们躲到书房里去，阿姨你等下就按我们说的做。"端阳带着谈潇躲进书房，只将那扇隐形推拉门留下一条极小的缝。

咔嗒，门锁被拧动，吴天玉一边进门换鞋一边说："妈，我回来了。"

端阳凝神偷看四规镜，但受户型限制，加上角度也受限，他暂时还未看到吴天玉的身影出现在镜中。

谈潇心中则警铃大作。他在学校时看到吴天玉毫无感觉，此时却浑身汗毛都竖起来了，明显不对劲！看来果然如穆翡所说，这邪祟之前是藏着的，说不定都没去学校。

"天玉回来了。我买了包子，你吃点儿吧，我去送送你姐，她要回去了。"吴母尽量平静地说，同时努力表演出对吴天玉的不满。

一无所知的阿毛自然地和吴天玉打招呼："走了啊。"

"姐，我送送你吧。"吴天玉很有礼貌地道。

吴母紧张得不知道怎么劝，看向阿毛。

阿毛大大咧咧地道："你吃包子吧，都快冷了。"她一脸可惜地看那包子，好香，好想吃啊，明明那么多，谈潇和端阳却不准她吃哪怕一个。

"哎，好。"吴天玉走到桌边坐下。

吴母把包子放到他面前，就赶紧和阿毛一起出去了，并按照端阳说的把桃木板放在了门口，但她不敢走远，就躲在楼梯间。

书房内的端阳此刻惊奇无比，他发现吴天玉看似随意地在屋内走动，但直至坐下他的身影都没有被四规镜照到！那些镜子虽是手动摆放，可能有些偏差，可这吴天玉巧妙地利用各种角度、障碍避免被照到绝非偶然，他的藏身符显然被吴天玉看穿了！

"我们被发现了。"端阳用口型对谈潇说。他的汗一点点流下来，吴天玉越是自然平静，他就越是紧张。

屋外，吴天玉抽了抽鼻子，嗅到包子四溢的香气，满足地"嗯"了一声："好香，好香。"会吃的人闻闻味儿看看品相就知道这是美食了，看到热气在蒸腾时更是能想象暄软的口感。

包子此时还烫着，但吴天玉已经忍不住了，戴上一次性手套就伸手抓起包子，动作斯斯文文，张嘴咬了好大一口，也不怕烫。可是一口下去他愣了愣，看着那包子"嗯"了一声，又继续往嘴里塞……

不行，没有味道，还是没有味道！

吴天玉的动作越来越快，就像越吃越饿一般，也顾不得什么仪态了。

谈潇和端阳一起从门缝里偷看，比起之前在食堂看到的，吴天玉此时的吃相变得极为豪放……不，不应该说豪放，简直称得上是扭曲，五官几乎都挤在一起，眼睛眯缝起来，龇牙咧嘴地咬着滚烫的包子，烫得直咧嘴，饶是如此也不肯松开，就像某种动物一样。

这包子确实好吃，一口咬下去有皮有馅，面香、肉香、酱香交融，包子皮柔韧暄软，里头的肉馅是酱料煸炒过的，瘦肉为主，带点儿肥肉，如此才能有这恰到好处的口感，鲜香浓郁，却不腻味。

可越香越靠近越吃不到，吴天玉的表情越发急切，塞进嘴的包子噎得慌，他呛了几口却不肯停，吃着吃着面上还带上了躁意，两只眼睛直勾勾地盯着包子，眉眼间是极为满足这香喷喷食物的神情，可喉咙里却发出烦躁的呜咽声。

吴天玉气急了，身体一动，椅子在地上发出刺耳的摩擦声，也是在这一瞬间，微妙的平衡被打破了，他的身影出现在了四规镜中！

端阳清晰地看到，四规镜里，吴天玉的脖子上赫然坐着一只有猫那么大的银白色老鼠。这老鼠穿着皱巴巴的青色衣衫，头顶蛋壳帽子，再仔细一看，皱巴巴是因为那衣服分明是纸捏的。它此时因为吃不到包子而五官扭曲，和身下被骑着的吴天玉的表情几乎一样。

谈潇心道，是老鼠精！

原来如此，端阳也暗暗点头。鼠，寿则自成气候，天生善卜且可为人改运，爱干净，又喜窃食。看它皮毛，至少有几百年的修为了。

只见那硕大的老鼠从吴天玉的脖子上跳了下来，和他背对背坐着，嘴里念念叨叨，显然是开卜了。

吴天玉有点儿想回头："长老，你不吃吗？我吃不下了。"

"别回头！"大老鼠用一副沧桑的老者声音叫住他，"忘了我说的吗？不可面对我，我如今是元婴形态，怕把你的魂吓掉了。"

"那我到底什么时候可以筑基？"吴天玉怏怏地道，"现在只能预知一点儿小事、打架、看书，根本没什么大事可做。"征服南楚一中对他来说俨然是不够的。

大老鼠没理他，而是继续念念叨叨。

谈潇和端阳："……"就说这吴天玉讲话哪里不对，敢情是被忽悠了，这是"随身带着老爷爷"还是"重来一世助我复仇"啊？

不过来不及想那么多了，端阳刚捏着麻绳紧张地站直了，大老鼠就跳上吴天玉的脖子，冲着书房的方向大骂："给我出来！"其实它早察觉到端阳的存在，只是想装个相，先把香喷喷的包子吃了，慢慢钓端阳，不想这臭小子竟然被包子护住了，反倒是它耐不住那香气，先露出破绽，一时恼羞成怒。

唉，被发现了那就出去吧，谈潇慢慢推开门，走了出去。

"吴天玉"骂骂咧咧道："还磨蹭什么，快点儿出来！"

谈潇疑惑地看了看身后慢一步的端阳，怎么，大老鼠没看到自己吗？

端阳也呆住了，随即反应过来只有自己的藏身符失效了！他不禁心想：我这个成功率怎么只有50%？我画之前到底哪里状态不对？

他不知道的是，其实他的符都失效了，而谈潇来之前是念过藏身咒的。

端阳慢慢走了出来，毫不意外地嗤笑一声，向那边扑去，同时把麻绳抛给谈潇。谈潇一把接过，从后面勒住"吴天玉"的脖子——这一动手，藏身咒也就破了。趁着"吴天玉"吃惊，端阳捞起另一端去捆他的手，这绳虽不是针对妖怪的，但对大老鼠还是有一些制裁的效力的。

"臭小子，敢阴灰爷！""吴天玉"口中发出的声音不是吴天玉的，也不是刚才那老鼠发出的老者声音，而是有些尖厉，还带着东北腔调。

它力气极大，端阳不得不咬牙用力，脸部肌肉都在颤动。闻言，他惊道："是个北方仙家，灰仙？你怎么偷渡来的南楚？"

谈潇对北方同行的领域只是稍有了解，停留在比较浅的程度，他一边用力勒住"吴天玉"一边问："什么灰仙？"

"胡黄白柳灰的灰啊，那边管老鼠精叫灰仙。"端阳答道。

谈潇心生好奇，转头问："北方最出名的不是胡黄白柳四大门吗？"

这里所谓的仙当然不是指真仙，只是民间的一种尊称。狐狸、黄鼠狼、刺猬（白）和蛇（柳），这四种加一块儿并称"四大门"，是非常有灵性更容易成气候的动物。

端阳心说自己一带二居然还要管上课，但还是答道："这……也有五大仙的说法啦，就是胡黄白柳灰。"

谈潇："所以它们灰家是捆绑上位吗？"

"吴天玉"立刻怒吼，疯狂挣扎："不是！说法不同罢了！你孤陋寡闻！！！"

本来灰家排名垫底就够扎心了，谈潇这一问也不知是故意还是有意，反正大大激怒了这位，鼠须都快冒出来了。

"小谈——"端阳嗷嗷喊他，意思是让他收敛点儿，这死老鼠要拼命了。

果然,"吴天玉"以一个极为刁钻的角度低头一咬,竟然生生把绚魂用的麻绳咬烂了。

端阳看到对方凶狠的眼神,明白这北方灰仙比南方的鼠精凶残得多,他提着桃木剑,道:"谈潇,往后躲点儿。"他是来老带新传帮带的,当然要护着点儿谈潇。

"吴天玉"朝着这边扑来。

呵,端阳一手抬起,紧握桃木剑,一脸凛然。

"吴天玉"以极为刁钻的角度扭腰一躲,然后一巴掌拍在端阳身上,瘦弱的身躯竟爆发出意想不到的能量,直接把端阳拍得飞出去撞在电视柜上。

"滚开,不要碍事。""吴天玉"骂骂咧咧,伸出两手,指甲不知何时变得尖利,朝着谈潇抓去,这是他心中认定唯一能威胁到自己的人。

端阳:"……"怎么这样?!

不过谈潇已经捏起法诀,看来也是有所防备。

但"吴天玉"的动作是擦着谈潇过去抓在旁边的花瓶上的,花瓶粉碎崩开,弹在谈潇的手上,令他吃痛停下了动作——他的行为完全被大老鼠预判了,它根本就是冲着花瓶去的。

"吴天玉"舔了舔嘴唇,好像知道包子是谈潇做的:"你的手艺倒是不错,就是多事了点儿,竟敢阻拦我。"

"我劝你快点儿伏法,胡黄不过山海关是旧俗,你偷渡过来,是不想再回去了吗?"端阳爬起来道。

谈潇也劝道:"我们这儿神怪够多了,没什么供老鼠精……呃,灰仙的,你别勉强啊。"

从吴天玉对这老鼠的称呼就能猜到,这老鼠甚至不敢道出真身,是骗吴天玉自己是什么落难修行者才得以附身的。而且他们想起来吴天玉那张在雪山上的照片,严重怀疑吴天玉就是去北方玩儿时被这老鼠迷惑,像传说里妖怪渡劫找人尤其是书生帮助那样,借人身掩盖才成功偷渡过来的。

"哼,过来吃点儿帝流浆有错吗?我就是不打算回去了怎么着?"老鼠精倒也不避讳,南楚是庚申日帝流浆最密的地方,来这儿没毛病,"我在老家指点别人投资A股失败,本来也混不下去了。"它都没说自己被打得可惨了,过来还养了一段时间伤,所以骗吴天玉的话里有些是真的,比如助它疗伤什么的。

谈潇、端阳:"……"

这就是纯纯的妖通啊,小的事事灵,到大事上就不行了,便是再多几百年修行,A股之玄妙又岂是它参得透的?

"你们也没必要这样喊打喊杀,咱们坐下来聊,若是聊得拢,我可以保佑吴天玉他一家。""吴天玉"眼珠子转悠着说道。耍嘴皮子其实也是灰仙的拿手好戏，或者说爱好，它们刁难别人的时候也很喜欢碎嘴地聊一聊，搞点儿脑筋急转弯什么的。

"不可能，吴天玉对这些歪门邪道根本没好感，否则你何必骗他什么元婴、修士的？"端阳压根儿不信。况且吴天玉还是未成年人，也没有谈潇那样的家族传承，根据404办的规定，不可能同意。

那就是谈不拢了。"吴天玉"看了谈潇一眼，这南方灵师下手毫不留情，但它数百年修为岂是白给的？"他"抬手把指甲送到唇边舔了舔，瞳仁扩大，布满整个眼球，倏然一伸手，抓向谈潇的脖子。

好在谈潇体测分数挺高的，反应迅速地避开了。

"吴天玉"不过是声东击西，四肢着地就向门口蹿去。它的长处是占卜，事事预知，光这一点就够它玩出花来了。

阿毛和吴母听到里头哐哐当当的声音，本就好奇，不禁从楼梯间探头往外看，只见一人四肢着地破门而出，几乎未停地一张嘴就把桃木板咬破了。

"啊！"吴母尖叫一声。

那人抬头看过来，露出全是黑瞳仁的眼睛和动物一般皱巴在一起的五官。

吴母差点儿晕过去，毕竟知道儿子有问题是一回事，亲眼看到又是另一回事。就这一幕，谁看了不头皮发麻？若说之前的所谓不正常状态可能是出于心理疾病，那眼前种种就绝不可能是什么疾病了，他的指甲都变成那样了！

"闪开！""吴天玉"含糊不清地喊了一句，就要撕开阿毛。

阿毛呆滞地看着尖利的指甲朝着自己而来。

谈潇及时扑过去，手捏小金刀诀，和"吴天玉"的指甲碰在一起，竟发出了金戈之声！

两人警惕地看着对方，谈潇心里盘算着该如何应对它的卜术，灰仙则不断预判怎样从夹击中成功脱身反击。

端阳之前就感觉自己在这灰仙眼里不如谈潇了，此时更是完全确信了，喘着气惊讶地道："万万没想到小谈有如此修为！"

吴母头晕地靠着墙，听端阳这么说，迷茫地看向他：万万没想到？他不清楚同伴的能力吗？

阿毛则抱头大叫。从看到"吴天玉"的第一眼，她就有种三观被震碎的感觉，完全控制不住情绪："天玉真有问题？谈潇，你怎么也来真的？"她知道谈潇是灵师，只是她万万没想到是真灵师啊！

吴母虽然心惊肉跳，但听到阿毛的话，质问道："啊？你不知道？那你本来想干吗？！"

第五章 题海战术

阿毛："……"好乱，头好痛。

现场一时混乱不堪，所有人震惊完自己发现的事，还要震惊一下别人的事，就连"吴天玉"都忍不住大翻白眼："你们心这么不齐，怎么干得成事？"就这还组队来抓它呢。

众人无语凝噎，感觉有被嘲讽到。

端阳不愧是专业人士，最早恢复过来，从后头来了一个突然袭击，口中喝道："凶秽消散，道炁常存！"

可这反而给了对方机会，"吴天玉"瘦长的身体直接以一个常人难以想象的姿势跃起翻折，灵敏地空翻后四肢着地扒在墙角，舌头乱动"略略略"几声："灰爷去也！"说完四肢并用地向窗外一翻……

吴母吓得心脏狂跳，两眼翻白。

"没事，没事，我们下面埋伏了人！"谈潇赶紧道。

"跳、跳……"吴母被阿毛扶住了，几乎喘不上来气，但她想说的是：还管什么埋伏不埋伏的，这里可是顶楼！

"摔不死的，他现在不算人。"端阳冲到窗口看下去，果然见"吴天玉"正扒住管道往下爬，动作极为敏捷。

"你们进去等着，不要再出来了。"谈潇不由分说地把吴母和阿毛推进门，关门之前对着满脸纠结的阿毛说，"对不起，毛毛姐，我不是骗子。"

阿毛："……"

谈潇甩上门，大声喊："阿晋！"

于是在"吴天玉"爬经某一层时，一双穿了玩偶装的手探出来，试图将"吴天玉"拽入幻境。

"吴天玉"一个急停，再次硬生生躲开了，并反手把阿晋拽了出来，按在窗台上。"他"逼近玩偶装头套连接处嗅了几下，不屑地道："知道我要说什么吗，小器精？"

阿晋羞愤地道："你叫谁小妖精？"

"吴天玉"一巴掌差点儿把阿晋的青蛙头套拍掉，怒吼道："是小器精！什么小妖精！"

"他"嫌弃地把阿晋一甩，阿晋后退几步，捂着心口坐在地上。

晋少的幻境算是拿手好戏，也是给404办造成过不少麻烦的，这会儿先是被灰仙叫作小妖精（虽然是它听错了），然后又被羞辱，气咻咻地道："你别耍诈，我们比画比画。"

"吴天玉"不愧是灰仙，话实在多，不屑地道："你也是非人之属，居然给朝廷做狗腿子，灰爷看不起你。"

这句话倒完全是它在胡说八道了，胡家也曾有在皇宫当差的，都轮不到它。可阿晋哪知道那么多，正待还嘴，就听这层不知哪户传出一道不耐烦的声音："吵死了！谁家小孩？不要在我们这层过家家，下去玩儿！"

阿晋、"吴天玉"："……"

"吴天玉"沉默了一会儿还真回身了，只是"他"是向旁边跳，显然要另找出路。

端阳骂骂咧咧，急了："这怎么搞？！"

"没事。"谈潇想起一些咒语，他是特意预习过的，"我再试试。"

端阳看他一眼，有点儿无语：这小同学身手虽然好，但是不太懂战斗啊，以灰仙的狡猾，怎么会等他技能读条？

谈潇倒没想太多，瞄准"吴天玉"一口气念了五句咒语："一断天瘟路，二断地瘟门，三断人有路，四断诡无门……踏在天罗地网不留情！"他是预习过，但没有实操过，也不知道效用有多大，索性一起念出来。这招也是谈潇在学校学到的，叫作"题海战术"。

只听得"吴天玉"惨叫几声，差点儿扒拉不住水管。可谈潇的"题海"如此之密，一套连招打得"他"无法招架，一时更是卜不到出路，于是向上一跃，挂在天台边缘爬了上去。

谈潇和端阳立刻从楼梯往上跑，几步就跑到了顶楼。吴天玉家是顶楼跃层，上头根本没邻居，吴母在此种了不少花花草草，还有个阳光房。

"吴天玉"站在天台边缘，恨恨地看着谈潇："灰爷叫这小子做掀帘仙是他的福分，你们不答应就算了，还这么歹毒。"

所谓掀帘仙，是指吴天玉本来没有家族传承，而是半路被找上的。

谈潇大概猜出来是什么意思，忍不住偷偷拿出手机，记下这个新学到的知识点。

端阳看得满脸问号。

谈潇记好笔记后往前走："别啰唆了，你还是束手就擒吧。"

"吴天玉"嘴唇嚅动，仍然在算，不到绝路"他"是不会认输的，甚至哼哼几声道："你们猜我接下来要往哪儿跑呢？"

这明显是心理战术，它要是还有路，怎么会往上爬？端阳不语，把那断成两截的麻绳拿出来，和谈潇齐齐上前，左右夹击。

"吴天玉"往前是敌，往后是高台，实在无法，被摁在了天台上，骂骂咧咧："别让灰爷逮着机会……"

端阳成功套住了"吴天玉"的双手，对方这次倒没怎么挣扎，看来灰仙也有些灰心丧气了。

端阳把"他"捆好了，将其手抬起来，仔细找了找，腋下果然有两个大包。他压住

第五章　题海战术

"吴天玉"，对谈潇道："这地方就是它的精气所在，你照这儿来一下，气儿散了就可以破了它的法门。"

谈潇点头，看了看灰仙的脸色，天光之下，晦暗不明。他上前抬起左手，便要以小金刀诀斩气。

与此同时，"吴天玉"身形诡异地一扭，自麻绳中撤出手臂，又向后一翻，挂在天台边缘，并握住谈潇伸出来的左手猛然一拉——

"吴天玉"对着谈潇嘻嘻一笑，谁说没有逃走的机会了？

"谈潇！"端阳惊骇地大叫，可已经来不及了。

谈潇倏然被拉下天台，耳畔只听得"吴天玉"得意的怪笑。

擦身而过的瞬间，"吴天玉"看到谈潇的另一只手似乎仍然捏着诀，截然不同的另一个手诀，"他"心中泛起淡淡的疑问：这又是什么？要死了还捏呢？

下一刻，被扯下楼的谈潇被一抹身影搂着，自下方徐徐升起。来者翎羽饰长发，身着青石色绣祥云纹长袍，一手接住了谈潇，将他放在天台边缘，凤目冷然一扫"吴天玉"——谈潇捏的正是仙鹤诀，召请孔雀来见！

"吴天玉"浑身哆嗦，只觉得魂魄都在战栗。

因谈潇被放在天台边坐着，孔宣高出谈潇许多，他记得自己还在生气，居高临下地问："干什么？"原本高高在上的身影，因这句话中隐隐带着的不耐烦增添了些许生机。

谈潇慢慢睁开眼。在坠楼的一刹那，他闭上眼的那一刻，还未来得及感到不安，便感觉到熟悉的触感包裹住了自己。这是谈潇第一次对自己的宗主神付以如此信任，实在奇妙。而孔雀大神也极为可靠，搂住他的手虽没有温度，谈潇却很是安心，两人宛如一体。

此刻，谈潇一只脚踩在天台边，暂时没回答孔雀的问话，而是看向"吴天玉"，将那句话问了回去："你现在再算下，你要怎么逃？"

顷刻间，"吴天玉"冷汗直冒。"他"不认得这个令自己见之即胆寒的存在，只是下意识在心中算了起来，数秒后瘫软在地——天上地下，四面八方，无论哪个方向，都没有一线生机！这位大神出现之前算不到，出现之后算也没用！

这一刻，"吴天玉"和端阳的心情甚至趋向一致了：你怎么做到一句话都没说就请来这位的？有这关系你不早说？

03

其实"吴天玉"和孔宣碰过面，只是灰仙聪明反被聪明误，躲灵师顺便把孔宣也躲过去了。"他"动作一变，面朝谈潇，委顿地跪在天台边，哀求道："灵师大人，法治社会了，你们应该会把我交给有关部门吧？我罪不至死啊！"倒是能屈能伸，先前还唾弃阿晋"投靠朝廷"呢。

灰仙觉得那位大神想杀了自己，而灵师是大神的代言人，又或者说，是灵师请大神来办事，最终决定权在灵师手里，所以"他"直接就朝谈潇跪，不是不懂事，而是太过懂事。但是"他"行事太腻歪，膝行几步就想去抱谈潇的腿。

"干什么你！"谈潇被恶心得往"他"头上敲了好几下。

"吴天玉"不肯放开，仿佛抓住了救命稻草，口中念叨着灰仙修行不易，哭述自己如何在别人的鄙视和欺负中偷吃偷喝偷东西成长起来："我们垫底家仙容易吗？同行都看不起！""他"号啕大哭，又想起在股市浮沉的惨事，要不是遭遇滑铁卢，又怎会偷渡过关，最后落得如此下场。

孔宣眯眼一看，倒是猛然认出来这好像就是学校里摸谈潇的那个人，不但没心生同情，还想也不想一巴掌就拍了上去："是你啊……"

灰仙头都快给打掉了，直接被打出了白色老鼠真身，真正的吴天玉晕倒在地，硕大的白色老鼠则呕出一口血，里面还夹杂着内脏碎片。

但灰仙还没想清楚：什么意思，是我？我到底怎么了？

这时孔宣又闻到了它身上的包子味。这包子谈潇出门前蒸了一些给他吃，这死老鼠也配吃他剩下的？孔宣祭出五色神光，危险地看着它……

灰仙冤死了，它还是不明白这位大神为什么认识自己，甚至以一种含仇带怨的口吻说话，但眼看孔雀祭出五色神光，它瞳孔放大，终于知道这是哪一位了。

不是它说，它也配孔雀大神动用五色神光？！灰仙瞳孔放大，面部扭曲中又有一丝释然："我曾为自己卜算，我终究葬于他人腹，只是没想到是被孔雀大神吞吃，我……此生不枉了！"据说元凤二子，神也吞得，它若真能死于孔雀之手，想来竟然有点儿要青史留名的激动。这种激动和恐惧混在一起，让它浑身发抖。

孔宣嫌弃地看着它："……"谁要吃这东西了！

端阳恍恍惚惚地出声："呃……这……"他下意识想要出言劝阻，但刚才谈潇缩减了太多步骤的降灵仪式实在太震撼了，孔宣出现后他更是久久不能回神，导致张开嘴只是模模糊糊的单音，心中急切却无法组织好语言。

"大神，先别动手，它还没有登记过。"谈潇一看端阳的样子，想到此次前来的目的，他掏出一个在吴天玉家拿的一次性手套戴上，捏住猫那么大的老鼠的尾巴，倒提起来。

孔宣刚刚被恶心到了，但还记得自己下界的本意，他收起五色神光，只是手指在手背上点了点。

谈潇会意："知道，处理完我就回去。"

孔宣的身形这才渐渐淡去，回去继续写作业了。

谈潇把老鼠拎起，端阳则负责给现场拍照，好回去做台账，然后逼问道："你叫什么名字？"山海关是人过妖不过，这灰仙不但要抓回去，还得和北边的同僚沟通。

灰仙浑浑噩噩地道："都叫我……仲大胡子，本名仲能。"

孔雀大神一走，那种仿佛极强的压迫感和威胁感没了，但冲击太大，它刚说完名字，头一歪就昏过去了。

谈潇把仲大胡子远远提着，对端阳道："有没有塑料袋啊？"隔着手套拿都嫌不够，他感觉触感很恶心，老想拿扫把打。

端阳："……"你要说的只有这个吗？

"你……你怎么……"端阳仍然惦记着自己最关心的事，讲话都有点儿不清楚了，两手比画着道，"你这什么招数啊？！"这和他知道的所有同行都不一样，这么说吧，他平时充话费到账都没这么快。

谈潇想了想，道："无杖无声咒啦。"

端阳："……"

谈潇只是开个玩笑，看他一副要崩溃的样子，忙道："其实是我信誉好，赊账。"回去再把供奉补上。

端阳长长地"啊"了一声，想起谈潇被甩到外面的画面，还是心有余悸，那一下他都觉得日月无光了，心道未成年搭档要在自己面前挂了："你早防备灰仙会偷袭了吧？这样你还敢过去，是真的够相信自己的'信誉'啊。"

"如果灵师不相信宗主神，还要相信谁？"谈潇得承认，在别人看来，自己那一刻很冲动。

端阳一时不能言语，抱了下拳。

谈潇找到一个垃圾袋，把仲大胡子放了进去，接着和端阳一起把昏迷的吴天玉背起来，一步步下楼，顺便把阿晋给喊了上来。

吴家的门重新打开了，阿毛和吴母站在门口，紧张地向上张望，看到他们出现，惊叫一声，有些犹豫要不要上前。

"没事，已经结束了。"端阳说道。

吴母还是不敢动。

谈潇："可以的。"

吴母立刻冲上前扶着吴天玉，把他平放在沙发上。

端阳："……"

阿毛看到谈潇手里多了个垃圾袋，有点儿胆怯地问："这……这是什么？"

"就是捣鬼的东西，没事了。"谈潇没给阿毛和吴母看仲大胡子，也没仔细说这是什么，知道没事了就行，再看两眼被吓到可怎么办，"毛毛姐，阿姨，那个……之前的事，我们都是演的，你们应该理解吧？毛毛姐，你别怪我骗你。阿姨，你也不要怪毛毛姐了，你之前想找的是个真骗子，不像我，我是假骗子，毛毛姐是出于好心……"说起来还真有点儿费口舌。

阿毛摆摆手，已经无力吐槽了：理解，还有什么不理解的？她理解谈潇，只是不理解这个世界了……

"当然！"吴母肯定不会对阿毛有什么怨言，感谢还来不及，虽然很震惊，但要不是阿毛，她的孩子就完了，阴差阳错也算有了个好结局。

"那……那我家孩子已经彻底没事了吗？他怎么还晕着？"吴母看到吴天玉身上有些伤痕，很是心疼，这都是仲大胡子利用他的身体打斗时留下的。

"毕竟被缠身那么久。"说罢，谈潇找了个垃圾桶过来。

端阳上前，用随身携带的银针在吴天玉头顶刺了几下。

吴天玉果然悠悠转醒，一醒来就捂着肚子"哎哟"两声，哇的一下吐了，刚好被垃圾桶接住——他之前被想吃却吃不到的仲大胡子无能狂怒地塞了一堆包子，醒来后不吐才怪。

就是可惜了谈潇做的包子啊！其他人心中想，那香味儿可馋死他们了，这下都浪费了。

吴天玉从浑浑噩噩的状态中恢复过来，只觉得浑身酸痛，看到谈潇便向后一缩，下意识在心中召唤那位老者，可不见回音。他失声道："你们对我做了什么？我师父在哪儿？"

端阳和谈潇对视一眼，看来仲大胡子完全掌控他的身体时发生的事，他根本不记得。

"你知不知道它是什么？"端阳问道。

吴天玉不信任地看着他们，尤其是跟踪过他的谈潇："是你！是你搞的鬼！你可知道，这会坏了我师父的五千年修为！"

五千年……真能吹，五千年还能被揍成那样？

不过妖怪迷惑人时乱吹牛是常有之事，甚至有那种乱吹自己是仙女、帝君下凡的，就图个招牌响亮，也可以说是擅自找大神代言，侵权还不带给代言费的。

端阳啧啧叹道："它是这么跟你说的？说它是神仙还是什么？活了五千年？"

吴天玉此时看着端阳戏谑的模样，心里感觉有点儿不对劲，尤其是仲大胡子被拘起来后，他的思考能力已经恢复了许多。

吴母擦着眼泪道："傻子啊，看看你这身体吧。"

吴天玉看向表姐举起的镜子，之前一直没注意，如今自己竟已是面黄肌瘦、毫无血色了。他心里空空的，喃喃道："可是，可是……"

"它到底怎么跟你说的？"端阳把手机拿了出来，准备记录。这个也是要写案情描述的，回头结案报上去。

吴天玉捂住头，此时回忆起来，竟然像是一场梦："我……我旅游时买了个纪念品，然后就梦到他了，他说他是仙宗长老，遭人所害，只有一缕残魂附在纪念品里，只要我定期为他找些药材，他就能恢复修为，指点我踏入仙途。他确实无所不知，还教我平事、考试！"他把自己经历的事情一一说了出来，越说心里越凉，难道那并不是……

众人："……"

果然是随身流啊！谈潇和端阳心里早已经有些猜测，但现在听到吴天玉说出来，还是忍不住替他尴尬。

一旁刚到的阿晋也隔着玩偶装抓了抓"头"，嘀咕着："吓得我看了下标签。"

"你这小孩啊，"端阳摇着头道，"再晚一点儿，你的身体可就真的垮了。"

吴天玉面色惨白，已经完全清醒了，尤其此时再和谈潇对视一眼……嗯，在学校时仲大胡子可没附身，那都是吴天玉的自由发挥，一看到谈潇，尴尬的回忆就全部涌了上来，他一时难以面对，一头埋进沙发里……

吴母虽然听不懂什么"随身流"，但她看出来这件事是真的被解决了，此时再听端阳说起严重性，当即就要给谈潇和端阳下跪，被扶住后又改成了鞠躬："谢谢，谢谢二位！"

她还去拉吴天玉，让他也道谢，但是吴天玉两眼一翻，居然又晕了过去。

端阳赶紧把脉："没事，应该就是太羞恼了，身体又虚。"他安抚道，"女士，以后遇到什么事就去正规机构求助哈。另外，之后如果回访，麻烦你给我个好评。"

吴母和阿毛这才反应过来，他们不但有真本事，也是真有官方背景……这么说，谈潇说的楚王墓那件事可能也不是编的！

不止阿毛想到这件事，端阳也早就想到了，他甚至回忆起一个细节，那就是之前穆翡分派任务点到他时，是让他跟着谈潇去办案。网络打字语序多不严谨，他压根儿没想那么多，此时忍不住转头问一旁的阿晋："之前穆主任的意思，是不是谈潇一带二？"

阿晋奇怪地看他一眼，理所当然地点头："不然呢？"

端阳揉了揉胸口，他不是不服谈潇，甚至现在想起来觉得穆主任还挺照顾自己，今天可算开眼界了，只是再让他长一百个脑袋，他也想不通，为什么南楚有名的神棍家培养出了这么个大神……

咚！

不知何处传来一声响。

吴母和阿毛吓得互相拉住手："什……什么？"

阿毛现在和之前可不一样了，哇哇叫："是不是没弄干净，那东西还在？"

"已经收了啊。"谈潇看了看垃圾袋，仲大胡子都被打成这样了，肯定不是它在作祟。

"可能是还有遗留？"端阳挠头道，"这样吧，吴女士，刚好你带孩子去医院检查一下，虽然我刚给他针灸了，但还是得看看有没有什么后遗症，还有身上这些外伤呢。我们这边再帮你仔细搜查一番。"

吴母现在对他们是一百个放心："好，好，麻烦二位了。"

阿毛也对谈潇感激地一点头，今天见到的实在超出了她往日所想，心情久久不能平复，甚至生出一种奇妙的感觉："谈潇，你这么厉害，"她小声道，"那谈姐岂不是更神了？上次她给过我两卷纸胶带，我要不要……"她之前只觉得好玩，夸的都是漂亮，现在则改变想法，思考需不需要随身携带了。

谈潇也小声道："没有，她纯骗子，胶带你随便玩儿。"直接把亲妈的老底给揭了。

阿毛有点儿不知道还能不能再相信谈潇的话，犹豫了一下说："那你……你给我点儿什么防身吧。"

"对对，有没有什么法器可以买？"吴母看起来很想现场就刷卡。

"毛毛姐，我不是告诉过你吗？我们家的老法器都捐给博物馆了。"谈潇身上倒是叮叮哐哐带了一串吊坠之类的，但这些不少是谈春影的手笔，属于文创产品，挂他身上展示带货用的。

"吴女士，你就别再买这些那些的了，你厨房那幅像就挺不错的。"端阳在这方面还是比较有发言权的，"这儿有些辰砂，就让谈潇给你们一人画一道平安符吧。"

谈潇绘好符头、符胆，符尾用蛇脚书写"孔雀到此"四字，然后娴熟地叠起来并用胶套包好。

端阳用盐和米混合着给吴天玉擦拭手脚。这都是人们家中常见之物，南楚民间一直有把盐、米再加上茶叶混合装在布包里作为驱邪物的传统。

阿毛现在对这些格外感兴趣，在旁好奇地看，还跟着帮吴天玉擦了一下，看着看着，就发现谈潇也蹲在旁边认真地看。

"你看什么？"阿毛问。

"偷学下有没有特殊的手法。"谈潇轻声答。

第五章 题海战术

阿毛："……"

端阳："……"开玩笑的吧，你学我的手法？

其实谈潇知道很多种方法，他只想看看祛秽时会不会有特别的反应。结论是没有特别反应，吴天玉还是晕着，当然也可能是他不好意思苏醒。

之后，吴母和阿毛扶着人出发去医院，谈潇一行则留下来善后。

除秽咒约莫念了两句，他们便听见厨房里叮叮当当，又有异响。

之前谈潇在厨房蒸包子的时候就曾听到异动，当时他只以为是纠缠着吴天玉的东西所为，但是现在仲大胡子已经被抓起来了，怎么还有动静？

谈潇和端阳对视一眼，再和阿晋对视——好吧，看不到阿晋的眼睛——随后一起往厨房走去。

端阳把罗盘掏出来比画了几下，不太确定地道："好像是有东西……"

谈潇问："那上吗？"

看不出来不一定是好事，就像一开始也看不出吴天玉身上的异样。端阳想起方才仲大胡子的凶狠，期期艾艾地道："这个还是你上吧，我怕搞不定呀。"他现在腰还有点儿痛呢。

谈潇是没感觉到很大危险的，他循着声音走进去仔细观察，那声音是从橱柜里传出来的，而且越来越响。

咚！咚！咚！

谈潇一手随时准备捏诀，一手打开橱柜，只见里头放了个电饭煲。

正在迟疑之际，那弹动的电饭煲被什么东西从里头一顶，盖子弹开，赫然露出里头一个躺在海碗里的半透明小人，他被捆腊肉的绳子五花大绑，嘴里还塞着一个酱油瓶瓶盖。

这小人五官分明，身穿碧绿色的圆领袍，戴的乌纱帽，后头插俩翅的那种，袍子烂了，留下好几道牙齿咬出来的伤口，一见他们便呜呜呜地叫。

看来，正是他发出的声响。

就这？谈潇一只手把那小人给捏了起来："好像也不是很可怕。"

端阳："……"早知道我上了。

谈潇见的妖怪少，稀奇地打量："这是个什么妖？"

端阳看了看，点了点那大灶王像，有点儿不敢置信地道："就如财神有招财童子、观音有善财龙女，灶王座下也有童子，叫守饭童子，专门负责在人家饭做好后守在锅边，防止偷吃……"说到这儿，他恍悟道，"我说之前怎么一点儿用都没有呢，原来是把守饭童子给绑住了。"

灶王很忙，当然不会事必躬亲，此时就需要守饭童子一类的马仔活跃在千家万户中。

仲大胡子也只敢把守饭童子绑在这里，不直接咬死，估计是怕他告状，又怕出事了引得灶王注意。

谈潇一听不是反派，就把守饭童子身上的绳子给解了，他看上去怪虚弱的。

守饭童子跟跟跄跄地站起来，可能是伤得太重了，呜里哇啦的都不知道说了些什么，只见他红红的眼睛看过来，视线落在谈潇手里的垃圾袋上，认出了里头是仲大胡子。

"啊啊啊——"

随着一声低沉的咆哮，守饭童子纵身一跃，从背后虚空抽出一把比自己身体还要长的饭勺，凌空挥下，打在仲大胡子头上，发出砰的一声闷响。收勺潇洒落地后，他像是觉得一下不够，再次弹跳起来疯狂打向仲大胡子，没头没脑地快节奏敲了十几下，居然把昏死的仲大胡子给敲醒了，脑袋上肿起大包。

谈潇看着他跳起来的高度，突然反应过来那天在食堂看到吴天玉腿上有些斑斑点点的瘀青，原来是这么来的……

"哎呀！哎呀！"仲大胡子气急败坏，可谁叫它被束缚住了，反抗不得，只能扭着头骂，"小子尔敢！"

守饭童子怎么不敢继续狂敲？只是他体力不足，改为跳起来用勺子戳了，口中还含糊不清地骂着什么，很是暴躁。

谈潇和端阳就在旁边低头看，倒也不是好心特意留给守饭童子报仇的机会，只是他跳来跳去地打仲大胡子，阵仗很大，动静很小，叮叮哐哐的就跟家里闹耗子一样，想阻止都有点儿不知道该从哪儿下手。

半晌，谈潇看准了伸手一夹，把守饭童子给捞住了。

这时守饭童子也力竭了，噗叽一下晕了过去。

这……这怎么办？谈潇看着瘫在掌心的守饭童子，有点儿像孔雀大神的魂体形态，只是更加透明，就跟投影似的。他不太敢用力，用两根手指夹住其衣领，问端阳："你要拿回去给他治伤吗？"

端阳也傻了："我倒是想带回去，可是头一次见着守饭童子的真身，只是我也不会治啊。"他是会医术，但是不包括治疗守饭童子。

谈潇有些疑问："你居然也是头一次见？"自己头一次见也就罢了，端阳老手了怎么也没见过？

端阳汗颜道："我还寻思是跟着你才见到他的呢，毕竟除了守饭童子，我也是第一次见到大神真身啊……"

说到这儿，谈潇倒想起来家里还有个孔雀大神，端阳不会治，大神应该会吧？他把

第五章　题海战术

守饭童子揣进兜里，如此一来，此间事了。

端阳冲谈潇一拱手："灵师，咱们微信联络。"

"好的，客气。"谈潇挥了挥手。

两人分道扬镳，一个带着守饭童子回去疗伤，外加编写新的一段《山海异志》续作，一个带仲大胡子回404办复命、登记、写材料、审核、结案……

04

回到家时，恰好在门口遇到送快递的，谈春影正在帮他签收。

见到他，谈春影问："这个是你定的吗？从老师傅那儿寄来的，这是定做了什么面具？"

"面具好了？"谈潇惊喜地道，这正是他给孔雀大神定制的明相，"是啊，我决心定一个宗主神，孔雀。"

听到动静的孔宣缓缓走出来，正好听到谈春影问："什么孔雀？"

孔宣："……"

"你不要太离谱！"谈潇也觉得亲妈挺不可思议，强调道，"孔雀，元凤之子！"

"哦哦，是的，元凤生二子，孔雀与大鹏。"谈春影一拍脑门，"唉，年纪大了，记性不好。"

孔宣："……"算了，元凤在上，给谈潇个面子。

"哈哈，你这帮忙两次，真想自己单干了是吧？小时候看电视不还说要让葫芦娃做宗主神吗？"谈春影乐呵呵地道，"那你自己弄吧，我出去玩儿了。"

孔宣："？"

"拜拜。"谈潇尽量不去看孔雀大神的眼神。

谈潇接过快递进屋，直接回了二楼自己的房间，不等孔雀大神开口吐槽就把守饭童子掏了出来："大神，你应该知道这是什么吧？"

"守饭童子。"孔宣是认得的，他很是无所谓地道，"你把他捡回来做什么？他又拦不住你妈偷供品。"

谈潇："……"别骂了别骂了！

"这是吴天玉家的，好像是发现了灰仙的存在，和它搏斗打输了。"谈潇道，"我就是看他伤得挺重，想问大神知不知道怎么治疗。"

"多吃点儿就没事了。"孔宣不太关心的样子。

嗯，多吃点儿就没事，那不是跟大神一样吗？谈潇在心中暗暗道。

不过说起来守饭童子和孔雀都算在上头有公职，区别在于孔雀是神二代，而守饭童子是镇守一线的基层工作人员，帝流浆之后估计和404办一样很忙吧。

谈潇听说没事，就把守饭童子放在了一旁，再把快递打开，拿出一张长度大概四十厘米的木质面具。

按谈潇的要求，面具以金色和绿色为主，毕竟是孔雀嘛。

其实在做面具时，绿色很多时候会用来勾判官之类的，但是师傅使用的绿色接近绿松石色，又加以闪闪的金色作为点缀，还有透雕的镂空翎羽边框，立刻没了判官面的阴森恐怖之感。

这是请工匠师傅用上好的杨木精雕细琢的，先要在阴凉通风处搁置半月余，然后画型、挖瓢、深入篆刻，将五官部位一一挖好，之后还得经过打磨、上色、油炸等步骤，而且打磨不止一次，要数次。浮雕基础之上的透雕更是让面具极具层次感，怪不得费时如此之久。

现在送到谈潇手里，这面具只剩下最后一步：开光。

在灵师的规矩里，谈潇其实算作谈春影的助理，如今既然面具已到，谈潇算是可以自己单干了，也终于可以把孔雀大神从那一堆面具中拿出来单独供奉了。

有的地方是把面具展示出来，有的地方是把面具放在箱笼中或者用帘幕遮住，而谈潇准备把面具放在床边的桌前挂起来。孔宣对此也很满意，因为放在房间里就不用担心谈春影专门来偷吃了。

照例谈潇要先做些供品。因为是设宗主神的仪式，为了显示其重要性，他花了不少零花钱买好菜，比如螃蟹。

大部分时候，大家吃蟹都是单独吃，不加其他辅料，但今天谈潇弄了点儿花样，做了道芙蓉套蟹，毕竟是象征自己单干的大日子，可以花哨一点儿，他甚至特意等谈春影不在家的时候做。

南楚多水系，所以南楚人是很会吃鱼虾蟹之类的水产的。谈潇先把蟹蒸熟了，挑出蟹肉、蟹黄，再将冬菇、冬笋、虾仁、鸡脯等配菜切丁，加作料和蟹肉、蟹黄一起煸炒后制作成馅。到这一步时，鲜香味已经盈满厨房了。

孔宣抱臂站在厨房门口监工。

谈潇："您真没别的事吗？"就不看看还有没有别的信徒，去照顾一下人家的生意？

"没事。"孔宣耿直地道。物理作业早写完了，不过对不对他就不知道了。

好吧。谈潇继续给蟹壳抹油填馅，上锅蒸，将鱼茸料理好，鸡蛋清打泡抹在鱼茸上，撒些火腿末，同样上锅蒸，最后还要勾芡浇在蟹上，将鱼茸和蟹摆盘在一处，形如芙蓉，再用热油一激，香味扑鼻。

这芙蓉套蟹流程多、样子美，又好吃，孔宣一看，面子里子都有了，简直不要太满意。

"这个要趁热吃才鲜美。"谈潇叫大神先动筷子，他再接着做其他的——孔雀大神就在他家里，就是这么任性的啦。

套蟹上桌，那热气忽忽悠悠，眼看着竟有一缕飘到了旁边昏迷的守饭童子身上，他肉眼可见地身形清晰起来，伤口也恢复了，最后竟和孔宣差不多形态，不仔细看、不触碰的话，几乎与实体无异。

"呃……"守饭童子哼唧一声。

谈潇听到声音回头一看，嚯，真的醒了。

此物本就是聚万家饭香味儿成形，孔宣刚也说了，吃点儿东西就能醒。

守饭童子在桌上滚了两下，两条腿艰难一抻，跳了起来，晕乎乎地看了谈潇两眼。他之前在锅里一直听着动静，知道这就是救了自己的灵师，而旁边似乎有位灵师家的大神正背对他享受供品，也不知具体是哪一位。

不过这种时候一般是谢正主的，他单膝跪下，因为身形凝结实在了，膝下发出一声脆响："灵子有礼了，还未谢过救命之恩！"

守饭童子跪下来都还持着那根比他身体还高的饭勺，如握长枪。这边谈潇手里也拿着锅铲，微微躬身看他，俩人的造型居然谜之对应上了。

谈潇好奇地看着他："没事呢，你好了吗？还要不要再吃点儿？"

守饭童子眼睛一亮，他和那些窃饭气的精怪不同，他得主人同意才会吃，而且越好吃对他来说效果越好。这会儿听到谈潇如此说，他只矜持了大概0.3秒，便把勺子在身上擦了擦，道："那就多谢了！"

背对他们而坐的孔宣却哼了一声："适可而止。"

他是看谈潇要救守饭童子才分润一缕饭气，居然还想邀请守饭童子继续吃？！孔宣嘲讽道："怎么，你也要请他上坛？"

是啦，没人会请他，但也没必要这么说吧！守饭童子本就是个暴脾气，他愤懑不平地道："我好歹也是灶王座下童子……"

孔宣回头看了他一眼。

"咳咳，咳！"守饭童子认出这是哪位，差点儿被自己呛到，他虽有怨怼，却也佩服这位的武力值，忙低头道，"原是孔雀殿下，失礼。"谁不知道孔雀大神脾气差，有时连元凤也约束不住。

"吃饭的时候不要搞这些嘛，我做了好些，蟹都是你的，给他一点点小菜，好不好？"谈潇比了个一点点的手势。

孔宣抱臂望天："你看着办吧。"

谈潇呼了口气，还行，孔雀大神是说得通道理的。

守饭童子心中也暗暗吃惊，虽然以前没机会正面接触这位大神，但如今看上去脾气也没传言中那么差嘛。

这时，孔宣暗暗剜了守饭童子一眼，杀机锁定，尽显威胁之意。

守饭童子："……"

谈潇再一转头，孔宣继续漠然望天。

守饭童子气得对着空气打拳，无能狂怒。

怎么突然又疯了？谈潇看着他问："你……你还吃不吃？"

守饭童子左右为难："您随便给点儿边角料就行了，我不饿，我还急着回去复命。"

谈潇忍不住笑了一声，从冰箱里拿了瓶可乐给他："要不你先喝点儿东西？"这玩意儿孔雀大神是不屑喝的。

守饭童子尝了一口后打了个长长的嗝，眼睛亮亮地道："有……有意思！光看别人喝，我还真没喝过。"

谈潇感觉跟看动画片儿似的，如果他还在上小学，应该会要求守饭童子陪自己上学。他又笑了笑，继续去做饭了。

守饭童子坐在调料罐上，环视一周，这位灵师可真是全能啊，打得过偷食的耗子精，又做得了美食。他两只脚互相碰了碰，低声道："简直就和做梦一样，我以前也常梦到当差的地方全都是这样的，主人家善良、大方、'美味'，我坐在锅后面守着饭气……"

谈潇正想接茬，就见守饭童子顿了下，看了孔雀一眼，小声自语般道："倒是不会梦到这个。"

这到底算骂还是算夸？谈潇有点儿想笑。

孔宣也不知听到没有，只是看谈潇还在和守饭童子闲聊，抽空敲了敲桌子，不满地道："准备仪式，难道不知专心、严肃、认真？"

谈潇心说明明你自己先吃上了，也没嫌仪式不够严谨啊。

"大神，我很重视的，不然做什么芙蓉套蟹？但您也得承认，我们合作有一段时间了，这只是补个仪式，没必要那么纠结细节吧？"谈潇看了看自己准备的一应物品，忽然想到这一开始还是强制性合同，调侃道，"咦，要是阿晋在，它会说这是先婚后爱还是先上车再买票？"

孔宣一下没声儿了，埋头吃菜，直到谈潇干完活儿都没有再吭声。

谈潇做完菜，将两张八仙桌叠起来作为高台，高台两侧又各放一张八仙桌，称为一

第五章　题海战术

文一武，前方正中还要再放半桌，挂好神幔，如此种种，十分烦琐。

守饭童子把袍子扎起来，吭哧吭哧帮他安置摆设，肩扛香烛倒腾着一双短腿跑上跑下。

"红烛、线香、檀香、烛台香炉、净茶供果、银壶……"谈潇一一清点，确认无误后按位拈香，薄烟袅袅飘扬。

之后谈潇又拿出一副四只筊杯。这一步其实可以省略，但本就是为了丰富仪式，不然很多环节按理说都可以省略，只是看起来会很简陋。他手捧筊杯，一边唱诵，一边在香上绕了五圈，随后丢落在地：两正两反。

谈潇叹了口气，正待重抛，就见孔雀大神施施然走过来，手指一弹，那一只还未完全倒地的筊杯便倒向了另一侧。

谈潇心中暗笑，肃容道："尊神降灵，灵师接驾！"

接下来便是一一献香、烛、纸、茶等物，孔宣极为满意地在案前享用。

最后，谈潇将准备好的关文拿出来，抬头是"祈建家堂孔雀神君案下准此"，后面自报姓名、身份与今日的礼物单，表示一心呈上，孔雀大神答应的话，以后大家就算签约了——当然，说了这是后补仪式。

谈潇诵念完毕，落款："求文奉行，灵师谈潇。"

在他念的过程中，孔宣已缓缓放下茶汤，走至他面前，待末句落下，孔宣也恰一伸手，指尖触碰谈潇的眉心："吾今应诺——"

手指刚接触到谈潇的皮肤，两人便像是被刺了一下。孔宣嘶了一声，狐疑地看着谈潇，他已多少年没感受过痛感了："你攻击我？"

还我攻击你，我怎么攻击你？怎么不说我刺杀你？谈潇一脸莫名："我不是，我没有。"说罢他忽然想起什么，摸了摸身上，拿出一串符印，"忘记了，可能是我身上的周边太多了。"谈潇把那些东西全都丢开，放松道，"再来再来。"

孔宣哼了一声，手指重新点上去，这次顺利完成了，从眉心拂过头顶，带起奇妙的冰凉感。他凝视谈潇，口念祝词："吾今应诺，灵师代行，是诡斩诡，是妖斩妖！"

孔雀在五行内无物不收，自有傲气与杀意，便是祝词也凶凶的。

仪式结束，一直屏息的守饭童子在旁边鼓起掌来，充当气氛组，倒不是为了孔雀，而是为灵师庆祝。

孔宣突然睥睨，守饭童子被吓得手停住，僵在半空中。他有点儿委屈，自己发出点儿动静也要被孔雀瞪吗？

孔宣鄙夷地道："没吃饭吗？"

守饭童子："……"

174

谈潇："……"你确实没给人家留多少啊！

"恭喜灵子。"守饭童子鼓掌鼓得更用力了一些，"恭喜灵子继承孔雀殿下。"

嗯？谈潇一下想起头次见面时孔雀是说他被继承了，怎么人家守饭童子的说法不一样："哦……我继承了孔雀殿下啊！"

孔宣的脸都黑了，要不是是飘着的，估计他能跳起来："胡说什么！是我继承他！"

守饭童子迷茫地道："但是身在何方以何处论，以下界来看，就是灵子继承了殿下。"

谈潇："哈哈哈哈哈哈哈！"

孔宣憋了半天，冷冷地道："你笑什么，反过来也是我逼你续约的。"

也是。无论谁继承谁，都是孔雀搞霸王条款逼自己继承他，听起来也没有好多少。谈潇无语："你怎么把乙方做得这么恶霸……"

但要不是守饭童子，谈潇还不知道这区别呢，他偷偷塞了一颗葡萄给守饭童子。

守饭童子抱着那颗快有自己脑袋大的葡萄，背对孔宣撕开皮一啃，汁水丰沛到顺嘴流。

这时，谈春影回来了。

孔宣听到下面的动静，道："收了吧。"说着还顺脚把守饭童子踢远了。

守饭童子气得爬起来又骂骂咧咧打了套空气拳，然后抹抹嘴巴，去厨房帮谈潇收拾东西。

谈春影看谈潇把八仙桌搬了下来，空气中还有香的味道，当即调侃道："哎呀，恭喜，现在是独立灵师了，以后可以和我抢生意了。"

谈潇纠正道："是把谈家灵师发扬光大，出任南楚灵师文化传播有限公司的总经理。"

母子俩愉快地相视一笑。

孔宣就在旁边，冷笑着看谈潇。

谈潇无语片刻，用谈春影听不到的音量小声说："还有续写《山海异志》，争取过稿。"

厨房中的守饭童子从窗口看着谈春影，挠了挠头，总觉得有些眼熟，半晌终于想起来了："我见过灵子的母亲！"

谈潇搬完八仙桌，正进厨房收拾碗筷："是吗？在哪儿？"

守饭童子晃了晃自己的勺子，沉吟道："好像是在别人的地界，她在偷师。"

谈潇："……"一点儿也不意外呢。

守饭童子帮着一起收拾完厨房，抱拳行礼道："再次感谢灵子救助，期盼……期盼我们有缘再见。"他眼睛偷偷往上看谈潇。

谈潇会意："以后你也可以来我家享用饭食，只要别吓着我妈就行。"

"得令！"守饭童子得到谈潇的许可，激动得差点儿没控制住声音，他看了看谈潇家

第五章 题海战术

175

的集成灶，还得找条道，"请问你家集成灶是什么型号，我看看烟道在哪儿，不好乱跳，上次就跳到洗碗机里去了。"

谈潇："我看下说明书……"

守饭童子认准了道，又给谈潇推荐了两款好用的集成灶以后可换，这才嘿的一声跳进烟道不见了。

清晨，谈春影因为要出门办事难得早起，开车顺路带了谈潇一程。

谈潇在校门口下车，就听谈春影降下车窗和他说："哎，我说你把你毛毛姐忽悠得够厉害的啊，她一直在微信问我问题，哈哈，不是找你去心理按摩的吗？"

谈潇："……"毛毛姐啊，还是没有相信他的话吗？

不过谈春影也不会乱给人说，她理论储备丰富，倒是不碍事。

"谈潇？"身后有人和谈潇打招呼。

谈潇转身，不认识，但他还是点了点头："早上好。"

谈春影也冲儿子的同学点了点头。

那同学腼腆一笑，飞速走开了，好像打个招呼已经花光了所有勇气。

还真别说，以谈潇历来的作风，已经鲜少有同学敢在路上和他打招呼了，都怕谈潇冷脸相待。

谈潇沿着人工湖往教室走，看到湖面漂着的鱼，顺手打了个水漂，惊起鱼一片，再掰了点儿面包丢进去，又引得鱼群和鸭子争食。

嗯嗯，清蒸一条，红烧一只……谈潇无聊地在脑内模拟鱼和鸭的一百种做法。

到了教室里，周围也有同学和谈潇打招呼："早。"

谈潇刚刚就猜学校门口遇到的也是他的同班同学，毕竟一个班的同学经过这么久的相处，都知道了谈潇只是看起来跩，人挺好的。但这会儿他总觉得他们在窸窸窣窣说些什么，连喜怒不定的孔宣同学今日晴雨表也为晴，挺和颜悦色的，还冲他点了点头。

因为吴天玉的事，谈潇现在对孔宣的印象已和从前大不相同了，也对他笑了笑。

林仰看在眼里，心说孔宣同学今天倒是和蔼，竟然主动和谈潇打招呼，好奇怪啊。

可他又不敢问孔宣，只凑近了谈潇，问："潇仔，我听说今天有个文身大佬送你来上学？"

"啊？"谈潇想了半天，不敢置信地道，"才几分钟就传得你也知道了？什么大佬，那是我妈。"

林仰讪讪道："被骗了，这些人真是八卦。阿姨这么潮啊，还文身。"

"那是灵师的传统，文的蛇，象征能操控蛇。"谈潇好笑地道，"如果不是要上学，我十八岁的时候也要文的。"

这么酷？林仰想夸几句。

"哎，哎，你们知道吗？食堂要换新承包商了。"于贞贞转过头来，打断了林仰还没出口的夸赞，为大家带来最新的学校消息，"现在有三家在竞争，学校决定让他们各自做一天的饭菜，最后让大家投票选择。"

"这么好？"林仰海豹式鼓掌，"我早就吃腻了，这厨子做饭真的很淡，淡出鸟来了。"不过他每次还是吃得一干二净，有点儿挑，但不是很挑。

就连谈潇也颇感兴趣，他比较挑嘴，之前的食堂厨子做菜不符合心意，但这次万一有合适的呢？总要去品鉴一下。

"还有啊，过两天会有个学长来搞讲座，比咱们高十届。"于贞贞回忆了一下名字，"是个作家来着……不过我不怎么看实体书，不太清楚。"光教科书还有推荐书目已经够学生们读的了，扩展阅读还真没扩展到学长的书上头。

"讲座？确定是学长，不是什么感恩讲座？"林仰忍不住吐槽，"每次都来煽情那一套。还有，不会让我们现场买书吧？"

"哈哈哈，那可就不知道了！"

谈潇听了倒是有点儿兴趣，毕竟他现在也在续写《山海异志》，去听听作家的经验倒是不错，就是不知道学长写的什么类型。

到了中午，孔宣已经习惯谈潇不会在学校和自己一起吃饭了，漠然出神中。

不想今日谈潇竟是邀请道："孔宣，你要不要一起去食堂吃饭？"他和林仰约好了组团去品尝、投票，既然关系改善，当然要邀请孔宣一起参加集体活动。

林仰暗暗瞟一眼孔宣，心里琢磨谈潇这是又被老师吩咐了吗，还对孔宣热情起来了，可是孔宣总是独来独往，甚至看起来和食堂气场完全不和，不大像会答应的样子。

孔宣慢慢抬起头，思考了片刻，他十分嫌弃食堂菜，因此孤傲地道："随意。"

随意是什么意思？谈潇迷茫地和林仰对视了一眼，一个字的事有必要打哑谜吗？

"可是我们现在就要去了，你到底去不去？"

孔宣站了起来："去……"

于是今天三班去食堂吃饭的小分队格外拉风，一路上吸引了不少目光，而且因为孔宣和谈潇的"恩怨情仇"在全校传得沸沸扬扬，大家看到他俩走在一处越发迷惑：到底怎么个情况呢？之前还说打架了，我们分析来分析去，你们现在又一起去吃饭？你们三班的同学传出来的瓜还有没有个准信了？

可别说他们了，三班的同学也很迷惑。

第五章 题海战术

南楚一中的食堂是半开放式的厨房，透明可见，临窗是菜品，后面就是灶台。排到谈潇时，他先不看菜品，反而是微微弯腰往里头看了一眼。因为谈潇自己也做菜，他知道看大师傅也得看灶台，这反映了大师傅的水平，更反映了他和厨房团队其他角色比如切墩、打荷等人的配合默契程度。

不过这一眼，谈潇首先看到的是灶台边的墙上多了一幅很眼熟的大灶王像，和吴天玉家的一样，但又新了很多。

有一说一，灶王像出现在这里比出现在家庭中要常见得多，很多传统点儿的厨房都会贴，就像很多店面会供财神一样。所以，这难道是新的食堂团队贴的？也不对啊，现在是三家团队在竞争，还没定下来呢。

谈潇按下心中疑虑，先点了三样菜，他们几个商量好了，这几天大家点不一样的菜换着尝，聚在一起就跟吃自助餐似的。

孔宣掰开一次性筷子，看到满桌的菜，又回想起谈潇给自己做的那一桌菜，呵，完全没法比。不过既然谈潇盛情邀请，他就勉强一尝。

"哎，哎，是吴天玉，你们看他啊。"才坐下来，林仰就指着一人道，"我听我兄弟说，好像在医院看到他了，应该是被人打了，瞧瞧，他脸上还有伤口。"

"别说，在医院吃了病号餐，脸都没那么干瘦了。"

"那是，不过他之前虽然瘦，看着却很亢奋，打人也够狠，现在精神可没之前好，可能是心气给打掉了。他一个高一生，那么出风头招人记恨呢。"

"这就叫静水流深、智者无言，太嚣张要被打的。"

"那到底是谁打的啊？吴天玉那么厉害……难道是被群殴暗算？"

第 六 章

骑云瑶

舍下血肉喂鱼肚，折断骨头再撑船。

01

吴天玉正在打菜。

要是以前，这位根本不会排队，病了一场后倒是老实很多，与其说精神没以前好，不如说是一种大病初愈的感觉，只是基于他这段时间的威名，旁边的同学仍然不敢和他对视太久。

吴天玉打了饭菜，也看到了那灶王像。那是他妈送来的，想了些办法让食堂贴上，希望他在学校也能吃好，免得再遭意外。

之前的一段时间对吴天玉来说就像一场梦一样，有些事情他还能回忆起来，但总觉得像隔了一层雾，不明不白的，只记得那时候情绪格外亢奋。还有一些，他则是完全想不起来了，毕竟那时候他的身体被另一个存在掌控了。

不过，唯独尴尬感是永存的……

吴天玉转过身，在一边的餐桌上看到一张印象深刻的脸，是谈潇。

其实吴天玉以前就听说过谈潇，他很有名，很多同学也知道他家里是搞民俗表演的。当然，现在吴天玉回想起来只觉得有点儿滑稽。

吴母叮嘱过吴天玉，看到谈潇一定要去道谢，那天他身体不好数次晕倒，根本没有当面致谢。他心里其实也是感激谈潇的，毕竟是谈潇救了他，那种混沌又吃不饱的感觉是很痛苦的。可是吴天玉只要看到谈潇就脚趾抠地，一想到自己和谈潇装过的相，他半夜都想坐起来抽自己两下：一辈子为什么这么长？！

而且不知道为什么，面对谈潇时，吴天玉还有一种莫名的畏惧感，就好像被谈潇打过似的——他不知道，他意识不清时还真被谈潇打过，身上的伤口大半是谈潇和孔宣打出来的。

但是必须道谢。吴天玉盯着谈潇看了一会儿才做好心理建设，往那边走去。

林仰这边刚还在八卦吴天玉，就见他神情不定地走了过来，顿时手忙脚乱，差点儿拿不稳筷子："妈呀！妈呀！"不会是发现自己在说他坏话，过来找碴了吧？他身为体育委员，也是牛高马大的，但和这些混混比不了，也不是很想在食堂打架。他可是见过的，别人多看了几眼，就被吴天玉揪了领子。

不过林仰想多了，吴天玉走过来只是对着谈潇说话，眼神躲闪："您好。"唉，他根本不敢看谈潇的眼睛，一看脚趾又想蜷缩起来了。

您？林仰吓到了，吴天玉还会用敬语？他对老师都没这么客气过。

吴天玉一手搓了搓脸，既不好意思又不知所措，他感觉自己和谈潇这样的好学生完全是两路人，现在来道谢都有点儿不知道怎么开口。他见谈潇静静地看着自己，仿佛没见过自己一般，只能硬着头皮道："那个，不好意思，我就是看到您在这里，想过来问个好。"顺便道谢……但他没敢说太多，不只是因为说了也没人会信，更因为他身边本来也只有些混混朋友，这些人最近还都被他打怕了，他要是去找人说这事，估计那些混混朋友只会看白痴一样看着他。

谈潇其实只是在打量吴天玉的气色，觉得他恢复得还可以。看到吴天玉莫名紧张还用敬语的样子，他有点儿想笑，伸手去拉吴天玉："坐下说啊，身上不疼了吧？"

谈潇的手才伸过去，整个餐桌乃至周围偷偷打量他们的人，赫然看见吴天玉竟猛地瑟缩了一下，并快速挡住了头脸！

众人：不是，你这……你害怕什么？

看到新晋校霸吴天玉畏畏缩缩的样子，诡异之感升腾在众人心头。

林仰呆滞地缓缓转头看着谈潇，心中和很多人一样有了个难以抑制的念头：吴天玉不会就是被你打的吧？

不熟悉的同学更是想：传闻里的文身大佬也是真的吧？

更有甚者缓缓看向孔宣，恍然大悟：孔宣这么老实地跟在谈潇后面，也没见瞪谈潇了，不会是被打服了吧？你一个物理学霸，什么时候开始兼职做校霸的？难怪常年跷得很！

谈潇甚至没能第一时间察觉其他人异样的目光，毕竟他从小被游客看习惯了。但是吴天玉躲避的动作他是清楚感受到了，想想还有点儿不好意思，虽说他打的是仲大胡子，

第六章 骑云瑶

可吴天玉身上确实留伤了，这会儿结痂了看着还挺唬人的。

"欸，不好意思，你还疼啊？"谈潇略带内疚地道，倒不是为救了吴天玉而内疚，只是觉得自己干活还是不够精细，这就是实操太少，总是把握不好细节。

"没有没有，已经没什么事了。"吴天玉更加窘迫了，脚下不安地不停动弹，手也忍不住摸摸鼻子抠抠耳朵……他也知道自己反应过度，但这就像遇到危险时的本能一样，没办法。

"还是坐下说吧。"谈潇再次邀请，想让他坐到最旁边，也就是孔宣旁边。

吴天玉看了看慢条斯理吃东西的孔宣，认出来这是曾经帮过谈潇的同学，同样见证了他的中二模样，但除此之外……是不是还有什么？那些记忆都模糊了，吴天玉也不确定，只觉得看到这人和看到谈潇的感觉差不多。当然，也有可能是因为孔宣外貌好看却属于很有攻击性的那种。

孔宣此时淡淡看过来一眼，本来有点儿想坐下的吴天玉立刻道："那个……我就不坐了，已经吃完了，真的只是过来跟您打个招呼，以后……在学校有事您就吩咐我。"说完紧张地鞠了个躬，几乎是同手同脚地走开了。

"好，再见。"谈潇看吴天玉尴尬成这样觉得他有点儿可怜，大家还要同校一年多，估计吴天玉每次看到他都会被唤醒记忆。

谈潇收回目光，这才发现同桌的人除了孔宣竟都在盯着自己，一副"麻了"的样子，他心说不好，好像有什么事情发生了。

此时也只有林仰敢作声了，他在吴天玉走后龇牙咧嘴地道："大哥，你、你……你把吴天玉打成这样的？"

"不是……"谈潇刚说了两个字又顿住了，没办法，确实就是他打的，甚至刚才他和吴天玉的对话中已经隐隐表现出来了，不然说什么不好意思，于是他只能换个说法道，"我不是故意的。"

林仰："……"

众人："……"

真的是你！！！

"真人不露相啊……以前我多少有点儿不够敬重潇哥了！"林仰身为体育委员，比谈潇壮实许多，平时也开玩笑说过"咱俩一文一武镇三班"，但没想到啊，是他太简单了。林仰深觉和谈潇同桌一年还是不够了解他，毕竟放学以后人家说要忙自家副业，谁知道都练了些什么，不是说有的民俗表演还要上刀山下火海吗？这么说，谈潇的武力值高也是很符合逻辑的。

谈潇听他说话的口气觉得很无奈："别胡说八道。"

"我哪敢。"林仰嘴上这么说着，实际上又偷偷看孔宣，心想这个怕不是也被打服了。

孔宣对方才的事情毫无反应，只专注自己的餐盘，皱眉看一道菜——因为都是一起打的菜，他餐盘里的菜实际上是谈潇选的，其中一道虎皮凤爪令孔宣看了很是不顺眼："这个……啧。"语气颇为嫌弃，称其为阳鸟也就算了，怎么敢叫凤爪？！

"你不吃这个？"大家口味各不相同，谈潇也不在意，把自己的餐盘往他那边挪了挪，"不要给我。鸡翅要不要？不要也放我这儿。"

鸡翅……鸡翅还行啦，但是谈潇都开口相求了，孔宣还是把鸡翅也一起给他了，尔后表情莫名轻快起来。

林仰看在眼里，心想没跑了没跑了，这就是当人心腹马仔的样子，都敢跟大哥撒娇了，潇哥深谙驭人之道啊！他举起自己的水杯，道："今天我们聚在这里，是为了庆祝我们共同的好朋友谈潇荣登一中老大的宝座，请允许我叫你一声 god father（教父）……"

什么乱七八糟的！谈潇哭笑不得，再次重申："不信谣，不传谣。吴天玉感谢我，是因为我家受邀去他家做了点儿仪式。"

也就谈潇能这么光明正大地说自己去别人家做仪式了。

林仰一听立刻信了："所以，你是做仪式的时候打了他？他捣乱了？"

"你可真会抓重点……"谈潇点了点餐盘，示意林仰吃他的东西就行，"都说是不小心伤到的。"

"哈哈哈，好。"林仰那两句话也有半开玩笑的意思，不过他心底是真的对谈潇的武力值产生了些许敬畏。

林仰还好，到底和谈潇熟悉，现场其他围观的同学可就不一定了。

谈潇看了看周围同学的表情，和他同桌的同班同学还好说，都傻笑着点头，但是其他班的同学……唉，早上那个文身大佬的谣言还没澄清，若是下次毛毛姐带着花臂来和他、吴天玉说话，岂不是更疯？

谈潇扒拉一下菜，郁闷地继续吃起来。别说，这次来参加竞选的新供应商大厨手艺比之前的还真是好太多了，他决定多吃几天。

02

谈潇本来以为自己怕不是要被班主任约谈了，没想到约谈没等到，反而等到班主任纪汇明找他说吴天玉的班主任想感谢他。

老师们听到的是另一个版本：吴天玉现在已经不出去混了，也不打架了，只埋头学习，据说放学立刻回家，晚自习下课甚至要家长来接自己，家长没空就跟着老师一起出校门，有人问起来，他说是摔了一跤，再加上谈潇劝过他。

谈潇心想，等下次考试成绩出来，他们班主任的心情就该坐过山车了，不过只要吴天玉肯学习，还是有机会把成绩提高到靠仲大胡子时那样的。

说来说去，纪汇明就是希望谈潇把这招对孔宣也好好用一下。

谈潇："我尽量……"这真的很难啊！

又过了几天，于贞贞说的开讲座的学长来了，老师叫大家搬着凳子去体育场。一中没有能够容纳全部学生的礼堂，每次有什么大点儿的活动，都是在体育场进行，学生们各自带上凳子。

到了体育场一看，横幅已经拉好了，上书：追逐榜样，励新行远——南楚一中优秀毕业生阮瞻雪回校讲座交流活动。

后头还有阮瞻雪的新书海报，新书叫《五味七情》，是本散文集。

很多学生挤在体育场入口，也不知前头发生了什么，路都给堵住了。林仰伸长脖子往前看，原来是阮学长正进场，大家在围观。

"你们倒是动一动啊。"林仰忍不住抱怨，就不能等坐下再看吗？又不是看不到，非要这么近距离看，又不是啥明星。

前头有人听到了，但没动弹。

所有人都拿着凳子，还真不好挤，林仰回头看到谈潇也跟过来了，招呼他："堵车了，哎呀，烦，干吗堵在口子这儿啊，不如咱们从另一边进？"这边肯定要等老师来维持纪律了。

谈潇试探着礼貌道："麻烦让一下？"

只见前面的同学回头看了一眼谈潇，不管是高年级的还是低年级的，听到的扒拉着没听到的，总之全都默默闪开了，给谈潇让出一条道来。

林仰愣了一下，狂喜，赶紧上前做小弟状："大哥，请。"

谈潇："闭嘴……"

本来谈潇在学校就挺有名的，吴天玉还在学校放了话，那天吴天玉在食堂的样子也传出去了，谁敢不给谈潇让路？

谈潇安慰自己，这算占便宜了。

到了他们班一贯的位置，把凳子摆好坐下，现场还是闹腾腾的，初中部的学生也都来了，甚至有用电话手表给阮瞻雪拍照的。

"哇，难怪围观的人这么多，学长还挺帅的，确实值得往海报上印照片。"林仰小声说，

"你看，咱们班女生都想往前坐呢。据说阮学长是他们那届的校草，最难得的是，毕业多年颜值也没崩没变油腻。"

"哦？"谈潇也往前看了几眼，讲台上已经落座了一排人，校领导的年纪都比较大，容易分辨，其中坐了个穿T恤配夹克的年轻人，戴一副无边框眼镜，很可能就是阮瞻雪学长了，长什么样他是没记住，就听到孔宣冷哼了一声。

这什么意思啊？嫉妒？受挫？谈潇转过头，思考了一下可能性，安慰道："没事，你长得也挺好啊。"

孔宣："……"什么没事，他这是需要安慰吗？！

林仰同样诧异地看着谈潇，怎么成马仔了还嘲讽人家？他说学长挺帅，没说比孔宣还帅啊！那得多难！

"呃……"谈潇一看就知道自己估计又说错了，思考着怎么挽回。

孔宣也知道谈潇这是恶疾又犯了，但还是气得直瞪凤目，一怒之下甚至往旁边挪了一点儿，不理谈潇。

班主任纪汇明探头看到，喊道："孔宣，你往左边一点儿，队伍不整齐了。"

三秒后，孔宣臭着脸挪了回来。

谈潇没力气挽回了，捂脸闷笑。

孔宣差点儿气死，阴沉着脸看谈潇。

谈潇忙摆摆手："真不笑了。"

"同学们都坐好了啊，安静。"台上的主持人出言维持纪律。

等现场安静之后，讲座正式开始了。

"为了激励大家树立理想，学校邀请了××届毕业生阮瞻雪回母校举行讲座。阮瞻雪先生现在是国内新锐青年作家、作协会员，出版了作品集……"主持人回顾了一下阮瞻雪的作品的出版和获奖情况，之后自然是请他交流一下当年在一中求学的经历和学习经验，再结合现在的成就和作品讲一讲。

当年阮瞻雪在学校可是出了名的刻苦，直到现在有些老师还记得他，常和学生们提以前教过一个学长，风雨无阻永远比别人早起一小时到教室读书。

"其实那是我的习惯。我父亲是军人，我从小就习惯了早起。他曾希望我从军，只是我还是更喜欢文学。"阮瞻雪笑道。

"作为读者，我们还是很感谢你这个决定啊。《齐郡文学报》评咱们阮学长的作品有这么一段，说阮瞻雪的文字生动、画面感十足，充满对生活的热爱。我看过学长的文章，的确如此，尤其是在描写食物的时候，每每让我口水长流，有些家常菜我都没想到能写

第六章 骑云瑶

185

得那么好吃。而写起风土人情呢，又是跃然纸上，不像我，写作文的时候干巴巴的，不知道要怎么描写。"

阮瞻雪也认真教了起来："看我的文字就知道，我是一个吃货。我本身是楚地人，去齐郡求学，毕业后在那边住了几年，这种地域上的转变让我遇到不同的事物、风俗，觉得很新奇，就忍不住去观察、记录，也成就了我最早的投稿作品。其实我们在初中、高中时已经学到了大部分的写作技巧，只是在实际写作中，要调动起自己的感官。比如我刚到齐郡求学时很喜欢那里的一道菜，绣球干贝。海鲜水产向来是我的最爱，这道菜又鲜又嫩……"

阮学长缓缓将绣球干贝的做法细细道来，再仔细描述滋味和自己是如何下笔的，现场同学们听得直吞口水，连呼学长有一套。

写作技法学到没不知道，反正谈潇把这道菜的做法给记了下来。

孔宣看他做笔记，不在意地问道："你喜欢吃这个？"

"没有，我是觉得我一个朋友可能会喜欢，记下做法，回去做给他吃。"谈潇回头看他一眼，心说之前做螃蟹，孔雀大神还挺爱吃的，不知道其他海鲜水产怎么样。

孔宣心中一跳：肯定是在说我，肯定是在说我，他都说回去做了！谈潇在外面听到好吃的食物的做法，知道记下来回去做给他吃，这岂是一般的重视和尊敬？！

可是……不知道是不是孔宣的错觉，谈潇看他的那一眼和说起自己"朋友"时的眼神略有不同，没有那么亲切。对此，他作为孔雀是非常满意的，但是作为孔宣莫名感到不快。难道他作为孔宣的一面完全比不上孔雀吗？

孔宣脸色阴晴不定，心情更是在郁闷和得意中反复横跳，想现在就甩一个饭碗到谈潇面前，大喊"我就是孔雀"，但那也太打自己的脸了……

正在纠结之际，他听到一个有点儿耳熟的细细声音从前方传来。

一中食堂新近才供奉大灶王，守饭童子特来熟悉新稽查区域，并查看此处有没有坏东西作祟。他爬上爬下忙碌个不停，忽而听到遥遥传来被音响扩大的"干贝的鲜美，令古人直呼食后三日，犹觉鸡虾乏味"……种种描述让守饭童子听得悠然神往，忍不住想翘班去一同听讲座。

守饭童子顺着扫帚滑下桌，稳稳落地，朝着讲座的方向狂奔。而旁人看不见他，只听到先是锅轻轻响动，然后是桌子哒哒哒被敲动一般发出一连串轻响。

到了现场，守饭童子一眼就在人群里看到了一张不一般的面孔……好吧，其实他特别留意过灵子的课本，记住了他在哪里上学。

守饭童子欢呼一声，迈着短腿往三班的方向跑去，一边跑还一边喊："灵子，你也在这里，我也在这里……"

我们真有缘呐。

而且没有孔雀大神会来作怪！

嘿，那说不定灵子会邀请我晚上一起吃饭！

守饭童子清楚地看到谈潇循声抬头，望见他的一瞬间，脸上也露出了一点儿笑意。守饭童子不禁绽放一个笑容，跑得更起劲了。

也就是这时候，谈潇身后徐徐探出一个原本被半遮住的身影，那张完美的面庞清晰地露了出来，凤目吊着，臭脸看向守饭童子，心情比之前见面时不知差了多少。

啊！为什么他也在？！

守饭童子吓得打了个嗝，身体猛然耸动，一个急刹车停了下来，只思考了一秒钟，想了想孔雀大神格外难看的脸色，当机立断掉头溜了，边跑还边有点儿不甘心地发出一声嘶吼："啊！！！"

谈潇迷惑地看着守饭童子上一秒"我来咯"下一秒"我走了"的操作，心说这是在干什么，而且这接近落荒而逃的姿态为什么有那么一点点眼熟？

这时候，台上的阮学长拿出了自制的糕点，说要分发给大家，不过数量有限，只有少数人尝到了。

谈潇立刻有些释然，心想守饭童子估计是想去闻闻香味吧。

一场讲座下来，阮学长从诗词歌赋谈到人生哲学，从美食谈到作文技巧，还送了一些自己的签名书。大家各有所得，故此结束时掌声颇为热烈。

纪汇明也领到了书："书放到图书角啊，大家想看可以自行借阅。"

"完咯完咯，赶紧吃饭去。"刚刚阮学长的描述馋得大家都流口水了，恨不得立刻放下凳子去吃饭。

这会儿学校很热闹，有像他们一样穿梭在食堂和操场、教学楼之间的，有想错峰吃饭先趁着休息时间在球场打球的……

"快看快看！"同行的男生忽然小声道。

大家往他说的方向看去，是本校挺出名的一个学姐，学播音主持的，学校很多晚会都是这位学姐主持，她笑容甜美大方，主持功底深厚，广受好评。此时学姐恰好走在人工湖边，一身干干净净的校服被她穿出靓丽之感，与绿荫蓝天称得上互相辉映。

要是旁边没有学姐的男同桌就更好了……俩人走在一起，四周流淌着奇妙的氛围。

几个男生酸溜溜地看着，一想到学姐要准备艺考，再之后就到毕业时刻了，想要看到她就难了,见一面少一面啊。

只有一道不和谐的声音在此时响起——

孔宣问谈潇:"他们这是在看什么?"

谈潇也往他们盯着的方向看了一眼,茫然地道:"不知道啊,天气好?"

众人无语凝噎,想骂他们装相,但是看看孔宣的颜值,又把话吞了回去。

谈潇乍一看并没有注意到学姐,但多看几眼也反应过来他们应该是在看人,"哦"了一声。不过因为脸盲,不管是之前的阮学长还是这位学姐,他都比较难和大家有共同语言。

学姐的声音渐渐大了起来,隐隐能听出居然是在凶自己的同桌。

"还嘴硬?你以为我没看到啊,没点儿心思会存人家朋友圈的照片?"

同桌说了些什么,声音有点儿低。

学姐竟是眼睛一红,直接跑开了。

虽然不知道究竟发生了什么,但大家忍不住唏嘘,都坚信是学姐同桌的问题,不由得骂骂咧咧:这都不好好珍惜,还敢存别人的照片!

这是和自己同桌关系太好了吗?孔宣很迷惑。

林仰向来很仰慕学姐,虽不到暗恋的程度,但足以令他义愤填膺地连自己一起损:"网友说得好,男人只有挂在墙上才会老实!"

谈潇:"哈哈哈。"

孔宣:"……"

这什么话?!谈潇还笑,他可笑不出!

03

南楚一中,教务楼会议室。

"小谈,到时候灯光我想这么安排,你看看没问题吧?"王晓安问道。

下周就是南楚一中的校庆了,老早之前班主任就让谈潇报了节目,而王晓安正是这台晚会的导演。他是从南楚一中毕业的,现在南楚电视台工作,被学校委托策划这次校庆活动,他也是谈家的旧相识——谈潇跟着谈春影参加过不少南楚的文艺演出,和王晓安曾合作过。

王晓安比较尊重谈潇的意见,特意喊谈潇来开会,毕竟他知道谈家那些表演节目相当成熟,参与演出的时间比他做导演的时间还早,而且谈春影早就走出南楚,在郡外乃至洲外都表演过。

"哦，可能还要追光，在我的鼓上。"谈潇要表演的是楚巫鼓舞《羽舞》，他和王晓安沟通一番，定下最终方案。

"可以，到时候再彩排一下走台什么的就行了。"王晓安对谈潇很是放心。这次晚会很多节目都是特别编排的，但谈潇的节目可是从小练习到大的，到底是专业。

"好的。"谈潇点点头。

下午还有课，开完会，学生们得回教室，成年人则约着去吃饭——之前做讲座的阮学长也在，这次校庆邀请了一些往届毕业生，他们有一个联唱节目。

王晓安招呼阮瞻雪："阮老师也去啊，中午吃鱼。"

"我还得回去收拾收拾。"阮瞻雪无奈地道，"我住的地方前两天厨房失火了。"

"不会就是学校旁边那个小区吧？我好像刷到过视频。"王晓安惊奇地道，"咱们学校的老师也住在那边，拍下来说谁家起火了，原来是你家啊……人没事就好，用火要小心一点儿。"

"嗯，也是一时疏忽了。我自己住这么多年，还是第一次发生意外，幸好只是厨房烧了一点儿，不是特别严重。"阮瞻雪也很郁闷的样子，想起什么似的又道，"附近那个小游园不是有算卦的吗，我去散步的时候被硬拉着算命，居然还真算出我最近不顺，然后他就说是因为我家厨房在西北角，是什么火灾局，不消解掉以后还是容易失火。我说那难不成要重新装修吗，算卦的说让我改名，改个名字五百块。"

"哈哈哈，那地方是有很多摆摊取名的，你别理就行了，一搭理肯定缠到你花钱为止。"王晓安坏坏一笑，指着谈潇道，"还不如找我们谈潇学弟，他才是正儿八经的'神棍'。"

"哦？"阮瞻雪看向谈潇，挺感兴趣的样子。

"那些摆摊的一张嘴巴两层皮，随机应变句句灵，其实不用太信。"谈潇太知道他们都是怎么哄人的了，"改名也纯属想赚钱，五百块行价贵了，摆摊的取名一百块就行。南楚这里消火灾的旧俗是找运气旺的人取一块井底的淤泥糊在灶边。"

"哈哈哈，有意思。"阮瞻雪听到他说行价已经在笑了，后面的话更是立刻用手机记了下来，这些对他来说挺有意思的，可以当写作素材，"看来是我不太懂江湖话术。"

谈潇安慰道："学长不懂很正常，主要是我学过。"

阮瞻雪："……"

04

下午第一节课是地理课，地理老师一进门就让课代表发了一些纸质资料给大家："告诉大家一个消息,咱们要开展地理学科实践活动,在户外……"

"户外"两个字一出,整个教室里就响起了欢呼声。

实践活动是每学期都有的,但内容各不相同,他们之前都是在室内做模型、画图,这还是第一次出门。户外,活动,四舍五入这不就是郊游吗?!

"哈哈哈,好了,好了。"地理老师也是从学生时期过来的,知道他们的心情,"还是按老规矩,大家组队完成,有不同的方案选择。我们后天统一乘大巴,下午在骑云岭开展活动,用时大概三四个小时。大家可以提前做些准备工作。"

谈潇看了一下,这方案里包括查阅资料、了解南楚土壤及地理工具的使用,选点进行问题观察、土壤采样并拍照记录,或者观察了解南楚传统民居,都需要回来后完成纸质报告。

"还有得选,太好了!"林仰向来是什么事都能傻乐的,立刻就约起了谈潇,"大佬,你选哪个方案?"

谈潇看了看道:"可能会选土壤采样吧,你呢?"相比起建筑,他还是挖土好了。

"哎呀,不愧是挖过楚王墓的人,我也跟着你吧。"林仰又忍不住玩这个梗,"就是骑云岭好像有点儿远,我暑假去玩儿坐了好久的车。"

没办法,城区都是新式建筑,老房子都少,哪来的传统民居?只有在南楚一些老旧的村庄还有不少传统民居,甚至有一些保存尚为完好的前朝村落,骑云岭就是其中的代表。

"孔宣,要不我们三个一组吧?"谈潇问起来十分顺口,毕竟大家不但冰释前嫌,纪老师还三番五次让他劝学。

孔宣听得也顺耳,他本来又想说随意,但既然是谈潇邀请他同组郊游,便思考了一下微微抬头道:"可以吧。"

"行,那咱们就先做做调查,完成前期工作。"

骑云岭上有从前的南楚官道,还保存了完整的古道,道路被南溪河贯穿,到现在仍是不少南楚人夏日消暑乘凉休闲的去处。山脚下有不少民宿客栈,而山上则住着不少过山瑶,他们保留着山居的特点,因为是在骑云岭,本地人也叫他们骑云瑶。

因为于贞贞选了研究骑云瑶民居,谈潇还帮她问谈春影:"妈,你了解骑云岭上的过山瑶吗?"

"怎么不了解?"谈春影正在敷面膜,满眼都是回忆,"以前大家都在研究怎么做文旅,那些瑶脑壳跟我竞争得可凶了!就因为他们人少、有特点,旅游局、旅行社都说要丰富多彩,给他们路线,气得我去文身,好让自己看起来更能忽悠人一点儿。这么大的蛇,文得我啊，疼死了！"

谈潇瞳孔地震："等等，你不是跟我说这是灵师千百年的传统，到了年纪就要文身吗？"

谈春影拉扯面膜的手顿了一下，若无其事地端起水杯喝了一口，又喝了一口，眼睛滴溜溜乱转。

谈潇绝望地道："还没想好怎么圆吗？"

"哎呀！"谈春影放下杯子，安慰道，"妈妈又不止骗了你，妈妈对所有人，对电视台都这样说！生活所迫，不得已的！"

谈潇："……"

真行，自创民俗是吧？谈潇现在开始怀疑自己学的那些东西会不会还有其他也是谈春影为了做生意而编造的了。

"好啦，水壶什么的收拾好没有？不是要去骑云岭做作业吗？"谈春影生硬地转移话题，骑云岭离城区有一定距离，来回路上总要带点儿零食、水果和水。

"嗯……"

谈潇有气无力地上了楼，看到孔雀大神蓦然现身在旁，用戏谑的眼神看着自己，估计也听到了刚才谈春影的话，他冷静地道："别说了，我知道我妈素质挺差的。"

孔宣被噎了一下，挑眉道："我有要这么说吗？"

"肯定差不多这意思。"谈潇嘀咕着，收拾好背包，最后检查一遍，却见孔雀大神左脚一直哒哒轻点地砖，好像有些按捺不住的样子，有点儿奇怪……

但谈潇按下了内心的疑惑，说："大神，那我上学去了，你自便哦。"

孔宣："OK。"

谈潇心中直乐：孔雀大神该不会偷看了我的外语书吧？

中午，三班全体集合一起上大巴，从学校出发。

林仰拍了谈潇一下，小声和他说了几句。谈潇坐到孔宣旁边，林仰就和于贞贞坐一块儿了。

于贞贞手里捧了一台相机，是在店里租的："我妈说了，毕业才给我买相机。我打算到时候就在这家店里买个二手的，他们既租也卖。"

"那得好好挑挑。"

"可不是嘛！"于贞贞说，"我去挑的时候，有些自动对焦都不灵光。"

于贞贞偷偷看了看谈潇和孔宣。今天她可是有目标的，那就是在完成作业之余蹭拍孔宣和谈潇。毕竟俗话说得好，人像摄影三要素：模特好看，模特好看，以及模特好看。

这边孔宣发现谈潇特意换位子和自己坐在一起，心中得意，下巴微抬，刚要说些什么，

第六章 骑云瑶

车发动了，他立刻得意不起来了，感觉到陌生的、奇怪的眩晕……孔宣抚着额头，摇了摇头，想要保持清醒，但那眩晕如影随形，甚至越发厉害。

是什么人在对他施法，端得厉害！孔宣凤目一凛，就要刷去此人头颅，只是无论如何也察觉不到周遭谁在捣鬼。

此时一只手在孔宣肩上拍了拍，谈潇问："你晕车啊？"

孔宣缓缓转过头，看到谈潇一脸疑问，他面无表情地道："没有，我怎么可能……"

他生来便具五行之气，五行之内无物不克……呃！孔宣胸口一闷，险些把五脏六腑吐出来。糟了，一定是这具替身的选材不够好，竟然晕车！这实在太离谱了！早知道他就飞去骑云岭，也不至于如此失了颜面！

谈潇有些同情起他来，孔宣这晕车有点儿严重啊："你快点儿闭上眼睛，尽量睡着吧，睡着就不晕车了。"

孔宣扶着椅子，脸发白地恼道："我没晕车！"

瞧这嘴硬的。谈潇心中暗想，自己怎么会觉得他和孔雀大神像呢，人家孔雀大神飞来飞去的，肯定不会晕车吧？

孔宣靠着车窗，差点儿被自己气死：这不争气的替身！

地理老师也看到孔宣晕车那样儿，在前头道："孔宣，你要不看看哪位同学有橘子或者姜，吃一些可以缓解晕车的症状。"

孔宣："我没晕车。"

"可能他不想吃东西吧。"谈潇同情地看着孔宣，"你靠窗不会更不舒服吗？要不你趴我腿上吧，重心低一点儿会比较好。"

孔宣看着谈潇，嘴唇动了两下，没说出话来，扶着额头往谈潇那边凑。

后座的人只看到孔宣高大的身体渐渐向旁边歪倒，慢慢看不见了。

孔宣把自己塞进旁边的空隙中，刚刚好。此刻他侧趴在谈潇的双腿上，和平时的爹毛高傲不同，有那么一点点虚弱。

"这样好一点儿了吗？"谈潇环着手臂问道，孔宣看来是真的很难受，都不顶嘴了。

"没那么晕了。"孔宣小声说。

趴下后，前座、谈潇的腿和他自己的手臂形成了一个封闭空间，在这个空间里，他的心跳声好像被无限放大了，比他说话的声音还要大。

一个多小时后，大巴车才开到骑云岭脚下，这里有连片的参天古木与竹林，山脚下有许多老式民居，不少还改成了民宿。一条大河从山上流淌而下，灌溉一方百姓。因为眼下已经是枯水季，水流不如林仰以前来的时候那么大，但夏季这里是有漂流项目的。

路上还可以看到一些自驾来骑云岭的钓鱼爱好者，这也是骑云岭的特色之一。除了河流，山上还有或野生或自蓄的水塘，可以出租给大家休闲游玩。

"有查过资料的同学吗？可以给说说骑云岭的历史。"地理老师微笑着问道。

林仰立刻举起手，他不但查了资料，还来过一次："骑云岭山门最高处两千米，数万公顷之广。这里以前是各族混居，自古以来靠山吃山靠水吃水。这条河叫南溪河，一直流到云梦泽。从前生活在这里的南楚人常常伐木，然后用木排载着木料，顺流漂到下游的云梦泽流域去交易，这个叫作'放排'。"

"说得很好。"地理老师鼓掌，然后看向谈潇，"谈潇同学，既然他说到了放排，你要不要给大家说一下放排的习俗？这个你肯定知道吧？"

"嗯，因为楚地水系发达，许多地方有放排而生的民众，他们长年在木排上生活，运输木料，时常会遇到危险，为了趋吉避凶，由此产生了一个比较小众的民间组织，排教。"谈潇会意，略一思考，娓娓道来，"他们通过向各族各教的巫师，包括这里的过山瑶的师公们学习，渐渐形成了自己的体系。排教的法师自称掌握着镇压水怪、赶尸回家的法术。"

"赶尸，就是电视里那样的吗？"

说起神秘文化，大家都很感兴趣。

"传说有相通之处，只不过因排教生活在水上，所以传说他们是赶水中浮尸。"

"哇，我们都没听说过！"

随着放排这种职业渐渐消失，排教自然也式微了，现在没什么传人，哪怕班上同学大多是本地人，也几乎没听说过这个组织，也就是谈潇有些家传，才对此有所了解。

"没错，实际上呢，是因为这里的地理原因。南溪河水下有许多暗礁，所谓的法术其实是对水下情况的一种掌握、化解。"地理老师顺势把话题引向了此处地理。

有神秘文化这个引子，大家确实听得津津有味，也算寓教于乐了。

地理老师一直讲到大巴车在村里的停车场停下："好，那接下来咱们就下车实地观察吧。"

一车人鱼贯而下，在老师的指导下开始活动。

孔宣慢慢坐起来，见谈潇也不想起身，仍然坐在原处，与之对视了几秒。孔宣想要转开视线，可是看谈潇没转，那他也不挪开好了……

谈潇盯着孔宣，缓缓地道："腿麻了，你好重啊。"

孔宣："……"

"哎，潇哥你还没下来？"林仰和谈潇、孔宣一组，下车后才发现他俩还没来，又上去找他们，他扶着腿麻的谈潇站起来，内心唏嘘，潇哥对小弟是真好啊，"回程应该靠肩

第六章 骑云瑶

193

膀，嘿嘿嘿。"

孔宣："！"

"你要不再坐坐吧，我们帮你去要点儿热水。"谈潇对孔宣道。他们班的人带饮料的居多，谈潇带了水却不是热水。

"好。"孔宣异常老实。

谈潇和林仰往民居聚集处走，于贞贞和同组的女孩因为要观察民居，也都同路。

村头第一家便是一间南楚风格的老式民居，门口放了些农具，大门敞开，阳光洒进去，可以看到厅堂内供奉着神龛，这也是南楚乡下不少家庭的习俗。神龛下方是一张竹制的摇椅，一位穿着灰青色布衣的白发老太太正窝在上头，怀里抱了只猫，看起来很是闲适的样子。

这休闲气息一下拉满了。

"奶奶？"林仰本来想在这里讨点儿热水，但是那老奶奶耳朵似乎不太好的样子。

于贞贞指着斜对面说："哎，那边是家民宿，还是去民宿好了。"

说得也是，一行人迈步往那边走去。于贞贞和小姐妹商量了一下，也决定过去和老板打听一下村里的屋子哪个最有代表性。

柜台后的老板听到动静抬头，看到个俊秀的少年，又见旁边的于贞贞拿了台相机，立刻道："你们是网红？来拍视频的吗？"

别说，谈潇之前还真在网上小小地红过一阵，不过互联网那么大，又已经过去了一段时间，自然不会被人认出来。

林仰比了比，嘿嘿笑道："您看过这样的网红吗？我们还穿着校服呢。"

老板一副很懂的样子，说："穿校服怎么了，穿古装来这里拍视频的都有。"

"哈哈哈。我们有位同学晕车，想找您要点儿热水。"

"不是啊，我真觉得你们有点儿眼熟。"老板哈哈笑了两声，马上热情地道，"壶里有，我给你倒。你们是过来玩儿的吗？要不要住宿？"

"我们是过来做课外实践作业的啦。"

老板打热水的时候，于贞贞转悠了下，问："叔叔，我想问问，您这屋子是老房子改造的还是新建的呀？"

"我这房子是新的啊，但外面都是按照南楚老屋建的，只是加强了采光。你看我这个大门，凹进去一点儿，门楣上雕的是饕餮，这个叫'吞口'式，意思就是吃鬼。"老板说起旧俗来头头是道。他自己其实就是骑云瑶，不过很早就搬到山下来做生意了——骑云岭既然叫"骑云"，也有高的意思，从山下到半山腰到山顶都有村寨，住得越往下社会化程度越高。

老板给他们一人倒了一杯热水，说："你们年轻人不要光喝凉水。"

林仰捧着水走来走去，看到老板这里也有神龛，猜测应是家家户户都有的。而且老板这儿也摆了摇椅，林仰耐不住，立刻想躺下试试，刚往下落身，手腕就被人一把抓住了……

老板不知什么时候站在了林仰面前，和方才热情好客的样子全然不同，他语气沉沉地道："小同学，这可不兴躺，椅子是放这儿通风的。我们堂屋的神龛前面，只有死人能躺。"

林仰吓得弹跳起来，但很快反应过来："可是方才我们路过斜对面，看到老奶奶坐在这个方位啊……那个，是有个老奶奶吧？不止我一个人看到了吧？"

说到这里，林仰忽然觉得一股深寒从脊椎猛蹿上来，凉意直透骨缝，忍不住哆嗦了一下。自从二叔公的事情之后，他的胆子就没有以前大了。

"有的，我也看到了。"于贞贞鄙视地看了林仰一眼，对他两腿发软的样子有点儿无语，至于吓成这样吗？

林仰得到肯定回答，又看到其他人一脸无语且好笑的样子，爽朗笑道："哈哈，丢人而已，习惯就好。"

其他人："……"

"你说的那位婆婆，她不一样。"老板眯了眯眼，语气沉沉地道，"三年前，婆婆病得不行，落气要走了，她家里就请我老爹去操办丧事。按照老规矩，我们往她脸上放了一张盖面纸，结果在我老爹带着她的子女绕棺时，那盖面纸竟被吹了起来……婆婆慢慢地自己坐了起来！"

大家想象着那个画面，鸡皮疙瘩都起来了。

"反正在我们这里，她就是可以做些活人没法做的事情。这事村里人都知道，来我家住过的游客也知道，我可没必要骗你们。"

"还……还有这种事？"于贞贞不可思议地道，她刚刚还嘲笑林仰，现在自己也发毛了。

"就是假死状态。"目前只有谈潇还能说笑自如了，"古代很多地方为什么要停尸几天才下葬，就是因为那时候医学还不够发达，不能完全确认死者真的死了。那位婆婆当时应该也是在家落气，没有送去医院吧？"

要知道，因为在假死状态被家人埋了的惨案不是没有发生过，所以很多地方采用各种方式监测死者，防止"诈尸"。

老板看了谈潇一眼，郁闷起来："呃……嗯……"

这件奇事，这几年一直是老板和民宿客人们打开话题的绝佳引子，大家都觉得稀奇，

第六章 骑云瑶

并因此对这里印象深刻。如果客人害怕，他也会说出和谈潇差不多的理论，这样对方不至于怕到不敢在他家住宿。现在谈潇直接把他的话给抢了，让他有点儿丧气，原本还想趁机吓吓这些学生呢。

"不过您老爹，也就是那位道公，得停业了吧？"谈潇想起他方才说那婆婆过世时请了他父亲去操办丧事。

骑云瑶本土操持这类事物的统称师公，细分下来，又有师公、道公、仙娘等，像林仰的妈妈之前就找过仙娘求平安。而如之前谈潇在大巴车上说的排教，也受其影响颇深，尤其在骑云岭这种多种族杂居的情况下，关系更是密切。

谈潇回忆了一下，道："如果在一场葬礼中，下葬之前死者'复生'，那么按照骑云瑶的规矩，这个道公就不能再主持仪式，那身行头也不能再用了，要放到祠堂保管，直到这位复生的死者真正去世，仪式完成。"

连这也知道？有些规矩就连这边一些年轻的族人都不一定知道，民宿老板也是因为家里老爹做这个才知道的。他盯着谈潇看了半天，道："小同学，知道得还挺多啊。"

"当然，他可是灵师。"现场的几位同学几乎是异口同声地道，然后互相看了一眼，嗯，好像都对此莫名自豪。

谈潇都有点儿尴尬了。

林仰竖起大拇指冲谈潇比了比："正牌的南楚灵师传承人，虽然不是一派的，但大家也算同行咯。"

"你是个蛇巫啊！"老板啧啧叹道，释然了，这是吓唬错了对象，"难怪知道。"

"蛇巫又是什么说法？"林仰寻思谈家不是有操蛇舞吗，难道是一个意思？

"师公这么叫我们，算是个中性词吧，视语气而定意。"谈潇解释道，就像谈春影管他们叫"瑶脑壳"，他们习惯以特点来划分，"灵师的招牌是操蛇舞，就叫他们蛇巫，如果是女性，也会叫蛇妹。如果是齐地灵师，就叫羊巫，因为他们擅长屈一足，模仿只有一只脚的神鸟商羊跳商羊舞。"这些其实也就是理论知识，他和其他地方的同行没啥交流，都是听谈春影说的，"我妈有时候也管他们叫蹦蹦巫……"

大家反应了好一会儿，哦，单脚跳舞是吧？谈阿姨可真损……

"那个，谈潇，你们家有没有遇到过这种事情？"于贞贞小心地道，"这个是可以问的吗？"

"当然有，就我们家邻居老奶奶，每次疑似落气都是我妈去帮忙操办的。"谈潇这都不用回忆，他是亲眼见证过的。

"什么叫每次啊？"于贞贞感觉自己发现了一个 Bug（漏洞）。

"因为她真的病危了好多次，但是每次都挺过来了。"所以谈潇对什么起死回生实在没有好奇心，只不过是在家没医学仪器做严格判断罢了。

林仰举起手："啊……可是，不是说要当事人真正去世才能重新进行仪式吗？还是说灵师的习俗不一样？"

"对！"谈潇道，"是这样的，我们家经常不守行规。"

众人："……"

"那守规矩的怎么办？一直都不能主持仪式，那岂不是没收入？"于贞贞不太确定地道，她不是很懂这行的规矩。

谈潇失笑。

这下，连老板也笑了起来："小同学，你以为做师公有多少收入？又不是写小说。我们这儿师公都有本职工作的，我爸平时还要种地，只是人家来请时去操办一下，报酬就是几斤肉、米。后来好多师公都不干了，出去打工赚得多啊。再不然直接参加旅游歌舞表演，那收入更高。到我这辈，我也不接了，当然是开民宿比较好！"

于贞贞看了看谈潇，恍悟：也是哦，明明就有先例，她怎么就没想到呢！

说话间，外头冲进来一个中年男子，看到老板就急急道："建军，你爹呢？"

"他到地里去了，闲不住。"老板叫盘建军，应了一声问道，"你找他做什么？"

中年男子磕磕巴巴地道："我家里不好了，我妈叫我来找师公。"

"你等等，我给他打个电话。"盘建军的父亲虽然不能再主持仪式，但骑云瑶的草药也是很出名的，村里老人还是喜欢找他父亲拿药，所以他一听家里老人找，寻思就是想要草药，立刻掏出手机联系起来。

见状，谈潇一行也互相看了看，道："老板，谢谢您，我们不打扰了。"

刚刚也是聊嗨了，忘了还有孔宣和作业在等，几人纷纷放下水杯，谢过老板出去了。

出了门，于贞贞还有点儿可惜："他是不是来找老板爸爸主持仪式的啊，好想看哦。"

"都说了他父亲不能再主持啦，估计有别的事。你要想看，去潇哥家看不行吗？"林仰推荐起来。

谈潇也道："别说看，想学都行。我妈说等我上大学了，她就开个灵师暑假兴趣班，也很古老神秘的。"

于贞贞："也……也行。"

谈潇用自己的水壶接了热水，又给孔宣掺了些凉水。

孔宣自觉已无大碍，但这是谈潇的一片心意，他便一口气喝光了一整壶水。

谈潇被他的"海量"吓到："畅饮啊，还要不要？"有这么好喝吗，难不成老板用的是山泉水？

孔宣："也喝得下……"如果谈潇还要给他喝的话。

谈潇愣是没搞懂孔宣这是渴还是不渴："那等会儿再喝吧，不要喝太急了。"

这会儿的村头，同班的同学有的已经在挖土、挖岩石了，现场一派热火朝天的景象。

这时候天气已经凉下来，来骑云岭玩儿的人多数是钓鱼爱好者，不远处有一口大水塘，水是直接从南溪河引过来的，塘边就坐了些钓鱼爱好者，也挺安静。除却三班学生的干活动静，只闻水流潺潺、虫鸣草曳之声，倒是别有些意趣。

谈潇他们这组也选好了观测点，做土壤剖面观察记录。

活动进行得差不多，大家的观测记录都完成了，老师把带来的红色横幅拉开，上头是这次活动的名称和学校、班级名。

"大家合个影吧。"老师招呼大家在坡道上排队，请村民帮忙拍照。

"老师，班长带了相机，让她用相机拍，好修图！"有人喊了一声。

于贞贞换相机拍了几张集体照，又顺势对准谈潇、孔宣抓拍：金色的阳光下，谈潇手里拿着土壤样品，正被林仰逗乐了轻笑，而孔宣紧靠他站着，一副出神的样子看着谈潇……对焦精准，光影漂亮，绝了！

于贞贞跑过去拿给谈潇看："怎么样怎么样？我的摄影技术不错吧？"

谈潇看了半天，夸道："像素真高啊！"

于贞贞："我再给你一次机会，重新夸一遍。"

谈潇又仔细看了下，然后点着画面中的孔宣道："挺好的，你拍的孔宣眼睛里有光。"

林仰听到，现场造谣，嚷道："什么，孔宣看着潇潇眼睛发光？"

孔宣立刻呵斥道："胡说八道，我哪有眼睛发光？！"他怎么会看着谈潇眼睛发光，他为什么要发光啊！

谈潇看他两眼冒火的样子，再次觉得眼熟，心说这有什么不能夸的："是说你眼睛里有光，挺好看的。"

孔宣看向一旁，满不在乎地道："人眼睛哪能发光。"他又没用法术。

"怎么没有？"于贞贞比他更激动，"我用闪光灯给你补的眼神光，你眼睛怎么没光了？！这儿，多明显啊！"孔宣要再说没光，她就不服气了，要争辩个清楚。

孔宣："……"

于贞贞哼唧一声，继续看照片，十分满意——模特好看，拍出来的效果就是好啊！她立刻用手机读卡器传图，然后发到班级群里。

于是大家都在讨论照片，还用手机放大看。

唯独孔宣没看群，也没法看图，他根本就没有手机，更不用说加入什么班级官方群、小群、八卦群了。不过这种东西，孔宣原是觉得没有必要的，现在却思考自己是不是应该弄一部手机。

谈潇直接拿着相机给孔宣看："你看看，是拍得挺好啊。"

孔宣瞟了一眼，愣了下，没想到从第三人的视角看去竟是这样，他都没发现自己有看着谈潇出神，但那一刻的斜阳透过叶隙照在少年身上，勾勒出秀丽粲然的轮廓，恍然更胜过凭灵时的光晕。

孔宣："这张不太好。"

"胡说，明明特好，大家都喜欢。我也喜欢。"林仰捧着心道，"光线是真的好，我在你俩都没被比下去。"

孔宣的手在相机屏幕上滑动，林仰就这么被切出了画面，只剩下他和谈潇——还是这样好。

林仰："……"敢情不太好指的是他啊？同桌的心也是会痛的啊！

谈潇大笑，把相机递给孔宣，让他自己看，然后去收拾土壤样品了。

得弄个手机了！孔宣又转了下波轮，照片往前切了几张，都是于贞贞拍的屋子，到最前面时，竟出现了大巴车上的一幕：谈潇坐在外侧，头向后靠，少年柔韧的身体窝在座椅中，微微仰头，环臂闭着眼睛休息，浑身散发着柔和恬静的气息，腿上则趴着一具大一号的身体，折身埋着头，就像某种在撒娇的大型动物。

"这张没传到群里吧？"林仰瞟到了，问道。

孔宣差点儿缩了下脖子，有种羞耻的感觉，虽然在车上公然枕着人家膝盖的是他。

"好像忘记了。孔宣，这张你要不要啊？要的话我单独传给你。"于贞贞看了一眼道。

孔宣犹豫了一会儿，莫名心虚地道："要！"

"哦，哈哈哈。"于贞贞看着孔宣，"加下你微信？"

孔宣沉默半晌，道："会有的……"

"什么会有的，就是不乐意是吧？咱俩还是同桌呢，有必要吗，加你微信都不行？"于贞贞小声抱怨，"我又不会把你的微信号卖给学校其他女生。"

孔宣："没有微信……你先存着，等我。"

于贞贞惊了，孔宣这么说，那就是真的没有微信，她误会同桌了："行……行吧。"

"好了，咱们该走了。"一旁的地理老师看了看手机，招呼大家回大巴车上。

孔宣走在最前面，他悄悄给自己施了法，迫不及待地想要给谈潇显摆一下自己已经不晕车了。

第六章 骑云瑶

大家三三两两地往停车场走，村里忽然过来一群年轻人，看上去也就二十岁上下，他们用推车扶着一物，上头盖了布，待推到水塘边，几人七嘴八舌地道："就丢这儿算了。"

"之前不是从河里捞的吗？"

"水塘跟河是连通的，这有什么问题？"

"是哦，来来，丢里头。"

他们把盖布揭开，里头赫然是一块硕大乌黑的铁龟，看着起码有几百斤，上头还有一些铭文，但已模糊不清。

"哇，这是什么？"还在原处的同学们都好奇地凑上去看，还问地理老师，"老师，这是什么啊？"

"这写的是什么字？怎么认不出？"

地理老师也没辨认出是什么文字，开口问道："小伙子，你们这个看起来是老物件了，是干什么用的？"

这些本地人都没说话，只是看了他两眼。

地理老师一时有点儿尴尬。

谈潇看了两眼，那上头写的分明是蛇脚书，能看清部分，什么水怪潜行、固若金汤之类的，另外龟身还刻了不少咒文。他眨了眨眼道："这应该是以前排教放下去镇水的吧？相传卫朝的时候都江水患，也曾铸造一万六千斤的铁龟镇水，属于古代的压胜方法之一。可最近是枯水期啊，这是近期打捞上来的？"

所谓压胜，即压而胜之，可以理解为镇压、压制。

"牛哇牛哇！"同学们鼓噪起来，这听起来有点儿意思，之前在车上谈潇才科普过排教。

"对……最近打捞上来的。"几个年轻人互相看了看，表情有些微妙，好像也是听谈潇说了才明白这是排教的东西，"这是……排教特意放的？"

骑云岭的人小时候多少听过排教的传说，对他们的印象就是神秘、令人害怕，即便理论上排教是帮助放排的人。

"那还丢不丢……"

"不丢留着放你家吗？"

几人低语着，也不想让围观的外人知道到底发生了什么事，直接把铁龟从推车上弄下来，就想往水塘里丢。

可这一闹，那边钓鱼的人不开心了。

"你们这是干什么呢？鱼都被你吓跑了。"有人站起来指责，"还往里丢东西？这么大，我们还钓不钓鱼了？"他说得很是理直气壮，因为在这里钓鱼的人都是给村里交了钱的，按小时收费，而且吃住也都在村里。

想丢铁龟的年轻人愣了下，你看我，我看你，然后烦躁地道："行，行，再走一段，丢河里去。"说罢又吭哧吭哧要把铁龟抬回推车上。

"大城，川子，你们别动！"

远远地有人骑着摩托车，一边叫嚷一边过来，骂道："谁叫你们乱丢的？你随便捞上来，就可以随便丢回去了吗？都不准动！"

"这是刚才那老板啊。"林仰小声对谈潇道。

谈潇一看衣服，还真是。

盘建军骑着摩托车到面前来，呵斥他们："你们就放这里别动了。"

年轻人手足无措地对视："可是……"

"哼！"盘建军冷哼道，"雷子的事情我知道了，你们也不说去他家帮帮忙，在这里想偷偷处理铁龟，这是你们能弄的吗？铁龟放这儿，都滚吧。"

几个年轻人一听，屁都不敢放一个，赶紧把推车连着铁龟一放，跑了。

三班的同学看得津津有味，虽然没头没脑的，但感觉很有故事性啊，到底发生了什么，这铁龟要怎么处理呢？

地理老师经历得多些，猜这铁龟是村里有规矩不能随便处理捞上来的东西，毕竟骑云瑶还是保留了蛮多民俗的。他其实也感兴趣，但时间不够，再不走会来不及返回学校的："好了好了，别看了，还想看到时候让家长带你们来玩儿。"

这明显不是一时半会儿能处理完的，剩下的同学恋恋不舍地往停车场走去。

谈潇本来也要走，却被盘建军一把拉住："小同学，等等。"

其他同学都没注意到，直接往前走了。

谈潇停住步伐，疑惑地道："怎么了？"

"你是不是姓谈？我听到有人叫你，没错吧？"

"对啊。"

"我老爹听说你在，他晓得你是干什么的，说想麻烦你帮个忙。你也看到了，我们这里的铁龟被捞上来了，按照老规矩，放回去需要做个仪式。"盘建军斟酌着该怎么和谈潇说，"但是我老爹的家伙事都在祠堂压着呢。"

谈潇心中飘忽起来，难道自己的名声都传到骑云岭来了？他不好意思地道："我也没带行头啊。"而且排教和骑云瑶师公的仪式流程他也不了解，这是可以随便插手的吗？

"啊？不是的。"盘建军好笑地道，"我老爹说他知道谈春影灵师，很有名，你是谈春影的儿子对吧？"看谈潇点头，他接着道，"我老爹的意思是想让你出面，就说你代表家

第六章 骑云瑶

里请我老爹去合作表演之类的,让上面寨子祠堂那边的老人把行头还给我老爹。"谈家的情况他可了解过,前头谈潇还扰乱了他唬人,但是这会儿时间紧,他还真得请谈潇帮忙。

谈潇欲言又止。

盘建军:"拜托了,耽误你一些时间,到时候我开车送你回去怎么样?我老爹说了,他知道你妈的性格,他可以教你家几个瑶药单方,绝对有游客买单!"

谈潇一听单方,怦然心动:"你爹就不怕惹怒祖先神吗?"

"我老爹自己会想办法的,毕竟现在这周边就他一个干这行的了。"盘建军叹了口气,忽然醒神一般,不满地看着他,"同学,没必要吧,你是不是故意拿这嘲笑我老爹守旧赚不到钱?不想帮忙就直说,大不了我再打给旅游公司。"

"您想太多了……我就是关心一下,我愿意的!"谈潇倒也不是很失落,习惯了,盘建军和大多数人一样,主要希望他起到一个吉祥物的作用呗。

盘建军急得不行:"可以,那就跟我走吧!"

"还有最后一个问题。"谈潇道,他跟随考古队还是学了点儿知识的,"这铁龟到底多少年历史了?要是文物的话,就算是本地人也不能胡乱动手吧?得原地保护起来。"

"啊?"盘建军傻眼了,疯狂挠头,"等等,我要问下我老爹,我也不知道这玩意儿多少年了。"

"老板,没事的,就算是文物,还可以用其他仪式代替啊,而且这个有关部门也会管的。"谈潇安慰盘建军,力求促成此事,主要是对单方太心动了。别说他,就是谈春影在这儿估计也会心动。而且看他们的样子,应该是不认识404办的人,这种事完全可以请404办协调。

"谈潇?"地理老师发现谈潇没跟上来,在不远处喊他。

"我跟我们老师说一下!"谈潇这才想起来光自己同意可不够,他要脱离大部队单独留下来,肯定是要家长和老师许可的。

谈潇把盘建军的理由稍微修饰了一番,只说盘建军他家想和自己家交流技术合作。果然,老师听完就要求他给谈春影打电话。

谈春影听了理由后一百个愿意,立刻对老师道:"我晚点儿自己去接他,麻烦老师了,他就暂时不返校了!"

村里还是比较安全的,否则学校也不会选这里作为实践地点,况且老师也知道谈潇家是干啥的:"好吧,既然你家有事,那你自己留在这里,有事打电话,回到家要告诉我一声。哎,实践活动,你倒是来谈起生意了……"还是技术业务交流呢,这瑶药治什么的,对写教案导致的脱发有用吗?

"谢谢老师。"谈潇远远地看到同学们都已经上车了，有个身影似乎正从车窗看过来，看位置应该是孔宣。

过了一会儿，林仰在班级群里@谈潇："潇哥，你怎么还不上车？在那儿跟老师说啥呢？"

谈潇回复："你们先回去，我保温杯里还有些水，你给孔宣。"

谈潇想了想再次回复："我要留下来，和这边寨子的人交流一下经验。"

三秒钟的沉默后，班级群被刷屏了。

"牛！"

"大师，我给你跪了！"

"哈哈哈哈哈哈哈！"

中间甚至还夹杂着班主任纪汇明发的表情："笑哭.jpg 疑问.jpg"

05

南楚一中的大巴开走了，谈潇和盘建军一起走回民宿。

之前来找盘建军的中年男子还在这里，身旁站着一位留着短寸头、穿着一身老旧布衣的老人家，裤子上甚至还有泥点子，看起来是田间劳作的老农。事实也的确是这样，他的日常工作就是耕作，到这个年纪，即使家里条件越来越好也没停止。

隔着老远，盘建军就喊道："爹！"

盘建军的父亲叫盘龙象，还没侍弄完家里的地就被急急忙忙叫来帮忙，他刚刚一直在和身旁的中年男子说话，这会儿循声看到儿子身旁站了个清俊的少年，少年冲他礼貌地点头打招呼："道公，您好。"

"哎，你好你好。"盘龙象和谈潇握了握手，他说话有点儿地方口音，但也不难懂，"等下麻烦你了。"

"龙象老爹，能不能快点儿？万一天黑了，我儿子就更不好找了，山里太危险，我们好几十号人找了好久都没找到。"旁边那个中年男子焦急地道。随着时间推移，他的表情越来越慌，要不是实在没办法了，他还真不会来找盘龙象。

谈潇本以为取行头只是为了重新放铁龟，可现在听这人的话，怎么里头还有其他事？

"什么山里头？"谈潇问了一句。

中年男子无意看了谈潇一眼，却一下认了出来，惊呼道："我看过你的表演，你是那个什么乐队的鼓手！"

谈潇："……"我不是，我没有。

他正想解释，却被盘龙象打断："好了好了，等下再说，先办事。"

盘龙象瞟了同村人一眼，如果不是早年欠过他家人情，也不会为此破例，甚至要去把行头骗回来。他皱着眉道："雷勇，你现在才急有什么用？你儿子把铁龟拉到你家里去的时候，你怎么不知道急？我看你就是不把寨子里传下来的老规矩当回事！我现在要想办法去拿行头，你在这里给我准备好猪肉、鸡……"他报了一串清单，好让雷勇有点儿事做，别抽风。

雷勇点点头记下，也没其他办法了。他是村寨里最早上学的一批人，常年住在外头，回来得少，再加上都说怪事怕光明，打从山里通了电，开始接待游客，他埋藏在儿时记忆中的旧俗更是很久没有想起来过了。可如今儿子失踪后一直没消息，只能请龙象老爹来整，他是老资格，又是从山顶的寨子里搬下来的，还是个优秀的采药人，比大家都熟悉山里面的路……只是盘老爹坚持要拿到自己的行头才肯去帮忙。

"小蛇巫，麻烦你跟我走一趟了，祠堂在山上的寨子里。"盘龙象要带谈潇骑摩托车到寨子里去，老先生身体还挺棒，轻轻松松往摩托车上一跨就坐稳了。

待谈潇上了后座，盘龙象顺着山路往上开。

"道公，刚刚那个大叔说的找人到底是怎么回事？"谈潇好奇地道，他是来负责忽悠祠堂的负责人的，但也好奇到底出了什么事。

这本来是村里的事情，不管是那些年轻人还是盘建军，在谈潇面前说起来都遮遮掩掩，不想说出实情。但盘龙象有自己的处事原则，纵然谈潇年纪小，但既然叫谈潇来帮忙，他就不能欺人："你有没有看到我们村头有只铁龟？"

"看到了啊，上面有蛇脚书。我还想问呢，那到底是不是文物？是文物不能随便动的吧？"谈潇顺势问道。

"那东西年头虽老，倒算不上文物。"既然谈潇看到了铁龟，还仔细观察过，盘龙象相信他多少也了解些，说话便更加不避讳了，"我们村里的年轻人带着雷勇回来度假的儿子去南溪河玩儿，摸到了露出水面的铁龟，或许是觉得有意思，或许是以为可以卖钱，就把它抬了上来，商量到时候叫人来看，还想开直播。抬上岸后，铁龟就暂时放到了雷勇家里。我成天在地里，都不知道这件事。没几天，这些年轻人个个倒了霉，家里的猪、鸡、羊陆陆续续眼睛都瞎掉了，雷勇的儿子今天直接发癫狂奔出家门，跑到山里头，到现在还没找到。"

一开始是家里人找，没找到，然后就发动邻居一起找，乱成一团，和他一起捞铁龟的同伴本来就害怕，见状只想把铁龟扔了，幸好被盘建军及时阻止。

也不怪他们害怕，山的顶里头不是寻常登山的路，而是更深的区域，游客禁入，哪怕是普通骑云瑶也不会随便乱进，因为太危险了，除非是专业向导或像盘龙象这样去采药的。雷勇的儿子冲进山里时没带手机，想查定位都难。

"他们找了快一整天也没找到，被家里老人提醒，才想起来叫我帮忙。我说帮忙也可以，但必须把我的行头拿回来，不然别说找不找得到，就是找回来，人可能也不行了。"盘龙象把整件事说完，没听到身后谈潇回话，笑了笑道，"哦，你是在上学的，是不是觉得老头太夸张了，那些明明只是巧合，年轻人发癔症了，集体歇斯底里？"

谈潇满头黑线，没想到老道公知道的名词还挺多。没错，现在很多现象都是有科学解释的，也的确有真有假，很多问题其实是寄生虫、食物中毒引起的。

"没有啊，我相信您。"谈潇只是在思考，不知道那些年轻人具体是什么情况，"我是在想，他们身上的事有两种可能性，一个是河里的东西跑出来了，另一个就是反噬。"

"哈哈哈，你不错！你不是为了我的单方故意迎合吧？"盘龙象心道，嘿，还真是难得，谈家都去搞表演了，但是说不准这年轻人就是有点儿灵应呢？

"当然也想要单方，所以我留下了。"谈潇毫不避讳，反正盘龙象已经答应过了，"不过我也是真的相信啊。"他就没刻意隐藏过，就算帮毛毛姐那次也是半真半假。

"那你这……算是阳传的？"盘龙象饶有兴味地问。

他们这行的传承分为阴传和阳传，像盘龙象自己就是阳传，是拜父亲为师学的，天赋灵应有多少就看各人了，多的是一代不如一代的。而有些会有些奇遇，得到祖先或者某个前辈的传授，这种就是阴传。以谈潇的家世，两种情况都有可能。

谈潇想了想，道："都有，就算家传吧……"他是在家受的家族教育，孔雀大神也教授了一些，不过孔雀大神现在住在他家，所以统称家传也没错。

说话间，已经到了山上的寨子。祠堂就在村口，但是锁起来的。

盘龙象找到寨子里的老人，用方言和他说了几句，然后指了指谈潇。

老人浑浊的眼睛看着谈潇，板着脸说："你是谈家的？"

看来不管是在同行间，还是在民俗旅游这块，谈家的名头都还挺响的。

谈潇把随身携带的家里的名片拿出来："是的。您好，我们家和旅行社有商量，想和盘道公一起开发一条旅游线路，叫作'康养南楚行'，利用瑶家古方开发熏蒸养生项目，并安排体验南楚的巫傩文化，还有观赏骑云岭的云海……"

盘龙象："……"要不是他知道实情，都要以为这是真的了！

谈潇编的比盘建军说的要详细、真实多了，盘建军只想让他拿表演来忽悠，他倒是直接编了条路线出来，更能忽悠人了。毕竟单论表演，他们和谈春影应该是竞争对手，

205

一条路线上合作才说得过去。果然，寨里老人一下就信了。骑云岭不少寨子有类似的合作，包括歌舞什么的，看来盘龙象也想转行了，想挣钱不丢人，只是……

"唉，那你们就不能给定做表演服和道具吗？我知道很多人的表演服都是做的一样的新衣服。"老人也不是没见识，来骑云岭的游客可不少，只是对把行头还回去还是有点儿不愿意，毕竟坏了旧规矩。

"我们家要开发的是精品路线，当然要拿些老东西给游客看，人家也认得出来工厂货啊。"谈潇应答得很快，"您放心，我们是去表演的，不会触碰什么禁忌。"

"既然是这样，那就等我拿来吧。但你不可以坏了规矩，不然最倒霉的是你自己。"老人再次叮嘱，这次是对盘龙象说的。

"我知道了。"盘龙象对此早有准备。

行头被埋在祠堂下面的土里，老人叫来几个青壮年，挖开土后露出一个大坛子，里面就是盘龙象的全套行头，包括一些傩面具。傩文化在骑云瑶中同样源远流长，他们自古以来也有跳傩的传统。但这些面具和谈潇家里的风格不太一样，据说骑云瑶一堂所有面具都是从同一棵树上掏出来的。

盘龙象捧着自己的行头，宝贝地抚摸着："不错，还是有定期帮我上油、清理的。"

这都是祖传的，和谈潇家那些捐到博物馆去的不同，他这是一代代用着没换过。

时间紧急，盘龙象拿上东西，立刻载着谈潇沿着盘山公路飙回去了。屋里盘建军已经帮忙把桌子和一应物品，包括公鸡、猪肉以及家里其他腊肉都摆好了。

盘龙象将法衣披上，腰佩长鼓，手持法铃，一时整个人的气场都不一样了："建军出去。"儿子既然不干这行，那就不能乱看。

盘建军不甘心地道："那他怎么还在里面呢？爸，你小心他偷学。"之前可只说教单方，没说教其他把式。

谈潇："……"被看穿了，他真的想学些东西。

"能学到也是人家的本事。"盘龙象道。他们有自己的一套道理，如果堂上祖师同意，那谈潇就能学会；若是不同意，看也看不会。再者说，谈潇路上说的话说明他是有心之人，只是跟着谈春影，估计也难有前辈指点他。唉，既然年轻人愿意学，他也想帮衬些。

"你看好了。"盘龙象意味深长地道。

谈潇乖巧地坐在一边："好的，谢谢道公。"

和灵师们一样，几乎每个师公供奉的上神都不尽相同，如果是族内办大型活动，能聚集四五百位，眼下盘龙象布置的坛场上就有十八位，都是本地主管山林河流的神灵。

他摇动法铃："奉请骑云将军来，仙风吹下御炉香，一进门来二进厅，告诉弟子如何行。

我知他姓知他名……"

盘龙象很久没有做这些了，今日却感觉陷入了一种玄之又玄的境界，一阵穿堂风吹来，似有尊神已在面前，身着华服，头饰翎羽，形容华贵，更兼气势汹汹，好似要找麻烦一样。他不由得一愣。怪了，鲜少有大神亲自现身的，而且仔细一看形象，总觉得和那十八位乃至家里的一百多位都对不上号啊！尤其是这神威势赫赫，还带着怒气的模样，难办了！

盘龙象心头像被雪水冲过一般，谨慎地问："请问堂上是哪位？有何指教？"

旁边乖巧看着的谈潇盯着那来客的长发、衣服，越看越眼熟……等等，衣服好像是自己挑的啊！不会吧？他和那半透明的身影对视一眼，确认过了，是凶巴巴的眼神！

谈潇赶紧站起来，尴尬地道："等一下，这位好像是来找我的。"

盘龙象满头雾水，表情也快裂开了。

只见那陌生尊神对着谈潇怒道："你放学不回家……来这里做什么？"说是发怒，其实还隐含着一丝惊喜，只是不能透露，毕竟自己一露面甚至还未说话就被认出来了！

啊，这小灵师到底奉的是哪方尊神，如此任性，放学不回家也要管？盘龙象干这行大半辈子也没遇到过这种事，先前还想教人家几招，不承想人家在灵应这方面……眼下他还能怎么办，当然是让开路，交给他们表演了。

那身影已行至谈潇面前，不满地看着他，继续发问："到底何故滞留此处？"害得他在车上等了许久，才从林仰口中得知谈潇不回去了，就想了个借口下车前来。

谈潇也很尴尬，指了指盘龙象道："我加课呢，大神您有什么事吗？"他想学下骑云瑶的单方和招数。

孔宣没好气地道："没事又怎么样？没事我就不能找来了吗？"

谈潇："……"

盘龙象则陷入沉思：这触及他一个老头的知识盲区了，怎么这么黏糊的？

"我还在忙，等这里收工了我再找您吧。"谈潇心想还要继续找人呢，还是请孔雀大神先把人家的场地让出来吧，这霸占着算怎么回事，又没人请他。

"不敢当。"盘龙象也不太想继续了，而且他是怎么也没想到谈春影能有这样的孩子，"小灵师啊，你怎不早说？既已降神，不如送佛送到西。"

这意思是要他出手吗？谈潇始料未及："我……我什么也没准备，道公不是要自己来吗？"

"能少惹祖先神生气一点儿就少一点儿吧，免得以后给我穿小鞋。"盘龙象这话说得谈潇都忍俊不禁了，能不坏规矩肯定是不坏规矩最好啊，"我要早知道你有这一手……"虽然也不至于就不上去拿行头了，但有个得力搭档，起码心理压力会小很多。

第六章 骑云瑶

谈潇一想也是，人家说过是冒着风险的，既然孔雀大神来都来了，他也不矫情了："好吧，但我怕有犯忌的地方，请您在旁边提点。"

盘龙象一摊手："请。"要是平时，就谈潇这副什么行头也没有的样子，做什么他都感觉是错的，可现在这些自然都不重要了。

谈潇拿起雷勇提供的儿子的照片走至桌前，喝道："照清去迹，随风目击！"

孔宣随声行至谈潇身侧，气息笼罩住谈潇，握住他的手："一切照明。"

只见一堆位于西南角的纸灰无风自动，被吹拂得细细长长蜿蜒曲折，宛如河流一般。

"多谢大神。"谈潇见孔雀大神的手迟迟未放下，等了好一会儿才自己主动撒了手。他走到纸灰边，颇觉稀奇，这西南角和山里是截然相反的方向啊，而且形如河流……

谈潇迟疑地解读："这是说，不在山上，要往下游走，在水下？"

"不妙，不妙，是投河入水了，顺水流下。"盘龙象一下看出那河流和南溪河的走势一致，"难怪在山里找不到人，危也。"他又仔细拨了拨那灰，喃喃道，"生机尚在，要快，要快，要快！"

谈潇一个激灵跳起来："那我们赶紧吧。"

他匆匆忙忙就要出门，却被盘龙象喊住，指了指孔雀大神。

哦哦，还要送送这位。谈潇一脸可怜地看着孔雀大神。

孔宣看那桌上根本没有自己喜欢吃的东西，冷哼一声："哼，我等你回来。"全是生的，都什么品位？

"多谢大神。"谈潇像小仓鼠一样对他双手合十拜了拜，然后就往外跑。

"多谢多谢。"盘龙象也胡乱拜了拜，他到现在也不知道这是哪位。

两人一出来，外面焦急等待的雷勇就站了起来："师公，刚刚山上的人打电话说还是没找到，他到底在哪里？"

"不在山上！"盘龙象笃定地道，"现在赶紧准备好车和橡皮艇，我们往南溪河下游去找。"

"什么？"雷勇失声道，他脑子里嗡嗡的，想到的都是最坏的结果，"我儿子淹死了吗？盘老爹你是要我去把他捞起来？"

"大叔，还没有，快点儿去开车！"谈潇晃了晃雷勇，把人给叫醒了。

雷勇心中权衡，山上几十号人也没找到，不如跟着盘老爹去看看好了。

因为这里有漂流项目，橡皮艇倒不难找，众人很快就把需要的东西装上了雷勇借来的轻卡货车，盘建军也跟着来搭把手。

现在村里人已经都知道了雷子俊失踪的消息，很多人都帮忙去找，但大家都是往山上，只有他们往下游去。此时暮色四合，卡车在乡间道路上行驶，仿佛徐徐驶入天际渐浓的夜色中。

卡车后斗内，盘龙象把橡皮艇检查了一遍，然后翻出一本泛黄的手抄册子，打开手电筒，只见封皮上写着几行字：八百里云梦，恩波及楚，数千年真教，大道通天。

"这是以前骑云岭一位排教老师傅在没有传人的情况下交给我父亲，之后又传到我手里的，我读过，用的机会却不多。"盘龙象笑了两声，"从前我还想，这老师傅也没个徒弟，我自己的小孩也不接传承……唉，是好事，也是坏事。"

谈潇不知道该说什么，他出生的时候情况已经不一样了，但他知道如果当年谈春影不寻求转型，谈家现在可能也是差不多的情况。

盘龙象叫谈潇帮他打着手电筒，在橡皮艇内侧施咒，然后站起来，借着不多的天光看路，到了与预测差不多的地方就拍车窗叫道："停车！"

雷勇一脚刹车停下，开门下去，这地方离村里已经有些距离了，很难想象雷子俊是如何狂奔到深山又到了这儿的。放眼望去，河水夜色两茫茫，实在看不到人影，他心里忐忑不已，一边看着水流，一边想夜色下的深山，实在煎熬，忍不住大喊了一声："子俊！"

回音阵阵，却无应答。

雷勇早去城里常住了，盘建军对这里更熟悉一些，嘶了一声道："再往下一点儿可就是上茅滩了！"

上茅滩后头还有个下茅滩，是本地出名的险滩，越到枯水季越危险。所谓"惶恐滩头说惶恐"，就是因为船过险滩容易翻，乱石暗流个个要人命。就连骑云岭的漂流项目都是排除这一河段的。

盘龙象看了一眼，直接把橡皮艇推了下去："带了绳子的，我们只在这一段找。"他也不是奔着送命来的，自然不会大晚上乱闯险滩。

几人把橡皮艇拽到河边，一根绳子牵住了橡皮艇，另一头拴在卡车上，又回去拿了一袋米放到橡皮艇里，另有碗、香、救生衣、绳索等物。

"你们两个就在岸边，我和小灵师下去。"盘龙象道。

"盘老爹，我跟你下去吧，这孩子还小。"雷勇下意识反对。谈潇身上还穿着校服，年纪也不大，这叫他怎么放心。

"你叫他留在岸上，那我怎么办？我靠谁去？"盘龙象没好气地道，他找小灵师就是来给自己保命的。

雷勇："啊？"

盘建军推了他一下："行了，你别说了，照做就行。"

雷勇只好闭嘴了，看着盘龙象和谈潇跨进了橡皮艇。

南溪河到这里变宽许多，两人划着橡皮艇斜斜向河中去。盘龙象对谈潇道："到了水上，瑶家就没有排教好使了。"

谈潇认真听着，看了看四周，纵然他视力很好，也实在看不出河岸边有人影，不由得看向了河面。

盘龙象也犯起了嘀咕："这么急的水，人留在哪儿了？"

这里水势急得多，向下的上茅滩处还是个急转弯，但孔雀大神给的指示分明就是此处，难道是卡在哪个礁石处了？

橡皮艇到了大河中间，盘龙象拿起一只老瓷碗，舀起河水向中心泼，同时喊着雷子俊的名字："雷子俊——"

喊了九声，没有动静。

"咿呀呀吱着嘿——"

黑暗中，不知何处竟隐约有浑厚的齐唱歌声传来。

岸边的雷勇和盘建军对视一眼，浑身发抖。他们一下就听出来了，这明明就是放排的号子声！如今早已无人放排，但放排号子骑云岭的人谁没过？他们这个年纪的人没听老排工唱过，也听民歌里唱过啊！

楚地多水亦多矿，由此诞生了两个危险系数最大的职业：矿工与排工。老话说，挖煤的埋了没死，放排的死了没埋。如今游人往来的南溪河曾有不计其数的排工丧命在此。难道说，雷子俊是被排工变成的水中诡物缠上了？

谈潇也听到了歌声，他和盘龙象在手电筒的模糊光线中对视一眼，都没说话。

"道公，排教不是有浮身的技术吗？"谈潇忽略那歌声，问道，"能不能改一下，叫雷子俊浮起来？"他自己是动不动就改咒语的，对他来说这就和解题的时候灵活套用公式一样，有时候还结合起来用。

盘龙象犹豫了一下，还是按谈潇说的试了试，前方水面竟果真翻动起来，一个像是人形的黑影在动弹。

雷勇一直在岸边看，见状也顾不得害怕了，扯着嗓子大喊："子俊，是你吗？"

盘龙象比了个手势。

盘建军看见了，赶紧道："继续喊，喊他大名。"

这时候夜色已浓，手电筒的光照在水面上，黑影翻动。雷勇破锣般的嗓音远远传出去，语调还在抖，末句更是直接破了音。

两人把橡皮艇划近了些，扔下去一个拴着绳子的游泳圈："雷子俊？雷子俊？"

210

水底的黑影陡然向上一翻，攀住了游泳圈。

浓浓的水腥气飘来……

谈潇心猛地一跳，直视那张惨白的脸，正是雷子俊，只不过这会儿他的两只眼睛蒙着灰色的薄翳，时不时滑动一下，就像蜥蜴一般，再往下，皮肤上竟布着红棕色斑纹，湿湿滑滑的，有点儿像娃娃鱼长出短短的人一般的四肢。

这半人半鱼的家伙冲谈潇咧嘴笑了一下，猛然又往水下沉，手里还拽着绳子，俨然是要把橡皮艇一起打翻。

"坐稳了！"盘龙象大喝一声，迅速装了一碗水，又在碗中竖了一根香，眼看就要翻了的橡皮艇剧烈一晃，瞬间神奇地稳住了。

谈潇思考了一下，没有呼唤孔雀大神，而是将手探入水中捏诀："清清灵灵，下有甲兵，斩绝水怪，人道安宁！"万物皆有灵，他想起刚才的号子声，忽有灵感，索性试试。

岸边，雷勇急得跳脚。这什么情况？

"老爹！"盘建军则吓得往回拉绳子，他远远地也看不清雷子俊的脸，只看到一个快两米长、似人非人的身影冒了出来。

可是，橡皮艇刚被拽得往岸边移动了一截就停住了，绳子绷紧了，像是坠了千斤铁一般，遇到了极大的阻力。

是"雷子俊"吗？盘龙象和谈潇也察觉到了，警惕地看着水下。

盘建军叫雷勇和自己一起用力，使出吃奶的劲儿后橡皮艇才又动了一点儿，可马上又滞住了。

就是这时候，橡皮艇的正前方，那接近两米的人首鱼身的怪物高高跃起，长着利爪的手向上猛然一掏——

如果不是船还停在原处，就会被它击中！

盘建军吓得两手发麻。

人首鱼怪浮在原地看了他们两眼，忽然绕开橡皮艇往下游去，一下把绳子咬断了。

失去了助力的橡皮艇朝下急漂，再往下便是布满暗礁的上茅滩，一个几乎是U形的转弯，不知道有多少船只翻在这里。

盘建军和雷勇一边大喊一边往下游跑。在这地方想安全上来得靠拉滩，就是叫纤夫一齐拉动，但他们就两个人，绳子还断了，根本无能为力。

橡皮艇急速向下冲，水波翻涌，极为危险。

人首鱼怪游在前方，左冲右突，像在避让什么。

谈潇只觉得橡皮艇在剧烈震动之后，像被什么推着快速朝人首鱼怪那边靠拢过去，

第六章 骑云瑶

在夜色中绕过暗礁、暗涌，平稳地靠近了滩头……

黑暗中，不知道是天上还是水下，又或者是远方，再次响起了隐约的号子声："咿呀呀吱着嘿，飙滩咯——"

谈潇立时笃定了心中猜想，自己刚唤来的不是别人，正是执念滞留南溪河的排工。

也是这一瞬间，谈潇和盘龙象都知晓了为什么孔雀大神指路于此。水路多变，并非要在这里守株待兔，也不是雷子俊被礁石卡住，而是一路有排工阻止，人首鱼怪最终被堵截在了这儿。他们虽困于此，日复一日年复一年被慢慢消磨，相比起人首鱼怪的力量堪称渺小，可是在号子声中齐齐用力，亦能拦住人首鱼怪。

谈潇蓦然回忆起小时候听谈春影说起排教和放排的源流时曾哼过的滩歌："舍下血肉喂鱼肚，折断骨头再撑船。"

盘龙象也大喝一声："列位，勾住！"

"喔——呵！"

上下配合，近两米长的人首鱼怪被整个顶上了水面。

橡皮艇正好就在旁边，谈潇一个金刀诀打下去，雷子俊的身体和鱼身分离，被盘龙象一把扯住拽上来。随后，小小的橡皮艇被无形之力托着破开激流，稳稳停泊在了滩头。盘龙象全程死死抱着雷子俊，停稳后不禁吐了口气，低头确认还有呼吸，这才放下心来。

那被剥离的人首鱼怪也被冲上了滩头，脑袋仍然肖似人首，只是更加粗糙古怪，长着红棕色的斑纹，没有头发，脸边有鳃。

谈潇用手电筒去照翻肚皮的人首鱼怪："这到底什么玩意儿啊？"鬼模样看得人怪难受的，这要怎么记录？他怀疑是传说中的陵鱼，但是陵鱼生活在海上……

先不管了！谈潇甩出绳索，把人首鱼怪捆住枷好，拖过来，然后将黄纸抛向河面，夜空中如黄蝴蝶飞舞。一个成熟的灵师不应该轻易做出承诺，但他还是忍不住道："来日……呃，待考完期末考试，我再专程来看各位！"

那翻飞的黄蝴蝶飘落，随着水流打转，似是对谈潇的回应。

盘龙象本觉得惊险，这会儿听到谈潇的话，忍不住笑了起来，方才的事差点儿让他忘了谈潇是来此处做课外实践的。

谈潇以为自己说错了什么："怎么了？是不是太晚了，大家会有意见？"

"怎么会呢？"盘龙象拍了拍谈潇的肩，望向水面，好像又见到了逐渐淡去的记忆中那些放排的身影，"你要说别的也就罢了，是忙着准备考试，他们高兴还来不及呢！"

"老爹！老爹！小同学，你们没事吧？"这个时候，雷勇和盘建军跑到了滩头，盘建军喊得嗓子都哑了。

雷勇抖着手上前，看着滩上那尾不知死活的巨大怪鱼，再看看脸色惨白但胸口微弱起伏的儿子，流着眼泪道："谢谢，谢谢，真的谢谢两位。"这一刻，他不知道用什么语言表达自己的感谢，只有最原始的两个字。

"都是小灵师的功劳，谢谢他吧。"这么一番操作下来，盘龙象也累了，疲惫地道，"还有，你儿子得送医院，也告诉山上的人一声，别找了。"

雷勇紧紧地握了下谈潇的手，喉头哽住，难以言表。他之前还想代替谈潇下去，没想到盘龙象说的话不是夸张，只是那之前他不太敢相信这个少年有如此本事。

"没事，其实还要感谢……"谈潇看了看水面，"骑云岭的前辈们，有他们的号子才能赢。"他心中好像越发明白，为什么穆翡每天加班喊累也没有转行。

雷勇之前在岸边，看不清具体情况，只是想起之前听到的隐隐约约的放排号子声，再看那巨大的鱼，一时间也明白了。此时此刻，他心中全没了恐惧，郑重地对河面鞠了一躬，没有多说什么，但已经决定日后要为家乡做更多贡献。

"您快打电话吧。"谈潇轻声道，孩子毕竟还昏迷着。

"好，好。"雷勇赶紧打电话给家里人，然后把雷子俊抬到卡车后头。

谈潇和盘龙象也在后方押车，橡皮艇先不拿走，空出来的位置放那只用绳索捆好的水怪。两人还是坐在一起，只是狼狈了很多。

"等下回去我要拿个罐罐把它装住，铁龟呢，也得另择吉日放回河底。"盘龙象说起自己的打算。

谈潇知道他说的罐罐是什么。据说瑶家师公收妖就是用坛坛罐罐，收好后埋起来，一般不会完全杀死对方。有的人认为这是因为做不到，但盘龙象认为这是祖师之德。

"那装好后，能不能让我带回去登记？"谈潇点了点头，这玩意儿明显得登记造册，"其实我这边和一个叫404办的单位有合作。"他特别向盘龙象推荐了现在人手紧缺的404办，希望盘龙象也能来帮忙。

盘龙象隐约听说过404办，只是他一般待在乡下，也不混圈，便道："行，你带走吧。"这本来就是谈潇出了大力才拿下的。

想了想，盘龙象又拿出一物："还有这个，你也拿着吧。"

谈潇一看，竟是排教秘法的手抄本，他没有立刻去接："道公？"

"放心，单方也少不了你的，已经叫我儿子抄下来了。"盘龙象一把将手抄本塞进他手里，说道，"你是谈家的灵师，不能接我的班，但这个你可以拿去，我想也不算辱没那位老师傅。"

虽然相识不久，但今天和谈潇合作一遭，患难之中自见真心，盘龙象没有特意为这册子找过主人，只是遇到谈潇后兴起此念，觉得合适无比。

谈潇只犹豫了一下就道："谢谢，我会好好学习的。"

"天天向上啊！"盘龙象颇有深意地含笑道。

第 七 章

羽舞

为什么他会觉得如此自然而熟悉？

01

"呃……噗……"

身旁传来哼唧声，但不是从雷子俊嘴里传出来的，而是那条大鱼。它之前被砍得都翻肚皮了，估计伤得不轻，痛呼着醒来，声音粗哑而诡异。

谈潇想起什么，掏出手机，学着穆翡的样子给它拍照。万一到时候登记需要呢？他记得404办的流程还挺多的。

水怪短短的四肢扒拉了一下空气，又恨又怕地看着谈潇。

谈潇顺势一边记录一边问道："会说话吧？有名字没，叫什么？"

作为手下败将，它也没纠结很久，粗声粗气地答道："吼江龙。"

谈潇无语地看了它一眼："什么种族？"

水怪："美人鱼。"

谈潇："我打你信不信？"

水怪立刻往旁边躲闪了一下，怕他得很，然后才悻悻地道："吾似人而有四肢，如何不美？"它觉得自己模仿人挺像的啊，凭什么打它？

"我重新问一遍，你自己掂量一下。"谈潇威胁道，果然邪祟都不爱说真话，他经历几次，都锻炼出谈判能力了，"什么名字？"

水怪："吼江。"

谈潇："什么种族？"

吼江："鱼。"

看谈潇的眼神明显像在说"什么鱼能像你这样"，它补充道："吾本是云梦泽入水口一尾黑鲢，吞人骨而成妖，身形俱红，当年溯流而来骑云岭，谁知被排教法师困在这里数十载。"

"这回说的是真的吧？我合作单位会调查的，说谎你就完了。"谈潇想，这是一种新成就的混合型妖类啊，可以说半妖半魅，值得一记。唔，不过这妖怪是不是得起个新名字，血鲢？人骨鲢？

盘龙象听了却感觉哪里不对劲："人往高处走，你就在入水口，不去云梦泽，却要来骑云岭？我们这里的烧龙船还要往云梦泽送咧。"

烧龙船是楚地的一种送瘟神的仪式。一般来说，他们还会特意夸一下要送去的地方有多好，骗它们自愿离开。云梦泽码头汇集商帮，是相送的一大去处。

吼江闷声道："云梦泽太难混了。"

谈潇瞬间会意："就跟打工人逃离一线城市一样，压力太大是吧？"

盘龙象："……"好像有点儿懂了。

云梦泽是最大的淡水湖之一，也是楚地众多水系汇合注入大江之处。上古时期，云梦泽还是楚国的别都。如此重地，当然不好混。

吼江逃离云梦泽，可不就是想逃避压力？只是没想到南楚山区土著也凶得很，它被迫折戟！所以它脱困后第一件事就是在当地大闹一顿出出气，反正排教早没了，就逮谁闹呗，然后再顺着水路离开，可惜再次被制服……短暂逍遥了半天的吼江不禁心如死灰，一双死鱼眼望着苍天。

谈潇看了下，觉得它的脸实在不能细看，手也怪吓人的，便用卡车上的袋子裹好。

此时车已开到了村头，只见那铁龟还安静地待在原处，无人敢触碰。

盘建军从前面跳下来，三人七手八脚地把吼江弄了下去。

雷勇也赶紧背着孩子换了辆车，准备赶去医院："来日再谢谢您几位，回见！"

"走，把这家伙抬回去装罐。"盘龙象搓了下手，要去抬吼江，才抬起来一会儿，就听原本安静无声的村头传来大喊声。

"你们抬的是鱼吗？"

谈潇吓了一跳，望过去，只见黑暗中影影绰绰站起来几个人，一边往这边跑，一边兴奋道："怎么感觉特别大？"

原来是白天就坐在那儿的钓鱼客们，居然晚上了还在钓。

七八个钓鱼客一拥而上围住了谈潇,看到他们那裹"鱼"的袋子鼓鼓囊囊,长度更是惊人,一下子全都要喊破音了。

"这么大的鱼?!"

"谁钓的?在哪儿钓的?!"

"这是条什么鱼?牛啊!"

盘建军站得离他们最近,被问蒙了,紧张地看向老爹和谈潇:这可怎么办啊?

盘龙象还挺淡定的,他指了指谈潇:"他钓的,鲢鳙。"

几人一脸羡慕嫉妒恨地齐刷刷看向谈潇:年纪小小,怎么就钓到如此大的鱼?你是想逆天啊!目前所知钓到的最大的鲢鱼也就一百来斤,这条看体形怕不是得有一百斤以上了。

"你用什么打窝?"

"真的假的?打开看下啊。"

谈潇一时尬住了,但看他们不依不饶的样子,用力踹了吼江一脚,然后才慢慢打开袋子。这水怪还挺机灵,果然把手脚给收了起来,形象也正常多了,夜色中看就是条普普通通的大鱼。

钓鱼客们先前兴奋,看完鱼后反而没声儿了,一个个眼睛都要红了。

"小老弟,拍个照不介意吧?"

"能称重吗?"

几人围着吼江又是拍照又是称重,还有上手摸的,甚至让谈潇跟他们合影。

谈潇哭笑不得地合了影,这才在他们羡慕的目光中把"鱼"抬走。

"你回头给他们住的民宿送点儿艾草。"一转身,盘龙象就小声道。

盘建军点了点头。这些人摸了吼江,可是很晦气的,不给他们弄点儿艾草,怕是要倒霉一阵子。

盘龙象回家后翻出罐子,口念咒语,人首鱼怪硕大的身躯就钻进了罐子里——吼江和大部分妖邪一样都是日久而身化气。他用五色线扎好罐口,递给了谈潇,又检点单方两张,让盘建军送谈潇回去。

路上,谈潇给穆翡发消息,告知今天遇到的事情,询问吼江是否需要先录入。

穆翡回了几个笑哭的表情:"需要啊!老弟,我这里正忙着,能不能麻烦你把水怪送到我们办事处去?我会让同事核实。"

不就是自己走一趟嘛,谈潇立刻道:"可以啊。"说完还问了一句,"忙什么,需要帮忙吗?"

穆翡过了一会儿才回道："没事，暂时还不需要！"

他们404办有内部共识，不是特别情况不动用这个小杀器，人家可还在上学呢。

"对了，给我看下那水怪，你拍照了没？"穆翡听说是人首鱼怪，有点儿好奇。

谈潇发了几张照片给她，不小心把之前和钓鱼客合影的照片也发过去了。

穆翡看到前面还好，琢磨这是不是也能写篇内部材料，看到最后一张时，一口咖啡差点儿喷出来！照片上赫然是谈潇和几个晒得黝黑、穿着冲锋衣的人，他们面前就是稍加变化后的水怪，而谈潇腼腆微笑，那些人竖起大拇指，显然想象不到自己面前是什么凶悍记仇的怪物。

穆翡："你这是干什么……"

谈潇："呃……他们看到了啊，没办法，我只好说这是我钓的鱼。"

穆翡想说点儿什么，却又不知道能说什么，能光明正大不露馅也是人家的本事啊！

穆翡："强！抱拳.jpg"

谈潇："笑哭.jpg"

随后谈潇和盘建军说了一下，让他先送自己去穆翡发来的一个定位，也就是404办在南楚的办事处，地址在老梅祠内，谈潇之前在群里看到过他们的人和端阳争执任务。

老梅祠地处闹市，据说斋饭很受欢迎，此时早就闭门了，祠内红墙碧瓦，老梅探枝，是个闹中取静的好地方。谈潇去了后一看，办事处倒是颇为忙碌，专门负责上传下达的人都不在。

一个小师傅接过罐子，道："您稍等，我问问长老。"

墙边有个眉毛都白了的老师傅正在扫地，脚边一只橘猫有一下没一下地扑着飘起来的落叶，老师傅轻笑两声，摸了两下橘猫的背，显得极有生活气息，好一个猫奴长老。

小师傅对他说了几句，见老师傅点头，就把罐子放在他身旁的地上。猫咪围着罐子绕了两圈，似乎是嗅到了上面的腥气。

老师傅遥遥看过来，和谈潇对视一眼，颔首示意。

谈潇赶紧礼貌地挥了挥手。

"麻烦您了，东西放在这里就行。"小师傅跑回来，好奇地看着谈潇，可能是没见过穿高中校服的404办编外成员，想知道这是群里的哪一位。

"谢谢，不打扰了。"谈潇礼貌道别，已经很晚了，他真得赶回去了。

等谈潇到家时都快十一点了，谈春影困死了，还在客厅等他："可算回来了，饿不饿？我给你煎了糍粑。"

别说，谈潇还真饿了，晚上都没顾得上吃东西，只在盘建军那里随便垫了点儿，幸

第七章 羽舞

好明天就是周末了。

他把单方递给谈春影，看她瞬间两眼放光，不由得笑了笑，进厨房看了看还热乎的糍粑，又把冰箱门打开了。

谈春影疑惑地看过来。

谈潇："不够吃……"

他回来得这么晚，必然也要对孔雀大神略加安慰的。

谈春影对他的食量表示佩服，摇了摇头道："厉害。"

糍粑无非就是蒸熟捣烂，关键就是热水和面，这样糍粑才比较筋道。谈潇家做的糍粑是南楚特色，里头要加馅，于是在原本的软弹甜糯中又多了一分咸香，滋味融合而不冲突。

楚地传说糍粑是为纪念楚国大将军而来的，但是孔雀大神估计也不知道那是谁。

谈潇把糍粑小火慢煎到表面膨胀，渐渐饱满到变成焦黄色，形成诱人的颗粒感，看一眼就知道其口感必是外皮酥脆而不干、内里软糯弹牙，戳一戳，咔啦一声脆响，火候刚刚好，再撒上一些黄豆粉……

把糍粑端回房，谈潇击馋七下，孔雀大神现身，冷冷地看着那糍粑，像是一点儿也不满意的样子，抱臂道："这么晚才回来。"

谈潇张口就道："骑云岭的道公可羡慕我了，说我的宗主神对我也太好了吧。"

"算他有点儿眼光。"孔宣得意地放下手，夹起糍粑咬了一口。沾着香甜黄豆粉的酥脆外皮被咬开，内里软糯至极，是上古时候还没发明出来的口感，让孔宣觉得好像……想起趴在谈潇腿上的感觉。真是奇妙的感受，虽然一个是滋味一个是触感，却莫名串到了一起。

谈潇也夹了一块吃，浓香充盈爆发在口中，酥脆与黏稠并存，倒是很像孔雀大神的爆裂性格呢。他一边吃一边想，忍不住翻开了一本习题集。

孔宣本来吃得正香，看谈潇居然想刷题，表情不禁有点儿扭曲。为什么要在别人吃东西的时候做这么扫兴的事？！难道他平时被学校的题海折磨得还不够吗？！

谈潇见孔雀大神看自己的习题集，一时误会了，忙遮住自己的作业，谨慎道："考试就不劳烦您费心了……我自己复习。"

哼！孔宣心中痒痒的，想较劲，看谈潇何时能认出自己，又很忧愁这到底要花费多久，怨念几乎化为实体，感觉随时就会冲出身体，尤其是……他真的好想要一部手机！虽然他也可以想点儿其他办法，但是宗主神用的东西，岂非由代行者来送最好？这是代行者的荣幸！他觉得谈潇用的那款就很不错……

孔宣一边偷偷看谈潇，一边嘎吱嘎吱咬着糍粑：比物理更让他烦恼的，还是他的代行者啊！

周一，谈潇在走廊上被一个老师叫住："谈潇，你把这个防火知识宣传页拿回班上分发一下，叫于贞贞给大家宣讲宣讲。"

估计是最近天气干燥，发生了好几起火灾，所以各个单位、学校都在加强防火知识宣传，包括乡镇也在强调森林防火工作。

"哦，好的。"谈潇接过宣传页，想分辨这是哪位老师，却发现对方盯着自己，而且是用很陌生的眼神，不像是老师对学生……而是带着几分……敬畏？羡慕？

谈潇迟疑地道："纪老师？"他感觉这个衣着打扮像是班主任纪汇明，但眼神实在有点儿陌生。

下一刻，谈潇就知道为什么了。只见纪汇明拿出手机，给谈潇看了一张图片："这是不是你？"

谈潇一看，居然是他在骑云岭和几个钓鱼爱好者以及吼江的合影！

呃……老师怎么会有这个？

纪汇明郑重地道："我在钓友群看到的。你告诉我，这是真的还是假的？怎么可能？"

他的表情实在太丰富了，搞得谈潇哭笑不得："我觉得只是新手运气吧。老师，你也钓鱼？"

"偶尔钓钓。"不说运气还好，一说，纪汇明眼睛都要变红了，"你又要复习，又要准备校庆表演，又要帮家里谈生意，还有时间钓这么大的鱼？"

谈潇作为一个学生，当然要澄清一下重点："就是谈生意的时候，那个道公带我去钓鱼，半小时就钓上来了，后来我回去还刷题了呢。"

"半小时？"纪汇明的脸有点儿扭曲，"非常好！那你好好复习。还有校庆晚会，就靠你给咱们班争光了。"

哎，其实现在已经够争光了，他在钓友群说"这个好像是我学生"时，不知引来多少羡慕的发言，当然也夹杂了一些"你教的钓法"这样伤人的话。

"好的老师，那我回去了。"谈潇回教室后把宣传页给了于贞贞，又帮着一起发了下去。

02

语文课上，语文老师把笔放下："关于期末考试的重点，老师只能帮你们到这儿了。

现在我们来玩个有趣的游戏，轮流抽背。"

教室里顿时响起小小的抽气声。

怎么说呢？全文背诵这种事本来没那么痛苦，但是当它和随机、抽查、开火车等词组合在一起时就倍加刺激了。

语文老师随机抽了一组，从这组第一排的同学开始一个个接力背课文，她喊停才能停。

林仰心里暗骂一声，这也太猝不及防了。他立刻开始翻书，看到抽到的是他这组，又立刻开始数前面有几个人，计算轮到自己时可能是哪几句。

问题是，老师是随机点的，看你磕磕巴巴可能会让你多背几句。因此前头的人表现不好，林仰都跟着背心冒汗。

语文老师见好几个人都背得磕磕巴巴的，摇头道："有这么难背吗？多轮几遍这篇课文，背完了再从头轮，我看看你们都是怎么复习的。这个必须背得滚瓜烂熟，懂吗？好，下一个。"

孔宣站了起来。众所周知，这是孔宣同学为数不多的擅长科目了，他没有提前翻书就流利地背了起来："不吾知其亦已兮，苟余情其信芳。高余冠之岌岌兮，长余佩之陆离……"

"好，孔宣同学再翻译下刚才这几句话。"语文老师对孔宣向来是很满意的，直接给他上了一点儿难度。

孔宣昂首道："没有人了解我也罢，只要保持内心芬芳……"

听孔宣诵念实在是一种享受，他和物理不熟，和古文的适配度却异常高。谈潇在旁看着，神思恍惚，越看越觉得以孔宣的气质，穿上华美繁复的古装更加合适。是因为孔宣在念古文吗？如果把孔宣的校服换成古装会是什么样？谈潇第一时间想到了自己给孔雀大神准备的那些衣服……

"很好，很熟练。这是书楚语、纪楚地的作品，咱们都是南楚人，不掌握说不过去吧？下一个。"语文老师继续点人起来，"这组转完从旁边那组后面直接过去，跳过谈潇。"

嗯，大家一点儿也不意外。

这绝对不是照顾谈潇，纯粹是不必浪费时间，早在上高中之前，谈潇就熟悉这里面的篇章了。之前学到相关内容的时候，老师甚至会让谈潇上台讲，从他的角度讲述了许多大家不了解的有趣知识呢。

林仰想，孔宣同学虽然背得流利，但我们潇潇可是楚巫传人！

而谈潇还在出神。

孔宣重新落座，回头和谈潇对视了一眼，眼神含幽带怨——他又想起自己没能得到的手机了。今天班上仍然有同学在讨论骑云岭的相关照片，有些人还打印出来贴在实践报告上，这让孔宣怎能不惦记？

就这一眼，看得谈潇一个激灵，蓦然想：好熟悉啊！不知道为什么，他恍惚间竟觉得自己在和孔雀大神对视……可一个在天一个在地，形态都不一样，又有发型这个铁证，纵然屡屡觉得有相似之处，又怎么会认为他就是他？这样……对大神和同桌都不尊重吧？孔宣最讨厌他认错人了。

谈潇埋下头，把这想法咽了下去。

没多久，下课铃打响，走廊外传来喧哗声。

有人出去看了下，回来兴奋地道："有只小比格进学校来了，正在被保安追捕！"

闻言，好多人冲了出去，还实时播报——

"真的欸，哈哈哈，谁家的比格跑到学校来了？在人工湖那边被撵着跑。"

"不行，保安想把它叉出去，但根本不是它的对手。小比格直冲食堂，不愧是你啊小比格！"

连谈潇都有点儿想去看热闹了。

孔宣看他探头探脑的样子，极为不屑地道："狗有什么稀奇的？"难道有孔雀稀奇？他可是世间第一只孔雀！

"那倒不是，在校外看到狗狗不稀奇，在学校里面看到狗狗那就太值得围观啦。"谈潇好奇地道，"你这么问，难道你是猫党？"

孔宣作孤傲状："怎么可能！"

"所以你不是猫党也不是狗党，你不喜欢宠物？还是说你喜欢比较生僻的异宠，两栖类？仓鼠？"谈潇揣测起来。

呵，当然是养灵师了。孔宣得意地看了他一眼，语带深意地道："确实比较生僻。"

"潇啊，你好像也没有养过宠物？"作为大家共同的同桌，林仰永远可以自然插入话题，即使会被孔宣瞪，"你喜欢什么？我妈说等我毕业让我养大型犬。"

谈潇思考了一下，慢吞吞道："养了鸟……"

孔宣："……"反了！反了！虽然我住在你家，吃你的喝你的，但你怎么这样说？！

谈潇托着脸道："吃得多，但是挺可爱的，不错。"

孔宣不吭声了。

下了晚自习，孔宣拎起收拾好的书包，本来要如往常一般回去，看到还在整理书的谈潇，又磨蹭起来。

谈潇一无所知，整理完后起身就要走。

第七章 羽舞

223

孔宣慢腾腾地跟在他旁边。

谈潇走出教室，才后知后觉地发现孔宣好像……他问道："一起走？"说起来，他和孔宣都住在华曦路，但还从来没有一起回去过。

孔宣默默地点了点头。他受不了了！他决定今晚给自己这个身怀恶疾的代行者放水！他会给谈潇一个机会，等大家走到华曦路，甚至走到谈潇家门口，看到时候谈潇能不能自己反应过来！怎么会有人快一个学期了还认不出自己的宗主神？要是这个机会谈潇还不把握好，他就要降下惩罚！

"哈哈哈，你怎么走那么快，急着回家吗？"谈潇忍不住笑话道，孔宣真是懒得在学校多待一秒啊。

孔宣："……"气死了，竟敢嘲笑他！

看到孔宣放慢步伐，谈潇心想，有时候就是类似晕车以及这样的细节，让他觉得自己一直以来的熟悉感很离谱，大神欸，来上学？图什么？

两人走出校门，放学的人潮随着公交车站与岔路渐渐分散。

谈潇家和一中距离不算太远，他一般是步行回去，大概半小时就能到了。

孔宣从没有真正走过这条路，这会儿才发现这条谈潇放学回家的必经之路很漂亮，得益于近年的亮化工程，连途经的小游园也装饰了不少灯光。灯是他认为人族最厉害的发明之一，它极大程度上消除了黑夜带来的恐惧，抵挡了那些黑暗中滋生的邪祟。

如今天空中难见星河，但错落的街灯点亮了少年身后，像是星辰倒悬。这对孔宣来说，又是一个奇妙的感受。

今晚，他要给谈潇一个机会，谈潇很可能因此认出他来，那会是什么情形？以后谈潇会不会要求他一起放学走回去？那自己要不要答应？

就在孔宣脑补之际，沿街的一个摊位后蹿出来一个拿着罗盘的中年男子，他拦住二人去路，凝视着孔宣，深沉地道："年轻人，你命格不一般，你知道吗？"

孔宣想都没想，不耐烦地道："我知道。"

中年男子："……"

谈潇："……"

这男的谈潇知道，常年穿着布鞋，在小游园这边摆摊算卦，有时候也摆棋局，上下学路上没少见他拉客。常用的话术就是说你有啥啥地方特别，或是将有好事或坏事发生，这点儿手段用了几百年都不腻。因为说不定就真有人信了，尤其是心里头真的有事的，比如他们那位作家学长，在这边不就算了一卦嘛。

中年男子估计很少遇到孔宣这样的，不但认了还接话接得这么快，饶是他混迹江湖多年，经验丰富，也卡顿了一下，半晌才接上话术："但……但是你还有一个劫煞，于学业有碍，会导致你的成绩出问题。"

孔宣："是出问题了。"

谈潇一脸无语："……"

别继续接茬了啊！他们穿着校服，最要紧的事情肯定就是学业，不管成绩好还是成绩坏，这句话都有得解。

那中年男子却觉得还有希望，认为这是自己的目标群体，更精神了，指了指自己的摊位，道："你想听跟我来，我自有解法。"说着就想上手拉孔宣，"来，同学。"

孔宣挑眉，还没说什么，谈潇已经看不下去了，高中生的零花钱都想骗？他上前一步拦住对方，冷冷地道："你干什么？"

中年男子见谈潇年纪不大，但气势汹汹的，声音还有点儿大，一下不敢扒拉了。他啧了一声，换了副面孔道："你这么凶做什么？我又不是想骗钱，你们学生而已，能有几个钱？我只是看出来你同学命格里的东西。你就是不信，也不用大声说话，叔叔年纪大了受不得吓。"他自己心里清楚，孔宣虽然穿着校服，但贵气十足，一看家境就挺好。

但是这耍赖的话说出来，面前的少年并不买账。

"我说我不信了吗？"谈潇把身上挂着的一串坠子亮了出来，冷冷地道，"我说你干吗跟我抢生意？这位缘主现在要去我们谈家。"

中年男子仔细辨认了下谈潇坠子上的Logo，还真是谈家。在南楚，谁不知道谈家灵师的地位？

行，算我倒霉！中年男子一句话也不说，灰溜溜走了。

"我们这行还真是鱼龙混杂啊。"谈潇看人走了才对孔宣道，"你也是，接什么话，可不是每个人都和我一样有职业道德。你知不知道这叫什么？"

他想给孔宣科普一下骗术，孔宣却对他维护自己……不是，维护灵师名声的行为十分满意。

孔宣："小巫见大巫？"

谈潇忍不住大笑起来，正要说些什么，手机响了，他低头摸出自己的手机，屏幕上显示"穆翡"。

"喂？穆姐。"谈潇接通电话。

一般来说晚上，更严格说是下班后，穆翡没事很少发消息来，也就是说，她这个时候打电话来肯定是有事。

"谈潇啊，你现在方便说话吗？"这个时间点，穆翡怕他和老师、家长在一起。

还真不是很方便，谈潇看了孔宣一眼："您等等。"

他捂住手机，对孔宣道："那个……孔宣，你先回去吧，我有点儿事。"

孔宣都看到是穆翡打电话给他了，直勾勾地看着他的手机："什么事啊？"

"呃……我亲戚，我就先不回家了。"谈潇一边对孔宣挥手，一边往旁边的小游园走，准备找个安静点儿的地方接电话。

孔宣欲言又止，他想阻拦，但总不能原地表露身份吧？直到谈潇的身影消失，孔宣才气恼地想，自己都下定决心今天要放水了，谈潇竟没把握住机会！

"现在可以说了吧？"穆翡道，"是这样的，仲大胡子失踪了。"

谈潇吃惊地道："怎么会失踪？都枷起来了。"他也算积累了一些实操经验，对自己下手的程度还是清楚的，连雄虺都吃不住，何况是仲大胡子。

穆翡语气微妙："对啊！回来我们还上了封印呢，按理说是跑不了的，这家伙是纯靠原身那个爪子硬生生一点一点把墙挖破，通过下水道逃出去的……"

好好好，肖申克的救赎是吧？谈潇被震撼了，所以仲大胡子并不是突破了禁制："但它现在应该也动用不了修为了吧？"

"你看看，我在它的房间里发现了这个。"穆翡发过来一张图片。

谈潇看了一眼，竟然是一些从凉席上拆下来的草，几十根，散乱在地上："它是在占算？"

要是寻常人，说不定觉得仲大胡子是扯着玩或者磨牙，但他一下就联想到了正确答案。只是这一项谈潇平时没怎么学，在他家不属于知识重点。倒不是因为别的，单纯是因为和鼓、舞等仪式比起来，占卜的表演效果实在不怎么好……不说准不准，主要是没什么观赏性啊！

"对啊，只想着把它修为封了，没想到这家伙不用本身的妖通也能卜算。虽说它现在出去了也没有太大危害性，但这么大一只，怕不是要吓到人。"穆翡抱怨起来，"案子本来都结了，又横生……"

以谈潇对穆翡的了解，更让她烦躁的估计是文书工作。

"谈潇弟弟，这老鼠是你抓回来的，我跟你说还是要小心点儿，虽说它现在没什么本事了，但很擅长躲藏，我们一时半会儿也揪不出来，万一它报复心重，拼着不要命了上你家厨房拉老鼠屎……"

"好，我知道了……还以为让我一起去抓它。"谈潇被穆翡说的可能性狠狠恶心到了，一脸无语，"那我回去问一下孔雀大神，看知不知道它在哪儿。"

应下之后，谈潇出了小游园，继续向家的方向走去。

在他打电话的短短时间里，孔宣已经汇入人流，不见踪影了。

谈潇有点儿遗憾，不过想来以后还有机会，他还一直不知道自己这个街坊具体住在哪里呢。

回到家中，谈潇首先就往厨房走，掀开电饭锅确认里面有没有老鼠屎。

谈春影看到这一幕，不禁摇了摇头："儿子，没有剩饭了，想吃得再蒸。"

"我不吃。"

谈潇往二楼跑，本想进了房间呼唤孔雀大神，结果一进去就看到孔雀大神坐在飘窗上，冷冷地看过来，登时噎了一下："大神，你怎么知道我找你？"

孔宣都懒得说话了，横了他一眼：哼，把他抛下，就是为了跑回来和他说这件事是吧？明明最多半小时就能知道他们是同一个人了！给你机会你不要，后悔死你后悔死你后悔死你……

"穆翡姐告诉我，仲大胡子越狱了，她提醒我说仲大胡子报复心重，说不定会在你的饭里拉老鼠屎。"谈潇一边说一边在抽屉里翻找起来。

孔宣闻言一下忘了生气："它敢！"孔雀在此，死老鼠敢如此放肆？谈潇这话简直是危言耸听！更让他嫌弃的是……"404办是怎么回事，还能让死老鼠逃了？我就说当时应该把它头也刷了。"

"不要这么暴躁嘛。"谈潇读书这么多年，房间里的每个抽屉几乎都收纳得满满当当，各有用途，他从不常用的抽屉里翻出三枚老铜钱，看着孔宣笑，"大神，它现在全靠一身过硬的卜算本领逃窜，但是我想，它总不能比我厉害吧？"

"索琼茅以筳篿兮，命灵氛为余占之"，就是在描述古时楚地灵师用草占卜。但谈潇没工夫出去拔草，拿铜钱也是一样的。这玩意儿他练习不多，一直塞在抽屉最深处。不过就算他没怎么练习，借孔雀大神之力，又怎会不灵？毕竟孔雀大神可是脚踢筊杯的存在。

还想借他之力？孔宣瞪了谈潇一眼，仍在惦记自己放水没放成的事。

然而这头谈潇已经把铜钱抛了出去，然后逐一记下来，正要解读。

原本想给他点儿颜色看看的孔宣到底没忍住，上前把铜钱拨了拨，只见上下两爻如火苗跳跃。

谈潇脑海中迅速出现了相应的内容："离，为火，为日……为甲胄，为兵戈。"总体来说是光明之象，不过这些意象和仲大胡子似乎都扯不上关系，他想知道的是仲大胡子到底在哪儿啊！

"嗯，还有……离，方位在南……难道仲大胡子在城南？但这范围也太广了。"谈潇看向孔雀大神。

孔宣："河图洛书蕴含天地至理，每个灵师都有自己的解法。"

谈潇："大神，你不知道就直说。"

孔宣恼怒道："只是我办事从来不靠理！"

谈潇："……"大神这是发出了怎样的暴言啊！不过也有点儿道理，仲大胡子当初那么能算，在大神面前不也算尽而跪？

谈潇索性拍下来发给穆翡，想必 404 办有的是学霸来解析。发完他也就不纠结了，仲大胡子被抓前多注意点儿饭里有没有老鼠屎就行了呗。

谈潇又把家传的法袍给拿了出来，校庆表演时要用的。灵师的衣服有很多套，大仪式、小仪式、射箭的仪式、跳舞的仪式……各有各的服饰。现在这一套也是老物件了，绘着大片的羽毛纹路，色彩浓烈——跳《羽舞》，自然要模拟神鸟的形态。

正整理着配套的装饰，谈潇察觉到孔雀大神看着这边，礼貌地问："我们学校校庆，大神到时候要来看吗？"

孔宣不咸不淡地道："叫我去做什么？"

"那节目的确是娱人之作，但我觉得大神还没去过我们学校，可以去参观一下。"谈潇自觉和孔雀大神关系已颇亲近，当然想与他分享自己的生活，虽然他说出这句话的时候心底总有点儿怪。

孔宣差点儿没气晕过去，一声不吭地消失了。

谈潇对着空气愣是没想明白，这是答应了还是没答应呢？从前他可能会想，这是大神仍然接受不了娱神之作变为娱人之作，但现在好像有一丝微妙……或许是他的错觉？

03

"寅上起月，月上起日。"仲大胡子没了道具，只好徒手起卦，卜算自己接下来该往哪个方向跑。

可叹啊，它踌躇满志偷渡来到南方，打算再谋一番事业，还没机会好好闯闯就已结束。它掐着自己的爪子，胡子都在颤抖：东方是 404 办，自己逃出来的方向，凶；南方是南楚一中所在，大凶；北方是自己老家的方向，必有关卡，凶；那就只能往西边试试了，虽然西边也是凶，不过怎么看自己都有逢凶化吉之相，值得勇敢闯一闯，总比待在牢笼里要好。

仲大胡子在连日关押的精神压力和饥饿之下已是消瘦不少，但尚为灵活，逃到一处看起来是工地的地方后十分小心，因为根据它的求生经验，这种工地一般都会养猫、狗，用来防鼠防贼，对它相当不利。

但这个工地好像不太一样，人们看到一闪而过的身影，竟然以为是只白猫，冲它"咪咪咪"地叫，还有人去给它拿吃的。

"莫教授，那里面好像有只猫猫。"

"是吗？第一次看到咱们这儿有猫。这里比较偏僻，应该是野猫吧？"

"喂点儿吃的赶紧赶走吧，这里危险。"

危险？你是不知道我曾有多危险！仲大胡子躲在缝隙里，看着面前塞进来的半块面包，极为鄙夷，要是平时，它不但不可能吃人家剩的、放在地上的食物，还得好好惩戒一番，可现在，鼠落平阳被人欺……

仲大胡子伸出爪子揪住面包，窸窸窣窣吃起来，但还是忍不住把脏掉的部分揪了揪，好歹干净点儿。可吃着吃着，它觉得背后有点儿发凉，好似被什么注视着。

仲大胡子极为敏感，只是一点点异样，它也立刻放下面包，从那缝隙向外观察了起来，可是外面只有一片橙黄色。

奇怪，外头明明是……

不对！仲大胡子浑身冰凉，胡子颤抖着，感受到气流……它猛然一个后蹿，那橙黄色的物体果然也跟了过来，随着堆放的杂物被挤开，露出了硕大的蛇身——是雄虺！

难怪也是凶！仲大胡子眼前一黑，它就说这工地怎么没猫也没狗，敢情是养了蛇！这南方地界是怎么回事啊，高中生养孔雀，工地上养雄虺，太难混了……

仲大胡子爪子发麻，不要命地往前跑，同时不停以物象起卦，快速断凶吉。它左冲右突，身后就是雄虺那令人窒息的冰凉视线与血盆大口。

仲大胡子曾无意中算出自己的死劫乃葬身人腹，但不是死到临头谁也猜不到具体是谁人之腹，它一度还以为是葬身孔雀大神腹中，现在看来，难道是雄虺？！

也不知道闷头跑了多久，仲大胡子才虚脱地发现雄虺竟没有再追上来，是觉得它不值一追，还是保安不能跑太远呢？不过这地方它有点儿眼熟，离南楚一中不远。

仲大胡子忽然看向地上，这里散落着几根筷子，它就着意象一看：焚如，死如，弃如。

好凶！仲大胡子的胡子又在颤抖了。恍惚间，它转头看去，只见面前是一团熊熊燃烧的火焰。

04

校庆日，谈潇一早就把表演用的东西搬到学校去了，谈春影开车送他，还问要不要帮忙一起搬到里头去，谈潇想了想还是拒绝了，关于他和什么文身大佬的传闻还没过去多久，谈春影这一出现，谣言岂不是又要复苏了？还是请保安大叔帮忙吧。

一中的校庆以晚间的晚会为主，白天主要是一些往届校友的活动，校园内还有学生们的书画展出，所以谈潇下午就离开教室去提前准备演出了。

谈潇离开后没多久，纪汇明的身影在走廊外闪现，引得一阵惶恐。但他不是来突击检查纪律的，而是探身进来对林仰招手："人手不够，你找几个男生去帮着搬道具。"

"好嘞！"林仰应了一声，"也是，光潇仔的大鼓就得俩人搬吧？"

林仰看了一圈，点了两个男生，又看向孔宣，有些迟疑。不过他还没说话，孔宣就不耐烦地道："行，去就去吧。"

林仰："……"我说什么了？

一行人往操场走去，体育器材室此时充当了化妆间、道具室。

闹哄哄的现场，孔宣可以听到周围的同学几乎都在讨论谈潇，他们很期待晚间谈潇的现场表演。

"呜呜，我以前和谈潇一个初中的，他艺术节也表演过节目，把我们都看疯了。"

"今天好像是跳舞耶，公众号说是《羽舞》。"

"他是第几个出场啊？想看想看想看。"

羽舞同样是祭祀之舞，而且顾名思义，和羽毛、和鸟、和凤凰脱不了干系，那四舍五入就是和孔雀脱不了干系。

孔宣不由傲然。归根结底，这些人都是托他的福才能看到。

"啊啊啊！"

忽然，一阵刻意压制的欢呼声此起彼伏地响起，压住了原本的闹哄哄。

孔宣循声看去，只见一扇门打开后，谈潇的身影露了出来，他身处半明半暗之间，身穿赭红色与黑色相间的羽纹法袍，颊边是化妆师勾画的蛇纹，腰系铃铛，头上戴着孔雀面具，但和多数时间行傩仪不同，面庞露在外——孔雀已是谈潇的宗主神，理应用暗相，这般佩戴明显是为了表演更方便。

孔宣还未看过谈潇如此盛装打扮，尤其是在简陋的候场区，让他一时失语。

"潇哥！迷人哦！"不同于某些人的沉默，林仰挥舞着双手喊出来，恨不得大家都知道这是他同桌。

"别瞎喊了。"谈潇这才注意到他们，摆了摆手，目光落在孔宣身上时迟疑了半秒，"孔宣？"他已经能比较快地判断出孔宣了。

"嗯。"孔宣随着其他人一起走到谈潇面前，目光有些飘忽，不时落在谈潇头上的面具和羽饰上。

林仰摸着谈潇衣摆上翻卷的羽纹，只觉得同桌不但打扮得气场十足，而且行止从容完全驾驭住了这身华丽的服饰："你们看看，这往前几百一千年就是大祭司啊。"

"啥大祭司，叫国师。"

谈潇："你们够了啊。"

"还有这身衣服，看起来好精美，而且有点儿年头的感觉。"有同学忍不住道。这衣服一看就和一般的演出服不同，像是什么古董衣。

"当然了，这是我们家家传的。"谈潇也不是每次表演都会穿这身，这是晚会导演特意和他商量过的。

"家传的？那就是阿姨传给你的，难怪这么精致哈哈哈。"

灵师的着装自然也沿袭了楚地的风格，长袍大袖，色泽鲜艳。

林仰作为谈潇的老同桌，熟稔地给大家科普："法袍是通用的好吧！而且就算穿裙子也不奇怪啊，上古时候都是女性做灵师，潇潇说有些地方的男灵师还会特意把自己装扮得接近女灵师呢，一些男灵师甚至还会穿八幅罗裙。"

"原来如此，长见识了。"

"嘿嘿，还有就是咱们楚地自古以来格外讲究男俊女靓。"林仰的手在谈潇脸边作开花状，"就是要这么好看，才能让神灵喜爱哟。"

"哈哈哈，爱了爱了！"同学们哄笑起来，谈潇这个演出装扮确实好看。

唯有孔宣没跟着起哄。发黄的灯光下，没人看出来他偷偷看了几眼谈潇，脸颊泛起了淡淡的红色。这些人真是……

谈潇也笑了。听林仰这么说，他又想起了孔雀大神，不过孔雀大神应该不会那么肤浅只看颜值吧，还是得看手艺。

"谈潇？你的鼓先搬到台后去呗，到时候比较方便。"导演王晓安过来说了一句。谈潇的悬鼓比较大，他前面的节目也有许多道具要收拾，为免到时候忙不过来，提前做好准备是必要的。

"好。"谈潇拍了拍鼓面，"帮我搬一下吧。"他这挂了一身道具，肯定是不适合干"重活"的。

孔宣和林仰两个同桌当仁不让，把悬鼓架到了台口。

这时候陆续有同学提前搬着凳子来操场了，远远望见谈潇又是一阵喧哗。从大家的反应能看出来，这估计是今晚大家最期待的节目。

王晓安在台上检查灯光，回头道："谈潇，你过来看一下。"

谈潇站的位置没有上舞台的台阶，上台要绕半圈，但他懒得绕了，捞起衣摆就要直接跨上去，不想舞台太高，被绊了一下，幸好林仰和孔宣就在旁边，两人一起出手架住了他。

林仰装模作样地作狗腿状："国师，小心啊！"

谈潇一脸的不好意思，这要是摔倒就丢脸了。他的手往旁边一抓，就要借力重新上台，触手的一刹那却愣住了，后知后觉地向右边看去——自己的手握住了孔宣的手腕。

说来也怪，谈潇能够清晰地记起，这是他第一次碰到孔宣的皮肤。之前就算孔宣在他腿上趴了一个小时，也只是隔着校服，好似亲近，但有了此刻就会知道全然不同。

孔宣的手反过来与谈潇掌心相对，向上握住他的手一托，将谈潇送到台上。

即便触手的温度并不相同，但谈潇觉得是如此熟悉！他好像曾经被这样的触感包裹住，施展出传承的术法，也曾被这样的触感托着，自险境脱离！谈潇怔怔地看着孔宣，如果这真的是第一次两手相握，那为什么他会觉得如此自然而熟悉？

"谈潇？谈潇？"

王晓安在身后喊了两声，谈潇才恍然，将手自孔宣的掌中抽出来："不好意思……"

孔宣也看到了谈潇略呆怔的表情，甚至他起身离开时衣摆拂过自己都好像有点儿深意，但是孔宣早就对谈潇认出自己不抱希望了，百无聊赖地走开了。

后面的林仰欲言又止：呃，老师叫我们过来不是专门给谈潇搬东西的啊。

操场上的学生们已经聚集起来，谈潇感觉大家混入人潮仿佛水滴入大海，以致他很难再一眼找到自己认识的人。

回到后台，一名工作人员跑过来，气喘吁吁地道："那个……食堂的火已经扑灭了。"

谈潇吓了一跳："什么时候起火的？"

"没事，火势不大，就是叫了一些人过去灭火，所以这边才人手不够。"王晓安没当回事，"食堂嘛，用火的地方，是得小心一点儿。"

既然是食堂起火，谈潇一下想到了守饭童子。他虽是守饭气的，但不可能对火灾置之不理，除非不在岗位上。对此，谈潇虽然觉得有些奇怪，但如王晓安所说，厨房有火源，起火也属正常，就没深究。

此时晚会已然开场，司仪上台说起了串场词，开场节目是一首校合唱团及老校友合唱团带来的校歌，没什么新意，但仪式感十足，来开过讲座的阮学长因为相貌优秀还担当了男领唱。

谈潇看到大屏幕上阮瞻雪的名字，蓦然想起来，从阮学长的家到学校食堂，再到学校发放的防火知识宣传页，最近南楚的火光是不是有点儿盛啊？还是单纯是他以前没有注意过？

谈潇抱臂站在侧后方候场，他的节目比较靠前。

夜幕已落下，唯独天边还能依稀看到晚霞，鲜红如血，并以几乎是肉眼可以观察到的速度被黑暗吞噬，空中淡云遮住弦月，恍惚间尚不如舞台灯光璀璨。

一种无由来的忐忑出现在谈潇心中，他有点儿奇怪，自己很少会怯场的，何况这也不算特别大的场合，观众又都是自己的同学。

"潇仔，还有多久上场？"林仰跑过来给谈潇递了瓶水，点了点身后，"哇，你小弟真的只给你干活耶。"

"快了。"谈潇看了一眼，因为台侧人少，他轻松认出了孔宣。

孔宣撇开头，下巴微抬，不和谈潇对视。

谈潇动了动手指，凝视着他。这人……

"你是没看到，刚才晚会导演还和他搭讪，问他是哪里人，他也不说话。"林仰小声给谈潇八卦，"其实我怀疑他家在镇上，开学时于贞贞说他是从山区来的，可能是真的。"

"嗯？"谈潇看了林仰一眼，不是很惊奇的样子。

"因为之前去骑云岭，回去的时候，你不是留下了嘛，后来车开了没多久，孔宣也要求下车了。我不知道他是怎么和老师说的，但老师同意了。所以我怀疑他家可能就在那边。"

谈潇眨了眨眼。

台下有观众的尖叫声、口哨声响起。

"啊啊啊啊啊！"

第七章 羽舞

"呃啊啊啊！"

仲大胡子发出此生最大的呐喊声，和遇到孔雀大神时那种遁无可遁的认命感不同，这一刻它毫无修为，只有满腔被追逐的恐惧——难道这一次真的要死在这里？

它回头看，一条边跑边喷吐火焰的黑白花比格正穷追不舍，虽然还没追上身姿灵巧并借卦象不断躲避的自己，但可以看到它身后还有一抹影子，随着光影的变化越来越大。

和比格那可爱的外表不同，它的影子一张嘴便有獠牙与口水滴答成火，身形边缘就像有倒刺一般，再仔细看，又像是招摇的火焰。它的大耳朵拢着一切声音，四十厘米左右高的它在墙上投射出的巨大身影比本体更为凶猛，仿佛遮天蔽日。

仲大胡子胡子直抖。虽然它看不出对方真身，但它是老鼠，怕孔雀、怕蛇，当然也怕火。方才看到它的一霎，仲大胡子就调用了毕生的反应力向旁边一躲，以血肉之躯成功躲避了攻击。不过好像越紧张，脑子转得越快，会爆发潜能，仲大胡子甚至在一秒内想清楚了该往哪儿跑——那就是南楚一中！

233

南楚一中是大凶的方位，它曾以为指的是谈潇，但眼下突然明白过来，恰恰相反，大凶指的不是谈潇而是身后这个，谈潇反而是唯一能救它的人，逢凶化吉是真的，至少谈潇不会一口吃了它啊！

"灵师救我！"仲大胡子高喊着今天以前自己最记恨的人，狂奔进了南楚一中。只是它也不知道灵师的踪迹，倒是那比格，居然不像第一次来此处的样子。

食堂不远处，仲大胡子一个前滚翻落地，终究是躲避不及，眼睁睁看着比格的嘴张得比自己脑袋还大："啊呜——"

"锵！"

正是时，一把长兵刃斜刺里挑出，恰恰架在了比格的牙齿之间！

仲大胡子的脖子已经被刺破，差一点儿便要割破气管，它瞳孔放大，猛然缩头望去，只见面前绯红色衣袍随风猎猎飞舞，一个高大无比的人儿面目坚毅，咬牙抵着手中的兵刃和比格角力，大喊道："吾乃东厨司命座下悍将，何方妖邪敢在食堂前放肆！"

闻言，仲大胡子一下坐了起来。换个视角也就看清楚了，这位身着红色官袍、帽子上俩翅儿还颤颤晃悠着的悍将手中的兵刃赫然是一柄长勺，分明是仲大胡子的老相识，守饭童子。

守饭童子挺腰架着勺子，费劲地看了仲大胡子一眼，没好气地道："看什么看，没看过公私分明的小仙吗？！"他虽然被仲大胡子揍过，但没有人能在食堂放肆。

仲大胡子惭愧地低头，拱手道："大恩不言谢！"

就在这时，咔的一声，守饭童子的勺子断了……

一人一鼠一狗互相看看，气氛有点儿尴尬。

比格吸溜了一口口水，放了个屁，居然迸出火花。

这个响屁一下惊醒了举着断勺的守饭童子，他撒腿就往后跑："灵子啊啊啊——"

仲大胡子："等等我啊啊啊！"

05

"下一个节目，由高二（3）班的谈潇同学带来《羽舞》。"司仪对着手卡念道，此时有人在后面收拾上一个节目的舞台装置，她得多念几句串词来拖延时间，"该舞蹈改编自南楚非物质文化遗产灵师巫舞，而谈潇同学正是传承人。古代的楚巫以歌舞侍神……"

谈潇随时要登台，孔宣把他的鼓搬了上去，同样站在台侧。

"谢谢。我该上台了。"谈潇说着，忽然伸出手。

孔宣愣了下，这好像是谈潇第一次对他这么做。他不是很熟悉人族的礼节，但知道握手能表达很多意思，其中也有感谢，于是迟疑地伸出手，和谈潇握了握。

"这支舞体现了仪式中如梦似幻的感受，仿佛祭坛之上神灵降世的瞬间，香烟宛如云雾，环绕着楚巫的盼望与欢欣。舞姿古拙与轻柔并存，展现南楚人热烈浪漫的性格……"

谈潇一提袍子，跨上台来。此时舞台已经完全暗下来，只剩一道追光在正中，悬鼓立于光下，谈潇蜷身埋首于鼓前。

琴瑟声弱而绵长地响起，流水般滚动，缥缈浪漫。谈潇的身体舒展开，铜铃随着他的一举一动作响，衣袖如凤鸟展翅，将楚舞的轻盈柔软展现得淋漓尽致，又在一瞬间发力，拍打在鼓面上，是为刚柔并济。

"咚！"

鼓声成为伴奏的灵魂。

其实鼓在这里只是道具，真正的乐声来自音响，但不妨碍谈潇每一下打击的节拍都十分精准。少年的宽袍大袖如流云般飞扬，衬得腰身更为纤细。方寸之间，如踏河山，只是一人一鼓，却仿佛让人看到了旌旗、羽饰、琳琅、香草……

相比其他，灵师更重视实用性，举行仪式可以是祈求，可以是咒骂，甚至有的时候，他们诱惑着神明。千载浮沉，从庙堂到民间，无论荣光或黑暗，他们都一一共享，因为他们本就是互相成就的关系。纵然古楚舞如今已成娱人之作，但每一次扬袖、每一次回望、每一次折腰，都残留着通神的痕迹，是灵师与神明的热烈呼应。

光芒下的少年沉浸在舞蹈中，散发着比追光更吸引人的光辉，深深牵动着台下每一位观众的心神。

"这也太好看了吧！古代人就看这个吗？好大的福气啊！"

高一（5）班的吴天玉听到身边同学的低语，心说：你不知道更大的福气是这真的有用！虽然今日谈潇同学应该只是在表演……

孔宣同样凝视着台上。衣袖翻飞的缝隙间，他似乎与谈潇对视，就宛如他们最初的灵应，短暂而深刻。他几乎无法移开目光。

正值此时，秋夜的凉风吹过，身后的教学楼上跳动起庞大的黑影，但因伴着灯光闪烁而无人注意到。

于贞贞瑟缩了一下，只觉得莫名心慌，她左右看了看，大家似乎都被这阵风吹得发寒，像是吹到了人的骨缝里。

"轰——"滚滚雷声响起，阴云聚集，天气骤变，四面传来若有若无的低沉啸声。

这……这是什么声音？

第七章 羽舞

应该是音响吧？立体环绕声？怪吓人的。

连前面坐着的校领导也忍不住扭了扭身体，互相讨论着："估计是伴奏里的音效，营造一点儿原始的氛围，刚好还打雷……"

这可真的太有氛围感了，月亮藏进阴云里，就连现场的灯光好像也更暗了。

台上，谈潇抬眼间捕捉到对面教学楼墙面上有一抹跳动的黑影，越来越大，越来越近，他仿佛能看到光亮被黑影吸走，而这黑影的形状，像是……像是一只巨大的、长着獠牙的狗！

不只是灯光，谈潇甚至看到台下那一张张脸也逐渐带上了迷离之色，就像他们的精神随着光被吸走了一般。

这是什么？！强烈的不安在他心中爆开。

谈潇几不可察地稍顿了一下，边踏禹步边凝神看向黑影。

那黑影闪烁的双目似乎在一瞬间与他对视了，此时此刻，唯有谈潇身上仍明亮如初，身上的追光并未受到影响。

"灵子！灵子救命！"

一个细小的声音响起。

谈潇循声望去，看到一抹淡到快看不清的身影，是守饭童子，他不知何时爬到了台口，但身体好像随时要被吸走一般。

"它是追着我们来的。"守饭童子哇哇哭道，"我差点儿被烧没了！还有仲大胡子，它在后面！"

此时此刻的仲大胡子也看到了一个熟人，它的屁股已经被燎得血肉模糊，而且逃了一整天，实在没力气和守饭童子一样跑去台上了，于是它立刻往那熟悉的人影的凳子下一钻："救命救命救命！徒儿！"

恍恍惚惚的吴天玉猛然看到一只硕鼠，吓出一身冷汗，立马清醒过来。这不是……这不是那谁吗？！虽然他没见过对方的本体，但除了它，哪儿还有那么大的白老鼠，嘴里还喊着徒儿啊！自己是不是在做梦？

吴天玉惶恐地向旁边看去，却发现所有人陷入了一种迷蒙的状态，似醒非醒，还能低声自语、讨论甚至鼓掌，可神思完全僵硬了，竟然没人注意到他凳子下有一只巨型白鼠。背后寒意阵阵，又似有热浪滚滚，即便是有丰富的被缠身经验的吴天玉一时也不敢回头，瑟瑟发抖地以求助的目光看向台上……

谈潇目光渐冷，他实践经验少，一时看不出眼前是什么精怪，但眼下又何必探究？他临时改编动作，和着乐声回身击鼓。

"咚——"

震荡的鼓声带着沉积千百年的神秘色彩扩散开来,灯光变暗的趋势即刻止住!

守饭童子趁机得以喘息,攀上了舞台,爬到谈潇的鞋子上,死死抱着他的脚踝寻求安全感。这个时候,唯有灵师能护住他了。

携着火光而来的黑影似乎察觉出对方难对付,却仍不甘地舔了舔獠牙。

此刻乐曲已接近尾声,谈潇并未回望台下的孔宣,但上台前那握手的触感浮现在脑海中:不会错的,他可能看错,但怎么会摸错!抛却一切思维定式以及那些他以为的区别,剩下的答案并非不可能,甚至是昭然若揭的!

谈潇不再犹豫,扬袖捏诀,看向孔宣,像用眼神触摸,荡起阵阵回响:"恭请元凤之子,孔宣!"

黑影闻声低低呜咽,缓缓缩小。

大神的真名果然有奇效!

也是在这一刻,台边的孔宣眼中迸发出无限光芒,他举步向前,身上的校服转眼变为同样满绣羽纹的长袍,一头短发也变成了翎羽装饰的长发,腰间金玉带上赫然坠着一枚凤凰形状的亚克力钥匙扣。

孔雀大神踏着乐曲的缠绵尾声缓缓走至谈潇面前,如乐曲中被引诱降世的神灵,他一挥袍袖,袖中五色神光一闪:"山河之灵,闻吾须惊。"

顷刻间,现场暗淡的灯光渐次恢复光亮。

衔接最后一个动作的谈潇应和节拍,回望来,羽纹随着衣袍的翻动如凤鸟欲飞,光辉皆落于他身,宛如乐曲中的灵师最终达成所愿,又有无限余意,留与众人分辨。

现场观众如梦初醒,看着这精彩绝伦的一幕,寂然数秒,接着满场响起热烈的掌声。

谈潇徐徐收敛舞姿,目光仍和孔宣对视,一时不知该说些什么。乍然确认身份后,他有种说不出的感觉,手指发麻,没想到同桌和孔雀大神竟真是同一人,而且这厚厚的马甲居然是他亲手给穿上的……

而孔宣的眼睛明亮得叫人无法直视,而且含着得意、快乐等种种意味。他实在不能更满意了,对谈潇抬了抬下巴:不用他放水,谈潇就认出他来了!当然,这是必须的,是注定的,他只是对谈潇表示肯定。

谈潇看到孔宣的小动作,复杂的情绪好像一下找到了着力点,眼中笑意多了起来,乃至感慨:我之前是怎么反复说服自己,这俩不可能是同一个人的呢?

如此一来,初次见面时孔宣的言行就说得通了,原来他们真的是旧相识。

只是与此相对的,孔宣的另外一些言行也就显得越发令人疑惑了……

第七章 羽舞

此时掌声仍在绵延，久久不曾停止，谈潇还听到有人喊自己和孔宣的名字。他的表情凝固了一瞬：按理说，常人不可能轻易看到孔宣的真身。

　　全场震撼、陶醉的掌声中，只有吴天玉瑟瑟发抖，满心后怕：玩真的啊？！

　　但其他人显然不这么认为，他们只觉得方才的气氛实在太好，配合是如此自然、契合，仿佛置身于令人迷离如幻的香雾之中，回到了上古之时神秘的仪式中，特别是有那么一刻，灯光也配合着暗了下来，大家好像被蒙在梦里……

　　这一刻，全场师生好像七窍都瞬间通明了，忍不住站起来鼓掌，这实在是一出舞蹈、灯光、音效配合绝佳的演出，在最后甚至有极其精彩的换装表演，之前明明还穿着校服的孔宣同学从侧边上台的瞬间，借助音响、幕布等片刻的遮掩，完成了完美的换装，一袭华服宛如神灵降世。大家理所当然地想，这就是乐曲中灵师所召唤的对象吧。

　　"你们班这个节目排得好啊！"隔壁班的老师一脸惊艳地对纪汇明说，"这哪是校庆级别的演出，上电视都够了。你之前还说孔宣不肯参加演出？"

　　都知道三班有个大帅哥，不少人关心过他会不会表演节目，结果纪汇明说人家不愿意。

　　"之前是真的不愿意啊！"纪汇明也很喜出望外，"估计是最后被谈潇劝动了，客串了一下，没想到他还会魔术，效果真的太好了。"

　　时间虽短，但融入得恰到好处，两人站在舞台上仿若天生的巫与神。

　　此时负责舞美的工作人员正迷茫，看向导演王晓安，挠着头想：那若有若无的啸声是谈潇什么时候加进伴奏里的？最初的版本里好像没有啊。灯光他们也没这样设计过，刚才变暗时都觉得是出了问题，毕竟还打雷了。而且谈潇也没说要加一个演出者，彩排都没这一出。只不过全场气氛热烈无比，大家也就慢半拍地跟着一起鼓掌，精彩归精彩，人还是蒙的。

　　导演王晓安也没好多少，呆滞地道："我没安排啊……没有吧？"他开始有点儿怀疑自己的记忆力了。

　　谈潇在掌声中微微鞠躬。

　　一名早就安排好的学生捧着一束花去献给谈潇，眼中满是惊艳。

　　谈潇上前两步接过花，再次鞠躬，然后向台下走，路过孔宣的时候，一把拽过意犹未尽的孔宣。起初还有点儿别扭，毕竟孔宣现在是原身，对他来说有种小小的错乱感。

　　谈潇小声道："他们怎么也看得到你？"

　　"本来看不到的。"孔宣那叫一个得意，"特意现形。"谈潇认出他来了，如此精彩的一幕不叫人见证岂不可惜？

　　不愧是你啊，孔雀……谈潇瞬间感觉两者的形象还是很好融合的，哪里还有半点儿违和感。

今天现场也录了像,到时候学校肯定会剪辑视频进行宣传,他们这段绝对会被剪进去。谈潇还好,只是有点儿无语,但他能想到穆翡看到后又要被暴击了。毕竟他仔细回忆了一下,穆翡应该也不知道孔雀正在读高中。

"你……你可真行,憋了快一个学期,不说你是谁。"谈潇只要一想到自己对着这位求过提高化学成绩就觉得荒谬程度加倍,难怪孔宣发疯要给他补习。大神就是这么满足代行者的?这是什么高级神罚?!

孔宣扬眉吐气,一改过去的不确信,自信满满得仿佛谈潇第一眼就认出了他:"因为我知道,你迟早会认出来。"虽然迟到了几个月,但到底是认出他来了!

"就因为我认不出你,你居然憋了这么久也不肯自己说?"谈潇觉得相比孔宣就是孔雀这件事,更让人震惊的是他非要较这个劲儿等自己认出他来。不过此时再回想起自己认错人时孔宣的种种表现……嗯,以他的性格,这种发展好像也很合理。

两人走到台下,林仰正张着嘴看他们,呆滞神情中夹杂着一丝悲愤:"都是同桌,你们不带我玩儿也就算了,甚至都没透露一句。孔宣,你这假发到底什么时候戴上的?衣服是一直穿在里面吗?"这种级别的魔术,他以前只在电视节目里看到过,而且他的距离比观众更近,只能说这场表演天衣无缝,完全想不到孔宣是用什么机关做到的!人家节目里可能一次换很多件,孔宣却只换了一件,但林仰感觉效果好多了,没听方才尖叫声都快传到郊区去了。

其实只要林仰过来摸一摸,就会发现孔宣的身体根本不是完全的实体,只是凝成接近实体,那一头长发更是货真价实而非假发。但除了谈潇,谁又敢去碰孔宣呢?

"这个是特别惊喜,保密的。"谈潇心虚地看了一眼不远处的导演,王晓安正冲自己激动地比着手势,他不能擅离职守,还得盯着台上。

"也太惊喜了,你们到底排练了多久?"林仰激动地道,"这默契也太绝了吧!真的是这学期才当同桌的吗?"虽然这么说可能不太对,但他第一次想用"天生一对"来形容他们。唉,这样好像显得他很多余。

谈潇无言以对,不知道该说什么。

与之相对的,孔宣则是有满腹暴言想说,却被谈潇下意识用胳膊肘杵了一下。

这个小细节被林仰看在眼里,感觉有点儿微妙,怎么……好像合作完,潇仔和孔宣的关系也升华了啊。林仰酸溜溜地道:"长江后浪拍前浪啊。"他这个老同桌终究是比不上新同桌了!但是转念一想,他和孔宣竞争了快一个学期,相当于有输有赢,他还是挺牛的啊!

第七章 羽舞

此时，谈潇听到观众席传出数声惊呼，还有人边张望边说着什么"猫猫"，他反应了一会儿才想起那可能是狂奔的仲大胡子。哎，还有这个家伙，体形太大，谁能想到是只老鼠？

"不说了，我们先去换衣服，花你帮我拿着。"谈潇急着脱身，让林仰拿着花，朝着场外走，路过王晓安时还歉意地道，"王导对不起，因为事先不知道能不能成功……这是我们偷偷设计的一个彩蛋，没有报备。"就当这全都是舞台效果吧，反正大家好像也是这么想的。

王晓安无语凝噎，他之前和孔宣搭讪，孔宣没搭理他，谁知道竟是谈潇安排的惊喜："你什么时候喜欢玩儿这个的，真的吓死我们了……当然，表现很完美，太精彩了！"不管从哪个角度，他都不得不承认这比最初的编排还要惊艳，甚至还有雷声来配合，简直是天公作美，以致他就算想说对方没组织没纪律都有点儿说不出口。

谈潇糊弄了一通，趁机和孔宣逃离现场。反正王晓安还要忙，根据谈潇的经验，只要说个大概，剩下的围观群众会自动帮他补齐的。

远离了人群，谈潇才把守饭童子从鞋子上摘下来。他晕晕乎乎的，只知道抓紧谈潇，细眉细眼拧在一起："有……有狗……"

"没事，狗已经被刷掉了。"谈潇有了上一次的经验，知道守饭童子闻到饭香味就能恢复，也就不那么紧张了。说来他这东厨司命座下的一线工作人员工作危险性也挺高，才多久啊，又被咬成这样了。

谈潇张望着，寻找仲大胡子的身影。

孔宣会意，道："自己出来。"

仲大胡子也没跑远，慢慢从草丛里出来，嘴里衔着几棵草，叼到谈潇面前："这个是给童子的……"鼠精有觅宝之能，找点儿草药什么的对它来说可以算是本能。也多亏了南楚一中的绿化做得好，学校里还真有可以入药的花草。

经过今天的惊险，仲大胡子不想再逃了，它好累！

谈潇接过草，看看这俩伤兵残将道："行吧，我们现在去404办，还有刚刚那只狗，也得送过去登记，不知道到底是个什么玩意。"说完他又有点儿犹豫，"唔……可是今天有空处理这些事吗？"

孔宣还以为他在说404办，负手道："他们没空也得有空！"

"我不是说他们，我是说你。"谈潇看着他道。

孔宣的心怦怦一跳，难道是因为他们刚刚"相认"，谈潇还有许多话想对他说？

谈潇忧愁地看着他："你作业还没做完呢。你本来就学得费劲，逆水行舟不进则退，小心期末考试又不及格了。"既然孔雀大神就是同桌孔宣，那么越来越多的现实问题就这么涌上他的心头。

孔宣："……"

守饭童子和仲大胡子都忍不住抬眼偷偷看孔宣。

"看什么看！"孔宣恼羞成怒，"休要再提这些扫兴的事！"

"我也不懂，你要是不想学物理，那为什么要来上高中？学历对你来说也没用吧？"这是谈潇一直认为他们不可能是同一个人的原因之一，难道高考这么残酷，都能算历劫了？

孔宣："你放肆……"为什么和他想象的完全不同？认出他后，谈潇不仅没有更尊敬他，甚至变得更过分了！

何止是不尊敬，谈潇完全失去了对孔雀大神仅有的敬重和对同桌孔宣的最后一点儿生疏，幽幽道："还是说，你只是单纯想拉低我们班的平均分？"

孔宣生气地道："要撰写《山海异志》续作，怎能不入世了解？"这是元凤给他的规定，而且到了学校还得遵守校规，不得作弊，"所以你必须保证我可以考上大学。"这是代行者该做的。

谈潇难以置信地道："这种任务你应该放在续写《山海异志》之前说的！"太恐怖了，这种任务为什么会落在他身上？就算是第一次见妖怪时也没这么恐怖啊。尤其是他想到孔宣还非选理科……以孔宣的古文水平，学文科不是轻松多了吗？

孔宣却完全不觉得自己有错，他不选理科，怎么能和谈潇一个班？

"我都不想去404办了，我想逼你刷题。"谈潇吐槽。

但说归说，今天还是得把这几个家伙交接一下。谈潇给老师发短信说累了先回家，然后找了间教室把表演服脱了，换回校服，一边换还一边隔着门问孔宣问题。

谈潇从记忆里不停翻找旧事，的确有很多话想对孔宣说——合并了身份，从新角度看过去的事，就有相当多的疑问了。而且因为认人困难，他很难快速与他人建立亲密关系，孔宣却不同，他忽然觉得自己可以肆无忌惮地说出心中所想，毕竟这可是自己凭一己之力认出来的。

"那你到底是不是真晕车啊？"

"雄虺和守饭童子都是看到你害怕得溜了吧？还有菩萨奴他们的态度……"

"我在你面前夸你另一个身份时，你为什么有些不开心？"

"……"

孔宣恼怒的声音在外头响起："我自有不悦之处！"说着说着就变成嚷嚷了，开始翻

第七章 羽舞

旧账,"我降下灵应,你却不敬至极,屡屡冒犯,若非我大度……"

这时候,换好校服的谈潇打开门,探出脑袋,瞪大眼睛看他:"还有,所以你一直住在我房间的墙上?你有没有……"

孔宣一下卡住了。

谈潇:"你有没有偷偷抄我作业?"

孔宣大喊:"我抄了会是这个成绩吗?都说了我不能作弊!"

谈潇:"哦。"

看孔宣也一键换装完毕,谈潇闪身出来,把守饭童子托到自己口袋里,又照例找了个垃圾袋把仲大胡子给装上。他先给穆翡打了电话,但穆翡没接,可能正在忙。于是谈潇决定自己过去404办,但过去的方式就值得商榷了。

"飞过去。"孔宣跃跃欲试,想趁机与晕车切割开。

"不行,我看过404办的规定,城区不让随便飞的,尤其是带人飞。"谈潇觉得自己没做好上天的心理准备,"我看还是稳妥一点儿吧……"

一分钟后,两个骑着自行车的高中生晃悠悠地上路了:谈潇稳健地骑着共享单车,孔宣紧跟其后。

因为都在老城区,不久他们就抵达404办驻南楚办事处。谈潇暗想,大神理科成绩不怎么样,学车倒挺快。

办事处灯火通明,404办的干事基本都在加班,也包括刘清泉,不过他有一点好,上晚班方便。不只是他,还有另外一些不用睡觉的同事,毕竟就算是晚上,也有些需要接待的对象呢。

刘清泉先看到了外头的谈潇,把在办公室打盹的穆翡给叫醒了。

穆翡惊醒,到窗口一看:"谈潇?怎么骑车来的,还有……"孔雀大神?大神今天似乎为了跟着来还打扮成学生,怕不是穿的谈潇弟弟的校服吧,也是煞费苦心了。

下一秒,穆翡注意到谈潇手里拎着一个垃圾袋,里头分明就是失踪的越狱犯仲大胡子,此时它屁股带血,狼狈不堪。她震惊地道:"仲大胡子真的去你家锅里拉了?!"然后被谈潇揍成这样?那难怪孔雀大神也来了,饭碗被动了很生气吧?

"没有没有!"谈潇赶紧澄清,他怕以后出现什么不堪的谣言,"它被一个精怪追赶,跑到我们学校求救,这是被那精怪咬的。精怪已经被孔雀大神刷了,等下你接收完仲大胡子,让他放出来给你看看。"

"哦,对不起,我没睡饱,思维有点儿发散。"穆翡赶紧邀请他们进办公室里说话,没有发现谈潇提及孔雀大神的语气更加随性了,或者用孔宣的话说,不敬了。

室内灯光下，穆翡才看清谈潇脸上勾画的蛇纹，他来得匆忙只换了衣服没卸妆。

"咦，你这是表演？不是说在学校吗？"

"就是在学校表演，校庆。"谈潇解释道。

"哦。"穆翡过了好几秒才慢一拍地反应过来，"等一下，你在表演，仲大胡子去找你……你……不会又当众'表演'了吧？"

谈潇比她还磕巴："差……差不多。"比那阵仗更大，还掀了个半透明马甲，"不过你放心，没人发现。"

这安慰聊胜于无，穆翡吐槽道："都看到了不叫没发现，叫没想到。我简直想不出世界上还能有比这更让我喷血的'表演'了。"

谈潇欲言又止，心想要不还是等穆姐自己上网发现好了……

他要了些茶叶，泡了杯热茶，然后把守饭童子掏出来，两只手掐着，悬在茶杯上熏。这茶香亦是食物香，可以帮助守饭童子恢复。

谈潇不懂茶，但404办用的茶叶估计不差，那茶香缥缈，守饭童子的身形渐渐凝实，腿脚也有力了，踏在茶杯边缘自己站稳了。只是这次恢复之后，守饭童子没那么活跃了，跨在茶杯上，表情失落。

谈潇小心观察着。

守饭童子忽然木木地道："我的兵器被折断了。"

兵器？谈潇反应了一秒，哦，勺子。他这才发现是真没看到守饭童子的那把勺子。可谈潇也不知道该怎么办，便伸出一根手指在守饭童子后背拍了拍："节哀啊，不然我送你一把不锈钢的？"

守饭童子不语。

仲大胡子的声音从垃圾袋中闷闷响起："童子哀叹的不是自己的兵刃，而是一身本事不足以护住世人啊！灵师，你就让他自己冷静一下吧！"

谈潇："……"

"你又懂了？"穆翡骂骂咧咧，小心地从垃圾袋里把屁股毛都和血糊成一团的仲大胡子拎出来，皱着鼻子道，"看你还逃！"

她打开电脑，想着赶紧把案子情况更新一下，免得其他同事不明情况还继续追捕，不过404办的器材都太老旧了，电脑打开没多久就卡住了："就应该再来点儿成精的服务器给我们用。"只有阿晋一个俨然是不够用的。

孔宣走到电脑前，抬手。

穆翡心里期盼大神能有点儿招。

第七章 羽舞

孔宣伸手，梆梆梆拍了拍主机。

穆翡："……"

这时，刘清泉从走廊那边的窗口探头看了孔宣一眼，小心地道："雄虺也在，说什么过来报案，我问了一下，其实就是看到仲大胡子了。不过它们听说谈潇同学也在，表示想过来打个招呼。"

雄虺在考古队打工，因为危险级别较高，需要定期来404办报到，检查一番封印，休假也需要404办确认，所以来这里轻车熟路。

"呃，行啊。"谈潇看了看还在研究电脑的孔宣，最近孔宣好像对电器比较感兴趣。

其实在谈潇下车时，雄虺就隔着窗远远地看到他的身影了，而且看到谈潇旁边有个也穿着校服的身影，但没放在心上——那是孔宣的荆条替身，毫无异样。它们琢磨着既然谈潇供养的那位大能没有跟来，不如过来和谈潇套个近乎，以后大能死……哦，退了，它们可以接班嘛。于是雄虺快快乐乐地爬呀爬，还十分有礼貌地在门外稍候道："灵子，雄虺请求觐见。"

谈潇听了差点儿没笑出声来，雄虺每次用词都这么一本正经到像笑话。他一时兴起，模仿皇帝的口气道："咳咳，宣。"

宣？孔宣迟疑了，只呼单名在现在好像是比较亲密的行为。但他想了一下，连林仰都偶尔喊"潇"，凭什么谈潇不能叫他"宣"？两秒时间，孔宣心思百转，扭头道："干什么……"

谈潇反应过来自己好像在叫孔宣的昵称，差点儿咬到舌头，他莫名有点儿慌地指了指外面："我说……"

此时雄虺已快乐地爬进来了，因为场地不够，还把身体缩到了较为细小的形态，它们一边进门一边说："灵子，我们来伴驾……"结果刚进来就一眼看到了孔宣，甚至往前滑了一段才反应过来，这人虽然穿着校服，但面孔却是在灵子家里曾见到过的那张！

"啊！"雄虺猝不及防地痛呼一声，猛然停住，紧急向后转，因为转得太急，身体仿佛扭麻花一般绞紧。

孔宣却是反应过来谈潇不是在喊自己，他思考了半秒，对着雄虺勃然大怒："这长虫刚才说什么伴驾？"

雄虺："……"

孔宣隐隐对雄虺有一点儿印象，毕竟在楚王墓中，谈潇曾与他有过灵应，当时正是要对付雄虺。他上前一脚踩住想要逃窜的雄虺的脑袋，徒手拎起来逼问道："什么伴驾？你仔细说说。"

上古时候，灵师作方相氏驱邪傩仪，本就是要驱使十二凶兽吃掉诡怪瘟疫，所以也有驱使精怪的传统。孔宣虽然不知道雄虺就是个打工狂，但对这些规矩再清楚不过，很是敏锐地察觉了雄虺的意图。这长虫什么身份，也想在他眼皮子底下进谈潇的坛？

雄虺大脑一片空白，比被操蛇舞控制好不到哪里去，它们磕磕巴巴地道："我说今天超市半……半价。"

孔宣冷笑一声。

"孔雀大神……"刘清泉飘了进来，焦急地冲谈潇使眼色。这可打不得，雄虺现在是考古队的特聘顾问，别说打杀了，打傻了都是极大的损失。

谈潇会意，劝阻道："没必要，没必要，这时代鸟和蛇没那么敌对了。你们俩的目的其实差不多，都是希望我以后当领导。"

雄虺听刘清泉道破才知这竟是孔雀大神，心口一片冰凉。面对天敌，它们瘫软了，耍赖道："我们只是听说灵子今日遇到危险，怕灵子会驾崩。"

谈潇："……"我谢谢你啊，都用上驾崩这个规格了呢。

孔宣睥睨雄虺，冷笑一声，对谈潇道："反正这种绝不能收，它们每天在地上爬，不卫生。"

躺在冰凉地板上的雄虺不敢反驳，半晌才长叹一声道："灵子家还有亲族吗？"

谈潇："啊？"

雄虺自语道："你这年纪应该还没孩子，但有父母。你爹妈想称王……当郡长吗？"

"不想，我妈也没有逐梦政坛的想法。"谈潇心说这货怎么就想逮个灵师认主，而且谈春影和他可不一样，不大可能是雄虺心中满意的主人，大骗子还差不多。

"为什么也不想？"雄虺不理解，它们也是补了一些功课的，女人是可以称王的啊。还是说，灵子家族的人都如此淡泊名利？

谈潇心说雄虺了解得还是有点儿表面了，他委婉地道："倒不是那个原因，主要是你跟着我妈的话，当不了郡长马仔，只能搞搞有争议的活动。"

雄虺迷茫地问："什么活动？"

谈潇："动物表演。"

雄虺："……"

穆翡闷笑，头也不回地说："谅解一下，雄虺同志的思想还有很大的提升空间。"

一旁呆坐的守饭童子也被眼前的场景给刺激了，他看着孔宣，小声对仲大胡子道："原本以为孔雀殿下只是看不起我小小童子，可雄虺战力如此强……看来是殿下不容人。"

仲大胡子深以为然。两个冤家今日同生共死后生出了别样的默契。

第七章 羽舞

雄虺看到了在一旁闲言碎语的仲大胡子,伤心得又想一口把仲大胡子给吞掉,被穆翡给踩住了尾巴:"哎,干吗?"

雄虺:"没什么,这不是那只老鼠吗?"所谓食物链,就是鸟欺负蛇、蛇欺负老鼠,咬咬老鼠不是和孔宣踩它们一样正常?

"你们可以重新把《城区生活条例》再背一遍了。"穆翡敲了下键盘,总算把资料给更新好了,"谈潇弟弟啊,看看你们抓的是什么?"

孔宣抬手,把在学校刷去之物放了出来,只是不见背后巨大的黑影和身上附着的火焰,出现的只是一只黑白花比格,畏畏缩缩地用大眼睛斜瞅着他们,面露讨好谄媚,仔细一看,狗腿还在抖。

"比格?"谈潇也是才看到它的本体,之前只看到了影子,"等一下,它好眼熟啊。"

"它在学校放火!"守饭童子看到它就恨得牙痒痒,冲上去跳起来打它,不小心打在耳朵上,差点儿被臭死,刚恢复没多久的守饭童子向后一倒,被谈潇用两根手指叉住了腋下,虚弱地站起来,"谢谢灵子。"

谈潇点头,继续端详那只比格,有些迟疑。

穆翡则看着它屁股后面不断掉落的火焰,用灭火器喷了一下,怀疑地道:"这是个……祸斗?哎呀,最近城区火灾频发,我们都在考虑是不是非自然案件,不会就是它导致的吧?"

祸斗形如犬,所到处皆发生火灾,既能食火,也能拉火。

但穆翡又有点儿迷茫:"可说是祸斗,看外表也不像啊,祸斗不是大黑狗吗?扩招了?"

这比格是只黑白花狗,不像传说中的祸斗。因为祸斗不是天生的精怪,而是在限定条件下形成的——传说凡被流星击中的黑犬,都有概率成为祸斗。而且祸斗并非什么天生凶兽,虽然过处有火灾,但因其稀少,又天生控火,通常会被招为火神下属,带编的。

穆翡没亲眼见过祸斗,只看过资料绘图。不过被陨石砸中的概率本来就小,现代犬种混合,土生土长的黑狗也少了,所以她才说是扩招了。

谈潇也很理解穆翡说的扩招,他先前都没见过祸斗:"如果它真是祸斗,就难怪那么怕他了。"

这个"他",指的是孔宣。

楚人先祖祝融为火正,后被尊为火神,又传说祝融精气化为鸾鸟,鸾为凤凰亚类,元凤本身也是楚地老牌大神……看看,这都是一层又一层的关系啊!

孔宣看着比格,问道:"你是祸斗?"

如今时代不同,这比格成祸斗,谁也不能说没可能。

比格猛点头，却是不会说话，俯伏在孔宣面前，不敢招惹的样子。

孔宣冷冷一笑："祸斗，可吞月气？"

"就是就是！"一直憋着没说话的仲大胡子跳了起来，"这厮还想吃了我！我逃得可太艰辛了呜呜……"虽说最后被搭救了，但也不知它这死劫渡过没有，吓死它了。

谈潇也想起来了，在学校表演时，灯光、月光乃至人的精气都暗淡了。按理说，祸斗生性没有这么凶残啊，否则也不会成为预备官方工作人员，难道是融合了比格本身的性格？

比格瞪大眼睛看他们，不停摇头，虽然不会说话，但表现力很强，可以表达自己的丰富情感：我不知道，我也不懂，我害怕。

"吞月气？我的天，那不是天狗吗？"穆翡失声道，"它到底是什么？"

天狗？的确也能对应得上。

谈潇突然想起来，今年他们年级好多人说自己命犯天狗呢，难道还真实现了？但和传说中的天狗比起来，这小比格又弱了一点儿……

天狗指的是月中凶神天狗星，因为天狗星会犯月气，于是月食被称为天狗食月。但其实并不是每次月食都是天狗食月，相比起天象中的月食，天狗食月更重要的标志是侵蚀月气，使月中精华不能降落人间。而天狗星坠地，据说会生出犬类，是凶兆。古籍中曾记载，旧时天狗星坠楚地，最终血食人间多年。

传闻天狗性好吞噬，还曾撕咬凤族一位九头凤的头，所以孔宣也不太待见天狗，嫌弃地道："二族特征兼而有之，弱之。"

大家面面相觑。

"该不会是被天狗星碎片砸中形成的祸斗吧？这得是多小的概率！"穆翡心说这要是真的，又要狂发内部论文了。

"啊？那叫什么？天斗？祸狗？"谈潇蹲下来看那比格，突然指着它道，"等等，我想起来了，我就说有些眼熟，前几个月，它在我家门口转悠来着！"

那时候谈春影刚回来，阿晋也还住在家里，谈潇在门口远远地看到一只比格转悠，把它赶走了，因为他没见过附近的人养比格——可能因为有脸盲症，他的视力、记忆力反倒不错，硬是在此刻想起来了。

"就是它，肯定没错。"谈潇又看了一遍，"哇，你那时候在我家门口转悠，不会本来是想吞了阿晋吧？"

比格呜咽一声，瑟瑟发抖，它没想到谈潇还能想起来。

"得赶紧再做一次妖口普查了。"穆翡一下急了，"这货居然已经潜伏几个月了，谁知道还有没有残害其他人，这几个月那么多不懂事的新生妖族！"

因为非人生物的特殊性，如果有失踪情况，404办很难第一时间掌握，毕竟就算它们很久没露面，谁又知道人家是不是冬眠或者闭关修炼了，像仲大胡子，若是真被比格吞了，可能也就是记个失踪、潜逃。

"对对，那穆姐你这边处理着，我就先回去了，有需要再叫我。"谈潇可怜巴巴地道，"时间不早了，我明天还要上学。"

"行，行。谢谢你们了。"

接下来的审讯、排查、立案就是穆翡的事情了，至于雄尴和守饭童子，也各回各家，仲大胡子则回到重新定制的监牢中。

看守饭童子消失在404办小食堂的方向，谈潇顺口问孔宣："你今天的作业写完了没？"

孔宣扬眉道："作业作业，你就知道作业，当务之急是什么？"

谈潇："备战高考。"

孔宣："是撰写《山海异志》续作！高考也是为了更好地写书。"

"那不就得了。"谈潇寻思自己总不能辍学写书吧，"写书要很久，《山海异志》可是花了几代人的时间编撰。我要是不好好学习，不但没文化写书，都没钱吃饭。继承家业也是要学历的，别人天师都是……"他问穆翡，"姐，你什么学历来着？"

穆翡："呃，研究生。"

刘清泉也举手道："我生得早，不过也考了在职研究生……"

谈潇冲孔宣点头，表示：你看看，人家都是研究生，我们连本科都还没考上。

穆翡却神色古怪，犹豫着打断他们，问道："等一下，我有个不懂的地方，作业是什么情况？难不成这校服是孔雀大神自己的？"

说起这个，谈潇就……

"何止校服是孔雀大神自己的，学籍都是他自己的。"谈潇幽幽地道，"离谱吧，他是我同班同学。"

穆翡瞳孔地震，震撼无比："什么？什么时候的事情？！"谈潇也没和她说过啊！

孔宣对穆翡冷笑道："离谱吧，他和我同学几个月也没认出我来。他也只比你早知道两个小时。"

穆翡："……"

谈潇不太服气地道："我早就怀疑了。"

穆翡颇有些崩溃地道："别争了，都挺离谱的。"她揉着头发，怅然若失，"刘老师让我对下面的世界一点儿也不向往，而您，让我对上面的世界也不太向往了。"听谈潇的意思，孔雀大神还不是什么好学生，搞得她好想去调大神的成绩单看看。

孔宣还是那副口吻："我为了完善《山海异志》下界，自然要入世了解当代运行规则。"

谈潇看了孔宣一眼，心想他下来之前肯定没想到自己会考试不及格。人间进步了，人间课程更进步了……

"等一下，那这个……真不好意思，您应该……应该也要进行登记。"刘清泉呆愣地说道。他也有点儿混乱，只是凭着工作多年的本能在说话。

"哎，是吗？"谈潇好奇地走过去，"那按您这样说，《山海异志》续作里要写吗？"

"应该也是要的吧……"刘清泉道。

《山海异志》里还有那么多神兽，孔宣指导编撰《山海异志》续作的第一件事应该是把自己编入条目。

刘清泉让穆翡调出登记表，然后看着分类一项有点儿犯难，这也没登记过大神，没这选项啊。

"暂时放在'未分类'。"穆翡抓抓头，"刘老师，这个是不是也要写材料？"

刘清泉怜悯地看了她一眼："那当然啊。"材料上要说明，孔雀是本尊来到了南楚，这个涉及404办的多条法规，还要一一查找分辨。

穆翡差点儿吐血："先……先登记下基本资料。您现在的住址是？"

"我住在华曦路78号二楼左卧室！"孔宣昂然道。

刘清泉和穆翡都是去过谈潇家的，稍稍反应了一下，就发现了这是谈潇的卧室。孔雀大神也挺艰苦的，都没个自己的房间。

"联系方式？"穆翡看向孔宣，"有手机号吗？"

孔宣连手机都没有，怎么会有手机号？不过一提到这个，他就蠢蠢欲动。对了，手机，是时候了！该怎么和谈潇提他想要个手机呢？

"填我的吧。"谈潇当仁不让。

"那紧急联系人也填你。"穆翡哗哗哗把资料都给填了，几乎每一项都需要谈潇提示。

孔宣在旁边镇定自若："还有个假证件号，要填吗？"

"也……也填吧，我们想办法帮您把证件变成真的。"穆翡心说孔雀大神是怎么上学的，怕不是下界第一件事就是造假。

填完资料，穆翡开车送他们回去，免得这么大一尊神还要踩单车回家。到了谈潇家门口，她看着两人下车，缓缓道："慢走……学业进步。"

孔宣的背影顿了顿。

06

之前谈潇一直在外面跑，其实没有太多时间来仔细思考这件事，此时他坐在自己的房间里，看看孔宣，再看看桌前墙上的面具，感觉浑然不一样了。

"你平时就住在这里面？校服、书包……也都挤在里面？"

孔宣瞪着他。

谈潇捂脸，有点儿想笑又有点儿不好意思，耳朵都憋红了："对不起，我是真的没认出来！"他第一百次感慨，大神也是真的很能忍。

谈潇把柜子打开，开始整理自己的书。

"你干什么？"孔宣对他只安慰了一句有点儿不满。

"啊，我给你整理一格柜子，你的东西可以放里面。"谈潇仰首，有点儿歉意地道，"改天给你把书房收拾出来，放一张床吧。"

"不必了，徒惹你妈怀疑。"孔宣兀自打量，胡桃木的柜子一整格，收拾得干干净净，他心里相当快乐，"嗯，还有衣服呢。"

谈潇："哦，衣服放衣柜也行，我衣服不多的。"

谈春影当时找木工在谈潇的房间打了很多柜子，收纳空间多，一个人用绰绰有余，不过放进孔宣的东西可能就差不多，甚至稍嫌不够了。

等忙活完已经挺晚了，今晚显然是没法再看书了，谈潇打了个哈欠，洗漱后往床上一躺，孔宣则如常住在墙上面具中。

谈潇看着安静的房间，思考了一下，喊："孔宣？"

如果是平时，谈潇肯定不会想到没事在房间喊孔雀大神，甚至觉得孔雀大神是神出鬼没的。但现在他知道孔雀大神还是他的同学孔宣，感觉突然很不一样了。

片刻后，孔宣幽幽地应了声："嗯？"

"感觉好像突然多了一个上下铺的室友。"谈潇回过味来，甚至莫名兴奋，因为他从小到大没有住过校，又是独生子，有室友的感觉太奇妙了。如果他愿意的话，还可以和孔宣聊学校生活。在此之前，他在学校基本没有能无话不谈的朋友，就算是林仰，也经常因和他聊八卦时他对人的低辨认度而犯难，以致聊不下去……

"有点儿激动，一时睡不着。"谈潇侧身朝着孔宣这边。

孔宣咳嗽一声。

谈潇："哈哈，不如趁这个时间我给你讲道大题。"

孔宣："……"

在孔宣要翻脸的前一刻，谈潇拉上被子："我开玩笑的，晚安！"

第二天，谈潇在闹钟声中苏醒，迷迷糊糊按掉了手机闹铃，想再眯一分钟，孔宣已迫不及待仿佛抓到了他的把柄一般大喊："别睡懒觉了！起来上学！"

谈潇惊醒，睡意全无。他差点儿忘记自己多了位室友，抬头一看，孔宣正坐在书桌上俯视过来，仿佛在说：你这个年纪怎么睡得着啊！

孔宣学习不积极，上学倒是积极，谈潇有点儿想不明白。他爬起来收拾，却发现孔宣一直盯着自己放在床头柜上的手机看。

"你是不是没有手机？"谈潇若有所思，想起孔宣刚转学来的时候有人传他家庭条件不太好，不知道是不是因为他连手机都没有。

孔宣没想到谈潇如此机敏，这就猜出自己眼神透露的信息了，矜持地点了点头。

"没有也好，"谈潇回忆了一下老师的口吻，"免得沉迷网络和短视频，这些对自制力不高的青少年神灵毒害无穷。"

孔宣勃然大怒："你整整一个学期都没有认出我来！"

谈潇一听孔宣翻旧账就知道这怕不是想要手机，难怪盯着看，昨晚还对电脑很感兴趣的样子，只是不知道怎么都来这么久了才想起研究这些。

"别说了，我懂了。但是我的零花钱大部分都买定期理财了，没法取出来。"谈潇从小跟着谈春影打工，酬劳分成越来越多，都是自己管理，没想到会有大笔支出，所以都买封闭理财了。

孔宣满腹怨念。

"若你只是想用通信工具，我家还有旧的，应该也能用。"谈潇看孔宣一副勉勉强强的样子，翻了下抽屉，找出来一块儿童电话手表，还是汪汪队联名的，是谈潇以前用过的。

孔宣用带着杀意的眼神看着谈潇。

"哈哈哈！"谈潇把电话手表放了回去，忽然想起来，"哦，还有办宽带送的手机，一直没用呢。"他下一楼翻找了一下，这个点儿谈春影还没醒，他轻手轻脚地又找出来一部手机。这部手机之所以一直没用，是因为这是部大屏、大字、大音量、双卡双待的老年机，虽说是智能机，但也太不轻巧了。

果然，刚拿出来，就听孔宣不太满意地说："你那款没有了吗？"

谈潇刚要说些什么，手机却被孔宣一把抢了过去："先将就用着吧。"

谈潇："……"

这么折腾一番，时间也不早了。

第七章 羽舞

"走走走，上学去。"谈潇赶紧收拾好，匆匆忙忙拿好东西，蹬上鞋，才跑到院子里又啊了一声折返回去，"卷子没带！"

孔宣也跟着往回跑。

"走了走了。"谈潇把踩松的鞋带系好，跳出院门。

孔宣跟在一旁，他是头一次沉浸式体验上学前的兵荒马乱，颇感新奇。

谈潇也鲜少和人同路上学，看看身边的孔宣，只觉得一夜过去大不一样了呢。

路上，谈潇忽而想起一事，问道："话说……你的身份都是假的，那家长也是伪装的吗？之前期中考试后开了家长会，难道你请元凤大神下来了？"也不知道元凤大神会不会鸡娃。

"没请啊，没叫元凤来。"孔宣说。

"怎么会……"谈潇忽然想起孔宣刚转学那个样儿，追问道，"不是，你造假时怎么填的家庭情况？老师应该问过你吧？"

"就如实填啊。刚开学的时候，班主任问我爸妈的情况，我说我没爹、妈在上面。"孔宣回想了一下，表情也微妙起来，"然后他就再也没问过了，也没要求我的家长来开家长会。"

谈潇："？？？"

什么鬼？！元凤受五行之气诞下孔宣，纯得不能更纯的单身，而且人家也真的是在上面，可孔宣那时候刚下界，怕是不知道自己说的话有什么歧义，难怪班主任说让大家多多照顾孔宣……原本他还以为只是因为孔宣成绩不好。

到了学校，来往的同学发现了两人的身影，都盯着他们看，只是不敢打招呼。不过他们一来习惯了，二来谈潇常年逃避需要认人的可能也不觉得如何。

待进了教室，都是熟悉的同学，这才比较热闹。

两人刚进门，班长于贞贞就站了起来，严厉地道："怎么才来？！"

"班长？"谈潇吓了一跳，今天因为找手机出门晚了点儿，但也没迟到吧？他抬头看了看教室里的时钟，确认真的没迟到，踩点进门。

于贞贞抬手，缓缓鼓掌道："我就是想说你俩太配了，太、配、了！"

这一下子，该鼓掌该尖叫的都闹起来了：还是班长会说啊！这不是一句表演精彩能总结的，这是演出了绝配感啊，连演出服都那么搭！

谈潇心说于贞贞这次比上次看他和祝融乐队合作还激动，孔宣的"换装魔术"太精彩了是吧？

"早说你俩节目是这样的啊，我借也要借个长焦镜头来拍照！"

"呜呜呜我应该没理解错吧，你们表演的角色是神与巫？"

"当然是了，我昨晚连夜查了资料的，那舞蹈怎么看怎么浪漫！"

"只有我觉得我错过了好几集的内容吗？你俩是什么时候关系这么好的？"之前也不过是有人谣传孔宣是谈潇的马仔而已。

谈潇差点儿把肺咳出来："什……什么浪漫！"

刚说话的同学是个铁骨铮铮的直男，他假装抹眼泪："传说中的神与巫就是很浪漫啊！"

谈潇定下演出的时候根本没想过孔宣和孔雀大神的关系，常年表演也让他不觉得这有丝毫怪异，现在别人一提，他才猛然惊觉当时自己和孔宣表现出来的舞台关系要解析的话还真是……他竟打了个磕巴，没去看孔宣："话……话不是这么说。"

昨天表演完谈潇就直接溜了，只跟班主任说了一声，顶多和林仰打了个招呼，哪有空去看其他人的反应。他心里印象最深刻的是表演后期的比格作祟，甚至一度没想到大家看得到孔宣。所以谈潇完全没想过从同学观众的角度看演出有多激动，就像他们隔壁班老师说的，这哪是校庆级别的演出啊！

作为同桌，林仰更是看着他们露出感慨万分的慈爱笑意：不枉我吃了一学期的瓜，没想到还能看到这一天，尤其是今天，还在路上看到谈潇和孔宣一起来上学了。

"我说你俩其实就是发小吧，只是一开始没认出来。"林仰怎么想怎么像这样。

谈潇想了想，顺势承认："确实之前就认识……"

猜对了！林仰激动地拍桌子，那他输得就更不冤枉了：咱虽然是一年多的同桌，可人家到底是发小！

孔宣此时走至座位旁，对林仰说："你起来。"

林仰："？"

孔宣理直气壮地说："我要做他同桌。"

林仰："……"

他们已相认，这同桌的位置舍他其谁？孔宣觉得林仰应该自觉点儿让开。

"不是这么操作的，老师没让换。"谈潇满头黑线，"再说，你现在这样坐，跟是我同桌有什么区别？"

林仰恍恍惚惚，感动地道："就是，不能有了发小就不要天降的我了。"还是谈潇讲旧情啊。

"什么乱七八糟的！"谈潇心说还天降呢，要有天降那也该是孔宣，"反正这学期都快结束了，下学期再换吧。"

林仰："……"呜呜，还是要换啊？好残忍哦。

第七章 羽舞

"终究是错付了啊。"林仰从座位底下拿出一捧花,幽怨地把花放在谈潇的座位上。这是昨晚谈潇表演时收的,走时顺手交给他,他就帮着拿回教室了。

花还挺大一捧,谈潇寻思着拿回去给谈春影插花,但放在座位上有点儿碍事,他想了想,拿起来塞到孔宣怀里——孔宣的位子不像他这里,空多了。

孔宣一时不解其意:"干什么?"

谈潇冲他笑,小声道:"香花供奉。"

"哦……"孔宣把花塞到抽屉的缝隙里,和自己那一堆书本挨在一块儿,鲜艳娇嫩的花瓣露出头来,就像从抽屉里开出的花,他小心地往后坐了一点儿,以免磕碰到。

第八章
云梦泽

钉螺导航，竭诚为您服务。

01

自习课上到一半，孔宣突然转头喊于贞贞："班长。"

于贞贞吓了一跳，惊讶地看着孔宣，这还是孔宣第一次主动和她搭话……

孔宣抖了抖手腕，把自己的手机拿了出来——也就出门前紧急充了点儿电——伸到于贞贞眼皮底下："把你拍的照片传给我吧。"

照片其实谈潇那里也有，孔宣主要是找个机会给外人看一下自己的手机，要让于贞贞看到他有手机了。

于贞贞看到的确惊了，这……

"好大的字号啊！"她想说"这是不是老年机啊"，但因为是智能机，而且看孔宣的样子也觉得不太可能，或者换句话说，孔宣的气质实在太显贵了，这手机捏在他手里平白高级了不少。

难道说这是最近的流行风尚？于贞贞觉得可能是自己不太懂。

孔宣听到于贞贞夸字号大还挺自得："嗯！"可不是嘛，特别大。

于贞贞把照片都传给孔宣，看孔宣还在手里轻巧地转了转那手机，心想：怪了，这手机怎么越看越好看了？

不过给自己洗脑的同时，于贞贞没忘记提醒孔宣："手机要收起来哦。"

"嗯。"孔宣敷衍道。

下了课，谈潇和孔宣站在走廊上晒太阳，柔和的阳光穿过高大的树枝，洒下斑驳的光影，映在少年的校服上。

谈潇转头凝视着孔宣，少年的瞳孔在阳光下是浓浓的琥珀色，呈现一种玻璃般的质感。他看着孔宣，一秒……三秒……十秒……直到孔宣慌起来，他才说："你可不可以答应我，期末考试全部及格，并且物理至少要达到七十五分？"

孔宣一时不知道该说什么，半响才喃喃道："你一个学期才认出我……"

"停！这个理由你不能一天用三次吗？"谈潇想让孔宣想想自己的手机，"还有，元凤大神给你的任务是考上大学，没限定你不能复读。但是你也不想跟我上不了同一届吧？到时候我大一你还高三，我大四你还高三，我评高级职称你依然高三……"

孔宣不寒而栗："别说了！我答应你！"

现在和谈潇同届，他只觉得校园还算美好，万一像谈潇描述的那样就太惨烈了。

"还有，你既送我手机，我也有东西给你。"孔宣掏出一物，放在谈潇手里，表示自己不白拿——他下界而来，也不算身无分文。

谈潇细看，竟是一块翠玉，呈C形，雕刻卷起来的鸟羽，以简洁的线条勾勒出灵动之姿。

"真好看……"谈潇对着光看了看，这肯定是古玉，很值钱。

孔宣有玉器不奇怪，古时候以玉事神，认为玉是有灵性之物，大人物的冠冕都是玉质的，而后玉才成为王者的象征，直至从皇家走向民间。就孔宣家的情况，上好的玉器少不了。

"这……这是雕刻的我幼时。"孔宣的脸颊被阳光晒得微微发烫。

谈潇握着那玉器把玩，修长白皙的手指从外缘滑下去，因与孔宣相伴太久，竟有一种在抚摸孔宣的延伸般的感觉。片刻后，他恍然道："我是不是第一个反过来被宗主神送玉器的？"

"是交换。"孔宣强调道。他把自己的手机拿出来，还忍不住把手往外伸了伸，好让路过的人都知道他有手机了。

谈潇张了张嘴，还没开口，路过的纪汇明就行云流水般拿走了孔宣的手机："上学不能带手机，期末考完来我办公室领。"

孔宣："……"

谈潇闭上嘴，无奈地叹了口气：不是，你……谁带手机来学校还敢公然在走廊上把玩的，是嫌来往的老师不够多吗？

纪汇明本来想回办公室，看到谈潇手里的玉，又退了两步："呀，谈潇你这块玉好像很厉害的样子，是你们家传下来的吗？"

第八章 云梦泽

其实纪汇明不是特别懂玉，就听别人说过两嘴，但这块玉毕竟是孔雀常年佩戴的，太灵动了，连他个外行都觉得不简单。之前他刷短视频看到过类似的，但人家那个是文物，谈潇这个本身就很有价值了，家传下来的话，怎么也有几百年历史吧，那肯定价值连城啊！

"应该很贵吧？最好不要随便带到学校来。"纪汇明严肃地道。如果真的是很贵重的东西，随便带来上学多危险啊。

"没，没，这是表演用的道具。"谈潇看了孔宣一眼，"都是工艺品啦。"说着把玉器和自己身上戴的那一堆零零碎碎的小挂件系在了一起。

"这样啊，是我眼光不行，还是现在工艺太先进了？"纪汇明啧啧称奇，"行吧。"

纪汇明又看了一眼脸黑黑的孔宣。要说孔宣刚入学的时候，真是蛮吓人的，气场连老师都压不住，但是时间久了就知道他还挺守校规。但纪汇明不知道，这就和孔宣不能作弊一样，属于他下界入学的潜规则。

纪汇明气沉丹田，语重心长地道："孔宣啊，你不要怪老师，老师也是为了你好。昨晚你们的表演很精彩，老师发现你非常有变魔术的天赋，但你也不能完全放弃文化课吧？一个好的魔术师更要有文化，不然你怎么设计机关，对不对？这个谈潇是楚巫后人肯定知道。"

谈潇："呃……对对。"

瞧他俩混的，他也就算了，孔宣都成魔术师了。

纪汇明鼓励道："孔宣，好好准备考试，期末要是成绩提高了，老师送你魔术道具好不好？"

孔宣离扭曲只差一步了，他咬着牙道："好。"

"嗯。"纪汇明又叮嘱了一番，让谈潇照顾点儿孔宣，这才带着孔宣还没焐热的手机离开。

两人沉默了十秒，孔宣忽然转头道："你给我讲讲题。"

谈潇没预料到他竟主动提起这个："你想通了？"

孔宣平静地道："我想好了，我必须按时毕业，才能把学校刷了。"

谈潇："……"

两人坐回座位，孔宣蔫蔫地托着下巴，拨了拨抽屉里的花，就剩这个了……

林仰及时补刀："哎，孔宣，听班长说你买了部很炫的新手机？给我也看看啊！"没想到孔宣也发展出了和他一样的新爱好，偷偷玩手机。

孔宣用力把课本翻开：刷了学校之前，先刷题！

号称无物不刷的孔宣终究是有弱点的。

258

日子在孔宣前所未有的认真学习和刷题中转瞬即逝，之前也学了，这次可是发狠了，誓要按时毕业。

很快就迎来了期末考试的日子，当天谈春影还按照小时候的习惯给谈潇煮了一根玉米，旁边再放两个鸡蛋——今天谈潇起得也更早，在家吃完再精神饱满地去考试。

孔宣没看懂："这什么意思？"

谈潇把鸡蛋剥开，慢吞吞地道："这是一种仪式。"

孔宣还是没看懂，盯着那鸡蛋："鸡乃阳鸟，玉米是五谷杂粮，合起来能是什么仪式？"

"玉米像个'1'，鸡蛋是两个'0'，寓意我要考一百分。"谈潇把鸡蛋一口吞了，腮帮子鼓鼓的。

孔宣恍然，他只是一下子没看出来。

人们总是相信相似的形体能产生影响，比如扎人偶可以诅咒人，吃一百分的早餐当然也能考一百分……

"我也要。"孔宣说。

"妈，还有没有吃的，再给我拿一份吧。"谈潇估计谈春影并不会奇怪他吃多少了。

只是今天谈春影没煮那么多早餐，只拿过来一锅鸡蛋："玉米就煮了一根，你多吃点儿鸡蛋吧。"她放下鸡蛋回了厨房，乐观地留下一句，"多两个零，考一千分。"

孔宣对着她的背影摇头："总分哪有一千分。"谈春影比他还不懂。

"你还没发现真正的问题吗？就剩零分给你了。"谈潇同情地看着他。

孔宣："不吃了不吃了！"他可是要考七十五分的。

谈潇拿了点儿饼干、牛奶给孔宣，然后一起去了学校。

事实证明，信那些乱七八糟仪式的不止他们俩，一看到谈潇，林仰就双手合十："国师救我。"

期末考试是全年级打乱考场，不过因为是按大组打乱的，他们倒是在一个考场。

"你是没复习吗？"谈潇把文具摆好。

"复习是复习了，就是不知道上天会不会眷顾我。你有没有什么针对考试的咒语？"林仰明显是复习还不够充分。按谈潇对他的了解，平时要是认真复习了根本不会想起来寻求帮助。

谈潇对这方面的研究是真不深，否则当初就不会让孔宣保佑自己考高分了，他想了想，说："You shall not pass…"（《指环王》中甘道夫的台词，也是一种足球球迷文化和口号，指不能通过）

林仰："啊啊啊啊啊！我跟你拼了！"

第八章 云梦泽

"哈哈哈！"谈潇躲开攻击，"还有十五分钟，你还是临时抱一下佛脚吧。"他是以一个过来人的心情告诉林仰，这玩意儿是真不能迷信啊，有得必有失。

考完最后一科，大家回到自己的班级，听老师念叨了下注意事宜，之后就正式放寒假了。

孔宣也迫不及待地跟着纪汇明去了办公室，把自己的老年机给领了回来。

纪汇明看他隐隐欢喜的样子，提醒道："下学期也小心点儿。"

孔宣点头，心想：这个地方等我毕业了也给我小心点儿！

回到家后，谈潇问孔宣考得怎么样。这段时间孔宣的努力，谈潇都看在眼里，只要努力了，就算最后没有达成目标也不是孔宣的错，实在是他基础薄弱，他已经尽量展现神之意志了。

孔宣想都不想就道："我觉得肯定有七十五分！"反正自信心肯定有。

"我已经准备好了，你要是考到七十五分，这个就送给你。"谈潇从书架上拿下来一本新买的《5年高考3年模拟》。

孔宣的脸眼看就要绿了。

"哈哈哈，开玩笑的！"谈潇笑道。

孔宣的脸色这才好看了点儿。

谈潇把书放到孔宣的柜子里，真诚地道："这种东西，不用你考七十五分我也会送你的，寒假好好做。"

孔宣："……"

连续调侃两次，谈潇也不敢来第三次了："认真的，你要真达成了，我给你做一桌菜。"他许诺道，"你要大宴全班都行。"

孔宣："我自己能吃完！"

谈潇：这是真爱吃独食啊……

02

成绩虽然还没出，但不影响谈潇着手处理寒假作业，以及他一直惦记着的事情，去骑云岭祭祀。

谈潇提前联系过盘龙象，和谈春影报备说去和同学聚会，便直奔骑云岭。这次孔宣自然是以人间形态和他一起出的门。

一下车，谈潇就惊了，只见村头水塘边人头攒动，挤满了钓鱼爱好者，比起上次不知多了多少，不知道的还以为这里在搞钓鱼比赛。

来接他的盘建军悠悠地道："这都是因为之前你钓上来了鲢王啊！现在整个南楚，谁不知道咱这儿的鱼大？挺好，我家民宿的生意都好了不少。谢谢你啊，钓王。"

钓王？

谈潇哭笑不得，别人不知道，盘建军还不知道是怎么回事吗？

"这个是你的同学吧？"盘建军好奇地看了一眼站在不远不近处的孔宣，上次学生们过来搞实践活动，他只是远远地看到过孔宣，但其形象实在太出众，所以印象深刻。

"对，他……跟我一起来看看。"谈潇含糊地道。

"哦哦，可以。"盘建军又看了一眼，见谈潇只背了个背包，心想这行头带齐没啊，不过他不懂灵师的事，也不便多说。

少年钓王和盘建军一起从村头走过，深藏身与名。

到了民宿，谈潇看到院门口坐了个年轻人，一手插兜一手嗑瓜子，但他认不出是谁，直到盘建军喊了一声"雷子俊"才恍然，这是他上次从吼江手中救出的年轻人。

"这是谈潇，还有他的同学。"盘建军给雷子俊介绍，不过他不知道谈潇那同学叫什么，谈潇也没介绍。

谈潇对雷子俊点了点头。

"哦，你好你好。叔，这俩人是你家亲戚吗？看着还挺小啊。"雷子俊傻乎乎一笑，"弟弟们来过寒假吗？哥带你俩玩儿啊。"

孔宣不屑说话。

而谈潇还没开口说话，雷子俊身后就先伸出来一只手，在他后脑勺敲了一下："玩什么玩，这就是我和你说过的灵师，快点儿鞠躬敬茶！"

雷子俊口中的瓜子都喷出来了。他知道有个年轻灵师和盘老爹一起救了自己，但没想到这灵师会年轻成这样。那件事情是他的心头阴影，他在医院住了好几天，回来后一直不敢靠近水。

雷勇催着雷子俊行礼。在南楚民间，很多师傅出手后只收些米肉或少量报酬，甚至有些什么都不收，被救者只要逢年过节来拜访好即可。

雷子俊这会儿知道谈潇就是救了自己的人，哪还敢一口一个弟弟，低眉顺眼地鞠躬敬茶。

"没事，不客气。盘道公呢？"谈潇来的主要目的是履行诺言。

"在收拾东西，他说你一来咱们就可以出发了。"雷勇道。这事虽是谈潇答应的，但他们父子俩和盘龙象肯定要一起去，事先沟通的时候谈潇还让盘龙象转告他们带上一样

第八章 云梦泽

261

东西。

"我去叫我老爹。"盘建军往后头走,"小灵师已经来啦。"

"行,我也点清楚了。"盘龙象直起身来,他们今天要做的是祭亡仪式,他正在收拾的就是需要用的物品。

"对了,我看小灵师就准备了一个书包,他们的行头这么轻便吗?这准备得够简单的啊……"盘建军一边帮着盘龙象把东西往外搬,一边说。

说话间,两人走到了外边,盘龙象看清楚谈潇身边站着的人,差点儿喷出来:"咳!咳咳!"

他用和雷勇差不多的姿势打了下盘建军的头——就算形态不一样,但孔雀大神的面容没变,小灵师直接把他带在身边还叫准备得简单?你还想怎样?!

"你……这……咳咳……你……"盘龙象半天没憋出来话,他看了看雷子俊,怕吓到这小子,嘴唇翕动着道,"您也……太隆重了。"

"没有没有,那咱们出发去滩头吧。"谈潇心说我又有什么办法,强行留孔宣在家写寒假作业吗?

盘建军一脸郁闷地看他俩打哑谜,仍然没弄懂为什么自己被揍,老爹又为什么说谈潇很隆重……

雷勇开着车把大家拉到上茅滩,枯水季的滩头在白天看来更多了几分荒凉,几人把祭桌摆好,按照骑云岭的旧俗供鸡、鱼、糕饼等,线香则用红纸捆扎,在桌前搭成拱桥的形状。

盘龙象和谈潇都换上了正式的衣服,仍是以谈潇为主,盘龙象给他吹牛角、打鼓。

"谈月流星绕建章,仙风吹下御炉香……"谈潇脚踩禹步,将黄纸点燃,抛向滩头,点点火焰就像曾滴落此处的碧血与汗水。

孔宣用指尖点了点桌上的酒水,弹向河面:"积行累功,济度众灵。"他如此自然地参与进仪式,只因谈潇和盘龙象都没说什么,盘建军和雷勇也都闭着嘴。

河上骤起寒风,将还未落地的纸灰吹得高高飞起。

一旁的雷子俊忍不住道:"爸,你有没有闻到羊臊气?"

他们今天没有准备羊啊!

雷勇打了个冷战,按住雷子俊的肩膀:"没事,没事,都是保佑咱们的先辈。"

雷子俊愣了一秒反应过来是什么意思,心里生出的恐惧之感没了,他用力点了点头。

一舞结束,谈潇捏诀收手,对雷子俊道:"过来吧,把你的东西也烧了。"

雷子俊赶紧上前两步,把复印好的成绩单、校内活动奖状等都点燃,闭眼默念:"安心吧，我会继承你们的勇气与毅力……"

风把烧尽的纸灰吹拂到他的额头，就像有人轻轻抚过他的脑袋一般。

仪式完毕，盘龙象客客气气地道："小灵师留下来吃饭吧。"

雷勇不明所以，热情地招呼："一定要留下来吃顿饭啊，上次着急去医院，后来又知道你忙着学业，就等今天能请你吃一顿，千万要给我个机会。"

"不用麻烦的，我们就在盘叔家的民宿吃一顿吧。"谈潇也知道，不一起吃顿饭，雷勇肯定老记挂着，而且都这个点了，不吃饭难道饿肚子上路？

他转头问孔宣："可以吧？"

盘龙象忍不住偷听，很想知道谈潇是怎么和他家这位大神相处的。

只见孔宣面无表情，不是很愉快的样子，毕竟谈潇本来说好了今天回去得早就给他煮麻辣烫吃，他还没吃过呢。

"之前来都没机会吃骑云岭的特色菜，鲊肉、干牛巴什么的……"谈潇说，"这里还有散养的高山走地鸡，走的时候我买两只，回去给你炖汤，我学了新做法。"

孔宣脸上冰雪消融："好的。"

盘龙象："……"

回到民宿，盘建军去做菜，其他人坐在堂屋吃零食聊天，还打开电视当背景音。

"哦哦，所以你们俩都是南楚一中的，同班同学？"雷勇得知谈潇和孔宣是同学，心里已经认定孔宣是谈潇的助手了，灵师从同学里发展几个助手好像也说得过去，"不错啊，一中是好学校，你们又有一身本领，以后干什么都有出息。"

盘龙象听得晕晕乎乎的，他搞不清谈潇说的是真话还是假话。

"据本台消息，云梦泽因枯水期水位持续下降，露出部分河床。近日有当地民众发现干枯的河床上存在大型神秘图案，引发热议……"

咦？大型神秘图案？

原本只是放着热闹热闹的电视新闻里的一句话吸引了大家的注意力，几人渐次安静下来，抬眼一看，电视上正放着记者用航拍机拍摄的画面，只见云梦泽干枯的河床上赫然有着许多土堆，这些土堆形状不一，但都在一个方形的框架中，占地极广，长宽都有几百米，好似一枚巨型印章，旁边还散落着一些小的方块。这样的景象，让人很难相信是自然形成的。

"该图案在短短时间内已经引发许多关注，有人猜测是古代文明遗迹，也有人认为是外星文明，更有网友调侃莫非是龙王的二维码……"主播笑着将网友的评价念出来。

"哎哟，这个真是有点儿像巨型二维码哦！"民宿里还有其他客人待在堂屋，此时都开口议论起来。

"搞得像那个什么麦田怪圈。这叫什么，云梦怪图？"

"唔，说不好是古代的什么大型仪式遗存，不是一直传说云梦泽有龙吗？"

这个说法，南楚人多少都听过，云梦泽的龙族故事可以追溯到很久之前了，古籍里还有书生为龙女传信呢。

"那可不嘛！哎，你们知不知道，之前那里面还捞出来过几块几吨重的铁砣，据说有坏人想拉回去都拉不动。这铁砣，据说是镇蛟龙的。"有人一脸神秘地道。

盘龙象没忍住插话道："不是铁砣，那叫燕尾铁枷。"

排工常年沿着南溪河顺流到云梦泽的码头去交易，他手里曾有的排教的册子封皮上甚至明明白白写了一句：八百里云梦，恩波及楚，数千年真教，大道通天。

谈潇点点头，他也翻阅了册子，看到过相关记载。据说蛟龙畏铁、喜燕，这个燕尾铁枷的作用和南溪河的铁龟差不多，是一种厌胜之物，只是因为云梦泽比南溪河大得多，那铁枷自然也造得更大更多。

"哦哦，还是老人家知道得多。反正就是这个意思嘛，以前老人都说云梦泽里头有蛟龙，这个图案肯定有点儿关系。"民宿的某位客人信誓旦旦地道，"发洪水的时候，那边是冲上岸过蛟龙尸体的，我有个亲戚住那边，他说好多老人都看到过！"

要说燕尾铁枷的故事还太久远，几十年前有人看到云梦泽发洪水冲出蛟龙遗骸的事那就算是家喻户晓的都市异闻了，一提起云梦泽的传奇，在座大部分南楚人都滔滔不绝。

也有年轻一些的反驳："肯定是什么大型水底生物啊！"

"大型水底生物？那不还是龙？"

"也可能是水怪呢！"

谈潇看着那异常规则的图案也怀疑起来，莫非真是什么非自然遗迹？毕竟云梦泽的确不简单，吼江那个水平只能落得个逃离一线，不就是因为云梦泽竞争激烈嘛。

他看向孔宣，孔宣扫了一眼道："不像是符文，但也可能是加密了。"

"但其实呢，根据记者调查，这个所谓的神秘图案既不是什么上古文明，也不是什么外星文明，这块区域比较接近云梦泽中心，不可能有文明生存。其实这是从前渔民为了捕鱼修筑的矮坝，只有水位极低的时候才能看到，属于人造工程，使用了机械，所以十分规整平滑……"新闻主播在一段视频后说道。

渔民修的？长时间没有过这样的枯水期了，所以以前都没看到？

谈潇正在消化这个答案，就听主播接着道："以上是我们的记者咨询来自404办的古代历史及民俗专家后，得到的专业解答。"

谈潇："……"

盘建军这时候把菜一口气端了上来，谈潇无语地和盘龙象对视了一眼，道："算了算了，吃东西。"

孔宣看谈潇无语的表情好像自己在手机里面看到的那什么Q版人物，心中觉得好玩，坐近了些道："你要不要随我去一探究竟？"

"为什么要去？我寒假作业还没写呢。"谈潇郁闷地道，"而且刚才这个新闻伤我感情了，我差点儿就信了。"都是404办编的好节目啊，整个一《走×科学》，不过这也说明不管泽底异象代表什么，404办已经接手这件事了。

孔宣念叨："都放假了，你就知道作业作业……"

谈潇直接把椅子挪开一段距离："我不管，我要写完作业再干兼职……"

话音还没落，孔宣直接把椅子向自己一拉，轻而易举便将椅子连同椅子上的谈潇一起平移回去了。

谈潇："……"

孔宣手肘靠着他的椅背："云梦泽也有题目可做！你可知道，古楚语里的云梦是什么意思？"

"我知道。古楚语，'泽'为梦，所以云梦本来就有云泽的意思，后又加了一字，才叫云梦泽。"谈潇心说那得有来有回啊，于是问，"那你说，云梦泽是第几大淡水湖？属于什么气候类型？"

孔宣："……"算了，不太想去云梦泽了。

"哎呀，你们俩也太认真了，还在讨论题目呢？先吃东西吧，看这个，我的拿手好菜，冬笋腊肉。"盘建军看谈潇和孔宣竟然在研究学习，不禁感动，心想我们家小孩读书要是这么认真就好了。

骑云岭什么都能制成腊味，盘建军尤其喜欢用猪后腿肉或者五花三层肉熏腊肉，他家的秘方就是在熏料中加点儿橘皮，这样香气会格外浓烈。旺火加猪油爆炒，切成片的腊肉和冬笋片在家里的大铁锅内一起煸炒，激发出浓郁的香气，而青蒜夹杂其间，又带来些许清新的气息。原料虽简单，但是来他家民宿的客人尝过后都说香喷喷的，可好吃了。

"亚热带季风气候啊！"谈潇叹息着道，然后给孔宣盛了一碗饭，教他拿分方法，"就算不知道是第几大，一二三四五你猜也要猜一个。"

孔宣蔫蔫地点头，大吃一口。

盘龙象："……"惊悚，太惊悚了，是不是他没睡醒？为什么会看到小灵师给孔雀大神辅导功课？

第八章 云梦泽

谈潇尝了一口，清新脆嫩的冬笋和肉类最是搭配，不仅吸收了腊肉的咸香，同时也中和了它的油腻，而且盘建军用的还是骑云岭高山上的野生笋，最是鲜美。

"回头带点儿笋回家啊。"盘建军看出来谈潇喜欢，招呼道。

盘龙象有些得意地道："笋都是我去采的，我跟你说，一般人找不到这么多。"他擅制瑶药，对高山密林和植物比他人更熟悉。

"谢谢道公！"谈潇大喜。

两人在骑云岭饱餐一顿，正好雷勇要回城里，顺路把他俩送回了家，谈潇拿着一大堆土特产，称得上满载而归。

路上，雷勇想起先前的新闻，知道谈潇是能人，好奇地打探："灵师同学，先前民宿里人多我都不好问，您说世界上有龙吗？"

这个问题让谈潇想了那么几秒。虽然他没有亲眼看见过龙，但是看看身边的孔宣……那应该还是有的吧。

"您是觉得云梦泽的神秘图案和龙有关吗？"谈潇反问了一句。

"专家不都说了，是捕鱼弄出来的嘛。"雷勇笑呵呵地道，"我这不是听民宿那些大哥聊天，说到那些和龙有关的传闻，我寻思着还真是啊，隔那么几年就有人说自己拍到了龙，有图有视频的，可能龙真的是什么高维生物呢？"

谈潇保守地道："有道理。"

雷勇见自己的观点得到了认可，眉飞色舞地道："是吧？这个龙我觉得它可能是一种两栖生物，既可以生活在海底，又可以飞到天上。"

"哎，这么说应该是三栖吧？它又能飞上天，又能下海，那在陆地上肯定也能走啊。它怎么分类呢？脊椎生物？蜥形纲？"谈潇顺着他的话头畅想起来，还扭头去看孔宣，想问孔宣知不知道。

孔宣直接把头扭开了。

雷勇："……"

他找谈潇聊这个，主要是觉得灵师同学算是同个圈子的人，但没想到对方一开口就是什么生物知识，这玩意儿他毕业那么多年早都忘光了，兴致一下减了不少。

"那反正龙我觉得是有的嘛！凤凰呢，就不好说了。"雷勇沉思道。

谈潇："嗯？"

孔宣一下把头扭了回来。

雷勇毫无所察："您想啊，龙是很多人目睹过的，什么时候有人目睹过凤凰呢？所以凤凰可能真的只是古人基于山鸡、孔雀这些鸟类的一种畅想。"

孔宣："……"

对着儿子画老妈是吧？谈潇没忍住笑了出来。

"您怎么看？"雷勇问。

谈潇顿了一下，说："什么我怎么看？孔雀吗？我看孔雀挺好看的，确实像凤凰。"

"咳。"孔宣挪了挪身体，在雷勇疑惑的目光中说，"有点儿晕车。"

雷勇："……"

之后几日，谈潇稍加关注了一下云梦泽的新闻，其实也不算主动关注，而是有关神秘图案的新闻最近炒得实在火热，尤其是在南楚这样的周边城市，他们对云梦泽更加熟悉，纵然官方已经辟谣，但也没浇灭网友们的热情，有不少人跑去附近直播，甚至有人说下头肯定是水下古墓，藏着奇珍异宝。

也是这个时候，期末考试的成绩出来了，班主任在家长群里发了公布成绩的小程序链接。

谈春影正在淘米，看了一眼消息提示，对谈潇说："成绩好像出来了。你自己点开看看考得怎么样吧。"谈潇的学习自觉性和学习成绩都是不需要她担心的。

一旁的孔宣听到这句话却身体一僵。他身着华服长袍，头戴金冠，发饰翎羽，端坐在桌前，一副气度不凡的样子，可眉宇之间竟有一丝不易察觉的局促。

这对孔宣来说也算是新奇了。

别说他，就算元凤看见了也要感慨这是开天辟地头一遭——注意，当元凤说开天辟地时，那就是真的开天辟地后那个鸿蒙时代了。

谈潇点开链接，先看到了自己的成绩，并没有意外，于是又往下划找孔宣的，找到后抬手给孔宣看，同时小心翼翼地看他的表情。

孔宣仍旧端坐着，望过来一眼，物理那一栏下面的"72分"刺目极了。他苦学一学期，还日夜复习了那么久，竟仍未达到和谈潇约定的目标。还大宴全班？连青菜他也别想吃了！

谈潇看孔宣的眼睛就和被吹灭了的蜡烛一样一下黯淡了，扭脸恨恨念叨些什么"妖孽""劫灰"的……他还是头一次看到自信满满的孔宣遭受这样的重创……哦，等等，不对，第一次重创好像就是他本人给的，只是那时候他不知道，再者那时候大家交情也不深。

谈潇想要安慰孔宣，在他看来，孔宣在毫无基础的情况下能进步到这个程度已经很不错了。

"谈潇，你去给我买瓶酱油。"谈春影从厨房探出头来，喊了一声。

"哦，好的。"谈潇放下手机，起身去买酱油了。

在商超结账的时候，谈潇看到这里的抓娃娃机里竟有多种鸟类，其中包括了孔雀，做得萌萌的，很难得的还是绿孔雀。他心念一动，走到抓娃娃机前，扫了十块钱的币，一手拎着酱油，一手握着操控杆，看准后用力拍下，机械抓手抓住了一个巴掌大的绒布绿孔雀玩偶，投到了出口。

谈潇一时差点儿没反应过来，这是……第一把就抓中了？

拎起玩偶，谈潇想这可能是天意，带个玩偶回去安慰孔宣好了。别说他还真没什么安慰同龄伙伴的经验，只是恰好孔宣不开心，又恰好看到了孔雀玩偶，想送给他也是理所当然的事吧。

到家后，谈潇把酱油给了谈春影，这时孔宣已经不在一楼了。他上到二楼一看，只见孔宣正坐在书桌前，一副郁郁寡欢的样子。

"大神。"谈潇喊他。

孔宣慢悠悠转过头，刚才的郁郁寡欢好像又只是谈潇的错觉了，他神采奕奕地道："干什么，吃饭了？"

"不是……"谈潇把身后的玩偶拿出来，"你看这个。"

孔宣盯着那个Q版孔雀玩偶，眼神闪动一下，嘴唇张合，半晌才不可思议乃至悲愤地道："我只是差了三分，你就要扎小人来诅咒我？！"

谈潇的表情凝固在脸上："？？？"

孔宣坐在书桌前，难以置信地仰头看着谈潇。

谈潇举起玩偶，快吐血了："你是没见过人家抓娃娃送人吗？"

"不是什么诅咒？"孔宣狐疑地道。他见过几次抓娃娃机，但看到的第一个想法当然是诅咒。

"我也没拿针扎它啊，回来都好好揣兜里的。"谈潇心说孔宣这是有点儿心理阴暗吧，"什么诅咒，哪怕你是嫌幼稚呢！"

孔宣心念百转，原来这不但不是诅咒，还是礼物。他盯着那个玩偶，它头上还有几根呆毛："没考到七十五分也有礼物？"

可能因为孔宣是坐着的，仰头看来的角度竟然显得有点儿可怜，像什么动物，可能是像被关在外面啄门的鸟吧？谈潇没忍住，上手揉了一下他那头绸缎般丝滑的长发："因为大神已经表现得很好了！在毫无基础的情况下一学期下来考这么多分，尤其还是这种完全不符合你常识的学科。"

"那给我。"孔宣没顾得上谈潇冒犯的动作，一把将玩偶抢了过来，端详几眼，而后睥睨道，"物理，不过如此。"

谈潇："……"

03

孔宣本来还想慢慢做寒假作业，结果被谈潇带着不得不一起提前写——没办法，谈潇不出门，待在书桌前，孔宣也无处可去，还不是只能做作业？做起来不情不愿的，但不用谈潇说，他也主动坐到了书桌前。

"叮。"

谈潇的微信响了，发信人赫然是端阳："下午的会诊您会去吗？"

什么会诊？

谈潇不明白他在说什么，发了个问号过去。

端阳："穆主任不是昏迷了吗，现在邀请各个责任单位派人去会诊啊。"

谈潇："穆姐出什么事了？"

平时404办的事都是穆翡和谈潇对接，现在穆翡出事，那边也有些兵荒马乱，还真没人第一时间告知谈潇这事。

端阳："还能有什么？干这一行的，自然是工作时受伤了。可怜.jpg"

谈潇："是在老梅祠吗？那我下午也去看看，可以吗？"

穆翡这天天出任务的，没少受伤，但这么严重还是第一次。谈潇和穆翡交情不错，出了事肯定要去看看的。他把行头都准备好，下午踩单车去了404办驻南楚办事处的办公所在地老梅祠。

离开之前，谈潇让孔宣待在家里："大神，你把那个错题订正一下，然后可以休息一会儿，如果穆姐那边有需要，我远程找你。"

下午是会诊，若是孔宣一去，又把别人的信号全切断了怎么办？那会显得他在挑衅。如果大家都没办法，他再找孔宣好了。

谈潇离开后，孔宣两眼呆呆地休息，灵敏的听力让他清晰地听到楼下的谈春影打开了电视，里头正在播放纪录片："驯化，指的是将动物从野生变为家养的过程……"

不知道为什么，孔宣莫名觉得很有哲理。

谈潇把单车停在老梅祠外。这时候还有不少游客，他凭着记忆往里走，来到一片游客止步的区域，正是404办的办公场所。但门口有人守着，而且这人不认识谈潇。

谈潇正想解释自己的身份，就见守门人躬身点头，他回头一看，一位抱着猫的老师傅不知何时悄然出现，对守门人点了点头，又指了指谈潇。

守门人立刻会意地让开了，并对谈潇说："请。"

单看人，谈潇可能认不出，但老师傅抱了只橘猫，他立刻想起来这是之前来交吼江的时候遥遥有过一面之缘的那位猫奴长老。

"长老好。"谈潇赶紧问了声好。

宝瓶长老客气地伸了伸手，示意谈潇跟自己走。

转过之前谈潇来过的办公室区域，两人来到一间休息室前，此时这里聚集了不少人，包括端阳。

"灵师！"端阳激动地上前两步。

谈潇盯着他看了两秒，因为这里好多和他发型一样的人……不过谈潇认识的这圈子的人也不多，从态度上很快辨认出这是端阳。

与此同时，谈潇察觉到在端阳喊了他之后，现场不少人偷偷打量他——端阳和谈潇合作一遭后，自然是和熟识的人讲过这位少年灵师的灵应，只是大家都觉得凭几句话就彻底相信谈春影的儿子有这等本事有点儿困难，而且谈潇基本不在他们群里发言，大家便更好奇了。

主要是各位法师工作忙，视频刷得太少，否则以当下的信息传播速度，不要多久平台就能把有关谈潇的那些视频推送给他们……

"端阳师兄，穆姐呢？她现在怎么样了？"谈潇问道。

"我们也刚咨询完，现在知道了一件比较重要的事情。"端阳感慨地道。

谈潇紧张而认真地听着。

端阳："穆主任是在工作时晕倒的，等她醒来才可以正式走工伤程序，目前医疗费用是单位垫付……"

谈潇："啊？"

端阳比他还迷茫："她昏迷时往地上一摔，身上都出血了，幸好没骨折没脑震荡……总不能让穆主任自己垫医疗费吧？"

"对对。"谈潇心说自己果然实操经验不够啊。

宝瓶长老走过来拍了拍谈潇的肩，将隔间的门打开，里头赫然就是昏迷中的穆翡，她身下躺的大概是医院搬来的病床，身上连了几种仪器，旁边还有个小师妹在照顾她。

同样是失魂，穆翡和谈春影的情况不同，这至少跑了一半吧……

宝瓶长老又指了指旁边的桌子。

谈潇一看，上头摆着不少草稿纸和筹策等工具，看来她晕倒之前正在尝试卜算些什么，也得到了一些数字，但因为稿纸凌乱，谈潇也无从分辨它们的顺序。

这和穆翡的昏迷有关系吗？谈潇皱眉道："长老，请问穆姐最近研究的是什么案子？"

宝瓶长老抱着猫不吭声。

这什么意思，不知道吗？谈潇忽然觉得奇怪，说起来……从见到宝瓶长老起，他就一直不说话。

旁边的端阳代为解答道："长老修的止语法门，不能说话的。穆翡最近调查的案子我们也都看了，没找到什么关联性。"

"哦哦。"谈潇第一次见这种修闭口的，但他心神还是在穆翡身上，"那现在怎么说？"

"之前我们办公室已经联合起来试过了，穆翡的魂魄似是被困在了未知之地，不知是天灾还是人祸。"刘清泉从门外飘了进来，手里还捧着一幅画，画里借地寄居的正是雄虺，"我甚至把雄虺找过来了，但没用。"要是事情简简单单，也不至于需要"会诊"了。

雄虺瞧见谈潇，猛地从画中钻出来，俯身凝视着他，头差点儿顶到了屋顶。

这一贸然举动吓得周遭的人全都噌地站起来，戒备地看着雄虺——雄虺这等存在突然发狂可不是说笑的，即便它们应当已被枷住了，大家的第一反应还是担忧。

不过众人也只是戒备，因为雄虺直面的是谈潇，而且没有立刻动手。本来大家就对谈潇很好奇，想看看谈春影的儿子到底有多大的本事，真的和小道消息里一样连雄虺也降伏过？

却见雄虺的头只高昂了两秒就低了下来，嘶嘶一声，用气泡音道："近日观晚间新闻，云梦泽底有天书现世，岂不闻子云'凤鸟不至，河不出图，吾已矣夫'，而今凤子至，天书现，乃圣明天子之兆，可见主楚祀者，非灵子莫属！"现在元凤之子孔雀来了，云梦泽底神秘的符文也出现了，这还能不是它们跟对了老大？

众人："？？？"

雄虺这段话很好理解，但大家理解完就石化了——他们被吓得半死，可非但没等到谈潇动手，还看到了雄虺拍马屁……不是，这拍得也太夸张了吧？这灵师到底对雄虺做过什么？！

"别说了！"谈潇被大家盯得都有点儿尴尬了，雄虺这个德行大部人还不知道，瞧他们一脸惊恐的样子，指不定以为他把雄虺怎么了，明明是雄虺自己非要做打工狂魔，"行了，我相信你是真的补习了不少历史。"

谈潇目光飘忽，无意间瞟到桌上穆翡的那些草稿纸，耳边回忆起雄虺的话，忽然抓到什么灵感……却听刘清泉悠悠道："雄老师学得还是不够透，不如直接半夜怪叫'大楚

第八章 云梦泽

兴，谈潇王'。"

谈潇："……"

雄虺还真想向刘清泉请教，被谈潇作势要捏诀给唬住了。

谈潇转身走到桌边，拿着那沓稿纸细细研究，虽然雄虺胡说八道，但它们刚才的话提醒了他，令他有了些想法。

雄虺摇着脑袋，极小声地对众人道："王者之怒啊。"

所有人："……"

穆翡用了多种算法，所以桌面上的内容实在让人难以揣测她究竟在算什么。不过雄虺一说河图洛书，谈潇忽然想到，什么样的事情需要用这么多算法，而且是反复测算？穆翡手头并没有什么重大案件，而云梦泽底的神秘图案却是热度不减，很多人持续关注，穆翡私下研究也不无可能。

谈潇也看过新闻上的云梦泽底的图案，形状较为规则。他想，如果自己来解，会采用什么方式呢？他的目光从穆翡那一堆稿纸上划过，落到了九宫上。

为了验证自己的想法，谈潇拿了张空白稿纸，找出新闻里的截图，开始演算起来。

其他人一看，心道：有门儿！

"穆主任难道是在演算云梦泽的神秘图案？"

"还真有可能啊！这些日子多的是人推演这图案，甚至有人开悬赏……"

"看看演算结果就知道了。"

谈潇已经把图案转换成了数字，虽然排列顺序不同，但和穆翡的稿纸上的内容是一致的，可以确定穆翡昏迷前就是在推演云梦泽底的图案！她是将之先演化成九宫，取得数字，再由此计算演化其他。

"我光想着是穆翡手头的案子了！"刘清泉一拍脑袋，深感懊恼。

这就是当局者迷了，大家第一个想法肯定是穆翡的本职工作。

"那云梦泽底现在是什么情况啊？你们内部也没查出来什么？"谈潇问道。这件事外界传得沸沸扬扬，404办的人其实已经在云梦泽调查了，就是不知道是怎么个结果。

"没有，云梦泽实在太大了，那边的各族异类还多，走访都不知道要多久。而且那图案暂时也没看出来有什么危害性，我们就暂时搁置了。"刘清泉道，人手不够、案子又多就是这样了。

不过，说到危害性……

"这和穆主任的昏迷到底有没有联系呢？"端阳环视一周，小心地道，"大家有什么头绪吗？"

这时宝瓶长老怀里的橘猫调皮地拨了拨稿纸，长老抱好它，伸手在纸上点了点。

"长老的意思我懂，倘若有关联，那前提一定是穆翡发现了端倪，甚至解出了其中的意义。如果我们也试着解一解，可能就有答案了。"刘清泉会意，"咱们顺着穆翡的这个思路试一试。"

说得有道理，但纸上内容众多，也不知道穆翡最后选的是什么。

"好在我们这里人多，不如一人一个，大家各自推演？"

大家慨然允诺，各自摆开了阵仗，一捞袖子便各取一卦研究起来。

谈潇没有动，这实在不是他的强项。

"灵师怎么了？"端阳不知道谈潇为什么发呆。

"没……那个，穆姐的手机呢？"谈潇问道。

"在这里，在这里。"雄虺把穆翡的手机从床头衔了过来，递到谈潇手里。

这是穆翡的工作手机，没有密码，谈潇直接打开，发现她最近使用的是微信、相册、计算器、排盘软件……看不出什么啊，都很正常。

过了一会儿，众人都推演得差不多了，但答案各不相同，甚至有一个说："唔，算到这云梦泽明年枯水季可能还要提前。"

雄虺则一直盯着谈潇身上的配饰看，谈潇身上常年叮叮当当挂一堆文创产品，它一眼看中的是孔雀玉器："这个莫非是……"

"哦，这个是孔宣送的。"谈潇本来打算收起来，但孔宣不乐意，非要他挂在身上。谈潇都怕哪天遇到季老那样的专家，这玉会被要求上交。

雄虺听了谈潇的话，眼睛转了转，发出智慧的光："我看书上说，当年楚人制和氏璧，始皇得之，做成了玉玺，上刻'受命于天，既寿永昌'，后始皇游云梦，曾将玉玺投入水中。曾有传闻说八年后失而复得的玉玺是假货，真货仍在云梦泽底，此番若真与云梦泽天书有关，我便陪灵子一同去云梦泽，夺回属于灵子的一切！"

谈潇："你书读得真杂……"什么正史野史都看，小说感觉也没少看，但是重大前提没搞清楚，就算去云梦泽，那是让你奔着找玉玺的吗？是想办法搞清楚穆翡昏迷的原因啊！

不能等了，不能因为这里的人多就害怕影响大家的信号。

谈潇手捏仙鹤诀，口中念道："大神！"

其他人都没反应过来，毕竟没见过谁家口诀这么简短，相当于手机设了快速拨号，只见现场神光一闪，一抹身影就悬空出现在了屋内。

孔宣身着玄色大衣，未戴发冠，只是简单地把头发编了起来，手里还捏着一支中性笔，

第八章 云梦泽

趁没人注意收进袖子了。他徐徐落下一点,顺脚踩住雄虺的脑袋:"何事召我?"

猝不及防的众人傻眼了:啊?什么?!刚才发生了什么?

"我请你来解个题。"谈潇冲大家笑了笑,"大神帮忙看看可以吗?"

众人:你们灵师不要太过分……

孔宣于此道也不精,如他所说一般不用管别的,直接开刷就行了。但不精也是相对而言的,他看了看穆翡的情况,心中了然,拿过稿纸凭空演算起来。

"她已经算出来了。"孔宣手指一点,只见那九宫中的数字变幻组合,跳出来一组数字,排列在一起,重新落于纸上。

"这……"所有人都愣住了,没想到穆翡最后又回去算那些九宫了。

谈潇看着那组数字:"这什么啊?等等!"他想到穆翡最近使用过的软件,忙把她的微信又打开了。

端阳看他打开微信,瞳孔地震:"不会吧不会吧……"

然而谈潇在通讯录中搜索那串数字,什么也没搜到。

"吓死我了,我就说嘛,未必还真是网友说的什么龙王的二维码?"端阳心说那也太炸裂了。

"换个手机试试,万一是被拉黑了呢?"孔宣在一旁道。

其他人怯怯地道:"拉黑也能搜到吧?"

"不是,你说的那是删除……"

谈潇还真换自己的手机试了试,搜索号码,屏幕上立时出现了微信信息,头像是波光粼粼的水面,水下似有一片阴影。

微信名:云梦小方

地区:南楚 云梦

个性签名:愿世间所有美好缘分,如期而至。

众人:"……"

端阳差点儿尖叫出声:"加它!加它!"

谈潇点了"添加到通讯录",但对方设置了无法添加。

"是这家伙吧?"谈潇抬头看着大家,也觉得很震惊,"这什么情况呢?把自己的微信号贴出来,然后再把加自己的人都拉黑?"这什么逻辑啊?

"同学,你还是太年轻啊,不懂这潜台词。"端阳急道,"就这,明显是相亲,跟那些相亲角贴个人信息和联系方式一样,他往云梦泽底贴联系方式,说明自己能在这样的地方立足,很有本事,完了你能破译信息也算通过初步门槛,接着再一聊,对头了就接到云梦泽去做媳妇儿了！"

"穆姐也不是妖怪啊。"谈潇嘀咕，还相亲呢，聊个天魂儿都没了，电信诈骗吧！

"又不歧视人妖恋！而且我们穆主任还有编制，很吃香的好吧！"

"就是不知道对方什么身份，会不会是蛟龙属？是的话倒是说得过去，以前都是人族往下丢新娘给他们，现在要自己找了……"

怎么说的，这箭怎么又掉头扎他了？谈潇讪讪地道："应该不是蛟龙吧，不是说云梦泽有好几块燕尾铁枷，蛟龙焉能作祟？而且穆姐加他的时间肯定不长，因为以她的性格，有这种发现绝对第一时间上报，哪有工夫聊对眼？"

这倒也是，但这种细节现在也无法细究了，只能确定穆翡的昏迷真的和云梦泽一事有关。

"总之，真是感谢各位了，我这就去查这微信号主人的身份。"刘清泉郑重感谢。这微信号的主人既然能留信在云梦泽底，还可通过微信远程施法，那在云梦泽乃至妖修界肯定是很有实力的存在，这得是重案。

其他人纷纷道不敢当。

"没事，有需要您直说，希望穆姐早日醒来。"谈潇也为穆翡着急，他反正在放寒假，是不介意走一趟的。

雄虺在孔宣脚底下欲言又止，它们也好想去哦……

04

谈潇和端阳、刘清泉等旧相识道别后回了家，又过了两天，404办联系他，果然还是希望他能接手这个案子。

刘清泉苦笑道："我们查了微信号，但是毫无踪迹，也无法定位。水属妖怪修的本就是自在浮动、难以捉摸，此獠怕更是修为高深，现在责任单位的同僚又都接手了穆翡手头的案子，无法支援。若是能请灵师与我走一趟，那就再好不过了。"

"知道，可以的。"谈潇果断地道，"咱们约个时间，我收拾好行李。"

刘清泉那边早准备好了，立刻发来车次，只要谈潇同意，他就立刻买票。

谈潇答应之后就去找了谈春影，说自己想和几个同学去云梦泽旅游。

"哦，可以啊。咱们本地人反而从没去过云梦泽呢，你去看看也行。"谈春影倒是好奇起来，"不过你以前都是写完作业才出门的吧？"

谈潇一时语塞。

"哎呀，放松点儿也好，没必要一开始全写完的。"幸好谈春影本来就迷迷糊糊的，笑几声也就过去了，她似是想起什么，笑话他，"是不是同学里有你喜欢的人？"

谈潇："……"

谈春影："但是早恋可是要挨处分的……"

谈潇立马往楼上跑："别胡说！"

一上楼，他就看到孔宣站在楼梯口，露出了大概是无奈的表情。

"我妈，唉……"谈潇找出行李箱，装好出行用品，最后是行头，面具用泡沫纸包好了，放进木盒子里，再放进行李箱，"大神，你就住在面具里跟着去吧。"

孔宣一挑眉，不爽地道："为什么？我就不能用替身一起去吗？"干吗非要他住在面具里，又不让他出来。

谈潇可怜巴巴地道："不是啊，因为这次是刘清泉前辈和我们一起去，他走下面，我坐高铁，车票要走流程报销的，能少点儿事就少点儿吧。"

孔宣勉勉强强地道："行吧……"

走之前，谈潇又把那本盘龙象送的排教秘籍带上了，既是去云梦泽，指不定能用上。

南楚到云梦坐高铁还算快，下车后谈潇坐的士到酒店办理入住手续。他拉着行李箱在前台办手续，发现这酒店里大爷、大妈特别多，估计是接待了什么老年旅行团。

有两个大爷就在谈潇身后排队，和他搭讪："小伙子，你也是南楚的吧？咱们在高铁上坐一个车厢啊。"

谈潇愣了下，他完全记不住，不过听对方的确是南楚口音，于是礼貌地道："嗯，太巧了。"

"在外面遇到老乡是格外亲，你一个人出来玩？"大爷笑呵呵地道。

"对啊，放假了来旅游，您二位也是？"谈潇礼节性地反问了一下，比起他的轻装出行，这两位大爷不止拖了箱子，还背着特别大的背包。

"没，我们来打鸟的。"大爷指了指酒店来往的人，"这边酒店估计住的都是。"

"啊？"谈潇没听懂，什么打鸟，狩猎吗？

"嗐，就是拍鸟！观鸟！"大爷一说起这个，立马亢奋起来，"你是第一次来云梦吗？那你可赶着了，这是云梦观鸟最好的季节。每年冬天，几十万只候鸟会到云梦来过冬，云梦还办了观鸟节，我们每年都会来。"

谈潇想起来了，没错，云梦是观鸟胜地，这时候也的确正逢候鸟迁徙。大爷还说在举办观鸟节，那游客岂不是很多？谈潇心头有一丝担忧。不过应该不碍事吧，毕竟云梦那么大，不一定这么巧。

"你要是没装备也没关系，我告诉你，租个望远镜看。"大爷热情地道，"去观鸟的时候记得保持距离，不要发出太大的动静。穿着方面，没有迷彩服也没关系的，只要不穿大红色，一般不会引起注意。"

谈潇看了看自己的行李箱，别说，其他衣服还好，但他的法袍就是红色的……

观鸟可是云梦旅游的一大特色，大爷热情地传授着经验，甚至把平板电脑都拿了出来，给谈潇看自己往年在云梦拍摄的鸟类照片，有晚霞下群鸟起舞的壮观远景，也有纤毫毕现的鸟类特写。

"好美！"谈潇被这幅美景给吸引了，如此密集的鸟群在城市里可看不到。

大爷手一划，下一张照片是某种鸟类的特写，只见振翅而飞的大型鸟类浑身白羽，唯独翅膀外缘呈黑色，在阳光下竟还泛着金属光泽，双腿则是显眼的红色，修长的身体看上去仙气十足、优雅迷人，宛如水墨画中飞出来的一般。

"这……这是什么鸟啊？"谈潇忍不住问，这神韵简直绝了，羽色虽简单，却展现出了翩翩风姿。

"这个叫东方白鹳！"大爷果然内行，立刻回答道，"也就几千只了，一级保护动物，看这个配色，号称鸟中大熊猫。"

谈潇心想，黑白主色的确像熊猫。

大爷又给谈潇看了自己拍的其他几张东方白鹳："你要想看，注意看浅水区，它们是在浅水区觅食的。"

"好的，谢谢。"谈潇心说要是把穆姐救回来了，还真可以留出时间观鸟，感觉很有意思的样子，"您拍得太好了，这鸟真好看！"

"看"字刚落地，谈潇放在旁边的箱子就砰的一声重重摔在了地上。

大爷吓了一跳："哎，怎么摔了？里头没有电脑什么的吧？"

谈潇："……"

"没事，我不小心踹到了。"谈潇把箱子扶起来，"我还是先上去放箱子吧，谢谢呀，回见。"

"哦……"大爷挠头，对这小老乡道，"你等等，要不要我传图给你啊，我看你挺喜欢东方白鹳的……"

还没说完呢，就见小老乡忽然一脸慌张地加快脚步往电梯那边走去："谢谢您！不麻烦了！"

谈潇刷开房门，孔宣立刻冒了出来，并表示再也不想待在行李箱里了，他气咻咻地抱臂质问："你是没见过鸟吗？"

"我就是客气一下，大爷说了那是一级保护动物。"谈潇虚伪地辩解，想起为了编写孔宣的词条查找的资料：孔雀，自爱其尾，性妒忌。当着他的面说别的鸟漂亮，以孔雀的自尊肯定一百个不乐意，想当初谈潇没认出孔宣来，都把孔宣伤得厉害。

"一级保护是什么？"孔宣压根儿不知道这是什么意思，而且他觉得谈潇之前夸得明明很走心。

"就是指珍稀程度。"谈潇说着想起不能把这个话题展开了，立刻道，"当然了，绿孔雀也是一级保护动物。"

"谁评的？人类评的？黑白色哪里珍稀，能和绿孔雀平起平坐？"孔宣死亡三连问，似是不相信有人会不爱五色爱黑白。

"谈潇同学，你们到了吗……"刘清泉从地下冒上来，看到现场"剑拔弩张"，孔宣气势汹汹的，闭上嘴又缓缓向下沉，想假装自己没出现过。

"刘老师来了！"谈潇一个箭步上前，抓住刘清泉，拔萝卜一样把他给提了上来。

孔宣冷冷地看着刘清泉。

刘清泉："……"啊，这又何必呢，把他牵扯进这场战争。

"刘老师，咱们是不是下午就打车过去？"谈潇直接转移话题，"我看了下地图和网上的帖子，到了岸边还得往湖中间开一两个小时的车。"

"对，行，好！"刘清泉不想多说，结果只说了三个字，也被孔宣大神横了一眼。他在内心发出死亡二连问：冤死了，你们俩吵架，我出来你就瞪我，不瞪他了，什么道理啊？珍惜一下返聘打工老刘行不行？

中午在酒店随便吃了个外卖，下午谈潇就用双肩包背着行头，打了车，告诉司机去最近网上很火的神秘图案处，司机一听开心死了，这车费有得赚啊！

"你也是主播吗？那得带航拍器去哦。前段时间在那地方直播的主播可多了，现在热度没那么高了，都去看鸟了呀。"司机热情地给他推介，"在云梦玩几天啊，一个人？要不你包我的车，我带你看完那遗迹，明天拉你去看鸟，让你把云梦玩儿得明明白白。"

看鸟看鸟……谈潇看了孔宣一眼，他和刘清泉都坐在车上，只是司机看不到罢了。

"咳，不看了，不是很有兴趣。"

司机说了两遍未果也就放弃了，但是路上看到背着包疑似打车的游客，他心思又活泛了，降下车窗问人家去哪儿，一听也是去景区，就问谈潇："小伙子，咱能不能捎上这个呀？我给你减一点点车费啦。"他寻思谈潇反正也是一个人，要是能顺路再拉一单岂不好。

"不了，师傅。"谈潇拒绝，再上来一人坐哪儿呀，坐刘老师腿上吗？

司机悻悻地继续往前开，到了前面又看到有人，这回人家完全顺路："那这个能不能拉呀？他去的地儿不远。"

"不行，师傅，我包你的车。"谈潇坚定地道，反正今天路程遥远，包整车算了。

"为啥呀？"司机从后视镜里瞟谈潇，还以为他是为了不和人同行拼车。

谈潇幽幽地道："太挤了。"

司机：这玩笑开得……不过他也算是明白谈潇有多坚定了，行吧。

不过，他从后视镜里看到谈潇的双肩包一直是放在自己腿上的，不肯搁在旁边座位，就像真的有点儿挤一样。司机被自己的念头搞得一个激灵，赶紧在心底默念"见怪不怪见怪不怪"。

车开到云梦泽干枯的水域，从岸边下去，开上裸露出来的龟裂河床，又是一个多小时的车程，这才到了网上所看到的区域。就如司机师傅所说，这里荒凉得很，已经没什么人来看热闹了。

谈潇到了现场，发现这些图案只是略微有些高低不平，如果不是俯瞰，身处其中很难察觉到它的异样。

"我跟你说，这一块是塌陷的，它就是以前龙宫的庭院。"司机也下了车，一边抽烟一边道。

谈潇顺口道："真的吗？"

"呃，你要是主播，那就是真的。"司机说，"你要是纯探秘，那我告诉你，别费劲了，这就是人工的。别听网上说什么古墓，你想啊，这里以前是云梦泽中心，谁在水底下修古墓啊。"

谈潇笑了笑，没说话，又看了一会儿，才道："师傅，您没事上车休息吧，我在这里转一下。"

"行，要走了你就喊我，别太久啊。"司机看谈潇顺着图案往远处走去，交代道，这图案一个就长宽几百米了。

刘清泉感应着气息，拿出一面镜子，在镜面虚空一画，试图还原现场画面。可是现场空空如也，只有道道湖水冲刷过的痕迹。

"隔空取水，如此掌控能力，应该是水族吧？"刘清泉试图再溯源，已是力穷，不在他的能力范围之内了。他能感觉到对方的修为超出他，所以才难以追踪，因此他们也很难通过微信查到对方的身份。

谈潇蹲下来，用带来的工具把土壤挖开："孔宣，你看这个土壤，你记不记得地理课……"

孔宣警惕得差点儿跳起来，他觉得谈潇一副要给他出题的样子！

"你看看嘛。"谈潇无语地道。

孔宣小心地靠过去，一下想起和谈潇在骑云岭观测过土壤，他试探地道："这图案的土，里面有钉螺，颜色更浅，质地更松软，和原有的沉积土不一样？"

谈潇用力鼓掌，看来知识冲刷过大脑还是留下了点儿痕迹的。

孔宣不禁勾唇一笑，哼，地理知识罢了！

"那其实就说明了这不是什么遗迹，是对方引水冲来新土，形成了这些图案。那多半也是从其现在生活的水域……"这里都枯了，不可能是其居住的地方，只是个贴公告的地方罢了，刘清泉摸着下巴，眼睛一亮，"灵师同学，既然内有钉螺，能不能问问它故乡何在？"

谈潇点头："有点儿道理。这家伙隐匿行踪虽然厉害，但是钉螺无法掩盖，可以看看它之前具体生活在哪片水域。"云梦泽极为广阔，不可能进行地毯式搜索，要不之前404办发现这图案后怎么搁置了。

不过比起问魂，谈潇有更好的方法。他从土里拈起几枚钉螺，走到旁边的水洼前——河床虽已干涸，但仍有一些水洼——蹲下了来。

"你要用排教秘法？"孔宣见了问道。排教秘法基本离不开水，谈潇取水多半就是要用排教之术了，只是他一时想不到谈潇这是要用什么法术。

刘清泉同样好奇，他甚至不知道谈潇原来学过排教秘法。

谈潇把钉螺投入水洼中，念道："送龙非要龙下水，送虎非要虎还山……"他并指在水面唰唰几笔，然后喝道，"起！"

只见那钉螺在水洼底部徐徐竖立起来，原地缓缓振动、转圈，屁股像在寻找方向。

孔宣："……"

刘清泉凌乱了："灵师莫非……是要……赶它？"

"对啊！"谈潇理所当然地道，"与其将魂找来费劲沟通，再去不熟悉的地方寻找那片水域，不如让它自己带路。"

"好……好有道理，但是就剩壳了也行？！"刘清泉第一次见令钉螺归故里的，这怕不是世界上唯一一个，此番成功就是"螺归故里"了。

只见那钉螺转悠了一阵，像是认定了方向，朝着一处移动起来，速度挺快，看来螺肉没了也并无妨碍。

这里水洼相连，但到底干涸了，谈潇刚也只是确认是否可行，这会儿看准了方向，立刻把它捞了上来，用带来的矿泉水瓶装好："定位成功，往西边走，到了那边再放入水。"

以防万一，他还多捞了几枚土层里的钉螺备用……啊不，多带几位回家。

司机在车上一边百无聊赖地玩着手机，一边看那个少年下车后转悠了几圈，既不直播，也不拍照，甚至连手机都没拿出来，就原地站了会儿，然后居然找了个水洼蹲下来……玩水？过了一会儿，那少年就起身走了回来。

"师傅，走吧，咱们去西边的河岸，要有水的地方。"

司机看了一眼，少年手里的矿泉水瓶里装了几枚钉螺，可能是刚才捡的。他小心地提醒："钉螺传播血吸虫啊。"

"哦，这是死的。"谈潇愣了下，答道。

司机愣是没搞懂他这什么意思，到了地方玩水摸螺壳就走了？待他往西开到了水岸边，就见谈潇下车，又去"玩水"了。

"我说同学，你是做科学考察的吧？"司机高喊，感觉自己终于找到答案了，之前在车上他也不肯放下包，可能是里面有重要的仪器。

"啊……对对。"谈潇指着水问，"请问这儿有游船租吗？"

"这里可没有游船！"司机诧异地看着他，"游船也下不去，边上都是沼泽、浅水，肯定会搁浅的，你要想坐游船得换片水域，我带你去找吧。"

"哦，不是……我想去那中间。"谈潇盯着钉螺看，它在水里旋动着，螺壳尖尖指向西偏南的方位，像是急不可耐地想要往那个方向去，只是谈潇还在这里，它无形中被牵制住了。

这里已经是连片的湿地，能看到一只只水禽在悠然自得地觅食，看起来对人类毫无防备。谈潇辨认不出这些都是什么水禽，但在孔宣的虎视眈眈下，尽量目不斜视。再往里还有更深的水域，但必须经过大片沼泽和浅水区域。

"去里面研究吗？那你等等，我帮你想想办法。"司机是本地人，比谈潇清楚能用什么办法过去。

车辆一发动，看似悠闲的水禽立刻警惕地飞远。谈潇发现，但凡他们的车或者人接近一定的距离，它们就会立刻飞开，退到安全距离。

司机带着谈潇又开了一段，找到这边的农户。

"喏，用他们的蒲滚船能进沼泽，过了沼泽，就可以放开木船用了。"司机指着一样怪模怪样的东西道，这是适用于湿地的交通工具，有硕大的螺旋桨式车轮，后面用绳索牵着小木船。

司机用本地话和农户交谈，还指了指谈潇，然后走过来问："他问你具体要去哪里，如果你租他的船，上去后要听他的。"

第八章 云梦泽

谈潇迟疑了一下。他知道农户是为了安全考虑,沼泽地段是有危险的,要听向导的话,但他过来办的事性质不同。

"行吧。"谈潇心说先答应下来再讲。

"那可以嘛。"农户放下了手头的活儿,"学生仔,你跟我来吧。"

"同学,那我还是在车上等你哦。"司机美滋滋地继续刷短视频去了,反正是包车,干活不干活都是收一天的钱。

那农户叫钱平安,家里几辈人都住在云梦泽边上,靠水吃水。他平时没少接带观光客和各种研究人员、记者穿过湿地的活儿,驾轻就熟地启动了机器。

蒲滚船噪声极大,破开泥水向前。

谈潇怕这时候放下钉螺,在泥水里看不清楚,所以钱平安问他往哪儿去时,他只说西边,不说具体方位,等到了浅水区再说。

钱平安莫名其妙,也不知道他这么神秘到底要干吗。

到了浅水区,钱平安取下牵引,改换小木船,同时把蒲滚船停好。

"师傅,能不能只租船?我有几个朋友明天来,我们想自己乘船进去。"谈潇试探地问道。他今天主要是探路,路探明了,还是自己进去比较好。

"那不能随便租的,出了事我要负责的。"钱平安诧异地看着他,"到时候要是没信号又遇到事怎么办?谁知道你们划到哪里去了。话说,铁头说你是搞研究的,是研究鸟的还是研究鱼的?"他点了根烟,口中的铁头应该就是司机,"你看着年纪也不大吧?"

谈潇笑了下,没敢说自己未成年:"嗯嗯,不大。"

结果钱平安自己怀疑上了:"你把身份证给我看看,你不会是来电鱼的吧?"

怎么还怀疑上这了?谈潇赶紧否认:"我……我们是搞写作的,想找点儿灵感。"这也不算骗人,他就是来捕捉续写《山海异志》的灵感的。

钱平安果然信了,嘟囔道:"早说啊,搞写作你们自己开什么船,年纪轻轻为了写点儿东西自讨苦吃……"

谈潇和钱平安看不到的那两位对视了一眼,心想:好了,看来明天还是得让404办走官方渠道弄条船,今天实在太仓促了有些来不及。

趁钱平安没注意,谈潇把钉螺放下水,观察方向,俯身时看到船头刻了几个字,不禁念了出来:"小鱼干?"

"这个是我的船名。"钱平安悠悠地道,"我这是找村里老船匠做的,老辈里的规矩,船名是要船匠师傅起的。干活的时候是我家包饭,我家老做辣椒炒小鱼干,他就顺口给我的船起名叫'小鱼干'了。"

"这还挺可爱的。"谈潇忍俊不禁，原来这小木船还有自己的名字，小鱼干号。

"那是现在生活好了，搁以前，那船都是叫什么窝窝头、白菜汤的。"钱平安啧啧道。就算起的名字难听，主人家也得捏着鼻子用，要不怎么说以前的人都不想得罪给自己干活的工匠呢。

钱平安常年待在云梦泽，又老接待观鸟的游客，对这里有什么鸟很熟悉，他一眼看到周围的鸟："你看，那边是豆雁。"说完才看谈潇，只见谈潇往他说的相反方向张望，就是不看鸟，奇怪地提醒，"你看反了。"

"哦哦，没事，那边也有好看的。"谈潇眺望道。开什么玩笑，带穆姐回家还要孔雀大神出力的，这时候不能惹毛了他。

钱平安往谈潇看的地方望了几眼，只有一些芦苇罢了。不懂，文艺青年喜欢草啊？果然是太随心所欲了，钱平安怀疑他写的文章也是意识流。

"行，接下来咱往哪儿去呢？"钱平安问道，只见谈潇偏头往水里看了看。

谈潇淡定地驱使钉螺持续为自己导航。这会儿钉螺坚定地指着某个方位，还想顺着水流往前冲，但碍于谈潇还在慢慢行船，于是遏住前冲之力，有点儿像被牵引绳拽住的狗子。

谈潇给钱平安指了个新方向。

钱平安纳闷极了，伸头去看，除了水草和螺什么也没有。他开一辈子船都没见过这种游客，不是，这到底是在看什么啊？！

小鱼干号在浅水区行驶了一阵，夕阳西下，湖面如镜，远处不见岸，唯有一行行飞翔的水鸟。

到这里水深其实已经有几米了，离岸边也比较远了，一般再往前钱平安会建议换快艇，但今天显然是没有准备的："咱们得掉头回去了，你别看现在风平浪静，云梦泽有它凶险的地方，狂风万古多啊。"

"您再往前一点点。"谈潇看钉螺的速度越发快了，可能马上就要抵达它的家乡水域了。

"不必再往前。"孔宣沉着脸道。

谈潇诧异地看他，就在这里吗？

孔宣目视远处，皱眉道："我去不得前面的水域。"

谈潇惊了，连大神也去不得？

孔宣看到谈潇的眼神，这次倒没有负面情绪，只是道："德重鬼神钦！"

刘清泉弱弱举手："其实我也感觉过不去……"

人间界的至圣者、大德者方可产生极大的力量、影响，打个不是完全符合的比方，就算孔宣不在，只有面具在，其他非人类闯进谈潇家也会像雄虺那样被吓死。

不过孔宣想硬闯进去也不是没办法，只要他以肉身降世——孔宣一直是魂体降世，只因当初三界分离，他们的肉身若存在人间界，不同的世界有了交集很可能令一方崩塌，也因此，他们需要寻找代行者。

刘清泉估算着距离："既然我们去不得，那个抓穆翡的邪祟应该也去不得吧？我和大神可以绕路而行，灵师的话……今日恐怕时间不够了。"

钱平安本来就说需要返程了，现在往前也没什么意义，得明日找艘快艇来。

"嗯……那返程吧。"谈潇说着问钱平安，"师傅，请问这里以前……"他斟酌了一下用语，"有什么传说吗？"

"云梦泽的传说那可多了，你要听龙女的故事吗？"钱平安赶紧掉头，毫不意外游客想听故事，只不过来的路上谈潇可是一点儿也不想闲聊的样子，也不爱看风景。这会儿他问要不要听龙的故事，结果这位小哥又摇头，问有没有关于人的传说。

"啊……不知道算不算，就那边的封山印。"钱平安指了指远处，"这里看不见的，但几十年前那边湖中岛上曾被发现有壁刻。据说当年始皇南巡，遇到风浪丢失了玉玺，他认为是水神的错，大怒之下晒土砍树，又在岛上刻了符咒镇压，所以我们叫那石刻'秦王封山印'，据说有这个印神鬼莫近。"

这故事之前雄虺也说过，只是没有细节，而钱平安所说竟是十分符合现在的情况，莫非传说是真的？

"这回还真让雄老师说对了。"刘清泉闻言不禁悠然道，"要是谈潇同学登基做了楚王，说不定能带我们进入。"

谈潇："……"

孔宣鄙视地道："旅游故事你也信？还没你家编的好。"要是帝王之气，他能分辨不出来吗？

谈潇抬头想吐槽，看到旁边的钱平安，硬生生忍了下来。他看过排教的册子，水上工作的讲究本来就多，这时候吓人可不太好。

结束了踩点，回到酒店时已经快九点了，谈潇匆匆吃了些东西，刘清泉则联系总部，让他们帮忙解决一下船只问题，包括找一个靠谱、内行的开船人，要进入云梦泽探访，得不止会开一种船。

404办那边很快在本地责任单位寻访符合条件的人，没找到，但是据说有位叫"予甘"的打猎人会开船，熟悉云梦泽的地理情况，也愿意有偿服务，甚至可以明天到酒店来接他们。

刘清泉当然满口应下。

谈潇则趁着超市没关门，赶紧去买了些白扁豆、小粟米、芸香、小炉子和容器，还有一些买不到的，只能请予甘帮忙准备。

05

第二天上午，谈潇和平时上学一样的作息时间起床，先下楼吃早餐。他本来以为自己算早的，结果得知拍鸟的大爷大妈早就吃完出发了，酒店餐都加过一轮了。

吃完饭，谈潇坐在酒店大堂等，不多时，一个穿着黑色外套、皮肤晒得黝黑的中年男人走进来，左右看看，目光落在谈潇脸上，惊喜地冲他点了点头。

刘清泉在一旁道："这不是昨天那个钱平安吗？"

谈潇这才知道那人为什么冲自己点头，于是回以微笑。然后他就看到钱平安拿起手机开始拨号。

手机响了起来，谈潇缓缓拿起来接通："喂？"

钱平安转头看着他："喂？"

谈潇："……"

钱平安："……"

予甘，予甘……谈潇试着用南楚的腔调念出来，怕不是鱼干……小鱼干号啊！

两人无语凝噎地看着对方，钱平安甚至觉得这是他这辈子最无语的事。

钱平安慢慢走了过来："谈潇？"

"予甘……"谈潇肯定而迷茫地道。

"可是，"钱平安不理解地道，"他们说你在水上没寻到任务对象才要找向导，我昨天看你光在那儿乱瞟啊。"

"不是，不是。"谈潇拿出一枚钉螺，"我用排教秘法赶钉螺。"

钱平安一脸崩溃："啊？"不行，刚刚那不算他这辈子最无语的事，这才是！

谈潇问他："那我身边还有别人您也没看到啊，不说是打猎人吗？"

钱平安喃喃道："我每年丰水期开鱼塘、观鸟季开船，过年前后才打猎，平时在船上我都刻意不开眼，免得不小心看到喊出不吉利的字眼啊。"就算是现在，他也看不到。

谈潇心下了悟：难怪，这属于兼职太多的。

两人相视，又是一阵无语。这要是昨天就把话说开……

钱平安默默把谈潇要的东西掏了出来："这是你要的燕窠草。"

"谢谢。"谈潇和他一起上了车。

开车的居然还是昨天那个司机,这次是钱平安叫的车,谈潇也认不出,但他一看到谈潇就惊喜地道:"哟,又是你啊小伙子,老钱你还说接个朋友,怎么俩人一天就成好朋友了?!"

谈潇已经无力吐槽了。

钱平安今天坐的副驾驶座,孔宣和谈潇坐后座,刘清泉不敢和他们挤一块儿,扒车顶上了。车开到了和昨天不同的地方,离昨天最后的落点更近,钱平安已经在这里准备好了快艇。

孔宣和刘清泉感应了一下,决定从另一个方位绕过去,反正以谈潇和孔宣的感应,瞬息即至。

钱平安则带着谈潇下水,把外套一脱,露出里面的红色衣服。这是打猎人的装扮,和灵师的法袍不一样,比较贴身。他把额头一绑,开了眼,不过只看到刘清泉和孔宣离去的身影。

"既然是同行,那我也不用遮掩了。"谈潇也把自己的法袍从双肩包里拿出来披上,然后大张旗鼓地把钉螺丢进水里,"送龙非要龙下水,送虎非要虎还山……我今送君还故乡,江河迢迢路遥遥……"

钉螺噌地一下立了起来,不仔细看还真看不到。

钱平安:开了眼也还是那么……难以察觉,不说谁敢信?赶海吧你!

今天是个好天气,这个时间点温度和阳光都适宜,岸边已经有许多观鸟者,有的用望远镜,有的用三脚架架起镜头老长的相机,而谈潇二人则驶入了云梦泽深处。

"钱处师,那你昨天说的封山印也不是真的吧?"谈潇已经听孔宣说了,就是想和钱平安确认一下,而打猎人的称呼一般是处师。

"是咯,给游客说的故事罢了,但我也的确不知道那以前是哪位大德的坛场,我只知道壁刻的是梵文密咒,一边为悉昙体,一边为天城体。"钱平安道。

既然是梵文,那玉玺的事就必然是假的了,不知道雄咫知道了会不会失望。

随着船行深入,接近昨天落点的相似方位,钉螺的速度再次变化,当它速度慢下来,谈潇判断着应该就是前方的水域了,便请钱平安把快艇停下。他把昨天买的材料加上今天钱平安带来的燕窠草拿出来,燕窠草引火,白扁豆、小粟米再加主料大米混在一起,用便携炉子小火慢炖……

"这是做什么?"钱平安好奇地道。

"这是排教的术法,钓龙!"谈潇说的不是真正的龙,是对一切水行大妖的统称,毕竟古时候凡是水里闹问题，大家首先就想到龙，而他们要找的多半是这片水域某位厉害水行。这也没什么问题，天下水族本就以龙为尊，乐意被叫"龙"，再加上很多能成气候的水族多少都有点儿稀释后的龙族血统，就算没有，它们的终极梦想也是化龙。

谈潇用的是排教钓水怪的配方，原先都是一把烧了，然后投入潭中，他讲究一些，炖了锅米粥。这道配方最重要的引子其实不在碗中，而在炉下，就是那燕窠草。

传说龙属喜食燕，又畏生铁，所以当初云梦泽内投入五枚燕尾铁枷，镇住蛟龙。这件事出了后，大家都觉得不太可能是蛟龙作祟也是因为燕尾铁枷还在，云梦泽水域的蛟属都翻不起浪。

话说回来，谈潇用燕窠草，就是要代替原配方里的活燕子，现在那可是保护动物。

热水熬煮，香味会更浓，小火慢炖之下，米粥在锅中慢慢沸起，谈潇就像钓鱼客一样耐心地慢慢等待着。待听到粥在盖下扑腾的声音，他掀开盖，混着白扁豆、小粟米的清香味儿顺着起的粥皮从锅边溢出来，他投入有着强烈清香的芸香，继续慢炖。

就那么掀盖时的一瞥，钱平安已经被扑面而来的米香馋到了，他没想过自己还能这么馋粥，好像能想象到那软糯黏稠香浓的米粒滑入口中，还有炖得粉烂的白扁豆，这要是在冷风中喝上一口……钱平安忍不住咽了下口水。

不过有一点比较疑惑，他也算是云梦泽一带的老土著了，家里先辈也和排教打过交道，怎么不记得排教的秘方有"好吃"这个特点啊？

谈潇蹲着熬粥，目光则扫着周围，关火后，他弹指轻叩了几下锅，淡淡的热气裹着香味升腾而起。

钱平安想要说话，谈潇把手指竖起来，比了个嘘声的动作——钓龙和钓鱼，想来也差不多，不能惊到鱼儿。

水面在不时吹过的冷风中泛起浅浅涟漪，因为晴天太阳照射产生温差，还升起了淡淡的雾气，天地间除了远远的鸟鸣声，似乎再无其他声音。

但对谈潇来说不是，他感觉空气像被拉紧了，和他的身体一样。

异变只在一瞬，原本静止的快艇猛然被拖动，急速飙向云梦泽深处，一锅米粥随之颠起来，几乎荡了一半下船！

谈潇隔着抹布摁住小锅，捏诀："孔宣！"

三秒后，竟不见任何动静。

"你这……你……"钱平安觉得谈潇也太奇怪了，光捏个诀，没效果不是很正常吗？

钱平安把着船头，反手抽出自己的师刀："风吹法铃响叮当，有事弟子来相请……"

因为他平时做的是兼职，每次刚开张时灵应总是慢一点儿，但今天奉养的兵马迟迟不到，已是超出常理范围了。

钱平安也反应过来了，大喊道："不好，是被摩崖石刻影响了！"

他住在云梦泽边，自然熟悉大德留下的石刻的影响，只是他和谈潇一样，都以为已经离开石刻影响范围了，毕竟若非如此，现在推快艇的家伙又是怎么作祟的呢？！按理说，双方都不能在石刻附近撒野啊！

尤其是谈潇，从来开挂的都是他，这还是头一次发现对方开挂的。

好在还有些其他办法，谈潇很快反应过来，手捏平安诀："牌驾四海，道显十方，定！"这是排教的定水法，风浪再大船也不会动，哪怕人不在船上，放碗水也能见效。

快艇果然停了下来，两人探头一看，下方分明有黑影若隐若现。

谈潇把手机上的指南针打开，辨认了一下方向："快点儿往东岸开，我们要开到浅水区去！"

他一边说，钱平安一边操作，两人都回过味来，接近那边才会摆脱石刻的影响。

钱平安把速度飙到最快，快艇比起昨日的小木船快多了，但到底有一定的距离，加上水下之物仍在试图掀艇，渺小的快艇在广阔的云梦泽的旋流中艰难地破浪前行。

谈潇捏稳了平安诀："我要船定船便定，我要船走船才走！"

忽然，钱平安喊道："你快看！"

"什么？"谈潇往前挪了一点儿，刚靠近钱平安，就被箍住了脖子往后扳。

谈潇精神高度集中，但钱平安一身巨力，他只觉得脖子快要断了，咳嗽一声，忙松手去抵钱平安。

钱平安眼睛中满是凶色，口中念道："宰了你，个下油锅的！"

"你醒醒！"谈潇急道，钱平安不知道什么时候竟被魔住了，陷入幻觉。

谈潇的魔抗向来很好，但架不住同伴中招了，叫鸟鸟也不应，人都被推到了快艇边沿。

水下那黑色的阴影和着水慢慢拱了起来，要来接他……

谈潇闻到浓浓的水腥味，似乎能看到来自下方湖水一样冰冷的视线。他闭眼把舌尖咬破，舌为心，五行属火。

鲜血溅到近在咫尺的钱平安那圆瞪的眼珠子上，他瞳孔缩张，力道猛然放松下来，撒开谈潇的同时往后用力一坐，喘着气看过来，一脸惊骇。

"啊……发生了什么？"钱平安迷茫了两秒，赶紧扑过去继续开船，口中骂起脏话。这倒不是他素质格外差，只是他已经发现自己刚才陷入幻觉了，想着说点儿污言秽语增加胆气。

谈潇爬起来摸了下脑后，发尾已经湿了，而后背上的也不知是冷汗还是水。他嗅了嗅手指，一股水腥味。

快艇已驶入浅水区，浑浊起来的水不断溅起，像奔腾的怒马，嘶吼着要寻觅一条生路。途经的鸟类在发动机轰轰的驱赶中鸣叫着飞远，无论是谈潇、钱平安还是水下之物，神经都极为紧绷，彼此皆能感觉到这场追逐就快要结束了。

"不行……"

谈潇念叨一声，钱平安还没听清楚，就看他回过身，一手捏平安诀定船，另一手捏大金刀诀直接往水里捅，竟是主动出击了！

一瞬间，谈潇感觉自己的手触碰到了什么硬质的、滑溜溜的东西，还看到一些漂亮的花纹。这花纹腾地冒出水面，一声尖厉的鸟鸣响起，竟是团身化为一只大鸟，用尖嘴叼住谈潇的袖子。谈潇毫无准备，拽着袖子后退一步，衣袖高高扬起。

正在此时，快艇一头扎进淤泥中，宣告搁浅，船身一震，发动机无力地止住了怒吼。

谈潇一个激灵，大喊："孔宣！"

两秒后，不见熟悉的人影。

倒霉，难道这里还是没信号？

下一刻，谈潇听到密集的扑棱棱振翅而飞的声音，目之所及的所有水禽都动了，还伴着一声长啸——

第八章 云梦泽

数十万只候鸟齐聚云梦泽，来自十洲各地的鸟类摄影爱好者也齐聚云梦泽。观鸟者们普遍带了二十到六十倍的单筒望远镜，更适合在这样开阔的湿地看水鸟。

这里还将举行观鸟比赛，鸟种记录越多，获胜概率越大，于是摄影师们各自占据好机位，手底下的镜头焦段都是五六百乃至一千多，画质好，今天光线又极佳，足够把远处的鸟毛都拍得一清二楚。

在这样的望远镜和镜头加持下，乌泱泱的人群轻而易举地发现了远处的快艇，毕竟不但快艇的马达声吓飞了鸟，快艇上的人穿的还都是红衣服，这是鸟类最敏感的颜色，很容易被吓跑。

"那是你们的工作人员吗？这是在干什么，怎么还停下来了，是搁浅了还是故意的？"一位摄影师看着镜头中的画面纳闷地问，这快艇太不和谐了，观鸟节怎么会让其过来打扰？

现场的工作人员一脸慌张："我不太清楚，但那快艇应该是巡逻队的，可能是有什么安排……等等，我打电话问一下。"

摄影师去看旁边同行的屏幕，盖因这位的镜头焦段更远，拍得更清楚，只见快艇上的人突然站了起来，穿的不但是红衣还是老式长袍，一扬手，红色衣袍随风翻飞，与周遭的枯色截然不同，还有一只水禽恰好飞在周围……虽不对题，但这场景仍让诸多摄影师忍不住按了几下快门。

下一刻，令岸边人震惊的事发生了！

湖上一方，一只不知从何出现、身长近三米的绿孔雀展翅飞来，华丽斑斓的长覆羽带着金属般的虹彩光泽，在阳光下煊耀，飞翔时翠尾舒展在空中，倨傲地展现着极致绚丽的同时，速度并不慢。

烟波浩渺，万鸟齐飞，无论是优雅的东方白鹳、高挑的玄鹤，还是沉稳的豆雁……周遭候鸟如神话中朝拜凤鸟一般盘旋于空中，却又不敢越过孔雀——它便是天空中唯一的亮色，令一切颜色暗淡。

孔雀的凤眼如宝石一般，俯视芸芸众生。阳光折射下，似有光晕笼罩着它，令这一幕更具神圣感。

凤凰降世般地现身后，孔雀滑翔着向那停滞的快艇扑去。

沼泽上，丛生的芦苇间微风轻荡，密集的快门声中，镜头里的红衣人偏头露出半张秀丽清澈的面孔，五彩斑斓撞入鲜红的底色，尾羽垂下如衣袍上的纹绣——他一伸手，将落下的孔雀抱了个满怀。

从谈潇的角度看，这景象又多了几分其他的意境：孔雀以一个侧逆光的角度降落，羽毛边缘泛着金光，起伏的尾羽落下时几乎覆盖了他眼前的所有空间。

谈潇也曾感慨东方白鹳的优雅，黑白二色有着极简的高雅，但当孔雀翩飞在空中，展示尾羽繁复艳丽的色彩时，他才发现虽然美不分高低，但的确有这么一种极为霸道的颜色，展现出来的美感会占据你所有视线。纵然满天飞着各色各样的候鸟，他的注意力却已经完全被这华丽的羽毛吸引。

孔雀伏在谈潇臂间，长长的顺滑尾羽舒展而下，一直拖曳到船上堆积着。谈潇这才看清楚孔雀的尾羽中有五根似乎格外绚烂，表面还泛着淡淡的金光，恐怕就是孔宣的五色神光了。而那只要攻击谈潇的大鸟似乎还没来得及说什么战斗宣言，就已经被孔雀的五色神光刷走了。谈潇甚至来不及和它放几句狠话：我养的鸟也到了，你们比比。

正值此时，晚一步抵达的刘清泉发出崩溃的声音："大神，岸边全是人啊！"拦不住，真的拦不住啊！就说没什么必要，但非要飞这一下……

孔宣没理刘清泉，梳理了一下自己的羽毛，对谈潇眼中的惊艳很是得意：什么全是人，他只注意到这附近全是鸟。

触手淡淡的冰凉感让谈潇意识到这依旧是孔宣的魂体，只是变为了鸟身原形。他回过神来，对哦，孔宣用鸟身出现而不是人身，并且再次故意显形，为什么？

这个问题在谈潇心头浮现，不用三秒就能够自动得出答案——还能是为什么？他很有自觉，这当然是故意、有意、特意展现给他看的……谁叫他在孔雀面前夸过东方白鹳，当时孔宣只发了几句脾气，他还以为就这么过去了，现在看来只是没有契机罢了。

谈潇也没办法，无力地道："离岸边还有那么远呢，他们不一定看到了吧？而且这么多鸟乱飞，可能看不清？"

他一说话大家才发现他有一点儿大舌头，刚才情急把舌尖给咬破了，现在终于觉得疼了。

"不可能的。"一旁的钱平安看似冷静地道，"你得知道他们拿的都是什么装备，别说看清了，你家大神身上有几根尾羽都能数清楚。而且那都是观鸟的专家，不看羽毛单听声音都能听出来是什么鸟，何况这么大的孔雀。"

"那我们快逃吧！"谈潇紧张地道，"这怎么解释！"

啊，不行，搁浅了……而且都已经被拍了不知道多少张了吧？

谈潇看向刘清泉。

刘清泉委顿在地，呜咽出声："你们这样，让我怎么瞑目？！"

"刘老师，您别哭啊，这不是你们404办的特长吗？龙王的二维码还是你们在电视上给破解的，解释得很好啊。"谈潇劝慰道，颇有点儿心虚，毕竟孔雀是他养的。就孔宣这几次掉马，或者说展示，都属于没必要，但他偏要……

谢谢鼓励啊……刘清泉悲伤地转动起脑子："不管如何，现在还是请大神先离开吧，不然我们还得带他上岸接受围观和提问。我还得联系这边的单位。啊，说不定我们还没构思好怎么编，围观群众已经先帮忙编好了……"他看谈潇奇异地看着自己，点头道，"对，没错，我们经常抄网上的帖子。"

谈潇："……"也是，大家看到什么总会自己将猜测合理化，顺着编呗。

"大神，那你先飞走吧，咱们到岸边会合。"谈潇低头，发现孔宣的脑袋还贴着自己的衣襟。

发现他的目光后，孔宣冠羽一抖，昂首淡淡道："为什么非要分开走？一起开船走不行吗？"

"因为不能被发现我跟你有私人关系啊。"谈潇说。不管编没编好，他都不能和孔宣继续接触太多了，否则会显得他驯养过孔宣，不好给编造留空间。

孔宣目光炯炯地追问："为什么？"

谈潇沉默了一下，大着舌头道："因为私自驯养一级保护动物得判十年以上有期徒

第八章 云梦泽

刑……"

好吧。孔宣懂了。

"尽量低调一点儿飞。"谈潇嘱咐了一句,聊胜于无,就当是安慰一下刘清泉吧。

孔宣振翅,原地起飞,尾羽飘动向上的姿态好像也没有低调到哪里去,但好歹是飞走了,并聪明地隐没芦苇中。

随着孔宣的消失,那些候鸟恢复了正常行动。

而钱平安看到孔宣离开,这才哇哇大喊:"这是你供奉的那位?出手也太快了吧,我还没看清楚那是个什么东西!"

番外·悟净

"这是什么?"

刚放学谈潇就急匆匆地跑回来拆快递,孔宣蹲下好奇地看他拆开一个包装,露出里头的东西。

"这个是扫拖一体机器人,哈哈,就是不用法力只用电就可以自己扫地的机器,这样我以后在家就不用扫地了。"谈潇言语之中还有一点儿自豪。虽然这不是他发明的,但让孔雀大神看看,咱们人间也是有很多好东西的嘛。

这个机器人是谈春影特批买的,他家面积大,家务还真不少,要适时引入现代机器。比如他家最早买的就是洗碗机——每天迎接那么多客人,仪式用的碗真不少。

孔宣却看了他一眼,淡淡地道:"我有没有法力在家也不扫地。"

谈潇:"……"

孔宣还不放过他:"你地位太低了,做不了楚王就罢了,家里连一二奴仆也没有。"

谈潇大声道:"奴仆什么的,那都是什么年代的事了!"

孔宣一脸嘲笑地看他,哼,谈潇这就是嘴硬。

谈潇:"不,我是真的在考你。请回答,奴隶是什么时候被废除的?"嘿嘿,随时抽查一下文化知识。

孔宣黑着脸回想了一下,道:"黄帝纪年2222年……"

谈潇一边给扫地机器人充电,一边欢快地道:"答对了。"

孔宣郁闷,虽然答对了,但为什么莫名感觉自己还是输了?哼,反正不管怎么样,他是不会和家务沾边的。

谈春影还给扫地机器人起了个名字，叫悟净。

孔宣听了直皱眉："随便给物件起名字，他日若成精了怎么办？"

名字是很玄妙的东西，虽说不是起了名就一定能成精，但相较而言，这是赋予物件人格，冥冥之中便有了机缘。

谈潇听了，差点儿笑岔气："那就太好了，你不是嫌程序不够智能吗？"

悟净每天定时在家打扫一圈，还要接受孔宣的挑剔。大神的结论是用机器人有死角，还是不如法力。

谈潇一把抱住悟净："不要听，悟净，是恶评！"

孔宣："……"

谈春影也配合地道："我们悟净这么努力，不要说它坏话啊，扫地机器人能有什么坏心思呢？"

对于他们将机器人拟人化的行为，孔宣恶狠狠地对悟净道："404办清查，第一个收缴了你。"

悟净静静地待在原地，十分无辜。

和孔宣不同，守饭童子特别喜欢悟净。主要是他可以站在悟净身上，在屋内转来转去，可有意思了。如果需要停下，他就用长勺稍微划拉一下地面控制速度，然后跳下去，稳稳落地后还要摆个姿势"嘿"一声，显得格外有气势。

当然，这是从守饭童子的视角看到的场景。在孔宣看来，就是一个比老鼠大不了多少的小人叽叽喳喳窜来窜去。他皱眉看着守饭童子说："感觉这种东西在厨房进进出出不太卫生……"那可是谈潇给他做美食的地方，最应洁净。

守饭童子灰头土脸道："这是歧视。"他怎么就不卫生了？！

"哎呀，多大点儿事嘛。"谈潇抽了张湿纸巾，把守饭童子从头到脚擦了一遍，湿纸巾对守饭童子来说和浴巾差不多。

他顺便还摸了摸悟净的头："宝宝，你也是个好宝宝，打扫得可干净啦。"

孔宣："哼……"

谈潇和谈春影每天不夸两句这解放了他们双手的机器人好像就不舒服！

到了吃饭的时候，守饭童子把大勺子擦了擦就踮着脚往比自己还高的大饭碗里怼，这是谈家平时仪式用的海碗，可大了，装得可多了……

孔宣看了他的动作一眼，见其吃得满脸饭粒，表情越发嫌恶，也就谈潇不嫌弃，居然还伸手去帮守饭童子擦了下饭粒。

孔宣哼了一声。

谈潇转头和他对视两秒，只见孔宣凤目瞪着自己，一副较劲的样子，他沉思片刻，又抽了一张纸……

孔宣心想：你最好是用那张纸把守饭童子包起来丢进垃圾桶。

却见谈潇手一伸，将纸巾递到孔宣嘴边抹了抹："好吧，给你也擦擦。"

孔宣当即陷入呆滞："？！"

过了半晌，谈潇都要开始收碗了，他才极为愤怒地小声说："当我是什么？我又没吃得满脸都是！"

孔宣转头看到脚边已经定时开始工作的悟净，顺便踩了一脚。

放学路上。

今天路边有一群大爷大妈敲锣打鼓，还穿红戴绿举着牌子，孔宣以为搞什么活动呢，便驻足观看。

"别看啦，是打广告的，你跟紧我。"谈潇告诫道。倒不是孔宣这么大人了还不识路，只是这条路上同学多，待会儿走远了又该认错人了……到时孔宣无能狂怒，还不是拿雄飑、守饭童子、悟净撒气。

孔宣不阴不阳地哼唧一声。

谈潇正说着，接到一个电话，是扫地机器人店的官方客服："您好，请问上个月十八号您是否在我们官方旗舰店下单了一款z337型号的扫拖地一体机器人？是这样的，那几天发出的机器都存在故障，我们接到大量投诉，经过调查确认，决定将同一批次的都召回……"

"故障？我家的没有故障啊。"谈潇蒙了，"那我家的还需要召回吗？"

"那还是要召回，防止隐患嘛，麻烦您了。"客服也没想那么多，虽然其他客户的都有故障，但也要允许有的是好的嘛。

说得有道理，现在没问题，万一以后有呢？谈潇配合地道："哦哦，我回去就寄。"

谈潇查了一下才发现，这牌子的机器人最近确实有很多出现故障无法工作，都闹上热搜了，只是他平时功课繁忙，没什么时间上网看这些消息。

"就说还是我们家幸运……"谈潇说着，感觉孔宣特别沉默，抬头一看，发现孔宣紧紧抿着嘴一言不发，要是搁平时，早就开嘲讽了，这又是谁惹他生气了？

就这么沉默地一路走回去，谈潇看到院门大开，谈春影坐在门口和邻居边聊天边择菜，

番外 悟净

他扬声道："妈，咱家那机器人得寄回厂家……"

话还没说完，就见一个扁扁圆圆的机器从院内冲了出来。

没错，就是冲，它以完全不符它平时打扫动作的百米冲刺速度狂飙出来，一溜烟就上了马路。

谈春影、谈潇："……"

邻居揉了揉眼睛："啥玩意儿？"

谈春影这才慢半拍地跳起来："快点儿抓住那机器人！造反啊！"

还真有故障啊，说来就来。谈潇甩下书包拔腿就追："悟净！"

那么小巧一个扫地机器人，上了马路就跟上了高速一样，哒哒哒狂奔，完全不顾设定的打扫路线。

路边站着的清洁工大叔看到溜达的机器人，直起腰来："啊？也没人跟我说咱有新同事啊？"

跟在后面跑的谈潇听到，差点儿破功：大叔，这时候就别幽默了！

路人看到失控的机器人，尤其是后面还跟着个少年在追，哪里忍得住，抬手就拍摄起来。

"等等，这小孩儿不是谈家的灵师吗？"

"那是他家的机器人吗？"

"哎呀，不会是这机器人成精了吧？你看这一路跑的。"

谈潇才跑了几百米，故事已经进化到了这个版本，听得他直冒汗。

可是……

谈潇看着狂扫马路的机器人，发现孔宣居然没跟来，心中升起淡淡的疑惑：就算出了故障，这个速度也有点儿离谱吧？难道……

谈春影在门口伸长了脖子，看到谈潇两手空空地回来，问："悟净呢？我怎么在邻居群里看到别人说咱家悟净成精了？"

好家伙，这消息传得也太快了，回头别又上热搜了。

"等下再说。"谈潇越过她直接上了楼，看到孔宣正在剥橘子吃，嗯，这些水果倒是改良得比以前好吃多了。

"大神，悟净疯了。"谈潇说。

孔宣转头看着外面："我早说过了。"倒不见太多嘲讽情绪。

"不过很奇怪，它和其他用户家里的疯得不一样。人家机器人出故障都是卡着不动，悟净是狂飙，根据物理常识，它的速度不太符合它的性能呢。"谈潇看到孔宣的表情随着自己的话越来越僵，补了一句，"啊，难道真的成精了？"

孔宣结结巴巴地道："那……那应该是，都说不该起名字……"

"不对啊，可是咱家里有大神，要是它成精了，不早被发现了？难道是大神你懒得和我说？"谈潇眨了眨眼。

孔宣沉默了五秒左右，厉声道："你敢诈我！"

看到孔宣这义正词严的样子，谈潇恍惚了一下才道："你就不能说句实话吗？是不是你在控制悟净？"

孔宣没说话，但看那眼神飘忽的样子，显然是被说中了。

谈潇："……"唉，亏他有那么几秒真的怀疑悟净成精了，差点儿小金刀诀伺候。

被谈潇看了一会儿，孔宣愤而起身："我怎么知道还有什么什么保修退换！它回来没两天就不动了，我看你那么喜欢，就控制它打扫了一下下……"

"哈哈哈哈哈哈！"谈潇的笑声打断了孔宣的话。

孔宣："……"

眼看孔宣就要恼羞成怒了，谈潇擦了擦眼睛，拉住孔宣的手："孔宣，谢谢你。"

孔宣表情凝固了一瞬，有点儿拿不准还要不要继续生气："哦……"

"明明鄙视悟净，但是怕我亏钱还伤心，就操控悟净继续打扫。孔宣大神，你是真的有点儿可爱。"谈潇笑盈盈地道。

孔宣脸上的红晕更浓了几分，可爱吗……

谈潇逗他："那我把悟净退回去，以后你直接来当悟净吧。"

孔宣瞬间暴起："你说什么？！"

谈潇跑开："哈哈哈哈哈哈哈哈！"

楼下，谈春影挠了挠头："我儿子是不是气疯了？不过这机器人是蛮离谱的，竟然跑得比电动车还快……"

番外 悟净

图书在版编目（CIP）数据

人间有味 / 拉棉花糖的兔子著 . —— 北京 : 中国致公出版社 , 2025.5. —— ISBN 978-7-5145-2281-5

Ⅰ . I247.5

中国国家版本馆 CIP 数据核字第 2024GT2617 号

本书由拉棉花糖的兔子授权湖北知音动漫有限公司正式委托中国致公出版社，在中国大陆地区独家出版中文简体版本。未经书面同意，不得以任何形式转载和使用。

人间有味 / 拉棉花糖的兔子 著
RENJIAN YOUWEI

出　　版	中国致公出版社
	（北京市朝阳区八里庄西里 100 号住邦 2000 大厦 1 号楼西区 21 层）
出　　品	湖北知音动漫有限公司
	（武汉市东湖路 179 号）
发　　行	中国致公出版社（010-66121708）
作品企划	知音动漫图书
绘画支持	黑梨灯　二锅头
责任编辑	徐　慧
封面设计	Laberay 淮
内文排版	方　茜　王　冲
责任印制	翟锡麟
印　　刷	武汉鑫兢诚印刷有限公司
版　　次	2025 年 6 月第 1 版
印　　次	2025 年 6 月第 1 次印刷
开　　本	787 mm×1092 mm　1/16
印　　张	19
字　　数	360 千字
书　　号	ISBN 978-7-5145-2281-5
定　　价	52.80 元

版权所有，盗版必究（举报电话：027-68890807）
（如发现印装质量问题，请寄本公司调换，电话：027-68890807）